Christoffer Carlsson, geboren 1986, wuchs außerhalb von Marbäck an der Westküste Schwedens auf. Er promovierte in Kriminologie an der Universität Stockholm und wurde 2012 mit dem Young Criminologist Award der European Society of Criminology ausgezeichnet. Für seinen Debütroman «Der Turm der toten Seelen» erhielt er 2013 als jüngster Preisträger mit 27 Jahren den Schwedischen Krimipreis. Die Reihe um den Polizisten Leo Junker erscheint in 20 Ländern. Der Auftakt seiner Halland-Krimis «Unter dem Sturm» stand auf Platz 1 der schwedischen Bestsellerliste, ebenso sein Roman «Was ans Licht kommt». Alle Bücher werden verfilmt. Für «Wenn die Nacht endet» wurde Carlsson zum zweiten Mal mit dem Schwedischen Krimipreis ausgezeichnet und erhielt zudem den Skandinavischen Krimipreis – für die Jury der deutschen Krimibestenliste zählt er zu den besten zehn Kriminalromanen 2024.

Ulla Ackermann, geboren 1978, studierte Skandinavistik und Germanistik in Münster/Westfalen und Lund. Nach dem Studium lebte sie mehrere Jahre in Stockholm. Seit 2015 arbeitet sie als freie Übersetzerin in Kiel und übersetzt Romane und Sachbücher aus dem Schwedischen und Norwegischen u.a. von Christoffer Carlsson, Maria Turtschaninoff und dem Autorenduo Pascal Engman & Johannes Selåker.

«Einer der besten Kriminalromane des Jahres, hervorragend geschrieben und atmosphärisch, über das Erwachsenwerden und über Träume, alte Lügen und neue Erkenntnisse.»
Dagens Nyheter

WENN DIE NACHT ENDET

Christoffer Carlsson

Kriminalroman

Aus dem Schwedischen
von Ulla Ackermann

Rowohlt Taschenbuch Verlag

Die schwedische Originalausgabe
erschien 2023 unter dem Titel «Levande och döda»
bei Albert Bonniers Förlag, Stockholm.

2. Auflage August 2025

Veröffentlicht im Rowohlt Taschenbuch Verlag,
Kirchenallee 19, 20099 Hamburg, Juni 2025
Copyright © 2024 by Rowohlt Verlag GmbH, Hamburg
«Levande och döda» Copyright © 2023 by Christoffer Carlsson
Redaktion Peter Hammans
Die Nutzung unserer Werke für Text- und Data-Mining im
Sinne von § 44b UrhG behalten wir uns explizit vor.
Covergestaltung HAUPTMANN & KOMPANIE Werbeagentur, Zürich
Coverabbildung Shutterstock
Satz aus der Lyon Text bei Dörlemann Satz, Lemförde
Druck und Bindung GGP Media GmbH, Pößneck
ISBN 978-3-499-01471-0

Kontaktadresse nach EU-Produktsicherheitsverordnung:
produktsicherheit@rowohlt.de

Für Stig

Weil Du gekommen bist und
weil es Dich gibt, weil Du
das wundervollste und hellste
Licht in meinem Leben bist.

Existiert keine Grenze
zwischen den Lebenden und den Toten?
Schwemmen die Toten
an den Ufersaum
treiben die Lebenden hinaus wie Holz
fast reglos?

KERSTIN EKMAN

ERSTER TEIL

IN HALLAND
FÜHREN DIE WEGE
ÜBERALLHIN

1

Sie glaubte an die Wahrheit, vielleicht sogar an die Wahrheit um jeden Preis.

Dieser Glaube hatte sie zum Polizeiberuf geführt, der sie jetzt wiederum nach Skavböke führte. So kann man es wohl sehen. Manche Dinge im Leben sind so einfach.

Andere können deutlich komplizierter sein.

Möglicherweise ist es bezeichnend: An diesem kalten Vormittag im Dezember 1999, als das Ganze begann, hätte sie sich fast verlaufen. Obwohl das Haus eben noch zwischen den Bäumen aufgeblitzt war, hatte sie Schwierigkeiten, dorthin zu finden. Skavböke war vertrackt, die Pfade waren zu gewunden. Die Wälder zu tief. Keine durch weite Felder gegliederte, offene Landschaft, sondern zahllose kleine Höfe, Ackerflecken, morastige Waldstücke und dunkle Lichtungen.

Doch zu guter Letzt lag es vor ihr: das Haus der Familie Eriksson, zweigeschossig, auf einem von knorrigen alten Eichen und Birken gesäumten Grundstück.

Als der Sohn des Hauses öffnete, hatte er nasse Haare und trug Jogginghose und T-Shirt. Achtzehn Jahre alt, dünn und sehnig, eine Hand auf der Türklinke, Intelligenz im wachen Blick.

«Hallo», sagte sie. «Mein Name ist Siri Bengtsson. Ich bin von der Polizei. Darf ich hereinkommen?»

«Meine Eltern sind nicht zu Hause.»

«Ich möchte auch mit dir sprechen. Sander, richtig?»

«Worum geht es?»

Falls er es wusste, verbarg er es gut.

«Dazu würde ich mich gerne setzen.»

Als er ihr voraus in die Küche ging, fielen ihr Kratzer an seinen Unterarmen auf.

Das Haus wirkte kleiner, als es eigentlich war. Abgehängte Zimmerdecken, sperrige Möbel an den Wänden. In den Fenstern leuchteten Adventslichter, und zwischen den Gardinen glänzten rote Weihnachtskugeln. Als Siri sich auf eine knarrende Küchenbank setzte, zog vom Fenster her kalte Luft herein.

Auf der anderen Tischseite hatte Sander die Hände im Schoß verschränkt, als sei er zum Schuldirektor gerufen worden, um einen Rüffel zu kassieren. Sein Blick war offen und drückte aufrichtige Verwunderung aus, während der Rest seiner Miene Reserviertheit widerspiegelte. Siri kannte diese Art Gesicht: Sander Erikssons Züge würden mit den Jahren zunächst verhärten, dann aber wieder weicher werden.

Sie nahm ihren Notizblock aus der Tasche und zückte einen Stift.

«Würdest du mir bitte zuerst einmal deinen vollen Namen und deine Personenkennziffer nennen?»

Sander kam ihrer Aufforderung nach und wartete, während sie seine Angaben notierte.

«Wer wohnt außer dir noch hier?»

«Meine Eltern.»

«Keine Geschwister?»

Er schüttelte den Kopf.

«Es geht um einen Vorfall, der sich heute Nacht hier in der Nähe ereignet hat. Du hast vielleicht schon davon gehört?»

«Keine Ahnung. Was ist passiert?»

«Ein Jugendlicher wurde tot aufgefunden. Deshalb muss ich dir ein paar Fragen dazu stellen, was du gestern gemacht hast.»

Sander riss die Augen auf.

«Tot? Hier? Wer?»

«Wenn du meine Fragen beantwortest, werde ich anschließend versuchen, deine, so gut ich kann, zu beantworten. Klingt das fair?»

Er nickte. Sah wohl ein, dass er keine andere Wahl hatte.

«Also», begann Siri. «Was war gestern?»

«Ein ganz normaler Freitag, schätze ich.»

«Und das heißt?»

«Bis nachmittags Schule, abends Party. Davor war ich noch bei einem Kumpel.»

«Wie heißt dieser Kumpel?»

«Killian. Killian mit k, Killian Persson.»

Siri schrieb den Namen auf.

«Danke. Mikael Söderström», fuhr sie dann langsamer fort. «Sagt dir der Name etwas?»

Als Sander schließlich antwortete, wirkte er wie jemand, der sich über einen zugefrorenen See tastete und Angst hatte einzubrechen.

«Ist er tot?»

«Kennt ihr euch?»

«Wir gehen in eine Klasse, er wohnt hier ganz in der Nähe. Ich kenne ihn schon ewig, so, wie man sich eben kennt. Wir kommen aus demselben Ort ... sind auf derselben Schule, haben dieselbe Freunde. Als wir klein waren, haben wir zusammen Fußball gespielt.»

«In Oskarström?»

«Sennan. Man spielt nicht in Oskarström, wenn man aus Skavböke kommt.»

«Er ist so alt wie du, achtzehn?»

«Ja, das stimmt.»

«Mit wem, würdest du sagen, ist Mikael befreundet?»

Er dachte nach, oder jedenfalls sah es so aus, als täte er es.

«Keine Ahnung, mit allen, schätze ich.»

«Mit wem trifft er sich am häufigsten?»

«Mit ein paar von den Leuten, die gestern auf der Party waren. Jakob Lindell und Pierre. Pierre Bäck. Da waren wir.»

«Die Party war also bei Pierre?»

Sander nickte.

«Und hast du Mikael da gesehen?»

«Ja, klar.»

«Seid ihr zusammen hingegangen?»

«Ich bin mit Killian hingegangen. Mikael war schon da, glaube ich. Ja, er war da. Seine Jacke hing im Flur, als wir kamen. Filip war auch auf der Party. Filip ist Mikaels jüngerer Bruder.»

«Wie alt ist Filip?»

«Sechzehn. Ist Mikael wirklich tot?»

Mit einem Mal klang seine Stimme kindlich. Er schien es selbst zu merken und errötete. Siri wartete, versuchte zu entscheiden, wer ihr gegenübersaß. Bisher konnte sie es unmöglich sagen. Vielleicht war er nur ein besorgter Freund und Klassenkamerad. Die meisten waren letzten Endes nicht mehr als das.

«Ich verstehe, dass das nicht leicht ist, aber wir müssen meine Fragen zuerst klären. Wie lange seid ihr auf der Party geblieben?»

«Bis eins ungefähr. Killian war ziemlich blau, ich auch, und da haben wir beschlossen, nach Hause zu gehen.»

«Weißt du, wer alles vor euch gegangen ist?»

Sander kniff die Augen zusammen, als wolle er seinem Gedächtnis auf die Sprünge helfen.

«Filip, Mikaels Bruder, ist früh abgehauen. Zusammen mit einem Mädchen. Sie sind als Erste weg. Kurz darauf ist Mikael gegangen. Dann Jakob. Und dann Killian und ich.»

«Und du bist sicher, dass es eins war?»

«Ja, im Flur hängt eine Uhr. Wir sind um eins abgehauen.»

«Welchen Weg seid ihr gegangen?»

Siri wünschte, sie hätte eine Karte, während Sander seinen Nachhauseweg beschrieb.

«Und dein Freund, Killian?», fragte sie, als Sander verstummte.

«Was ist mit ihm?»

«Welchen Weg ist er gegangen?»

«Habt ihr nicht mit ihm geredet?»

«Wir werden mit allen Anwohnern sprechen. Aber jetzt interessiere ich mich für deine Geschichte.»

«Zuerst hatten wir denselben Weg, und als wir uns getrennt haben, ist er eben in seine Richtung weitergelaufen. Es dürfte noch eine Weile gedauert haben, bis er zu Hause war. Er wohnt ein bisschen außerhalb.»

«Aber du bist sicher, dass er nach Hause gegangen ist?»

«Ja.»

«Warum?»

«Warum was?»

«Entschuldige, ich drücke mich undeutlich aus.» Siri änderte ihre Sitzhaltung. Allmählich begann sie, in ihrer Uniform zu schwitzen. «Ich meine, warum du sicher bist, dass Killian nach Hause gegangen ist.»

«Er hat es gesagt. Wohin hätte er sonst gehen sollen. Er war ziemlich stramm.»

«Du klangst so sicher, als hättest du ihn nach Hause gebracht. Das hast du also nicht?»

«Killian ist mein bester Kumpel», sagte Sander, als müsste er sich verteidigen. «Wäre er woanders hingegangen, hätte er es mir gesagt. Aber vielleicht ist unterwegs irgendwas passiert. Vielleicht hat er irgendwen getroffen und beschlossen, bei demjenigen zu pennen. Aber es war mitten in der Nacht. Wer hätte das sein sollen?»

Siri schwieg einen Moment, als sei die Frage durchaus interessant und keinesfalls bloß rhetorisch.

«Geht ihr oft zu Fuß nach Hause?»

«Kommt drauf an. Aber es fährt kein Bus nach Skavböke. Von Oskarström muss man sehen, wie man nach Hause kommt. Zu Fuß, mit dem Rad, dem Mofa oder dem Auto.»

«Und was hast du gemacht, als du zu Hause warst?»

«Nichts. Ich bin ins Bett gegangen und vor ungefähr einer Stunde aufgewacht.»

«Wie viel hast du auf der Party getrunken?»

«Ein paar Bier. Sechs, sieben vielleicht.»

«Der Heimweg, den ihr nach der Party genommen habt.» Siri trommelte mit dem Stift auf ihrem Notizblock. «Habe ich dich richtig verstanden, dass ihr nicht durch den Wald gelaufen seid?»

«Nein, sind wir nicht. Nicht direkt. Die meiste Zeit sind wir auf der Straße geblieben.»

«Also seid ihr doch durch den Wald gelaufen?»

«Was?»

«Du hast gesagt, ihr seid die *meiste Zeit* auf der Straße geblieben.»

«Ach so, nein. Wir sind nicht durch den Wald gelaufen. Was ist mit Mikael?», fragte Sander wieder.

Diesmal fand Siri keinen Grund, nicht zu antworten.

«Er liegt ermordet in einem Auto, ungefähr zwei Kilometer von hier.»

Sander saß wie erstarrt da, sein Blick war vollkommen ausdruckslos.

«Was?», flüsterte er.

«Was denkst du darüber?»

«Was ich … Was ich darüber denke? Das ist furchtbar. Wisst ihr, wer ihn umgebracht hat?»

«Das versuchen wir herauszufinden. Hatte er mit irgendwem Streit?»

«Nein. Nicht, dass ich wüsste.»

«Du hast nichts in der Richtung gehört? Auf der Party, zum Beispiel. Hat irgendjemand Mikael gedroht? Es gab keinen Streit, keine Auseinandersetzung oder irgendwas?»

«Doch, aber das war nur normaler Partystreit, nichts Ernstes.»

«Und Mikael war daran beteiligt?»

«Ja. Er und Jakob.»

Siri blätterte in ihrem Notizblock.

«Jakob Lindell?»

«Ja. Jakobs Familie geht es finanziell nicht so gut. Ich weiß, dass sich Jakobs Vater Geld von Mikaels Vater leihen wollte. Ich hab keine Ahnung, ob er welches bekommen hat. Gestern habe ich gehört, wie Mikael … keine Ahnung. Wir saßen auf dem Sofa und haben gequatscht, Mikael sagte irgendwas über Geld. Und später haben sich Mikael und Jakob oben im ersten Stock gezofft. Aber wie gesagt, das war nichts Ernstes.»

«Hast du Mikael und Jakob öfter während der Party zusammen gesehen?»

Sanders Gesicht hatte alle Farbe verloren.

«Ja, klar. Mehrere Male.»

«Und wie haben sie sich da verhalten?»

«Sie haben nur geredet. So sah es jedenfalls aus. Worum es ging, konnte ich nicht hören. Aber Jakob ist ein netter Kerl, total ausgeglichen. Er würde nie ...»

Siri nickte.

«Ich verstehe. Und die da?»

Sander folgte ihrem Blick zu den Kratzern an seinen Armen. Wie ertappt, wollte er sie im ersten Moment mit den Händen verdecken, dann besann er sich anders und ließ sie sinken.

«Was ist damit?», sagte er leise

«Woher hast du die?»

«Das muss passiert sein, als ich Killian gestern bei seinem Häuschen geholfen habe. Wir haben ziemlich viel Gerümpel geschleppt, und dabei hab ich mir die Arme aufgeschürft.»

Als sie im Auto saß, ging Siri ihre Notizen durch, fügte ein Wort hinzu und kreiste es ein, wie um eine Art Arbeitsthese zu formulieren: *lügt*.

2

Später, als der Ablauf der Ereignisse bekannt wurde und man im Dorf zu verstehen versuchte, wie es dazu hatte kommen können, dachten viele an ebendiese Begegnung. Dort, am Küchentisch in Sander Erikssons Elternhaus und bei der Befragung, die Siri Bengtsson am Morgen des 18. Dezember 1999 mit Sander führte, sahen viele eine Art Anfang.

Jede Geschichte braucht einen Anfangspunkt. Häufig herrscht die Vorstellung eines eindeutig ersten Ereignisses, als könnte man in der Zeit zurückkreisen und schließlich sagen: Hier. Genau jetzt setzen sich die Zeiger der Uhr in Bewegung.

Doch so ist es nicht. Um aufzudecken, was den Jungen aus Skavböke widerfahren ist, muss ein Blickwinkel festgelegt werden, von dem aus das Geschehen betrachtet werden kann.

Vielleicht begann es weder mit Sander noch mit Killian und auch nicht mit Jakob Lindell, sondern mit den beiden Brüdern, Mikael und Filip. Oder mit Madeleine, und mit Felicia. Irgendwer ist schließlich immer schuld.

Oder liegt die Schuld bei ihnen allen? Womöglich beim gesamten Dorf? Kleine Provinznester haben oft eine eigene Stimme. Gut möglich, dass sie, geht es böse aus, auch imstande sind, sich selbst zu vernichten.

Die Menschen, die zwischen den Seiten dieser Geschichte ein und aus gehen, verdunkeln das Bild, stören den Gedanken. Das sollen sie, wenngleich man wünschte, sie täten es nicht. Die Geschichte schert sich nicht um Wünsche oder Erwartungen, um nichts dergleichen. Stattdessen: ein Sortiment von Personen, die reden und handeln, die Zeugenaussagen machen, verlogene wie der Wahrheit entsprechende, die einander ablehnen oder idealisieren. Einige entziehen sich, wollen nicht sichtbar in Erscheinung treten, wirken aber dennoch im Stillen; ihr Handeln erzeugt einen Widerschein in vollkommen anderen Lebensgeschichten.

Ja, so ist es wohl.

Also, warum nicht, wie soeben geschehen, mit der Befragung beginnen.

Oder doch: ganz woanders.

Mit einem scheinbaren Randereignis des Ganzen vielleicht?

Ja, auch das ist ein Anfang. Lassen wir die Geschichte mit einem verschwundenen Teenager beginnen und damit, wie Siri Bengtsson, drei Jahre nach den Vorkommnissen in Skavböke, den Polizeiberuf an den Nagel hängte.

3

Das Ganze begann mit einem Zugriff auf ein Zeltcamp. Zeltcamps dieser Art hat es schon immer hier und da im Land gegeben, an in Vergessenheit geratenen, abgeschiedenen Orten. Ende der Neunzigerjahre und zu Beginn des neuen Jahrtausends hatten sich ihre Anzahl und Größe vervielfacht.

Im Grunde waren die Bewohner nicht daran interessiert, Blicke auf sich zu ziehen, doch angesichts der Klientel waren Gewalt und Missbrauch in diesen Camps an der Tagesordnung. Dort lebten jene, die sich die moderne Gesellschaft einverleibt und dann wieder ausgespien hatte: Obdachlose und Ausgestoßene, Kranke und Mittellose, Junkies und alte Gauner. Fühlte sich Otto Normalbürger gestört, traten Medien und Polizei auf den Plan.

Ebendieses Camp lag im tiefsten Halland, zwischen Fegen und Djuparp, und hatte lange ungestört existiert, weil man den Weg dorthin nur fand, wenn man vom Weg abgekommen war. An einem warmen Augustmorgen im Jahr 2002 wurde Siri Bengtsson zusammen mit einem Dutzend Kollegen aus Halmstad und Falkenberg dorthin geschickt.

Die Anweisung war simpel: Vertreibt das Gesindel und reißt alles ab!

Falls die Beamten Sinn oder Freude bei der Ausführung dieser Aufgabe empfanden, war es nicht zu erkennen.

Das Camp war zwischen den Bäumen zu sehen. Unrat und Müll, Spritzen und alte Socken, Wolldecken, Papiertüten und verrottete Umzugskartons säumten den Waldweg. Es stank nach Urin und Exkrementen. Fernes Stimmengemurmel, vermischt mit spätsommerlichem Insektensummen, drang zu ihnen herüber.

«Jetzt ist Schluss mit lustig», sagte einer von Siris Kollegen freudlos.

Im Camp lebten etwa hundert Leute, Männer und Frauen, Junge und Alte. Einige leisteten Widerstand, ein paar wenige sogar tätlich, doch der Großteil fügte sich friedlich. Sie lasen ihre Habseligkeiten auf und gingen fort, beschämt und niedergeschlagen.

Ein junger Mann beobachtete Siri von Weitem. Er stand am Rand des Camps und streifte sich einen Pullover über, vielleicht hatte er sich gerade gewaschen. Als ihre Blicke sich trafen, griff er nach einem Rucksack und rannte in den Wald.

Als sei er vorbereitet gewesen. Niemand versuchte, ihn aufzuhalten.

Siri sah den Rücken des Mannes zwischen den Bäumen verschwinden und hatte das starke Gefühl, ihn schon einmal gesehen zu haben. Aber die Entfernung war groß, schätzungsweise fünfzig Schritte, und ganz sicher war sie nicht.

«Wisst ihr, wer das war?», erkundigte sie sich bei etlichen Campbewohnern. «Der Mann mit dem Rucksack, der weggelaufen ist?»

Kaum jemand antwortete. Die wenigen, die etwas sagten, wussten nicht viel.

«Er ist kein Mann», meinte einer. «Nur ein Junge.»

«Er war neu», sagte ein anderer. «War noch nicht lange hier. Ein kräftiger Bursche, hilfsbereit, hat mit angepackt, und das, was er hatte, hat er mit uns allen geteilt. Er ist abgehauen? Sieh einer an.»

Siri machte sich belanglose Notizen. Im Camp war es schwül und stickig, die Luft stand still. Der Geruch verursachte ihr Übelkeit, sie schwitzte und bekam feuchte Hände. Siri und ihre Kollegen blieben im Wald und arbeiteten, bis es dunkel wurde und der Mond einsam und rund hoch oben über den Baumwipfeln stand.

Als sie nach Hause kam, duschte sie lange, ehe sie sich an den Küchentisch setzte und nachdenklich hinaus in die Spätsommernacht blickte.

In jenem Herbst begann sie, alte Vermisstenfälle durchzugehen. Der junge Mann im Wald ging ihr nicht aus dem Kopf. Vielleicht war es sein Alter oder die Tatsache, dass er, zumindest aus der Entfernung, gesünder ausgesehen hatte als die anderen, lebendiger. Und die Selbstverständlichkeit, mit der er sofort geflohen war, als habe er nicht wirklich ins Camp gehört und etwas Schlimmeres zu verbergen als die anderen.

In Halland gab es zahlreiche Vermisstenfälle, darunter vor allem Jugendliche und Senioren. Die meisten Vermissten wurden binnen vierundzwanzig Stunden gefunden, fast alle anderen kurze Zeit später, größtenteils lebend. Einige waren tot, als man sie auffand, und ein paar vereinzelte Unglückselige blieben verschwunden, als habe die Zeit sie verschluckt.

Einer von ihnen war Hampus Olsson.

Siri erinnerte sich an ihn. Sie hatte sein Gesicht in den Schlagzeilen gesehen, als Skavbökes Nachrichtenwert abgeflaut war. *Skavböke*. Ihr wurde bewusst, dass sie so daran dachte. Drei Jahre waren seither vergangen. War es wirklich schon so lange her? Sie las die alten Berichte über Hampus Olsson mit einem Gefühl wachsender Kälte im Bauch.

Er kam aus Rydöbruk, gut vierzig Kilometer von Halmstad entfernt, und war zum Zeitpunkt seines Verschwindens siebzehn Jahre alt. Ein aufgeweckter Junge, der sich für Eishockey und Autos interessierte, sich seit der Oberstufe aber auf Abwegen befand, selten zu Hause und noch seltener in der Schule war und seine Zeit stattdessen mit einer Gruppe Gleichgesinnter aus der Gegend verbrachte. Heiligabend 1999 hatte er sich bemüht, das Fest im elterlichen Heim durchzustehen, weil seine Mutter, ein Sozialfall aus Knäred, ihn auf Knien angefleht hatte, zu Hause zu bleiben.

Doch offenbar hatte er nicht bis zum Ende durchgehalten. Seiner Mutter zufolge hatte Hampus sich gegen sieben Uhr abends eine fast volle Flasche Zaranoff-Wodka von der Küchenzeile gegriffen, war hinaus in die Dunkelheit verschwunden und seitdem von niemandem mehr gesehen worden.

Er trug schwarze Baggy-Pants, einen weiten marineblauen Kapuzenhoodie, eine schwarze Daunenjacke und, wie üblich, eine bordeauxrote NHL-Basecap mit dem Logo der Colorado Avalanches, seines Lieblings-Eishockeyteams. Es gab Zeugenaussagen, wonach Hampus von Torup aus getrampt sein könnte. Passanten hatten einen Teenager mit herausgehaltenem Daumen am Straßenrand stehen sehen, doch das hatte nicht bestätigt werden können.

Angesichts von Hampus' Vorgeschichte war die Suche nach ihm lange fortgesetzt worden, und die Vermutungen, was ihm zugestoßen sein könnte, wurden zunehmend pessimistischer. «Wahrscheinlich liegt er tot in irgendeinem Straßengraben», sagte einer von Siris Halmstader Kollegen mit erschöpfter Stimme, als sie anrief, um sich zu erkundigen.

Wenn Hampus zum Zeitpunkt seines Verschwindens siebzehn gewesen war, musste er heute um die zwanzig sein, sofern es tatsächlich Hampus Olsson gewesen war, den sie im Wald gesehen hatte. Vielleicht. Doch. Sie war sich sicher.

Siri legte die Angelegenheit beiseite und machte weiter. Sie hatte gestresste Chefs, und auf ihrem Schreibtisch stapelten sich Berge an Dingen, die abgearbeitet werden mussten. Die Tage gingen ihren gewohnten Gang, an den Abenden aber kehrte die Gestalt am Waldrand zu ihr zurück. Sie erwog, die Sache mit einem Vorgesetzten zu erörtern, entschied sich jedoch letzten Endes dagegen.

Stattdessen tastete sie sich voran, heimlich, als suche sie nach einer Antwort, die sie in Wahrheit gar nicht finden wollte. Sie sprach mit Hampus' ehemaligen Lehrern am Kattegat-Gymnasium und bat sie um ihren Eindruck von Hampus als Schüler, bei den wenigen Malen, die er am Unterricht teilgenommen hatte.

«Ich war immer der Meinung, dass es besser für ihn gewesen wäre, die Schule zu wechseln», sagte John Lundström,

Hampus' Schwedischlehrer. «Er hat ein ganzes Stück entfernt gewohnt. Wir haben es ihm mehrmals vorgeschlagen, um seiner Schwänzerei entgegenzuwirken. Für einen Jungen wie Hampus gibt es viele Verlockungen entlang des Wegs, um es mal so zu formulieren. Aber weder er noch seine Mutter haben einen Schulwechsel in Angriff genommen, also wurde nichts daraus. Es ist schade. Hampus war nicht dumm. Aber er hatte viel Pech.»

Pech, ja, so konnte man es wohl sehen. Siri hörte sich in Hampus' Umfeld in Rydöbruk um, traf seine Mutter in einer Entzugsklinik in der Nähe von Falkenberg und sprach mit Hampus' Freunden, die noch in der Gegend wohnten.

Sie wollte ihn nur finden. Das war alles. Sie war der Meinung, dass er es verdient hatte. Wenn man mit siebzehn Jahren spurlos verschwindet, muss es jemanden geben, der nach einem sucht, und alle anderen schienen aufgegeben zu haben.

Sie studierte Umgebungskarten, um einzugrenzen, welche Wege er genommen habe könnte. Nach Dienstschluss behielt sie oft ihre Uniform an, und anstatt nach Hause zu fahren, fuhr sie weiter, hoch in die halländischen Wälder. Sie stellte ihr Auto außer Sichtweite ab, damit sich niemand wunderte, warum sie nicht in einem Streifenwagen kam, klopfte an Türen, zeigte Fotos und stellte Fragen. Die Leute schüttelten den Kopf und bedauerten, nicht helfen zu können.

Sie schlief eine Weile im Auto und fuhr weiter.

Irgendwo muss es eine Spur geben. Die gibt es immer, man muss nur wissen, wonach man sucht.

Zu guter Letzt fand Siri sie.

Einen Monat später reichte sie ihre Kündigung ein.

4

Der Beamte der Umwelt- und Naturschutzbehörde war ein ordentlicher Mann. Er hatte die Gewohnheit, jedes Fitzelchen Unrat in einem Müllsack einzusammeln und selbigen auf dem Heimweg auf der Deponie bei Vallås zu entsorgen; die leere Patronenhülse jedoch, die er gerade in einem entlegenen Winkel des Naturreservats von Långhultamyren aufgelesen hatte, musste der Polizei übergeben werden. Er steckte sie in den Müllsack und fuhr auf direktem Weg zum Präsidium.

Dort fanden Müllsack und Patronenhülse den Weg zu einem jungen Polizeischüler, der in dieser Woche mit Siri in Oskarström Dienst tat. Sie waren nach Halmstad gefahren, um einen Betrunkenen in die Ausnüchterungszelle zu stecken, saßen nun zusammen im Pausenraum und unterhielten sich über die frisch aus den USA importierte Halloween-Feierei. Oben in Stockholm war dieser Brauch in den letzten Jahren immer mehr in Mode gekommen, und es würde wohl nicht mehr lange dauern, bis er auch zu ihnen überschwappte.

«Ich sehe uns schon hinter Besoffenen in Spiderman-Kostümen, mit *Scream*-Masken vor den Gesichtern oder als Gandalf verkleidet herrennen», sagte Siri. «Das wird ein Spaß.»

«Wer ist Gandalf?», wollte der junge Polizeischüler wissen.

«Ein Zauberer aus *Herr der Ringe*.»

Als der junge Mann sie verständnislos anblickte, steckte ein Kollege den Kopf zur Tür herein und erkundigte sich, ob sie Zeit hätten.

«Hier ist jemand, der eine leere Patronenhülse abgeben

möchte», sagte er. «Sie wird wohl von der Jagd sein, aber ich kann mich nicht darum kümmern, ich bin mit etwas anderem beschäftigt.»

Siri stand auf.

«Wir übernehmen das.»

Der Polizeischüler trottete hinter ihr her wie ein verängstigter Welpe.

«Die Patrone ist in dem Müllsack», teilte ihnen der Beamte der Umwelt- und Naturschutzbehörde gehetzt mit. Er hatte lange warten müssen, bis sich jemand seiner annahm. «Den Rest können Sie wegwerfen. Das ist nur Müll. Einen schönen Tag.»

Siri spähte in den Müllsack und erstarrte.

«Sie? Hallo? Warten Sie!»

Der Beamte der Umwelt- und Naturschutzbehörde wandte den Kopf. Vorsichtig nahm Siri eine verschlissene, rote Basecap aus dem Müllsack. Sie trug das Logo der Colorado Avalanches: ein verblichenes, bordeauxrotes A mit einer darüber hinwegspülenden Welle, die ein C bildete.

«Wo haben Sie diese Kappe gefunden, sagten Sie?»

Der Beamte der Umwelt- und Naturschutzbehörde hatte in Richtung seiner Füße genickt und zu Gummistiefeln geraten, aber Siri hatte keine. Kurz darauf stand sie mitten im Wald, mit nassen Füßen und zitternd vor Kälte. Er zeigte ihr die exakte Fundstelle. Siri untersuchte sie sorgfältig.

Sie befanden sich auf einem schmalen Pfad, der sich tiefer in den Wald schlängelte.

«Wie weit führt dieser Weg?»

«Keine Ahnung», antwortete der Beamte der Umwelt- und Naturschutzbehörde. «Weit.»

«Bis Rydöbruk?»

«Irgendwann bestimmt. In Halland führen die Wege überallhin, man muss nur weit genug gehen.» Er zog eine Karte aus seiner geräumigen Jackentasche und studierte sie unter Zuhilfenahme eines Kompasses. «Rydöbruk liegt von hier aus genau in Richtung Norden. Aber zu Fuß ist es ein ganzer Tagesmarsch.»

Die Basecap gehörte Hampus Olsson, daran bestand kein Zweifel, aber bis Rydöbruk war es ein weiter Weg für einen Teenager. Vielleicht war er tatsächlich getrampt, wie Zeugen ausgesagt hatten.

Einen Kilometer entfernt entdeckte Siri am Wegrand eine Flasche der Marke Zaranoff. Als sie die Flasche vorsichtig aufhob, spürte sie ein Kribbeln in der Brust, ganz so, als sei ein Geist in der Nähe.

Sie fühlte sich verpflichtet weiterzumachen. Blieb sie stehen, würde die Spur verblassen, davon war sie überzeugt. Doch dafür waren weitere Füße nötig, ausgestattet mit dicken Socken und Gummistiefeln. Sie spürte ihre Zehen nicht mehr.

Zurück in Halmstad erstattete Siri Meldung über ihre Fundstücke und bat darum, einen Suchtrupp organisieren zu dürfen. Es fand sich eine große Teilnehmerzahl, und sie durchkämmten das Gelände unermüdlich über eine Woche lang. Sogar der Beamte der Umwelt- und Naturschutzbehörde, der das Gebiet gut kannte und sich als hilfsbereiter Zeitgenosse erwies, nahm daran teil.

Nach ein paar Tagen erreichten sie die Gegend um Mjäla, wo der Wald weiten Äckern und Feldern kurz vor dem Winterschlaf wich. In der Ferne erahnte Siri einen Bauernhof. Sie ließ den Suchtrupp anhalten, bat die Teilnehmer, sich auszuruhen und über den weiteren Suchradius zu beratschlagen, während sie losging, um mit dem Hofeigentümer zu sprechen. Sie blieb fast eine Stunde fort, und als sie zurückkam, sagten die Leute, sei sie nicht mehr dieselbe gewesen. Wortkarg und zerstreut hielt sie ein Stück Papier in der Hand und schien zu zögern, die Suche wieder aufzunehmen.

Zuletzt verwies jemand auf die fortgeschrittene Uhrzeit – es würde nur noch etwa eine Stunde lang hell sein – und schlug vor, die Suche am nächsten Tag fortzusetzen.

«Ja», murmelte Siri abwesend. «So machen wir es.»

«Hat er was gesagt?», erkundigte sich der Beamte der Umwelt- und Naturschutzbehörde und deutete auf das Papier in Siris Hand.

Sie faltete es zusammen und schob es in die Hosentasche.

«Wer?»

«Der Bauer. Hat er etwas gesehen?»

«Ach so.» Siri schüttelte den Kopf. «Nein, nichts. Er sagt, Hampus sei nicht dort gewesen. Aber davon werden wir uns selbst überzeugen. Wir haben seine Erlaubnis, uns frei auf dem Land zu bewegen. Wir sollen nur vorsichtig sein. Wir sehen uns morgen.»

Der Suchtrupp kam nie wieder zusammen.

ZWEITER TEIL

DER JUNGE
AUF DER BRÜCKE

5

Diejenigen, die Sander Eriksson und Killian Persson damals kannten, sagten, sie seien unzertrennlich gewesen.

Zwei Einzelkinder, das stand ihnen förmlich auf der Stirn geschrieben, und vielleicht war es so simpel. Ging Sander durch Skavböke, war Killian an seiner Seite. Killian war das Gegenteil seines besten Freundes. Groß und stämmig und blond, mit schweren Händen und einem gutmütigen, leicht verunsicherten Blick. Sie waren ein ungleiches Gespann und zugleich alles andere als das. Was der eine im anderen fand, war unschwer zu erkennen.

Killian, mit weichem k, wie das *sch* in *Schach*. Der Name klingt einerseits urhalländisch, andererseits auch wieder nicht. Seine Wurzeln liegen wohl im Irischen oder Schottischen. Irgendwann, vor langer Zeit, gelangte er nach Schweden, wurde in männlicher Linie weitervererbt und ging über auf einen groß gewachsenen Jungen aus Skavböke, der im Winter 1999 achtzehn Jahre alt war.

Killians Eltern waren geschieden, sein Vater Sten war ausgezogen, und Killian wohnte allein mit seiner Mutter Linda am Rand des Dorfs. Killians Familie, wie auch Sanders, gehörte zu denen, deren Vorfahren nie Bauern gewesen waren.

«Manche sind nicht einmal arme Bauern», besagt ein halländisches Sprichwort. «Sie sind nur arm.»

Killian kam nur zum Essen oder Schlafen ins Haus. Auf dem Grundstück stand ein alter Werkzeugschuppen, und vor einem halben Jahr hatte er beschlossen, den Schuppen abzureißen und stattdessen ein Haus zu bauen, in dem er wohnen wollte. Er nannte seinen Plan *Das Häuschen*.

Sander half ihm. Nur das Steinfundament ließen sie stehen, dem Rest rückten sie unter einer sengenden Julisonne mit zwei Vorschlaghämmern zu Leibe. Mörtel und Holzspäne stoben um sie herum. Es war befreiend, etwas zu zerstören, das im Grunde intakt war.

Doch es dauerte verflucht lange, und sie wurden beide müde. Am Abend saßen sie erschöpft da, jeder mit einer Dose Bier in der Hand, und betrachteten den halb abgerissenen Schuppen.

«Es muss einen leichteren Weg geben», meinte Sander.

Sie nahmen ein paar Bier mit und schlenderten durchs Dorf. Kurz darauf standen sie hinter der Scheune von Kjell Östholms Hof und spähten sehnsüchtig auf Kjells alten Traktor.

«Weißt du, wie man den fährt?», fragte Killian.

«Nein. Du?»

«Ich glaub schon. Das Ding hat nur verflucht viele Schalthebel.» Killian trank sein Bier aus und sah sich um. «Ist Kjell zu Hause?»

«Sein Auto steht nicht auf dem Hof.»

«Scheiße, wir versuchen es einfach. Was kann schon groß passieren?»

Sie kletterten in die Fahrerkabine. Sander, schon leicht beduselt, verschüttete dabei Bier auf den Motor. Als Killian den

Zündschlüssel umdrehte, gab dieser bloß ein müdes Seufzen von sich. Killian probierte es erneut. Der Traktor hustete, schüttelte sich und soff ab.

Killian blickte auf die Bierdose in Sanders Hand.

«Vielleicht hat er Durst. Gib ihm noch einen Schluck.»

Sander beugte sich aus der Fahrerkabine und kippte sein Bier über dem Motor aus. Killian unternahm einen dritten Versuch. Der Motor knackte, stotterte und knarrte verdrießlich, dann aber erwachte er prustend zum Leben, wach und bereit.

Sander und Killian boxten triumphierend in die Luft.

Nach einem etwas holprigen Start tuckerten sie an dem lauen Sommerabend durchs Dorf. Das Knattern eines Traktors war in Skavböke so natürlich wie Vogelgezwitscher und Kuhgebrüll. Zurück auf dem Grundstück ließ Killian die Frontschaufel herunter, kniff ein Auge zu und nahm die Überreste des Schuppens ins Visier, ein halb eingestürztes Dach und vier eingeknickte Wände.

«Ich denke, wir schaufeln ihn einfach weg. Kannst du mir vorher noch ein neues Bier holen?»

«Aber», gab Sander zu bedenken, als er mit zwei Bier zurück in die Fahrerkabine kletterte, «das ist nicht ganz so, als würdest du Sand mit einer Schaufel wegschippen.»

«Nicht ganz», erwiderte Killian und trank einen großen Schluck Bier. «Aber fast.»

Er betätigte die Hebel, der Traktor sprang an und rumpelte vorwärts; die groben Reifen zogen tiefe, braune Furchen durchs Gras. Sie walzten den Schuppen platt, Entschlossenheit voraus, Frontschaufel hinterdrein.

Bei der Kollision fiel Killian sein Bier aus der Hand, schäumendes Carlsberg floss über den Boden der Fahrerkabine. Mit einem bestürzten Stöhnen ließ er das Lenkrad los, beugte sich nach unten und griff nach der Dose.

«Killian, das Lenkrad!»

Sander beugte sich über Killian und versuchte, den Traktor unter Kontrolle zu behalten, während die Schaufel sich durch den Schuppen grub.

Beziehungsweise darüber hinweg. Anstatt die vordere Wand mit der Schaufel zu erfassen, kroch der Traktor die Wand hinauf, wie ein Hund, der versucht, über einen viel zu hohen Baumstamm zu klettern. Der Motor ächzte heiser, und der Traktor geriet zunehmend in Schieflage.

«Geh vom Gas runter!», brüllte Sander und klammerte sich an einen Haltegriff, um nicht von seinem Sitz zu fallen.

«Was?», brüllte Killian zurück. Er hatte die Bierdose zu fassen bekommen und blickte hinein, ob noch etwas drin war.

Die Vorderwand des Schuppens barst. Der Traktor fauchte, und die Welt um sie herum begann sich zu neigen. Sie waren kurz davor umzukippen.

«Du musst vom Ga...»

Ein Deckenbalken gab unter dem Gewicht des Traktors nach, und nach einem letzten tiefen Röcheln begann der Motor zu stottern. Es gab einen lauten Knall, der Traktor kippte wie ein verwundetes Tier auf die Seite, und Sander und Killian fielen aus der Fahrerkabine. Der Boden bebte, Erde spritzte auf und regnete herab, als eine Ecke der Fahrerkabine sich in den Rasen bohrte. Der Motor krepierte und verstummte.

Killian lag auf dem Rücken. Sander ebenfalls. Sie hielten immer noch ihre Bierdosen in Händen. Killian hob den Kopf, schleuderte seine leere Dose ins Gebüsch und sah Sander an.

«Das lief doch wie geschmiert.»

«Fast wie Sand wegschippen», meinte Sander.

«Eine Staplerschaufel wäre besser gewesen.»
«Ja, die hat uns wohl gefehlt.»

Es brauchte Zeit, viele heiße Sommertage und kühle Herbstmorgen, doch rechtzeitig zum Winter, fast ein halbes Jahr später, stand dort, wo der alte Werkzeugschuppen gestanden hatte, ein nagelneues Häuschen. Es roch genauso wie in ihren Träumen, frisch und neu, nach Holz und Öl. Sie hatten das Häuschen eigenhändig gebaut, hatten die Wände aufgestellt und sich mit Isolierung und Dämmung beschäftigt, hatten Holzdielen verlegt, das Dach abgedichtet und den Wohnraum so gemütlich eingerichtet, wie sie konnten. Im Fußboden hatten sie eine kleine Luke eingebaut, kaum größer oder tiefer als ein herkömmlicher Schuhkarton. Sie nannten es ihr Bierversteck.

Als Sander an jenem Tag in der kalten Dezemberdämmerung bei Killian eintraf, sah er, wie sein Freund etwas über den Rasen wuchtete, ein unförmiges, eisernes Ungetüm.

«Was ist das?»

Killian richtete sich auf. Trotz der Kälte schwitzte er.

«Ein Aggregat. Es ist saukalt geworden. Ich hab es von Frans. Er meint, es funktioniert nicht mehr. Aber ich glaube, er irrt sich. Sollen wir es ausprobieren?»

Sander stellte die Tüte mit Bier ab, die er dabeihatte, und half Killian beim Tragen.

«Verdammt schwer.»

«Hier», sagte Killian. «Hier steht es gut. Ich hab ein kleines Loch in die Wand gebohrt.»

Eine einzelne kahle Glühbirne baumelte von der Decke. Killian versuchte, das Kabel durch das Loch in der Wand zu pfriemeln, um es mit dem Aggregat zu verbinden.

«Wäre toll, wenn ich das Ding zum Laufen kriege, bevor wir zu Pierre abhauen. Dann kann ich heute Nacht hier draußen pennen. Und falls ich bei Pierre eine Flasche abstauben kann, wandert sie ins Bierversteck.»

Dann, als sei ihm gerade wieder etwas eingefallen, blickte er auf. «Übrigens, wie ist es heute Nachmittag gelaufen? Was hat er gesagt? Ich habe gesehen, dass ihr weggegangen seid und euch unterhalten habt.»

Ja, das hatten sie.

6

Er hatte einen Mann aus Stockholm mit funkelnden blauen Augen kennengelernt. Sein Name war Ardelius, und als Sander ihn ansah, war es, als täte sich ein Spalt in der Kulisse auf, hinter dem das wahre Leben lockte und verlockte.

Es erforderte ein wenig Mühe oder gründliche Betrachtung, es so zu sehen. Auf den ersten Blick wirkte Ardelius gewöhnlich, nahezu dröge. Sein braunes Jackett hing schlaff um seine Schultern, seine Handgelenke waren faltig und mager, seine Wangen blass und fleckig wie die Wände eines Wartezimmers. Doch seine Augen verrieten, dass etwas Außergewöhnliches an ihm war. Womöglich haben Stockholmer solche Augen.

Und seine Stimme. Tief und angenehm, melodisch, trotzdem fest. Er saß entspannt da, als habe er alle Zeit der Welt, zurückgelehnt, ein Bein über das andere geschlagen, die Finger ums Knie geschlungen, den Blick gelassen und neugierig auf Sander auf der anderen Tischseite gerichtet.

Sander hatte es Lundström zu verdanken, dass er hier saß. Lundström hieß mit Vornamen John, aber niemand nannte ihn so. Alle sagten Lundström. Lundström kam aus Åled und war, so erzählte man sich, in seiner Jugend einer der besten Schachspieler von ganz Halland gewesen. Auf diese Weise hatte er den weiten Weg bis nach Stockholm gemeistert und war dort, als er das Schachbrett zugunsten anderer Probleme in den Schrank räumte, an der Universität gelandet und dort geblieben. Philosophie, hieß es. Doch dann war er, warum auch immer, nach Halland zurückgekehrt. Sanders Klasse hatte Lundström im Herbst als Tutor und Religions- und Schwedischlehrer bekommen, und er hatte mit ihnen eine Gastvorlesung an der Hochschule in Halmstad besucht. Redner war Magnus Ardelius, Dekan der juristischen Fakultät der Stockholmer Universität und ehemaliger Studienkamerad von Lundström, und sein Vortrag behandelte das Verhältnis der Rechtswissenschaft zu Ethik und Moral. Der kleine Mann mit den funkelnden blauen Augen sprach von Überzeugungssystemen und Maximen, von alten goldenen Regeln und neuen.

«Das Recht», sagte er, «ist der äußerste Punkt der Gesellschaft. Dort verläuft die Grenze. Bis dorthin ist alles Verhandlungssache, aber dann.» Kunstpause. «Nichts. Die Entscheidung zwischen richtig und falsch kann in einem Augenblick getroffen werden.»

Eine äußerste Grenze. Das klang verlockend. Am Ende der Vorlesung beugte Lundström sich zu Sander, der vor ihm saß, und sagte:

«Du hast doch gerade einen Aufsatz über Recht und Gesetz geschrieben. Du solltest runtergehen und mit ihm reden.»

«Worüber?»

«Über das, was du geschrieben hast.»

Sander schüttelte den Kopf, trieb aber im Strom der Studierenden mit und stand kurz darauf zusammen mit Lundström vor Ardelius.

«Das ist Sander, einer meiner Schüler. Er würde sich gerne ein wenig ausführlicher mit dir unterhalten.»

Ardelius musterte ihn freundlich.

Jetzt saßen sie hier, im Café in der Nähe des großen Hörsaals, und Sander war soeben verstummt.

«Das klingt nach einem interessanten Aufsatzthema. Wie schön für John, dass er so talentierte Schüler hat. Interessierst du dich für Jura?»

«Ja, ich denke schon.»

«Du machst im Sommer Abitur, nicht wahr? Wie sehen deine weiteren Pläne aus?»

«Ich weiß es noch nicht. Aber meine Zensuren sind ganz gut.»

Ardelius hob seine Aktentasche vom Fußboden auf, nahm einen dicken Katalog mit der Aufschrift *Universität Stockholm* heraus, schlug ihn auf, blätterte zu einer bestimmten Seite, knickte ein Eselsohr hinein, klappte den Katalog zu und schob ihn zu Sander hinüber.

«Vielleicht interessiert es dich.» Er lächelte leicht. «Schweden ist ein großes Land. Es hat viele Gesichter. Stockholm ist nur eines davon, und vielleicht möchte man, wie John, nicht für immer dort bleiben. Aber für eine gewisse Zeit ist es gar keine schlechte Idee.»

Sander blinzelte.

«Was Sie in Ihrem Vortrag gesagt haben. Über die äußerste Grenze, oder den äußersten Punkt, Sie sagten Punkt.»

Ardelius hob eine Augenbraue.

«Ja?»

«Sie meinen, dass die Rechtswissenschaft, oder das Gesetz, eine Art Grenze für uns bedeutet. Oder habe ich das falsch verstanden?»

«Nein, so in etwa habe ich es gemeint. Das Gesetz ist die äußerste Grenze für das menschliche Verhalten.»

«Aber die Menschen verstoßen andauernd gegen das Gesetz. Was liegt jenseits davon?»

Ardelius lächelte.

«Eine sehr gute Frage. Aber», fuhr er fort, «ich muss leider los. Mein Zug.» Er streckte die Hand aus. «Die Frage können wir im Herbst an anderer Stelle weiter erörtern, wenn du möchtest.»

«Danke», erwiderte Sander. «Darauf freue ich mich. Sehr.»

«Ich denke, in dem Fall sind wir es, die sich für dein Vertrauen bedanken. Ich wünsche dir besinnliche Feiertage.»

Besinnliche Feiertage. Eine Ausdrucksweise, mit der Sander nicht vertraut war. Er war mit alldem hier nicht vertraut. Ardelius war ein wichtiger Mann, mit so großen und komplizierten Fragestellungen beschäftigt, dass man wohl aus Stockholm kommen musste, um sie zu begreifen. Sander wünschte, der Dekan der juristischen Fakultät würde auf dem Stuhl ihm gegenüber sitzen bleiben. Er wollte weiter das Gefühl haben, aus einem neuen Fenster zu blicken, neue Gedanken zu denken. Nur noch ein kleines bisschen.

Aber alles hat ein Ende. Hier, an diesem Punkt, war Sander Eriksson im Dezember 1999 angelangt. Vielleicht würde er an diesem Punkt bleiben.

Ardelius hatte sich diskret, fast lautlos, erhoben. Im Weggehen drehte er sich noch einmal um und zwinkerte Sander zu, als teilten sie von nun an ein Geheimnis.

7

«Wie heißt das?»

«Juridicum, die rechtswissenschaftliche Fakultät der Stockholmer Uni wird Juridicum genannt. Da finden die Vorlesungen statt, wenn man sich fürs Jurastudium einschreibt.»

Studium im Unterschied zu *Gymnasialzweig*. Zweige waren dünn und machtlos, sie konnten jederzeit zerbrechen. Ein Studium war etwas Größeres, Solideres. Wurde man zu einem Studium zugelassen, war man etwas Besonderes, dachte Sander.

Killian wiederholte das Wort *Juridicum*, und obwohl er es gerade mehrmals gehört hatte, schien er unsicher zu sein, ob er es richtig aussprach.

«Cool», murmelte er und widmete sich wieder Glühbirnenkabel und Aggregat.

«Ich habe mich noch nicht entschieden. Ich muss darüber nachdenken. Man kann sich erst im neuen Jahr bewerben, und dann heißt es abwarten, ob ich überhaupt angenommen werde.»

«Das wirst du sicher.»

«Du könntest mitkommen. Wir könnten zusammen gehen. Mir ist klar, dass du nicht unbedingt studieren willst, aber es ist Stockholm. Da gibt es auch Jobs für dich. Haufenweise. Und Kneipen und Bars. Frauen. Du solltest die in der Universitätsbroschüre sehen, die ich bekommen habe, ich zeig sie dir.»

Es kam nicht so heraus, wie er es geplant hatte. Sander hatte sich seine Argumentation genau zurechtgelegt, so wie er sich immer alles zurechtlegte. Wortwahl und Strategien waren Finger, die komplizierte Knoten lösen konnten. Diesmal aber redete er zu schnell, zu überstürzt, vielleicht weil er nervös oder unsicher war, ob das, was er sagte, die Wahrheit war.

«Ja», sagte Killian, als interessiere es ihn nicht übermäßig oder als wolle er sich nicht anmerken lassen, dass der Gedanke ihn traurig stimmte. «Vielleicht.»

Er blickte sich im Häuschen um, einen seltsamen Ausdruck im Gesicht.

«Von hier abzuhauen ist dein Traum, das weißt du, oder?», sagte er.

«Ein Teil meines Traums, jedenfalls.»

«Das hier ist meiner.»

«Was jetzt?»

«Mir ein eigenes Haus zu bauen, mit ein paar Zimmern mehr als jetzt, wenn ich die nötige Kohle habe. Ein größeres Bierversteck.» Killian lachte, wurde aber gleich wieder ernst. «Einen Job zu haben. Hier irgendwo in der Nähe. Eine Familie. Autos, an denen ich rumschrauben kann. Ich fühle mich wohl hier. Ich brauche nicht viel mehr.»

«Weil du nie darüber nachgedacht hast.»

«Das *habe* ich. Weil du so viel davon geredet hast, habe ich auch ... Aber das ist nichts für mich, glaube ich.»

Darauf wusste Sander nichts zu sagen. Das Häuschen schien mit einem Mal eine Art Monument zu sein, ein Symbol für das, was er womöglich hinter sich lassen würde.

«Okay.» Killian stand auf. «Los. Mach das Licht an.»

Sie hatten den Lichtschalter vor ein paar Wochen angebracht. Er saß da, wo er sollte, bloß ein bisschen schief. Sander drückte darauf. Die Glühbirne flackerte auf und knackte, draußen erklang ein Knall. Das Aggregat.

«Scheiße. Vielleicht ist das Ding doch kaputt.»

Killian ging nachsehen, was schiefgelaufen war. Der kalte Winterabend wehte durch die offene Tür herein und ließ Sander erschaudern.

Ein paar Meilen von der Küste entfernt, da, wo der Flusslauf des Nissan eine Biegung beschreibt und die ganze Schönheit Hallands offenbart: Genau da liegt Skavböke; und alle waren in jenem Jahr achtzehn geworden, alle bis auf Filip. Noch lösten die Tage einander ebenso unmerklich ab wie eh und je. Die Leute gingen ihrer Arbeit nach, Autos fuhren morgens aus der Einfahrt und kehrten in der Abenddämmerung zurück, die Jugendlichen bolzten auf Schotterwegen, kurvten mit Schlittschuhen über den zugefrorenen See und sahen während der Erntezeit den Mähdreschern zu, die vor einem Hintergrund aus tiefem Wald und klarem Himmel ihre Bahnen auf den Feldern zogen.

Doch ein Umbruch stand bevor: Die Neunzigerjahre neigten sich dem Ende zu. Vieles habe sich verändert, sagten die Eltern, an manchen Tagen kenne man sich kaum noch aus. Es herrsche keine Klarheit mehr darüber, was es hieß, in Schweden zu leben, was es hieß, schwedisch zu sein. Die weite Welt hatte Einzug gehalten, es war überall zu spüren: Läden erhielten neue Namen, wenn die alten untergingen, Namen, die man bislang nur aus dem Fernsehen gekannt hatte. Das Kapital bewegte sich schneller denn je, und wohin es auch ging, es ließ Ruinen zurück. So drückte es ein Politiker im Fernsehen aus.

Es gab Gewinner und Verlierer, und Skavböke zählte zweifellos zu Letzteren, doch wie es dazu gekommen war, konnte sich niemand so recht erklären. Das ganze Land sollte doch leben. Das sagten auch die Politiker. Aber Dinge, für die früher Hände nötig gewesen waren, wurden längst von Maschinen ausgeführt, bald würden es Computer sein.

Vielleicht gab es keine Grenze dafür, wie überflüssig der Mensch werden kann.

Bargeld war Mangelware, anderes dagegen scheinbar im Überfluss vorhanden: Salz und Zucker, Gerste, Weizen und Hafer, Kartoffeln und Schweinefleisch, und natürlich Milch. Milch in rauen Mengen. Man nannte sie das weiße Gold. Die halländischen Kühe hatten einst mehr Milch gegeben als alle anderen Kühe im Land zusammen. Bis vor einigen Jahren hatten auf dem Söderström'schen Gut in Skavböke mehrere Hunderte Milchkühe gestanden. Heute waren es deutlich weniger, und wo das Geld geblieben war, wusste niemand zu sagen. Vielleicht war es in Alkohol geflossen, oder in andere Dinge, die das Dasein erträglich machten.

Warum ausgerechnet die Bauern die Aufgabe erhalten haben, die Erde zu verwalten? Es ist, wie es ist, trotzdem kann man darüber nachdenken.

Achtzehn sein in Skavböke. Alles, woran man dachte, waren Geld, Sex und Freiheit. Schwer zu sagen, was wichtig und was unwichtig war, selbst scheinbare Bagatellen schienen entscheidend: Jacke oder Hoodie? Blickkontakt zu bekommen. Sich eine Zigarette anzustecken und mit leiser, ernster Stimme zu reden. Man war unsicher.

«Alles klar.» Killian kam ins Häuschen zurück und betrachtete die Glühbirne, die von der Decke baumelte. «Versuch's noch mal. Dann hauen wir ab zu Pierre.»

Sander kam Killians Aufforderung nach. Die Glühbirne flackerte auf, und einen Augenblick später leuchtete sie hell und klar. Sander blickte Killian an, und sie grinsten beide.

Ein Augenblick im Herzen von Halland, in den letzten Tagen eines Jahrhunderts.

8

Der Mord geschah in der Nacht, nach der Party bei Pierre. Sander und Killian waren da gewesen, darüber bestand kein Zweifel. Sie trafen zusammen im Bäck'schen Einfamilienhaus in Årnilt ein und verließen es zusammen; auch dies eine weitere wichtige Beobachtung.

In vielerlei Hinsicht war es eine Party wie jede andere. Jemand, der an diesem Abend durchs Haus gegangen wäre, hätte Gesprächsfetzen, Musik und den einen oder anderen Streit aufgeschnappt. Irgendwer hatte sich gerade ein teures Handy zugelegt, aber niemand begriff den Grund dafür. Hier draußen hockte man in einem Funkloch, der nächste Mobilfunkmast stand in Amböke. Handys waren in Skavböke nutzlos und würden es etliche Jahre lang bleiben.

Von Einwegkameras, die einige Partygäste dabeihatten, flammten Blitze auf, Gläser klirrten, und die Musik, die aus den Boxen wummerte, wurde zunehmend lauter. Sander und Killian diskutierten die bevorstehende Partie zwischen Oskarström und Breared. Für Oskarström sah es schlecht aus, in dem Punkt waren sie sich einig. Aber Wunder geschahen schließlich immer wieder, auch wenn der Herrgott sich selten in derart profane Dinge einmischte wie Oskarströms Fußballmannschaft.

Niemand wusste, wo Felicia steckte, ob sie zur Party gekommen und irgendwo im Haus war. Sander hatte keine Ahnung, was er tun würde, wenn er sie sah. Vielleicht gar nichts. Das war wohl die sicherste Alternative, wenn er daran dachte, wie es beim letzten Mal zwischen ihnen gelaufen war.

Es war im Sommer gewesen, eine warme Nacht Ende August. Sie hatten bei Alice Fredriksson allein in der Küche gestanden. Aus irgendeinem Grund hatte sich der Rest der Party nach draußen auf den Rasen verlagert. Sander hatte ihr die Episode mit dem Traktor und dem Schuppen erzählt, die damals erst zwei Wochen zurücklag. Felicia hatte gelacht und ihn und Killian Idioten genannt. Doch ihre Augen hatten dabei gefunkelt. Davon ermutigt, hatte er ihr die Konstruktion des Bierverstecks erklärt, das zu diesem Zeitpunkt nicht mehr als eine Idee gewesen war, oder treffender: eine *Vision*. Und Felicia hatte wieder gelacht, worauf Sander gehofft hatte.

Dann hatten sie sich geküsst.

Früher am Abend hatte sie seinen Namen gesagt, beiläufig, und er hatte sich gefühlt, als höre er ihn zum ersten Mal. Im Rausch des Alkohols hatte es ihn berührt, wie sein Name klang, wenn er aus Felicia Grenbergs Mund kam. *Sander*.

Unendlich weich in den Konsonanten, ein wenig wie ein Lied.

Ihr Kuss fand jedoch ein jähes Ende, als Felicia den Kopf abwandte und sich ins Spülbecken übergab. Sander stand vollkommen perplex da, unsicher, ob sie den Kuss fortsetzen würden, wenn Felicia sich ausgekotzt hätte.

Sie habe zu viel getrunken, entschuldigte sie sich, ohne ihn anzusehen. Aber Felicia schien nicht so enttäuscht zu sein wie er. Als habe der Schutzreflex ihres Körpers etwas unterbrochen, woran sie in Wahrheit nicht übermäßig interessiert gewesen war.

Jetzt hockte Sander im Wohnzimmer auf dem Ledersofa

von Pierres Eltern und kippte ein Bier in sich hinein. Felicia konnte genauso gut wegbleiben. Sie würde in Skavböke bleiben, wie alle anderen, er aber war auf dem Weg fort von hier.

Er dachte daran, wie Ardelius ihm zugezwinkert hatte, ein winziges Detail, das alles bedeuten konnte, trotzdem bewahrte er es in sich, wie ein Versprechen, das bald eingelöst werden würde. Als er nach dem Gespräch zurück zur Schule gegangen war, hatten die kahlen Äste der Bäume rings um den Parkplatz des Kattegatt-Gymnasiums geknarrt, und die Pflastersteine der Skepparegatan waren mit Schneematsch bedeckt gewesen. Die Welt hatte aus Backsteinen, engen Klassenzimmern, Winterkleidung und der nachmittäglichen Mathestunde bestanden, alles war wie immer gewesen und trotzdem anders. In seinem Rucksack steckte die Universitätsbroschüre, und die Welt erstrahlte in einem neuen Glanz. Von Orten und Menschen geht ein spezielles Licht aus, sobald man begreift, dass man sie hinter sich lassen kann.

Pierre kam ins Wohnzimmer gelatscht, hockte sich neben ihn auf die Armlehne und lallte, dass zu viele Leute da wären, obwohl noch fast niemand gekommen war.

Ein Weihnachtsstern leuchtete friedlich und warm im Fenster. In einer Ecke stand ein grüner runder Weihnachtsbaum mit Lametta und roten Kugeln geschmückt. Es war der letzte Freitag vor Weihnachten, und das alte Jahrtausend hatte nur noch zwei Wochen vor sich. Es würde ein ungewöhnliches Silvester werden: auf den Höfen und in den Häusern würden die Leute steif und nervös vor den Fernsehapparaten hocken, bereit, nach unten in die Keller zu rennen, sollte der Untergang kommen. Es hieß, Computerprogramme würden abstürzen, Banksysteme ausfallen, Satelliten vom Himmel krachen und der elektrische Strom für alle Zeit versiegen. Ihre

Eltern hatten viel davon gesprochen. Nicht alle schenkten den Gerüchten Glauben, doch einige taten es und gingen lieber auf Nummer sicher.

«Mein alter Herr wollte von dem ganzen Weltuntergangsgerede zuerst nichts wissen, aber jetzt nimmt er es ein bisschen zu ernst», erzählte Jakob Lindell. «Gestern, bevor meine Eltern gefahren sind, hat er unsere gesamten Ersparnisse von der Bank geholt, weil er gehört hat, dass Kjell Östholm es so gemacht hat. Jetzt haben wir alles, was wir besitzen, cash im Haus. Buchstäblich.»

«Wie viel kann das schon sein? Ein Tausender?», höhnte Mikael Söderström.

«So in etwa.» Jakob lachte, aber es klang hohl, als würde man auf ein leeres Fass trommeln, und er verschüttete seine zusammengebraute Alkoholmixtur auf der Jeans. «Nein, keine Ahnung. Es sind natürlich keine Milliarden, aber eine kleine Summe ist es schon.»

«Reicht vermutlich gerade mal, um die Raten für eure Glotze abzustottern.»

Jakob starrte in Mikaels halb angetrunkenes Grinsen.

«Kannst du aufhören?»

«Hoppla, da habe ich wohl einen wunden Punkt getroffen.»

«Lass es sein, Mikael», sagte Pierre leise.

«Aber es ist doch wahr.»

«Man muss nicht alles sagen, was wahr ist», murmelte Sander und trank einen Schluck Bier.

Jakobs Vater hatte früher Lastwagen repariert, war aber vor gut einem Jahr entlassen worden. Jetzt versuchte er, den ehemaligen Landwirtschaftsbetrieb wieder auf die Beine zu bekommen, aber die Lindells besaßen nicht viel: ein paar

Hühner, ein, zwei Schweine und ein wenig Land, das sie bestellten. Jakobs Vater hatte Mikaels Vater einmal um Geld gebeten, aber weder Mikael noch Jakob wussten, ob er welches bekommen hatte. Die Familien Söderström und Lindell waren mehr oder weniger Nachbarn, und hier in der Gegend liebte man seine Nachbarn oder man hasste sie. Einmal hatte Jakob Sander anvertraut, dass seine Eltern schon mehrere Male kurz davor gewesen waren, den Hof zu verkaufen und in eine Wohnung in Oskarström zu ziehen.

«Wo bewahrt er die Kohle denn auf?», wollte Killian wissen und sah sich nach einem neuen Bier um.

«In einem Kissen auf der Küchenbank. Genau wie Kjell. Ich glaube, wenn meine Eltern zurückkommen, will er es woanders verstecken. Scheißegal. Lasst uns über was anderes reden.»

«Du hast davon angefangen», sagte Mikael.

Jakob funkelte ihn an.

«Hast du nicht einen kleinen Bruder, für den du Babysitter spielen musst?»

Mikael lachte grob.

«Wow, was für eine Retourkutsche.»

«Können wir mal damit aufhören», sagte Pierre.

Filip, Mikaels kleiner Bruder, war zwei Jahre jünger. Alle wussten, dass er kotzte, sobald er nur einen Tropfen Alkohol getrunken hatte, und dass Mikael ihn regelmäßig mit nach Hause schleppte. Filip hatte gesagt, er würde zur Party kommen, war bisher aber noch nicht aufgetaucht.

Killian erhob sich schwankend vom Sofa und taumelte zum Klo. Sander ging in den Flur und fragte, ob jemand Felicia gesehen hätte. Keiner hörte ihn. An der Wand hing eine hölzerne Pendeluhr, groß und verschnörkelt. Sie zeigte Viertel nach elf.

Das Zifferblatt stellte eine alte schwedische Landkarte dar. Sander betrachtete sie, als sei sie ein Rätsel.

Ein großes Land mit vielen Gesichtern, hatte Ardelius gesagt.

Bald wäre er, Sander, weit fort von hier. Der Gedanke war wohltuend, wie eine Befreiung.

9

Es gingen Dinge vor, die nicht sichtbar waren, oder vielleicht waren sie es, nur schenkte ihnen niemand Beachtung. Siri und ihre Kollegen sollten im Nachhinein sehr viel Zeit damit verbringen, Klarheit über Einzelheiten zu gewinnen, denen niemand Bedeutung beigemessen hatte.

Glas und Porzellan gingen zu Bruch. Sander fand Filip auf dem Küchenboden und richtete ihm aus, dass sein großer Bruder hier wäre, irgendwo, und ihn suche. Filip schraubte mit ungeschickten Fingern den Deckel von einer Petflasche.

«Er war vorhin megafies zu Jakob», fuhr Sander fort.

«Wundert mich nicht», murmelte Filip.

«Warum nicht?»

«Er denkt, dass Felicia Grenberg auf Jakob steht. Oder Jakob auf sie. Was weiß ich.»

«Und?»

«Das ist seine Art, darauf zu reagieren; sich anderen gegenüber wie ein Schwein zu verhalten und den Überlegenen zu markieren.» Filip sah Sander mit flackerndem Blick an. «Glaub mir, ich weiß, wovon ich rede.»

«Worauf zu reagieren? Ist Mikael scharf auf Felicia?»

Filip lachte auf, als verstünde sich die Antwort von selbst.

Filip war klein und schlaksig, mit kahl rasiertem Schädel. Er hatte kantige, scharfe Gesichtszüge, eine spitze Nase, schmale Lippen und ein stumpfes Kinn, das einem W ähnelte. Er war dunkler als sein Bruder, besaß ein düsteres Gemüt. So war er von klein auf gewesen. Er hatte größere Schwierigkeiten in der Schule und weniger Freunde, mehrmals waren Vertrauenslehrer hinzugezogen worden. Aber er konnte auch lustig sein, impulsiv, und man wusste nie genau, woran man bei ihm war, ob er einen verarschte oder nicht.

Der Schraubverschluss fiel Filip aus der Hand und kullerte über den Boden.

«Scheiße. Ich hasse es, wenn das passiert.»

Sander bückte sich und hob den Deckel auf.

«Ist sie hier?», fragte er.

«Wer?»

«Felicia.»

«Keine Ahnung. Was du alles fragst.» Filip nahm ihm den Verschluss ab. «Danke.»

«Steht sie auf Mikael?»

«Woher zum Teufel soll ich das wissen? Aber normalerweise kriegt mein Bruder, was er will. Auf die eine oder andere Weise.»

Filip torkelte davon, und Sander blieb allein in der Küche zurück. Seine Welt hatte einen weiteren Riss bekommen. Felicia würde es wahrscheinlich nicht einmal merken, wenn er von hier wegginge. Als er sich Mikael und Felicia vorstellte, eng umschlungen in einem geheimen Winkel des Hauses, flammte heißer Zorn in ihm auf.

Aus dem Obergeschoss drangen laute Stimmen herunter. Tumult. Weitere Gegenstände gingen zu Bruch.

«Hallo!», brüllte Pierre. «Hört auf. Hört auf, verdammt noch mal! Beruhigt euch.»

Die Leute neigten zu schnell zu Gewalt. Hatten zu viel in den Händen und zu wenig im Kopf.

Sander kehrte ins Wohnzimmer zurück und hockte sich neben Killian aufs Sofa. Als Pierre kurz darauf aus dem ersten Stock herunterkam, sank er erschöpft auf den Fußboden und streckte sich der Länge nach aus.

«Ich schmeiß nie wieder eine Party», stöhnte er.

«Was war los?», fragte Sander.

«Jakob und Mikael haben sich geprügelt.»

«Wer hat gewonnen?»

«Die Lage ist unter Kontrolle. Ich hab sie getrennt.»

Dann war Mikael jedenfalls nicht mit Felicia zusammen. Die erste gute Nachricht des Abends. Sander begann wieder, sich nach ihr umzusehen. Killian lehnte sich zu ihm herüber und schrie, um die Musik zu übertönen. Er hatte angefangen zu lallen.

«Madeleine hat sich heute verletzt. Ich glaube, Felicia ist deshalb zu Hause geblieben.»

«Ihre Mutter hat sich verletzt? Was ist passiert?»

«Sie ist irgendwie vom Dach gefallen. Ich hab gehört, wie Alice und Isabelle darüber geredet haben, als ich auf dem Klo war.»

«Aha. Okay.»

Killian senkte die Stimme.

«Ich frag mich, wie viel es wohl ist.»

«Hä? Wovon redest du?» Sander lallte jetzt ebenfalls.

«Von der Kohle auf Jakobs Küchenbank, Mann.»

«Keiner hier hat wohl besonders viel.»

«Nein, aber trotzdem.»

«Es wird kaum etwas sein.»

Sanders Worte bewirkten eine Veränderung in der Luft zwischen ihnen.

«Warum sagst du so was?», wollte Killian wissen.

«Was?»

«Als würdest du auf andere Leute herabsehen.»

«Das tue ich nicht.»

«Aber es klingt so.»

«Aber das tue ich nicht, ehrlich.»

Auf dem Fußboden kam wieder Leben in Pierre.

«Ich brauch noch ein Bier, oder was Stärkeres. Ich glaub, im Kühlschrank steht noch 'ne Flasche Wodka.»

Ein paar Leute verschwanden in die Küche, andere gingen nach draußen auf den Hof, ein paar verdrückten sich ins Obergeschoss, um Sex auszuprobieren oder um zu kiffen. Bei der Prügelei war ein Bild kaputtgegangen, und irgendwann stolzierte Pierre die Treppe herunter, den Rahmen um den Hals, eine Flasche Wodka in der Hand, und skandierte: *Hierrr kommt ein wahrrrerrr Feinschmeckerrr! Aus dem Shithole derrr Hauptstadt!* Speichel sprühte aus seinem Mund. Er stolperte über den Flurteppich und knallte mit dem Kopf gegen die Wand. Die Pendeluhr fiel von ihrem Haken und traf Pierre am Schädel. Er lachte und lallte: *Oohhh, das warrr aberrr wahrrrlich an derrr Zeit!* Während Sander ihm dabei half, die Uhr wieder aufzuhängen, kicherte Pierre unentwegt in sich hinein. Kamerablitze flammten auf.

Kurz danach flaute die Partystimmung ab. Die Leute waren müde, zu betrunken oder mussten los, um sich ins Haus zu schleichen, bevor die Eltern wach wurden. Filip hatte gekotzt und torkelte mit einem Mädchen an der Hand in die Winternacht hinaus. Etwas später standen Sander und Killian im

Flur, Killian mit Schlagseite und einer Kippe in der Hand. Von der geöffneten Haustür zog kalte Luft herein.

Er machte einen Schritt auf die Vordertreppe hinaus.

«Ich weiß, dass du nicht vorhast zu bleiben. Ich bin nicht bescheuert. Ich kapier das. Und ich kapiere, warum du von hier weg willst. Was du da vorhin im Wohnzimmer gesagt hast. Das ist die Wahrheit, oder? So denkst du wirklich.»

«Nicht bei dir.»

«Ich meine nicht mich, ich meine ...» Killian schien nachzudenken. «Alles.»

«Ich komme in den Semesterferien nach Hause. Und vielleicht ziehe ich ja auch irgendwann wieder hierher. Aber ich weiß nicht, ich muss ... Du kannst mitkommen.»

Killian schüttelte den Kopf.

«Was dich von hier fortzieht, ist dein Grips. Deine Noten. Da kann ich nicht mithalten.»

«Du bist klug.»

«Nicht so wie du.» Killian atmete aus, streckte seine Glieder und blickte hinaus in die Dunkelheit, auf den Wald auf der anderen Seite des Årniltsvägen. «Ich werde für immer hier bleiben. Aber so will ich es haben. Ich komme schon klar. Hast du es deinen Eltern gesagt?»

«Nein. Aber sie werden es verstehen.»

In Wahrheit fühlte er sich bei Weitem nicht so sicher, wie er klang. Killian legte ihm eine schwere Hand auf die Schulter.

«Sollen wir den Abflug machen?»

Sander blickte auf die bestrumpften Füße seines Freundes.

«Du hast keine Schuhe an.»

Als wäre ihm dieser Umstand neu, blickte Killian mit hochgezogenen Augenbrauen auf die vereiste Vordertreppe.

«Da scheint was dran zu sein. Ich glaube, ich bin doch ziemlich voll.»

Hinter ihnen, im Wohnzimmer, flammten neue Kamerablitze auf und verewigten eine Partyleiche, die über die Armlehne sabbernd auf dem Sofa ihren Rausch ausschlief. Sander blinzelte. Einen kurzen Moment lang standen zwei Killians vor ihm.

«Ich auch, glaube ich.»

Sander und Killian verließen Pierres Party zusammen. Da war es ein Uhr in der Nacht. Auch darüber bestand kein Zweifel.

Was danach geschah, blieb jedoch über zwanzig Jahre lang unklar.

10

Kjell Östholm sah das Auto als Erster, doch zu verdanken war es Bill.

Bill war fast zwei Jahre alt, aber Kjell hatte ihn erst wenige Monate, weshalb der Schäferhund noch nicht ganz an die Abläufe auf dem Hof gewöhnt war. Manchmal wachte er etliche Stunden vor Sonnenaufgang auf.

Früher war das Leben auf dem Hof anders gewesen. An die Jahre, als seine Frau noch lebte und sie noch die Milchkühe gehabt hatten, erinnerte Kjell sich als die glücklichsten seines Lebens. Da hatte der Wecker schon um Viertel nach drei in der Früh geklingelt, und Greta hatte ihn mit einem zärtlichen Klopfen auf die Brust geweckt.

Mittlerweile war es Bill, der Kjell weckte. Heute Morgen war er um kurz vor fünf ins Schlafzimmer getapst, hatte die Vorderpfoten auf die Bettkante gelegt und leise gewinselt.

Kjell brauchte eine Weile, um aus dem Bett zu kommen. Wie es die Zeit eben mit sich brachte. Beine, Kreuz, Gleichgewichtssinn wurden launenhaft.

Erst nach fünf brachen sie zu ihrem üblichen Morgenrundgang über die Felder auf.

Als Bill unruhig zu werden begann, kamen Kjell Bedenken, aber er ließ den Hund die Richtung bestimmen. Sie überquerten den Acker und liefen zur oberen Umzäunung.

Auf dem Weg stand ein Auto, ein alter grauer Volvo 240 mit geöffneter Kofferraumklappe. Kjell blieb stehen.

«Ist wohl besser, wir sehen nach, hab ich zu Bill gesagt», gab er hinterher bei der Polizei zu Protokoll. «Also sind wir über den Zaun gestiegen und zum Auto gegangen. Ich hab in den Kofferraum gesehen, weil Bill so verrückt gespielt hat, dass ich nachschauen musste, was da war. Dann hab ich geflucht und bin, so schnell ich konnte, zurück zum Hof gerannt und hab euch angerufen.»

In der Odengatan, im Zentrum von Oskarström, lehnte Gerd Pettersson an der Wand eines Treppenhauses und wünschte inständig, die angekündigte neue Kollegin aus der Stadt hätte ihren Dienst schon um Mitternacht angetreten. Einsätze wie diese waren ermüdend und beschwerlich, wenn man sie allein absolvieren musste.

«Komm und hilf mir endlich», drang in diesem Moment eine Stimme aus der Wohnung. «Steh nicht einfach nur da draußen rum.»

Auf die Anweisung folgten Gepolter und Schläge.

«Hasse, ich möchte, dass du die Tür aufschließt und ein paar Schritte zurücktrittst. Kannst du das machen?»

Gerds Worte hallten blechern im Treppenhaus wider.

«Das geht nicht!», brüllte Hasse.

«Deine Nachbarn machen sich deinetwegen Sorgen.»

«Das ist mir scheißegal. Du musst deine Kiste holen.»

«Was für eine Kiste?»

«Deinen Computer.»

«Und was sollen wir dann deiner Meinung nach damit machen?»

«An Silvester fliegen alle Computer in die Luft. Sie wissen davon. Wenn man einen Computer aufstellt, trauen sie sich nicht mehr zu strahlen.»

Es war kurz vor halb sechs am Morgen. Ein Nachbar hatte die Polizei angerufen und sich über den alten Hasse Ek beschwert, der unter dem Dach wohnte. Dem Nachbarn zufolge wütete er seit Mitternacht, schrie und tobte, schlug gegen Wände und Türen und hielt das ganze Haus wach.

«Könnt ihr mir nicht helfen?», jammerte Hasse jetzt.

Seltsam, dachte Gerd, dass Aluhut-Träger immer aufgebracht und gleichzeitig jämmerlich klangen.

Heute konnte man es kaum noch glauben, aber Hasse Ek war einmal einer von Hallands vielversprechendsten Trabrennjockeys gewesen. Gerd selbst hatte am Rand der Halmstader Trabrennbahn gestanden und ihn im Sommer beim *Sprintermästaren* zum Sieg angefeuert. Alle waren da gewesen, sogar Isidor Enoksson, der hiesige Pfarrer. Gewettet hatte der Kirchenmann auch, und nachdem er oben auf der Tribüne ein oder zwei Bier genossen hatte, war ihm entschlüpft, woran er wirklich glaubte: an Hasse Ek. Und an Gott. Was hier und jetzt, so Isidor, ein und dasselbe sei.

Vielleicht hätte der Pfarrer in diesem Fall auch an den Alkohol glauben sollen, denn der Teufel Alkohol war stärker als Hasse, und mit den Jahren richtete er ihn zugrunde. Als Hasse nach diversen Klinikaufenthalten wieder trocken war, ging es, wie es ging, und er fing an, über Strahlung zu faseln. Er hatte Kinder, zwei an der Zahl, seit Langem ausgeflogen. Sie hielten es mit ihm nicht aus, und seine Ex-Frau lebte mit einem Banker in Halmstad.

«Hasse», unternahm Gerd einen neuen Versuch.

Doch da knackte das Mikrofon an ihrer Uniform, und die Meldung hallte zwischen den Wänden.

«Was hast du gesagt? Skavböke? Jetzt?»

11

Das Polizeirevier von Oskarström lag in der Brogatan, direkt am Ufer des Nissan. Einst beherbergte es nicht weniger als fünf tapfere Repräsentanten der Ordnungsmacht. Heute, an der Schwelle zum neuen Millennium, hatten die Ressourcenumverteilung und der Zentralisierungsprozess der Behörden die Anzahl auf zwei und, an diesem frühen Dezembermorgen kurz vor Weihnachten, auf eine Repräsentantin reduziert. Eine einzelne Polizistin auf fünftausend Einwohner. Als der Morgen graute, sollten es wieder zwei werden, eine Verdoppelung der Personalstärke, betonten jene, die sich auf Zahlen verstanden. Siri, so hieß die Neue, und irgendein gewöhnlicher Nachname, Karlsson oder Bäck, wohl aus der Stadt.

Aber für den Moment war Gerd Pettersson noch auf sich

allein gestellt. Es gab Leute in der Gegend, die Angst vor ihr hatten, doch die meisten mochten die groß gewachsene Frau mit dem schulterlangen Kraushaar und dem lauten, klingenden Lachen. Sie ging auf die sechzig zu und hatte ihr ganzes Berufsleben als Polizistin zugebracht.

Gerd ließ den Motor an, nahm die Brücke über den Nissan, fuhr aus Oskarström hinaus und in die Dunkelheit Richtung Skavböke hinein.

Kjells Hof lag still da, eingehüllt in eine ölige Schwärze. Bill begann zu bellen, als sie aus dem Auto stieg, und ein greller Lichtstrahl blendete sie.

Kjell hockte auf einem Stuhl am Fuß der Vordertreppe, Hund und Schrotflinte neben sich, eine Taschenlampe in der Hand.

«Hast du dafür einen Waffenschein?», erkundigte sich Gerd.

«Und ob ich den hab.»

Kjell brauchte eine Weile, um auf die Füße zu kommen. Er hatte fast eine Stunde gewartet, etwas anderes hatte er nicht zu tun gewagt. Es gab nicht viel, worauf noch Verlass war. Nicht mehr. Die Welt veränderte sich zu rasch. Auf allem stand *Made in China*, Strolche stahlen Diesel und Maschinen von unbescholtenen Bürgern, und in einer Woche, an Silvester, hieß es, würden die Uhren stehen bleiben. Und nun das hier, eine Nacht, die ihn mit finsteren Klauen zu umklammern schien; und das, was unten auf dem Weg wartete.

Kjell musterte Gerd im grellen Schein der Taschenlampe, als sei sie eine Enttäuschung.

«Hast du die anderen unterwegs verloren?»

«Ich bin die Einzige, die gerade Dienst hat.»

«Dann nehm ich meine Flinte mit.»

«Meinetwegen, aber die Taschenlampe, Kjell.» Gerd kniff die Augen zusammen. «Leuchte damit bitte auf den Boden.» Sie blinzelte und sah weiße Punkte.

Als sie den gefrorenen Acker überquerten, trottete Bill ruhig und treu an Kjells Seite, als begleite er ihn seit vielen Jahren. Er spürte wohl, dass etwas anders war als sonst. Sie stiegen über den Zaun, und auf dem Weg, der zwischen Kjells und Söderströms Land verlief, stand der Volvo. Gerd knipste ihre eigene Taschenlampe an und bat Kjell zurückzubleiben.

Sie ging zum Kofferraum, blickte hinein und blieb lange davor stehen.

«Ja», sagte sie, als sie schließlich zurückkam. «Ich muss wohl Meldung machen.»

12

Das Licht über den Wiesen und Feldern war an diesem Morgen dünn und kalt wie Quecksilber. Allmählich nahm es zu, und die Leute erwachten mit einem mulmigen Gefühl, als hätte das ganze Dorf in der Nacht denselben unbehaglichen Traum gehabt.

Der Volvo wurde mit blau-weißem Absperrband abgeriegelt. Ein großer Van rückte an, und uniformierte Beamte und Kriminaltechniker in dunkelblauen Overalls stiegen durch die geöffneten Hecktüren ein und aus. In blasslila Handschuhen steckende Hände hielten Kameras, Notizblöcke und Stifte. Alles ging in andächtiger Stille vonstatten, und wurden Entdeckungen gemacht, erfolgte ihre Meldung diskret.

Hinter der Absperrung stand Kjell mit Bill, der, aufgrund

seines hellen Fells, von weither zu sehen und leicht wiederzuerkennen war, weshalb viele zuerst den Hund und erst dann die Fremde sahen. So wurde sie beschrieben, Gerd Petterssons neue Kollegin, die das Pech hatte, ihren Dienst im Polizeirevier von Oskarström ausgerechnet an diesem Morgen zu beginnen.

Siri Bengtsson war frühzeitig eingetroffen und anscheinend gänzlich unbeeindruckt von der klirrenden Kälte. Laut Vertrag begann ihr Dienst erst am Montag, sie hatte Gerd jedoch aus eigenem Antrieb heraus kontaktiert und vorgeschlagen, schon am Wochenende zu kommen, um sich ein Bild von ihrem neuen Arbeitsplatz zu machen.

Falls sie ihren Entschluss bereute, ließ sie es sich nicht anmerken. Schmal wie eine Jungbirke war sie, das fanden alle, nicht zuletzt Gerd. Ihre Uniform füllte sie kaum aus, und viel älter war sie auch nicht, mit kühlen Gesichtszügen und intensiven, braunen Augen, die keinen Grund zu haben schienen. Die meisten glaubten, dass ihre Wurzeln in China oder vielleicht in Thailand lagen.

Gerd versuchte zu entscheiden, was sie vor sich sah. Es wirkte wie ein Unfall und auch nicht. Grenbergs Volvo war auf dem Weg, der zwischen Östholms und Söderströms Ländereien verlief, frontal mit einem Baum kollidiert. Der Kofferraum stand offen.

In der aufgeweichten Erde hinter dem Fahrzeug verliefen Reifenspuren, als sei der Volvo geschlingert und aus der Spur geraten, bevor der Fahrer die Kontrolle über den Wagen verloren hatte und gegen einen der mächtigen alten Bäume am Wegrand geprallt war. Am Lenkrad klebte Blut, und auf der Fahrerseite befanden sich neben großen, deutlichen Schuhabdrücken dunkelrote Flecken auf der Erde.

Der Junge lag im Kofferraum. Zwei Schläge, so sah es aus. Einer gegen die Schläfe und einer in den Nacken. Schläge womit? Gerd und Siri beugten sich über Mikael Söderström. Kein Geruch. Wegen der Kälte, hatte der diensthabende Rechtsmediziner verlauten lassen, den man aufgetrieben und nach Skavböke beordert hatte. Er war von der mürrischen, wortkargen Sorte und sagte nicht sehr viel mehr. Die tödlichen Schläge gegen den Kopf konnte jeder sehen, der Augen hatte.

«Und», fügte der Rechtsmediziner nach allerlei Messungen hinzu, «irgendwann in der Nacht.»

«Was war da?»

«Da ist er gestorben.»

«Ja, das ist uns klar. Können Sie den Zeitpunkt etwas genauer eingrenzen?»

«Nein. Noch nicht.»

Gerd warf Siri einen müden Seitenblick zu.

«Aber wenn Sie eine Schätzung wagen?»

«Ich halte nicht viel von Schätzungen.»

«Ich bitte Sie. Um ein Uhr, um drei Uhr?»

Schulterzuckend schaute der Rechtsmediziner auf die Leiche.

«Irgendwann zwischen eins und zwei.»

«Um halb zwei, also?»

Der Rechtsmediziner presste die Lippen aufeinander.

«Vielleicht.»

Als Gerd sich erneut vorbeugte, entdeckte sie im Haar des Jungen Rostsplitter.

«Ein Hammer?», mutmaßte sie.

«Oder eine Schaufel», sagte Siri. «Irgendetwas in der Art.»

Es war unbehaglich. Nicht nur, weil der Junge da lag, auch

wegen des Autos. Es gehörte Madeleine Grenberg. Sie hatte den Volvo nach Görans Tod für sich und ihre Tochter gekauft, weil sie sich den großen Ford nicht mehr hatten leisten können.

Madeleine selbst hatte heute Morgen die Polizei angerufen, nachdem sie auf Krücken zum Küchenfenster gehumpelt war, um Kaffee zu kochen, und sich beim Blick hinaus verwundert gefragt hatte, wo um alles in der Welt ihr Auto war.

Madeleines Verletzung war im Dorf allgemein bekannt. Ihren Sturz vom Dach hatte zwar niemand mit eigenen Augen gesehen, doch etliche Anwohner hatten ihre anschließenden Hilferufe gehört, als sie am Boden lag. Einer dieser Anwohner war der Kfz-Mechaniker Frans Ljunggren, der zu ihrer Rettung herbeigeeilt war und Madeleine ins Krankenhaus gefahren hatte. Das rechte Bein war geröntgt, untersucht und bis zum Knie eingegipst worden. Madeleine konnte sich nur mit Krücken vorwärtsbewegen, und ihre Tochter Felicia war gestern Abend zu Hause geblieben, um ihr zu helfen.

Nun stand Madeleine ein Stück abseits, unsicher und schwankend auf ihre Krücken gestützt, als bereite ihr deren Handhabung nach wie vor Schwierigkeiten. Gerd und Siri gingen zu ihr hin. Sie wirkte zerbrechlich, fragil, ihr Händedruck war kalt und kraftlos.

«Hallo», stellte Siri sich vor. «Ich heiße Siri. Ich bin die Neue.»

«Ich verstehe nicht, was hier los ist», erwiderte Madeleine Grenberg. «Ist es wirklich Mikael?»

«Ja», bestätigte Gerd. «Leider ja. Wie kommt dein Auto hierher?»

«Keine Ahnung. Ich habe nicht die leiseste Ahnung.» Sie wiederholte die Worte mechanisch, tonlos. «Als wir gestern

Abend ins Bett gegangen sind, stand der Wagen wie immer draußen vor dem Haus.»

«Wann war das?»

«Kurz vor elf, vielleicht.» Madeleine Grenberg deutete mit dem Kopf auf ihr eingegipstes Bein. «Ich habe Tabletten bekommen, um schlafen zu können. Als sie zu wirken begannen, habe ich geschlafen wie unter Vollnarkose. Felicia ist um die gleiche Zeit ins Bett gegangen. Als ich heute Morgen aufgestanden bin, war der Wagen weg. Aber ich war noch ein wenig benommen von den Tabletten. Es hat eine Weile gedauert, bis mir klar wurde, dass irgendwas nicht stimmt.»

Es käme vor, fuhr sie fort, dass Leute sich den Wagen ausliehen, vor allem die Jugendlichen aus dem Dorf, die noch kein eigenes Auto hatten, aber nie, ohne ihr Bescheid zu geben. Nachdem sie ihre Tochter gefragt habe, hätte diese keine andere Lösung gesehen, als die Polizei anzurufen und den Wagen als gestohlen zu melden.

«Felicia meinte also, dass du die Polizei informieren solltest», sagte Gerd, mehr als Feststellung denn als Frage.

«Wann, sagtest du, ist sie ins Bett gegangen?»

«Zur gleichen Zeit wie ich.»

«Und hast du sie in der Nacht gesehen?»

«Nein, das ... ich ... wie gesagt, die Tabletten. Wieso?»

«Wir müssen dich das fragen, Madeleine», sagte Gerd, als spräche sie mit einer Freundin, und nickte in Richtung des Volvo. «In Anbetracht der Tatsache, dass es euer Wagen ist und der Zündschlüssel steckt, muss irgendjemand Zugang dazu gehabt haben. Und der Junge im Wagen. Felicia kennt ihn.»

«Ja. Natürlich.» Madeleine Grenberg nickte mit Tränen in den Augen und schwankte unsicher auf ihren Krücken. «Ich helfe gerne, so gut ich kann. Manchmal lasse ich den Schlüssel stecken. Wer sollte den Wagen hier draußen auch schon stehlen? Oder ich vergesse, ihn abzuziehen.»

Kurz darauf humpelte sie auf ihren Krücken mühsam davon.

«Gerd», sagte Siri. «Die Geschichte mit dem stecken gelassenen Autoschlüssel. Kann die wirklich stimmen?»

«Willkommen auf dem Land», erwiderte Gerd lakonisch.

Sie verschränkte die Arme vor der Brust und musterte die Fahrzeuge, die sich mittlerweile vor der Absperrung eingefunden hatten. Kjell Östholm stand mit seinem Hund noch immer da. Laut und wortreich schilderte er gerade für alle, die es hören wollten, seinen morgendlichen Rundgang über die Felder und die Entdeckung des Volvo.

Gerd betätigte ihr Mikrofon und funkte das Polizeirevier in Halmstad an.

«Wie weit seid ihr mit der Hundestaffel?»

«Die nächste ist in Göteborg. Es wird den ganzen Tag dauern, bis sie hier ist.»

Gerd schüttelte unwillig den Kopf.

«Besten Dank», fauchte sie und beendete das Gespräch.

Sie war froh, Siri als Unterstützung zu haben. Dass ihre neue Kollegin sich nicht in der Gegend auskannte, war ein Nachteil. Dass sie so zierlich war, dass sie sich bei starkem Wind irgendwo festhalten musste, ein zweiter, und ihre generelle mangelnde Erfahrung ein dritter. Aber es war trotzdem gut, an einem Morgen wie diesem, am Anfang einer Ermittlung, die schon jetzt unter einem schlechten Stern stand, jemanden an der Seite zu haben.

Jetzt trat Siri an die Absperrung und wandte sich an Kjell.

«Das ist nicht zufällig ein Jagdhund?»

Kjells Gesicht leuchtete auf.

«Und ob. Tüchtig wie eine ganze Hundestaffel.»

«Denken Sie, er kann eine Blutspur aufnehmen?»

Sieh mal einer an, dachte Gerd. Bekanntermaßen soll man nicht nach dem Äußeren urteilen. Vielleicht steckte in diesem zierlichen Persönchen doch eine Polizistin von echtem Schrot und Korn. Eine kleine zwar, jedenfalls rein anatomisch, aber nichtsdestoweniger eine Polizistin.

13

Kurz darauf wurden Kjell und Bill in einem weiten Radius um den Volvo herumgeführt. Die Spuren auf der Erde waren mit nummerierten Stäben markiert.

«Hier.» Gerd sank neben einigen Blutflecken in der Größe von Ein-Kronen-Münzen mit knackenden Gelenken mühsam in die Hocke. «Hier fangen wir an.»

Kjell wurde blass.

«Ist das von Mikael?»

«Das wissen wir nicht, aber genau das wollen wir herausfinden.» Gerd winkte Bill herbei, der hoffnungsvoll mit dem Schwanz wedelte. «Sollen wir einen Versuch wagen?»

«Wenn es eine Blutspur gibt, wird Bill sie wittern», prahlte Kjell und führte sich mit einem Mal auf wie der Dreh- und Angelpunkt der Ermittlung.

Gerd und Siri folgten ihm und seinem Schäferhund, der mit der Nase am gefrorenen Boden lostrabte, die Rute steil aufgerichtet wie einen Fingerzeig.

«Da.» Kjell deutete in Richtung Böschung. «Er führt uns in das kleine Waldstück.»

Das Tauwetter vorige Woche hatte den Schnee größtenteils weggeschmolzen, doch dann war die Kälte zurückgekehrt, und der Wald schützte das mal hier, mal da verbliebene Weiß in Form von harschen, krustigen Flecken.

«Haltet die Augen offen», warnte Kjell. «Hier sind neulich Wildschweine gesichtet worden. Geht ihr auf die Jagd?»

«Ich nicht», erwiderte Gerd. «Mein Mann war Jäger.»

«Ich jage», sagte Siri. «Aber das letzte Mal ist schon eine Weile her.»

Gerd und Kjell blickten sie verblüfft an, unsicher, ob Siri einen Scherz gemacht hatte. Sie fügte nichts mehr hinzu. Stattdessen blieb sie vor einem tellergroßen Schneefleck stehen, in dem ein deutlicher Schuhabdruck zu erkennen war.

«Welche Schuhgröße haben Sie, Kjell?»

«Einundvierzig.»

«Das ist dreiundvierzig. Mindestens. Eher größer, würde ich sagen.» Siri hielt ihren eigenen Stiefel darüber. «Die Person, die hier langgegangen ist, hat Riesenfüße im Vergleich zu mir.»

Das hat wohl jeder, dachte Gerd und stieß einen Markierungsstab in den Boden. Ein Stück entfernt, in einer kleineren Schneeverkrustung, fanden sie einen zweiten Schuhabdruck von derselben Größe.

«Was hast du eigentlich gemacht, Kjell?», erkundigte sich Gerd. «Mit deinem Geld, meine ich?»

«Ich hab alles abgehoben. Vorige Woche. Genau wie Frans Ljunggren und Bengt Lindell.»

«Das muss eine ziemlich große Summe sein.»

«Ja, es kommt was zusammen.»

«Ich will nicht wissen, wo du das Geld aufbewahrst. Aber ich hoffe, du hast es wenigstens sicher ...»

«Ich hab ein Doppelschloss an der Vordertür und meine Flinte neben dem Bett», fiel Kjell ihr ins Wort.

«... eingeschlossen, in einem *Tresor* zum Beispiel», brachte Gerd ihren Satz resigniert zu Ende.

«Hat man eine Flinte im Haus, genügt die Matratze.»

Siri schwieg.

Oberhalb des Waldstücks grenzte ein Acker an. Zunächst lief Bill auf den Acker hinaus, die Nase weiter fest am Boden, dann aber kehrte er abrupt um und setzte sich am Rand des Wäldchens auf die Hinterbeine, einen angespannten Ausdruck in den großen Augen. Ein kalter Wind wehte über das Land.

«Die Spur führt bis hierher», erklärte Kjell. «Auf dem Acker verliert sie sich. Bill kann ihr nicht länger folgen. Und wenn er es nicht kann, ist es kompliziert.»

Bill wartete. Als nichts weiter geschah, erhob er sich und blickte mit zaghaftem Schwanzwedeln von Gerd zu Kjell.

«Was hast du heute Nacht zwischen halb eins und halb drei gemacht?», fragte Gerd.

«Ich?» Kjell hob eine Augenbraue. «Ich hab geschlafen, was sonst.»

«Gerd.» Siri stand ein paar Meter abseits und hatte den Blick auf den Boden gerichtet. «Hier. Hier sind weitere Fußspuren. Aber sie führen in die entgegengesetzte Richtung. Die Person geht vom Auto bis zu dieser Stelle und läuft wieder zum Auto zurück. Aber auf dem Rückweg ist sie nicht allein. Schau. Der Schuhabdruck daneben. Er ist kleiner. Siehst du?»

Gerd nickte. Sie kniff die Augen zusammen und blickte über den Acker.

«Da.» Sie wies in die Richtung. «Das Haus da hinten. Auf

der anderen Seite. Dahin muss die Person gelaufen sein. Zu Erikssons Haus. Und dann ist sie zurückgekommen.»

«Wie heißt der Sohn der Familie?», fragte Siri.

«Sander», antwortete Gerd. «Sander Eriksson.» Sie zögerte. «Kannst du vielleicht mit ihnen reden?»

«Die Meute rückt an», teilte Kjell ihnen mit und klang fast amüsiert. Zwei Journalisten. Sie parkten vor der Absperrung und stiegen aus, sensationslüstern, Kameras und Mikrofone in Händen. Einer der beiden ließ einen Notizblock fallen. Der Wind ergriff den Block und trug ihn über den Acker davon. Der Reporter rannte hinterher, und der Kameramann folgte ihm auf den Fersen. Es sah aus, als ob er lachte.

14

Sanders Mutter Eva saß am Küchentisch, wärmte ihre Hände an einer Tasse Kaffee und hörte Radio. Ein paar Jugendliche hatten vergangene Nacht versucht, den Weihnachtsbaum auf dem Stora torg in Halmstad zu fällen, ihr Vorhaben jedoch abgebrochen, als einer von ihnen sich an der Hand verletzte und ärztliche Hilfe benötigte. Ein Mann war auf frischer Tat bei einem Einbruch in ein Elektronikfachgeschäft im Einkaufszentrum Stenalyckan ertappt worden. Nach Angaben der Polizei hatte er sämtliche Geräte vom Strom nehmen wollen, damit sie an Silvester nicht explodierten. Der Mann war unter lautstarkem Protest in die Psychiatrie überführt worden. Die Kommune plante neue Einsparungen. In den Altersheimen des Landkreises begannen die Vorbereitungen für die Weihnachtsfeiern. Und nun das Wetter.

Das war alles. Sander ging zum Kühlschrank, goss sich ein Glas Milch ein, setzte sich zu seiner Mutter an den Tisch und gähnte. Der gestrige Abend rumorte in seinem Schädel.

«Wie geht's dir?», fragte Eva und trank einen Schluck Kaffee. «Ist es spät geworden?»

«Wo ist Papa?»

«Er bringt meinen Wagen in die Werkstatt. Als ich ihn gestern gestartet habe, klang der Motor gar nicht gut. Papa will ihn übers Wochenende checken lassen. Hättest du mitfahren wollen?»

«Nein.»

«Früher wolltest du immer mit, wenn er etwas zu erledigen hatte. Ich glaube, er vermisst das ein wenig.»

Sander trank schweigend von seiner Milch.

«Apropos», fuhr seine Mutter fort. «Wo wart ihr gestern?»

«Bei Pierre. Wir mussten zu Fuß nach Hause laufen, darum ist es ein bisschen spät geworden.»

«Ein bisschen spät?» Seine Mutter stand auf, ging zur Spüle und schüttete den letzten Rest Kaffee in den Ausguss. «Mitten in der Nacht ist wohl deutlich später als ein *bisschen spät*.»

«Bist du jetzt nicht ein kleines bisschen haarspalterisch?»

«Bist *du* haarspalterisch? Mir ist völlig egal, ob du achtzehn bist. Solange du in diesem Haus wohnst, ist es unser gutes Recht, dich zu fragen, wo du gewesen bist.» Sie schaltete das Radio aus. «Ich muss jetzt los. An Östholms Hof steht ein verunfalltes Auto. Ich habe keine Ahnung, was passiert ist. Aber ich wollte vorbeifahren und nachsehen, ob ich irgendwie helfen kann.»

Sander blickte perplex drein.

«Was ist passiert? Ist jemand verletzt?»

«Ich weiß es nicht. Aber ich habe heute Morgen Blaulicht

gesehen. Im Keller liegt frische Wäsche für dich. Leg sie in den Schrank und räum dein Zimmer auf. Das ist der reinste Saustall.»

«Mama?»

«Was ist?»

Sander atmete aus.

«Nichts. Schon gut.»

Seine Mutter hob die Augenbrauen.

«Sicher?»

«Ja, es ist nichts Wichtiges. Wir können heute Abend darüber reden.»

«Komm her.»

Eva Eriksson war klein und dunkelhaarig, einen halben Kopf kleiner als ihr Sohn, und Sander beugte sich vor, wie er es früher immer getan hatte. Sie legte ihre Lippen auf seine Stirn, eine sanfte Hand in seinen Nacken, und Sander dachte: Bleib hier. Geh nicht.

Als seine Mutter weg war, drehte er im Badezimmer das Wasser auf. Es knarrte und bollerte in den Rohren, während er duschte.

Als er aus dem Bad kam, stand jemand draußen vor der Haustür. Es klopfte. Ein Schatten bewegte sich vor der Glasscheibe, doch er konnte nicht erkennen, wer es war. Rasch zog er sich etwas über und ging, um zu öffnen. Die Besucherin, eine kleine, dunkelhaarige Frau mit asiatischen Gesichtszügen und einem Mund wie ein Strich, trat in diesem Moment von der Glasscheibe neben der Tür zurück. Auf ihrer Schulter sah er das Wort POLIZEI.

15

Was konnte man von einem Jungen wie Killian erwarten? Nicht viel. Es war allgemein bekannt: Seine Familie war geprägt von Männern mit Gewalt im Blut.

Mit einem großen Kopf kommen große Träume, und hier draußen auf dem Land war der Kopf etwas, auf das man verzichten konnte, der Körper genügte. Und Killian war ein Bursche ohne Kopf. Er ließ sich von dem leiten, was er in den Händen und in den Gliedmaßen hatte, zwischen den Beinen. Es war nur kompliziert, den ganzen Kram im Körper herumtragen zu müssen. Geheimnisse, Lügen und Befürchtungen. Für so etwas hatten andere den Kopf. Gelangte es in die Hände oder den Schwanz, konnte es brenzlig werden.

Es hatte eigentlich nichts mit den Eltern, Sten und Linda, zu tun, auch wenn es so aussah. Irgendwann war den beiden die Liebe entglitten, und sie hatten sie nicht wieder zu fassen bekommen. Sie liebten sich bestimmt, doch das hatte nicht genügt.

Killian jedenfalls hatte die Hoffnung aufgegeben. So war es leichter. Vorstellen konnte man sich schließlich alles: Wäre sein Vater geblieben, wäre er liebevoll und fürsorglich gewesen. Er hätte seinen Sohn in der Zeit, als Killian noch Fußball spielte, zum Training gebracht und wieder abgeholt. Er hätte sich, genau wie andere Väter, erkundigt, wie es in der Schule gewesen war, und dann hätte er Mama beim Essenkochen, beim Abwasch und mit der Wäsche geholfen. Er hätte das Auto und das Haus instand gehalten, den Schuppen und den kleinen Garten. Er würde arbeiten, aber immer Zeit für Killian haben. Er würde ihm bei den Hausaufgaben helfen und vielleicht sogar zu den Elternabenden in der Schule gehen, den Lehrern die richtigen Fragen stellen, für seinen Sohn in die Bresche springen, wenn sie ungerecht urteilten, Killian aber mit deutlichen Worten zurechtweisen, wenn dieser einen Fehler gemacht hatte. Er würde Killian zuhören und ihn verstehen.

Wäre er geblieben. Dann wäre es wohl so gewesen. Vorstellen kann man sich alles. Es auszusprechen, ist etwas anderes. Also sprach Killian selten über seinen Vater.

Doch er schien gerettet zu werden. Konnte man es so nennen?

Gott der Herr habe seinen eingeborenen Sohn auf die Erde gesandt, damit die Welt durch ihn gerettet werde, hatte Isidor Enoksson während des Konfirmationsgottesdienstes vor ein paar Jahren gepredigt. Vielleicht tat der Herrgott aber auch deutlich bescheidenere Gnadenwerke, denn Killians Mutter pflegte zu sagen, da Killian keinen Bruder bekommen habe, habe er stattdessen Sander bekommen. Sie bekamen quasi einander.

Jetzt, da Sander immer öfter davon sprach, von hier wegzugehen, würde es für Killian womöglich so gehen, wie alle es befürchtet hatten. Über kurz oder lang. Man musste nur warten.

Blitzeinschläge. Sturm. Ein eiskalter Regen. Hagel, mit Körnern so groß, dass sie wehtaten. Daran dachte Killian, wenn er sich das Leben ohne Sander vorstellte. Wie ein Loch in der Brust.

Als er in die Küche ging, um zu frühstücken, wartete seine Mutter auf ihn.

«Hast du im Häuschen geschlafen?»

«Nein, ich hab hier gepennt. Es ist spät geworden, und es war lausig kalt.»

«Du liebe Zeit! Was ist mit deiner Nase passiert?»

Killian verharrte mit einer Hand an der Kühlschranktür.

«Ich bin hingefallen.»

«Wo?»

«Auf dem Heimweg. Es war glatt. Ich hatte mein letztes Bier in der Hand und wollte es nicht verschütten.»

«Und hast deinen Sturz lieber mit dem Gesicht abgefangen?»

«Ja, so in der Art.» Killian versuchte zu grinsen. Sein Nasenrücken schmerzte höllisch. «Aber halb so schlimm.»

Er öffnete den Kühlschrank. Das Gerät war diesen Winter schon zweimal kaputtgegangen und so gut wie leer.

«Du bist komisch», sagte er und machte die Kühlschranktür wieder zu. «Ist was?»

«Als ich losgefahren bin, um einen Baum zu kaufen, habe ich Madeleines Auto auf dem Weg zu Kjells Hof stehen sehen. Mit Absperrband abgeriegelt und lauter Polizei. Als ich zurückkam, stand ein Streifenwagen vor Eriks und Evas Haus. Madeleines Auto soll gestohlen worden sein.»

Erik und Eva. Sanders Eltern.

«Gestohlen? Hier draußen?»

«Madeleine soll den Wagen heute Morgen als gestohlen gemeldet haben. Das habe ich jedenfalls gehört.»

«Was wollte die Polizei dann bei Sander?»

«Ich weiß es nicht. Aber Kjells Acker ist auch abgeriegelt. Ich wollte hinfahren und nachsehen, ob noch mehr passiert ist. Ob jemand verletzt ist.» Seine Mutter betrachtete seine Nase. «Willst du mitkommen?»

«Ich muss am Häuschen weiterarbeiten. Ich wollte nur kurz aufs Klo.»

Im Badezimmer klebte er sich ein Pflaster auf die Nase.

Es war zu klein, bedeckte kaum die Wunde, aber besser als nichts. Dann ging er nach draußen, überstürzt, fast fluchtartig, obwohl er nicht floh.

Das Aggregat summte leise und behaglich. Durch das Fenster sah er, wie seine Mutter in den Wagen stieg und davonfuhr. Ein paar Minuten später hörte er ein Auto zurückkommen und nahm an, dass sie etwas vergessen hatte, sie ließ oft ihr Portemonnaie im Flur liegen.

Aber es war nicht seine Mutter.

16

Dunkle Flechten bedeckten den Sockel des Hauses. Die heruntergekommene Fassade wirkte ausgemergelt und krank, als zehre sie etwas von innen auf. Siri klingelte an der Tür. Das Läuten verhallte missmutig im Flur. Niemand da, im Haus regte sich nichts. Sie blickte sich um.

Andere Angaben waren weniger irreführend gewesen. Killian Persson wohnte tatsächlich in einem Häuschen. Oder in einer Behausung, die, sobald sie fertig wäre, ein Häuschen sein würde. Es stand am Rand des kleinen Gartens, noch ohne Anstrich, kantig und eckig aus unlasiertem Holz. Zwei kleine Fenster betrachteten sie wie ein dunkles Augenpaar. In der Nähe summte ein Aggregat, und die Vordertür war geschlossen. Als sie die Hand hob, um zu klopfen, vernahm sie hinter der Tür eine Bewegung, als erwarte sie jemand.

Und dann stand er da, Killian Persson, groß gewachsen und blond, mit zerrauftem Haar, als sei er gerade aufgestanden, und glasig-roten Augen. Seine Nase war massiv geschwollen und schillerte lila. Das winzige Pflaster, mit dem er die Prellung verarztet hatte, vermochte die Wunde nicht zu verbergen. Siri stellte sich vor und wartete darauf, dass er etwas sagte. Als er es nicht tat, fragte sie:

«Bist du okay?»

«Ja, ja.» Killian schniefte. «Ich hab mir nur gestern die Nase geprellt, und jedes Mal, wenn ich mich vorbeuge, pocht sie höllisch.»

«Wie ist das passiert?»

«Ich bin auf dem Nachhauseweg hingefallen. Nichts Schlimmes.»

«Auf dem Nachhauseweg woher?»

«Von einer Party.»

Im Häuschen war es warm. Vermutlich durch Killians Körperwärme, seinen massigen Körper, der sich bewegte und arbeitete. Er schien gerade an einer Stromleitung gebastelt zu haben. In einer Ecke standen zwei ausrangierte Gartenstühle und ein Tisch, auf dem Werkzeug, Lichtschalterabdeckungen, Kabel, aufgewickelte Drähte und Leitungen lagen.

«Es ist etwas passiert?», sagte er jetzt. «Oder?»

«Wie kommst du darauf?»

Er zuckte die Achseln.

«Es fühlt sich so an.»

Siri zog sich einen der Gartenstühle heran und setzte sich. Er war noch unbequemer, als er aussah.

«Wie meinst du das?»

Killian hatte an einem schief sitzenden Lichtschalter gewerkelt. Jetzt drehte er sich um, lehnte sich an die Wand und verschränkte die Arme vor der Brust.

«Meine Mutter hat so etwas gesagt, bevor sie weggefahren ist. Und jetzt tauchen Sie auf.»

«Ja.» Siri musterte seine Nase, die unter dem Pflaster weiter anschwoll. «Damit solltest du vielleicht besser ins Krankenhaus fahren. Die Prellung ist ziemlich heftig. Wo bist du hingefallen?»

«Ich bin über einen Ast oder eine Wurzel oder irgendwas in der Art gestolpert. Ich hab's im Dunkeln nicht genau erkannt. Wir hatten auf der Party ein bisschen was getrunken. Ich konnte den Sturz nicht abfangen.»

«Was war das für eine Party?»

Was folgte, war die gleiche Beschreibung, die Siri vor weniger als einer Stunde gehört hatte. Da war sie aus Sander Erikssons Mund gekommen, kürzer und zusammenhängender, mit mehr Details ausgeschmückt, im Kern aber identisch. Killian erwähnte Jakob Lindell, dessen Auseinandersetzung mit Mikael Söderström, und dass die beiden sich beruhigt hätten, nachdem Pierre Bäck dazwischengegangen war und die beiden getrennt hatte.

«Worüber, glaubst du, haben sie gestritten?»

«Geld, schätze ich. Darüber sind sie jedenfalls schon vorher unten im Wohnzimmer aneinandergeraten, wo wir anderen gesessen haben. Aber ich weiß es nicht. Es könnte auch um was anderes gegangen sein.»

«Könnte Jakob Mikael etwas antun?»

«Warum sollte er?»

«Wegen des Streits um das Geld, zum Beispiel.»

«Die Sache war beigelegt.» Killian schüttelte den Kopf. «Nein, so was würde Jakob nie tun. Er ist ein netter Typ.»

Irgendetwas stimmte nicht. Siri klappte ihren Notizblock zu und schob ihn in die Tasche.

«Wer ist dein bester Freund?», erkundigte sie sich.

«Sander, natürlich. Von dem ich erzählt habe.»

«Glaubst du, dass *Sander* Mikael etwas antun könnte?»

Killian blickte mit einem Mal verunsichert drein.

«Warum? Warum sollte er das tun?»

«Glaubst du, er wäre dazu fähig?»

«Sander hat sich noch nie geprügelt. Er kann es nicht. Dafür ist er viel zu gutmütig.»

«Und wenn er wütend wird?»

«Wenn irgendwas zwischen Sander und Mikael vorgefallen wäre, hätten sie darüber geredet.»

Siri nickte und sah sich nachdenklich um.

«Sander hat dir beim Bau des Häuschens geholfen. Stimmt's?»

«Ja.»

«Er ist also hilfsbereit?»

«Klar ist er das. Wir sind Kumpel.»

«Hilfst du ihm auch?»

Killian zögerte.

«Ja, klar.»

«Sander und du, seid ihr Mikael auf dem Heimweg von der Party begegnet?»

«Nein, wir waren die ganze Zeit zu zweit, bis wir uns getrennt haben.»

«Hast du Mikael danach noch getroffen? Ist zwischen euch irgendwas vorgefallen?»

Killian schüttelte beharrlich den Kopf.

«Nein. Ich hab doch gesagt, ich hab niemandem auf dem Heimweg getroffen.»

Irgendetwas rumorte in ihm, außer Reichweite für sie. Sie kam nicht dran. Killian war zwar achtzehn, aber trotzdem noch ein Junge, offiziell nicht unter Verdacht. Zuletzt gab Siri auf und schrieb in ihren Notizblock: *verheimlicht etwas*.

17

Mit Sanders und Killians Lügen im Kopf kehrte Siri an den Fundort der Leiche zurück.

Wir haben ziemlich viel Gerümpel geschleppt.

Ich bin hingefallen.

Wer's glaubt, wird selig, dachte Siri, aber mehr würde sie aus den beiden momentan nicht herausbekommen. Jemand stieß einen Pfiff aus.

Es war Gerd, die den Boden rings um den Volvo erneut untersuchte, nachdem die Spurensicherung ihre Arbeit fürs Erste beendet hatte. Sie saß in der Hocke und betrachtete etwas im Schnee.

«Was ist da?»

Weitere Fußspuren.

«Ist das nicht ein drittes Paar?», fragte Gerd. «Mit den beiden Fußspuren, die wir am Waldrand gefunden haben, stimmen sie nicht überein. Die Sohle ist anders. Diese Abdrücke stammen von jemand anderem.»

Siri beugte sich vor, um besser sehen zu können.

«Ja, du hast recht. Das ist ein dritter Abdruck.»

Größe neununddreißig, vierzig vielleicht. Kein Stiefel. Irgendein Turnschuh. Aber die Abdrücke waren undeutlich, die Marke nicht zu erkennen.

«Von hier aus hat man die Szene perfekt im Blick», sagte Gerd. «Sowohl die Richtung, aus der der Wagen gekommen ist, als auch die eigentliche Unfallstelle.»

Mit knackenden Knien richtete sie sich auf und ließ ihren Blick über die Landschaft schweifen.

Weitere Reporter rückten an. Sie parkten ihre Autos und

stiegen aus. Ein schwarzer Vogelschwarm stob in den milchigweißen Himmel auf.

«Irgendwo gibt es einen Zeugen», sagte sie.

18

Als man aufwuchs, waren die Wege und Pfade so selbstverständlich wie die Menschen, die alten Steinmauern und die Häuser. Die Welt ringsum war schon immer da gewesen, und so würde es immer bleiben. Es gab unbegrenzt viel Tageslicht, unzählige schwarze Nächte, die Busfahrten nach und von Oskarström währten ewig; waren die Rechnungen bezahlt, kamen neue, genau wie die Sommer. Tiere starben, neue wurden geboren. Sommer kamen. Sommer gingen. Winter verstrichen; Heiligabend, erster und zweiter Weihnachtstag, Silvester, Januar, Februar, alle Monate des Jahres, und wieder ein neuer Heiligabend. Unzählige Heiligabende, bis an den Rand der Ewigkeit, Momente, die niemals aufhören würden wiederzukehren. Es gab kein Ende, und es war unmöglich, dass etwas oder jemand eines Tages nicht mehr existieren, nicht mehr da sein sollte.

Dann holte der Tod Mikael, und alles veränderte sich.

Als Sander sich zum ersten Mal vorzustellen versuchte, dass Mikael nicht mehr da war, löste der Gedanke sich vor seinen Augen auf wie Rauch in der Luft. Es war unmöglich. Wie sollte Mikael tot sein, wenn das Leben wie gewohnt weiterging? Mikael konnte nicht tot sein. Sein Spind in der Schule war noch da, sein Fahrrad auch. Würde Sander zu ihm nach Hause fahren, würden Mikaels Klamotten da sein, seine Schuhe, sein

Schreibtisch. Die Sachen gehörten Mikael. Natürlich war er noch da.

Als sie klein gewesen waren, hatten er und Mikael als Stürmer im Sennan FC gespielt, und heute waren sie im Kattegatt-Gymnasium die Klassenbesten. Mikael war hochgewachsen und schlaksig, hatte aber ein breites Kreuz und die Statur eines Schwimmers, ein kantiges Gesicht und freundliche hellblaue Augen.

Wenn Mikael als Kind Geburtstag gefeiert hatte, hatten sie, vor der Sonne geschützt, unter einer Reihe bunter Terrassenschirme an einem langen Tisch im Garten hinter dem großen Haus gesessen, Limonade getrunken, Hamburger gegessen und anschließend auf dem Hof Spiele gespielt. Eines der tollsten hieß Heckenschütze. Dafür hatte Mikaels Vater Karl-Henrik die leeren Limodosen der Geburtstagsgesellschaft auf Holzböcke gereiht, mit langen Schritten die Entfernung abgemessen, am fraglichen Punkt eine Unterlage auf den Boden gelegt und ein Luftgewehr darauf platziert. Dann hatten sie ein Wettschießen veranstaltet, an dessen Ende ein Gewinner gekürt worden war, der für alle Zeiten die Ehre des Sieges tragen durfte und, bis zum nächsten Jahr, Söderströms Schützenpokal; einen großen hölzernen Kelch, den Karl-Henrik eigenhändig gedrechselt und auf einen schweren Marmorsockel montiert hatte. Diesen Pokal durfte der Gewinner über den Kopf heben und sich anschließend als Erster ein Eis aussuchen. Während das Turnier andauerte, hatte Mikaels Mutter in einer schattigen Ecke des Gartens ein komplettes Nachtischbüfett aufgebaut.

Mikael war einer der Ersten, der ein Mofa und einen Epa-Traktor fuhr. Er rauchte heimlich Zigaretten, mehr aber auch nicht, und er feierte gern, ließ es aber nie ausufern. Er war einfach Mikael, und jeder mochte ihn. Wenn er Geheimnisse gehabt hatte, allen voran solche, die einen das Leben kosten konnten, war es nur schwer vorstellbar.

In den überregionalen Abendnachrichten an jenem Tag sahen sie, dass der schwedische Ministerpräsident anlässlich einer Zusammenkunft aller Außenminister der NATO-Staaten in Brüssel eine Sitzung anberaumte. Ein Pflegeskandal in Malmö, Massenentlassungen in einem großen Sägewerk in Nordschweden. Dann, viel zu schnell, als dass man sich hätte wappnen können, wurden sie hierher katapultiert, hierher nach Skavböke, und das ganze Dorf sah sich wie widergespiegelt in einem dunklen See.

Worte und Bilder beschrieben etwas Fremdes, andere Menschen und einen Ort, der nicht der ihre war, sondern düster und kalt. Eine Fernsehkamera schwenkte über Östholms Acker und streifte Söderströms Ländereien, ehe sie die Absperrbänder in den Fokus nahm, die blau-weiß und Unheil verkündend im Vordergrund flatterten. Dahinter Polizisten.

Es war, als seien sie alle plötzlich Statisten in einem Film, und trotz des Ernstes kam Sander nicht umhin, sich bedeutungsvoll zu fühlen, als stünde er auf der Bühne eines Theaterstücks. Irgendwer aus Skavböke war im Lauf der Nacht zum Mörder geworden.

«Sind sie hier gewesen und haben gefilmt?» Sanders Mutter wirkte fast gekränkt, wie sie da auf dem Sofa saß, als hätte ein unbefugter Übergriff stattgefunden. «Wann haben sie das gemacht?»

Sie flüchtete sich in Eriks Umarmung.

Sander fiel ein Rätsel ein, das Isidor Enoksson ihm und seiner Klasse einmal während eines Informationstags in der Kirche aufgegeben hatte. Er, Killian und die anderen waren damals noch klein gewesen, vielleicht acht, neun Jahre alt. Das Rätsel war kurz und in die Form einer Frage gekleidet:

Wo war der Junge, als er von der Brücke sprang?

Killian hatte nach einer langen Weile geantwortet: «In der Luft.»

Aber er, Sander, hatte den Kopf geschüttelt.

«Wenn man in der Luft ist, ist man schon gesprungen. Davor muss man woanders sein, richtig?»

Der alte Pfarrer nickte.

«Dann muss er auf der Brücke stehen», meinte Killian. «Oder auf dem Brückengeländer.»

«Nein», widersprach der Pfarrer. «Da steht er, *bevor* er springt.»

Der Sinn des Rätsels erschloss sich allmählich, nicht aber dessen Lösung.

Fast schien es, als enthülle es etwas über ihr unmittelbares Umfeld. Dass sich manches, was man sah, womöglich nicht benennen ließ. Manche Dinge auf dieser Welt waren unmöglich und gleichzeitig selbstverständlich, vollkommen eindeutig und zugleich unbegreiflich.

Dort war Mikael jetzt. Im Rätsel vom Jungen auf der Brücke.

19

Das Polizeirevier von Oskarström umfasste einige kleine Büros sowie einen großen Versammlungs- und Einsatzraum. Doch Gerd sagte, sie könne sich nicht mehr daran erinnern, wann er zuletzt zu einem anderen Zweck genutzt worden sei denn als Abstellkammer. Es gab eine kleine Küche, eine Dusche, ein WC und einen Umkleideraum mit Spinden, die Gerd einmal aus einem aufgegebenen Boxclub in Sennan organisiert hatte. Der einzige Gegenstand des Reviers, der aus dieser Hälfte der Neunzigerjahre stammte, war der Waffenschrank. Sie hatten vor wenigen Jahren einen neuen bekommen.

«Gemütlich», meinte Siri.

«Nein», widersprach Gerd. «Das kann man nicht behaupten. Aber hier sitze ich. Dein Büro liegt Wand an Wand mit meinem. Du kannst es einrichten, wie du willst. Der Raum steht leer, seit ich hier angefangen habe.»

Siris Büro war ein winziges Kabuff mit anonymen Möbeln und einem Geruch, als habe jemand vergessen, die Kaffeemaschine zu reinigen. Siri öffnete ein Fenster, dann ging sie zurück in Gerds Büro und suchte in ihrem Notizblock nach einer freien Seite.

«Was sagst du zu deinem Büro?»

«Tja.» Sie setzte sich. «Mit ein paar Pflanzen auf der Fensterbank werde ich es da schon aushalten.»

Gerd lachte schallend.

«Das ist ein Wort. Sollen wir anfangen?»

Siri spürte ein dumpfes Kribbeln in den Fingerspitzen, als sei alles, was sie anfasste, statisch aufgeladen. Sie hatte noch nie in einem Mordfall ermittelt und nur einige wenige von Weitem mitverfolgt, weil Morde in dieser Gegend gottlob nur äußerst selten vorkamen. Vielleicht war das der Grund für ihre Anspannung, das Eingebundensein in eine erste Mordermittlung und ihr Wille, nichts Entscheidendes zu übersehen.

Die technische Spurenlage war schmerzhaft dünn. Sie hatten Mikaels Leiche, die morgen obduziert werden würde.

Sie hatten das Blut am Lenkrad und die Fußspuren im Schnee, die vom Auto zu Erikssons Haus und zurück zum Volvo führten.

Und möglicherweise einen Zeugen, der sich bestenfalls von selbst zu erkennen geben würde.

«Aber das hätte dann eigentlich längst passieren müssen», sagte Siri.

Gerd nickte düster.

Das war alles, und das zwang sie dazu, sich bis auf Weiteres auf die Befragungen der Personen zu stützen, die Mikael gekannt hatten. Gefühlt eine unendliche Anzahl. Einige Befragungen hatten die Halmstader Kollegen vorgenommen, in deren Zuständigkeit die Ermittlung offiziell fiel; die meisten aber hatten Gerd und Siri geführt.

Sie waren den ganzen Tag damit beschäftigt gewesen und kamen erst jetzt dazu, ihre Aufzeichnungen durchzugehen. Als sie fertig waren, war es nach Mitternacht, und Siris Hände zitterten von zu vielen Tassen Kaffee.

Sie blickte auf ihre Notizen: *Familien Söderström, Eriksson, Grenberg, Persson, Lindell, Bäck.* Es war schwierig, den Überblick zu behalten, auseinanderzuhalten, wer wer war. Im Lauf des Tages hatte sie notiert:

Karl-Henrik und Lillemor Söderström: besitzen ein großes Gut, vergleichsweise wohlhabend. Zwei Söhne, Mikael und Filip. Beide auf der Party.

Bengt und Inga-Lill Lindell: ehemalige Angestellte, versuchen, ihren alten Landwirtschaftsbetrieb wieder aufzubauen. Der Hof liegt ein Stück vom Fundort entfernt. Nachbarn von Söderströms. Ein Sohn, Jakob, hatte auf der Party einen Streit mit Mikael.

Mit Jakob Lindell war sie behutsam umgegangen. Statt ihn zu Hause zu befragen, hatte sie mit ihm telefoniert, rein informativ. Falls sich der Verdacht gegen ihn erhärten sollte, würde sie ihn aufs Revier bestellen. So war sie bisher bei Befragungen von Jugendlichen vorgegangen, und die Strategie hatte oft Erfolg gezeitigt. Am Telefon ließ es sich leichter lügen, und wenn sie logen, steckten sie in gewaltigen Schwierigkeiten. Aber in ihrem Telefonat hatte Jakob offen und ohne Umschweife von der Party erzählt, von dem Streit und der anschließenden Prügelei. Er schien über Mikaels Tod aufrichtig bestürzt zu sein, und Siri hatte begonnen, an ihrem anfänglichen Verdacht zu zweifeln.

«Hallo», sagte Gerd. «Schläfst du?»

«Ich denke nach.»

«Worüber?»

«Kennst du die beiden? Sander Eriksson und Killian Persson?»

«Eher die Eltern. Aber die Jungen kenne ich auch, klar. Zwei Achtzehnjährige aus Skavböke. Der eine deutlich schlauer als der andere. Sie sind von Kindesbeinen an quasi zusammengewachsen. Welchen Eindruck hast du von ihnen?»

Siri betrachtete ihre Notizen.

Erik und Eva Eriksson: Angestellte; wohnen ein gutes Stück vom Fundort entfernt, oben auf dem Hügel. Ein Sohn, Sander 18, der auf der Party war. Hat Kratzer an den Unterarmen. Lügt.

Linda und Sten Persson: ärmliche Verhältnisse, geschieden. Ein Sohn, Killian 18, wohnt in einem Schuppen auf dem Hof. Bester Freund von Sander Eriksson. Erhebliche Nasenblessur. Verheimlicht etwas.

«Ich bin mir sicher, dass sie nicht alles erzählt haben.»

«Worüber?»

«Darüber, was sie nach der Party gemacht haben. Sander Eriksson hatte Kratzer an den Händen und an den Armen, als wäre er durch den Wald gelaufen. Und die Fußspuren im Schnee. Bei ihm zu Hause habe ich drei Paar Schuhe im Flur stehen sehen, die ihm gehörten. Ein Paar Nike-Turnschuhe, Winterstiefel und ein Paar Converse-Turnschuhe. Schwarz, wenn ich mich recht erinnere. Und bei Killian Persson standen Sneaker, ein paar Nummern größer. Sie passen zu den Abdrücken, die wir im Wald gefunden haben. Killian hat obendrein eine massive Nasenblessur, die gewaltig angeschwollen ist. Er behauptet, er wäre auf dem Heimweg hingefallen. Aber wie fällt man direkt auf die Nase? Das Blut am Lenkrad des Volvo rührt vermutlich daher, dass der Fahrer im Moment der Kollision mit dem Kopf aufs Lenkrad geschlagen ist. Außerdem erzählen die beiden haargenau dieselbe Geschichte. Und dann der Volvo. Er gehört Madeleine Grenberg, die ihn als gestohlen gemeldet hat. Wann genau der Diebstahl stattgefunden hat, ist nicht bekannt. Aber ich schätze mal, dass der Zeitpunkt in etwa mit dem Zeitpunkt zusammenfällt, als Killian und Sander in der Nähe waren.»

«Und das war wann?»

«Sie haben die Party um eins verlassen.»

Gerd schnitt eine Grimasse und streckte sich.

«Ich bin zu alt, um einen ganzen Tag draußen in der Kälte herumzuspringen. Aber das ist ein Anfang. Gute Arbeit. Hast du noch mehr?»

Mit roten Wangen schlug Siri die nächste Seite ihres Notizblocks auf und las. *Madeleine Grenberg: Ehemann verstorben, hat Schwierigkeiten, finanziell über die Runden zu kommen, arbeitet auf dem Hof der Familie Söderström. Wohnt in einem Haus auf deren Land. Eine Tochter, Felicia 18, ist mit den anderen Jugendlichen befreundet, war aber nicht auf der Party. Auto von Vd gestohlen?*

Gerd schielte auf Siris Notizen.

«Vd?»

«Verdächtiger, nur eine Abkürzung.»

«Lernt man so was heutzutage in der Ausbildung?»

«Unter anderem.»

«Es stimmt, Madeleine und Felicia wohnen in einem Haus, das auf Söderströms Land steht», fuhr Gerd fort. «Aber die Ländereien sind riesig. Es ist nicht so, dass sie Tür an Tür wohnen. Bist du dort gewesen?»

«Dafür wurde es zu spät. Ich wollte ein wenig Rücksicht nehmen. Ich spreche morgen mit ihnen.»

Gerd nickte, als verstünde sie es.

«Und wie ist es bei dir?»

Siri hob die Augenbrauen.

«Bei mir?»

«Ja, wie ist es bei dir zu Hause?»

Siri lachte auf und schob einen Papierstapel zusammen.

«Fabelhaft», sagte sie.

«Kein Mann oder dergleichen?»

«Nicht dass ich wüsste, nein.»

Im Winter 1999 standen nur Möbel in ihrer Wohnung, alles andere musste später kommen, falls es überhaupt kommen würde. Viele ihrer Klassenkameraden, mit denen sie vor zehn Jahren Abitur gemacht hatte, hatten inzwischen Kinder; sie hatten ein Haus gekauft und geheiratet. Manchmal, wenn Siri daran dachte oder sie eine ihrer ehemaligen Mitschülerinnen mit einem Kinderwagen oder Einkaufstüten in den Händen in der Stadt sah, spürte sie ein schmerzhaftes Ziehen in der Brust, doch das kam immer seltener vor.

«Und du?»

Gerd schüttelte den Kopf.

«Nur Erinnerungen», antwortete sie. «Sollen wir weitermachen?»

Nur Erinnerungen. Siri fragte sich, was sich dahinter verbarg, sagte aber nichts.

«Das Blut auf dem Lenkrad», nahm Gerd den Faden wieder auf. «Eine Blutprobe von Killian Persson wäre nicht schlecht. Das würde den Sack zumachen.»

Dazu benötigten sie jedoch eine richterliche Verfügung, und dafür reichte die Beweislage nicht aus. Killian Persson war achtzehn. Volljährig zwar, aber knapp.

«Noch nicht», sagte Gerd. «Wir kriegen sie noch nicht.»

Sie gingen zu den Fotos über, die ein Kriminaltechniker in dem Haus gemacht hatte, in dem die Party stattgefunden hatte. Sie waren erst vor wenigen Stunden aufgenommen worden. Die moderne Technik machte die Abläufe unnatürlich schnell.

Pierre Bäck, der Gastgeber der Party, hatte, vom Ermittlungsstandpunkt aus betrachtet unglücklicherweise, Ordnung geschaffen, bevor er auf dem Fußboden seinen Rausch ausgeschlafen hatte. Er hatte heruntergefallene Gegenstände wieder aufgehängt und kaputtgegangene Gegenstände repariert, oder zumindest den Versuch unternommen. Die große Pendeluhr im Flur hatte er, kurz bevor er eingeschlafen war, wieder zum Laufen gebracht. Das Bild hingegen, das bei der Prügelei zwischen Mikael und Jakob von der Wand gefallen war, hatte er auf der Rückseite nur notdürftig mit Klebeband geflickt, und da er, als er dies tat, gewaltig einen in der Krone hatte, war das Ergebnis deutlich verheerender, als es hätte sein können.

Am Samstag war er gegen Mittag von seinen Eltern geweckt worden, die zu diesem Zeitpunkt von einem fünfzigsten

Geburtstag zurückgekehrt waren und sich fragten, was in aller Welt im Dorf los war, überall Polizisten und Reporter.

Ein paar Stunden später hatte ein Kriminaltechniker jede Ecke und jeden Winkel des Bäck'schen Hauses fotografiert, während die Eltern von Siri und Gerd befragt worden waren.

«Der Telefonanschluss der Bäcks», sagte Siri.

«Was ist damit?»

«Der Techniker hat gefragt, ob wir ihn haben untersuchen lassen. Haben wir das? Um zu kontrollieren, ob während der Party von dort aus telefoniert worden ist.»

«Dazu sind wir noch nicht gekommen», erwiderte Gerd, ohne den Blick von ihren Notizen zu heben. «Du kannst morgen von der Telefongesellschaft eine Liste der Verbindungsnachweise anfordern.»

«Wir müssen auch die Kameras einsammeln. Ich weiß, dass einige der Kids Einwegkameras dabeihatten.»

Von Pierre Bäcks Elternhaus benötigte man bis nach Skavböke zu Fuß etwa eine halbe Stunde. Mikael war auf der Party gewesen, genau wie sein Bruder Filip, Jakob, Sander, Killian und ein Dutzend anderer Jugendlicher. Filip hatte die Party als Erster verlassen, zusammen mit Elina Jönsson. Elina ging in Filips Klasse, wohnte ganz in der Nähe, und Filip behauptete, ein paar Stunden bei ihr zu Hause gewesen zu sein. Gerd hatte Elina Jönsson angerufen, und das Mädchen hatte seine Aussage bestätigt.

Mikael war wenig später gegangen, und kurz darauf hatte sich auch Jakob auf den Heimweg gemacht. Sander und Killian waren unter den Letzten gewesen, die aufgebrochen waren. Bis auf Filip gaben alle an, auf direktem Weg nach Hause gegangen zu sein, um zu schlafen, wie nach jeder Party.

Das ließ eigentlich nur zwei Möglichkeiten zu.

«Entweder war es keiner von ihnen», sagte Gerd.

«Oder einer von ihnen lügt», ergänzte Siri, den Blick auf Sanders und Killians Namen in ihrem Notizblock geheftet.

Gerd schwieg eine Weile.

«Es gibt noch eine dritte Möglichkeit, von der ich aber hoffe, dass sie uns erspart bleibt.»

«Und zwar?»

Gerd wirkte mit einem Mal erschöpft.

«Dass alle lügen.»

20

Sander lag im Bett und blätterte in der Universitätsbroschüre, die Ardelius ihm mitgegeben hatte. Der dicke Katalog roch nach dem, was seine Aufmachung versprach. Nach Zukunft. Er war ein Portal, das ihn fast dorthin versetzte. *Universität Stockholm* stand auf dem Vorderblatt, darunter ein Siegel: eine Fackel, um deren unteres Ende sich ein Olivenzweig wand, daneben drei Kronen. Auf eine gewisse Art erschien es bedeutsam. Sander blätterte den Katalog durch, las Beschreibungen und Informationen zu Studiengängen und Kursen, doch am meisten zogen ihn die Abbildungen an.

Eigentlich war nichts Besonderes an ihnen; Studierende, die Kursliteratur, Papiere und Stifte vor sich liegen hatten, die Seite an Seite lachend über einen Rasen schlenderten, die in einer großen Mensa saßen; junge Leute, die ungefähr so aussahen wie er, sich aber in einem voll besetzten Hörsaal vom Ausmaß der großen Bühne des Stadttheaters in Halmstad befanden. Fotos aus der Universitätsbibliothek zeigten Regale voller Bücher, Reihe um Reihe, unendlich viele.

Sander blätterte um. In weniger als einem Jahr könnte er genau da sitzen, wo sie saßen, am selben Tisch, und ein ähnliches Leben führen.

Er würde von hier fortgehen. *Fort*, das war das Wort für alles.

Es hatte keinen Sinn, Zeit auf sie zu verschwenden. Auf Mikael und Felicia, auf Jakob und Felicia. Auf wen stand sie wirklich? Vielleicht auf keinen von ihnen. Ihn, Sander, hatte sie immerhin geküsst. Bedeutete das etwas?

Wahrscheinlich nicht. Mädchen waren unergründlich, man verstand sie nicht.

Fort.

Sander schlug den Abschnitt der Broschüre auf, in dem es um das Studium der Rechtswissenschaften ging: *Die juristische Fakultät der Stockholmer Universität ist die größte juristische Fakultät des Landes, sowohl hinsichtlich der Anzahl der Lehrenden als auch der Studierenden.*

Das Telefon auf seinem Nachttisch klingelte. Als er sich meldete, blieb es still in der Leitung.

«Hallo?» Sander setzte sich auf, spürte, wie sein Puls in die Höhe schnellte. «Killian?»

Am anderen Ende war es nicht vollkommen still, jemand bewegte sich.

«Nein», sagte eine Stimme schließlich. «Hier ist Jakob. Hey. Wie ist es bei dir?»

«Gut.» Sander bereute seine Antwort. «Oder, ja ... es ist okay. Wie ist es bei dir?»

«Meine Eltern sind verreist, das hab ich gestern erzählt, oder? Sie rufen alle fünf Minuten an, um zu fragen, wie es mir geht. Ich hab keinen Nerv mehr, weiter ans Telefon zu gehen. Aber ich bin auch in Ordnung. Oder, keine Ahnung, deswegen rufe ich an. Du warst gestern im Wohnzimmer dabei. Erinnerst du dich daran, dass ich erzählt habe, dass mein Vater unsere ganzen Ersparnisse abgehoben hat?»

«Ja, klar.»

«Mmh. Weil ich ... scheiße, ich hab keine Ahnung, was ich machen soll. Verglichen mit Mikael ist es die reinste Lappalie. Aber es ist nicht gut.» Jakob senkte die Stimme. «Es war jemand hier, in unserem Haus. Ich bin mir sicher.»

«Was? Wann?»

«Heute Nacht, Mann. Nach der Party. Das Geld ist weg. Irgendwer hat es gestohlen.»

21

In Skavböke steht eine Kapelle, erbaut von den Bewohnern des Kirchspiels, unter Leitung von Pfarrer Theodor Lindqvist vor fast hundert Jahren. Man hatte für den Bau dreiundzwanzigtausend Kronen gesammelt. Sie reichten, wenn auch knapp.

In der Kapelle gibt es ein Wandgemälde, auf dem die Schöpfungsgeschichte abgebildet ist, und im Chorraum setzt sich die Darstellung des Sündenfalls fort. Es ist eine eigentümliche Komposition, ganz so, als enthülle sie die Wahrheit über das Menschengeschlecht.

Es ist nicht möglich, das eine zu sehen, ohne das andere dabei zu erahnen.

Vielleicht ist ebendies das Wesen von Gerechtigkeit. Am

Ende kann man die Augen vor ihr nicht verschließen, man muss das große Ganze sehen.

Seit 1967 hielt Isidor Enoksson die Gottesdienste ab. Vor ihm waren sie von Hugo Edman verrichtet worden, und vor Hugo von Theodor Lindqvist persönlich, ein theologischer Stammbaum, auf den Isidor sehr stolz war.

Früh am Morgen des vierten Advent in jenem Jahr der Gnade 1999 trat Isidor, nach einem Besuch bei Hasse Ek, dem unglückseligen Ex-Jockey, im Zentrum von Oskarström hinaus auf die Straße. Gottes Werk zu verrichten, war eigentlich nicht schwierig, nicht wirklich. Dafür hatte man die Tradition und die Psalmen. Sie verbanden das Erdendasein mit dem nächsten und gaben vor, wie die großen Dinge des Lebens zu verstehen waren. Heute wäre mehr denn je eine Predigt zum Thema Licht und Hoffnung vonnöten, doch Isidor hatte das Gefühl, dass seine Worte nicht wie üblich gehört würden, dass er zu einem anderen Raum spräche, als er es gewohnt war.

Auch Isidor brauchte heute einen Gottesdienst. Ihm wurde jedes Mal sonderbar zumute, wenn er bei dem alten Aluhut-Träger in der Wohnung saß. Für Isidor waren die Gespräche mit Hasse Ek nicht nur eine Möglichkeit, die Pflichten seines Pfarramtes zu verrichten, sondern auch der Schlüssel zu einem Teil von ihm, von dem außer ihm niemand etwas wusste.

«Ich habe immer alles Geld auf dich gesetzt», hatte Isidor Hasse einmal gestanden. «Draußen, auf der Rennbahn. Sogar dann, wenn es nicht mein eigenes Geld war, das ich gesetzt habe.»

Und es hatte gedroht, ein böses Ende zu nehmen. Das Glücksspiel saß ihm in den Fingern, auch heute spürte er es noch, das leichte Kribbeln, wenn er auf der Landstraße einen Pferdetransporter überholte, wenn er im Fernsehen einen

Werbespot sah, oder wenn er sein Mittagessen in Idas Pub & Bar einnahm und an den Flipperautomaten vorbeiging.

Es war auch nicht so, dass das Pfarramt ihn gerettet hätte, weit entfernt, wenngleich diese Annahme vielleicht nahelag. Er hatte sehr viel früher damit begonnen, den Menschen Gottes Gnade mit Kirchenmitteln zu bezeugen. Fehlte ein wenig Geld in der Kasse, ahnte er, dass Gott zwar Notiz davon nehmen, die Sache jedoch auf sich beruhen lassen würde. Der Herr hatte trotz allem wichtigere Dinge zu tun. Wenn Isidor sich mit Hasse Ek traf, war es, als gelangte er in die Nähe eines Winkels seines Selbst, der für ihn sonst schwer zu erreichen war, an den er aber umso dringlicher erinnert werden musste. Andernfalls passiert es leicht, dass man die eigenen Schwächen vergisst.

Schweren Herzens setzte er sich ins Auto und ließ den Motor an. Karl-Henrik und Lillemor auf ihrem Gut, und Filip, der jüngere Bruder, der nun der einzige Sohn war. Isidor konnte sich nicht einmal ansatzweise vorstellen, wie sich das anfühlen musste. Er sollte hinfahren und nachsehen, wie es ihnen ging. Vor allem Filip, der Junge dürfte es jetzt nicht leicht haben.

An jenem Tag, dem zweiten nach dem Mord, drehte sich fast alles um die Familie Söderström. Die erste Schockwelle war durchs Dorf gezogen, und in der gespenstischen Stille, die danach kam, wurden Fragen laut. Im Verlauf des Gottesdienstes, den Isidor in ein paar Stunden halten würde, sollten einige von ihnen eine Antwort finden, wenn auch nicht die, die man vielleicht erwartet hätte.

22

Gerd Pettersson wohnte in einem gemütlichen Häuschen im Zentrum von Oskarström. Als Siri draußen auf der Straße parkte, konnte sie den Krauskopf ihrer neuen Kollegin am Küchenfenster sehen. Trotz der verhältnismäßig frühen Uhrzeit wirkte sie munter, resolut und souverän. Rasch nahm sie einen letzten Bissen von ihrem Brot.

Ein Haus. Ja, das wäre was. Siri war in einer Reihe von Wohnungen in der Innenstadt von Halmstad aufgewachsen. In ihrer Erinnerung waren die Möbel stets dieselben, sodass die Räume, in denen sie standen, immer identisch aussahen, obwohl die Wohnungen es nicht waren. Sie erinnerte sich an früher, ehe ihr Vater im Morgengrauen zu seiner Schicht als Vorarbeiter bei Pilkington aufgebrochen war, an die friedliche Stunde mit ihrer Mutter am Küchentisch, bevor sie sich fertig machten, um zur Schule zu fahren. Die Wochenenden im Herbst, an denen sie ihren Vater auf die Jagd begleitet hatte und er ihr ein Rätselheft gab, damit sie während des stundenlangen Wartens auf dem Ansitz nicht die Geduld verlor.

Die Beifahrertür wurde schwungvoll geöffnet.

«Guten Morgen», sagte Gerd und ließ sich schwer auf den Sitz fallen. «Du scheinst eine wahre Frühaufsteherin zu sein.»

«Das war ich schon immer.»

«Hast du überhaupt geschlafen?»

Siri hatte Oskarström gestern Abend erst spät verlassen, erschöpft nach einem ersten Arbeitstag mit viel zu vielen und viel zu intensiven Eindrücken. Trotz Müdigkeit hatte sie in der Stille der Wohnung anschließend lange wach gelegen und versucht, ihre Eindrücke zu ordnen, sie in eine Reihenfolge zu bringen und zu analysieren, als seien es Gegenstände, die sich nach etwas absuchen ließen, das sie übersehen hatte.

«Ein paar Stunden. Und du?»

«Ich komme klar. Hast du nichts dabei?»

«Doch. Aber ich bin nicht dazu gekommen, was zu kaufen.»

Siri streckte sich zur Rückbank und griff nach der Thermoskanne und den beiden Plastikbechern. Gerd nahm sie ihr ab.

«Das hier ist besser. Nichts schmeckt so gut wie guter, alter Filterkaffee. Du fährst, ich schenke ein.»

Die Uhr im Armaturenbrett zeigte halb zehn. Sie fuhren ins Revier, zogen ihre Uniformen an und hatten noch viel Zeit, bis sie in Skavböke sein mussten. Gerd goss Kaffee in einen der Becher, stellte ihn in Siris Halter und schenkte sich selbst ein.

«Ich muss nachher den Staatsanwalt und die Mordkommission in Halmstad anrufen», sagte sie. «Kannst du mich daran erinnern? Sie werden einen aktuellen Lagebericht haben wollen.»

«War einer von denen überhaupt schon hier vor Ort?»

«Sie haben sich wohl gestern Nachmittag blicken lassen, haben eine Weile herumgestanden, in die Gegend geguckt und ihren Senf dazugegeben. Dann meinten sie, ihnen wäre zu kalt, und sie sind wieder abgezogen.» Gerd schnaubte. «In der Stadt werden sie wohl tun, was sie tun müssen, aber ich habe mich mit ihnen immer schwergetan. Mittlerweile lassen wir einander so gut es geht in Frieden. Hoffentlich bleiben sie dir ebenfalls erspart. Städter.»

Gerd sprach das Wort *Städter* aus wie einen Fluch. Vermutlich war es das auch.

«Womit ich nicht sagen will ...», fügte sie rasch hinzu und

warf Siri einen Seitenblick zu. «Also, es gibt auch gute Leute da. Das habe ich jedenfalls gehört.»

Siri lachte.

«Ich gebe mir größte Mühe.»

«War es schwierig für dich?»

«Was meinst du?»

«Ach nur ... du wirkst nicht eben kräftig und ja, ein wenig fremdländisch.»

Siri schaltete einen Gang höher. Als sie antwortete, war ihr anzumerken, dass ihr diese Frage schon früher gestellt worden war.

«Ich habe einen Sommer lang im Strafvollzug gearbeitet. Die Polizeibeamten, denen ich da begegnet bin, meinten oft, Leute wie ich würden bei der Truppe gebraucht. Ich wusste nicht genau, was das heißen sollte, aber weil ich keine Ahnung hatte, was ich nach dem Abitur machen wollte, habe ich mich aus einer Laune heraus beworben. Und es hat geklappt. Es war nicht besonders schwierig.»

Das war nicht die ganze Antwort, aber ein Teil davon. Fragte man ihren Vater, hatte es mit den Rätselbüchern angefangen, Heftchen voller Denkaufgaben und Puzzles, an denen man knobeln musste. Ließ sich eine Berufswahl auf ein derart lange zurückliegendes Ereignis zurückführen? Ja, vielleicht. Manchmal. Sie hatte stundenlang herumtüfteln können, bis sie alle Rätsel gelöst hatte und eine Art Erleichterung empfand: Die Welt ergab einen Sinn.

«Wie war es bei dir?», erkundigte sie sich.

«Ein bisschen wie bei dir, vielleicht», sagte Gerd. «Ich brauchte einen Job.»

Sie trank schlürfend von ihrem Kaffee.

«Du arbeitest schon lange als Polizistin, oder?», fragte Siri.

«Seit 1965.»

«Du musst eine der Ersten gewesen sein. Eine der ersten Frauen, meine ich.»

«Und ob. Ich war eine der ersten Polizistinnen, die aus den Pforten der Polizeischule in Stockholm schritt, nachdem Frauen zur Ausbildung zugelassen wurden. Gott weiß, ob ich nicht die zweite oder dritte Frau bei der Polizei Halland war. Damals waren andere Zeiten. Ich habe immer behauptet, ich hätte einen Hund dabei. Wenn ich einem Strolch auf den Fersen war, habe ich so getan, als würde ich den Hund auf ihn loslassen.»

«Was?»

«Kurz nachdem wir die neuen Uniformen bekommen hatten, wurde ich zu einem Einbruch in der Klammerdammsgatan im Zentrum von Halmstad geschickt. Als ich dort eintraf, sprang der Kerl aus dem Fenster und lief davon. Die neuen Uniformen waren verdammt schwer, und ich war noch nie in Uniform gerannt, nur in leichter Trainingskleidung, so wie wir eben trainieren durften. Wir hätten in Uniform trainieren sollen, um auf den Ernstfall vorbereitet zu sein. Aber nun gut, der Einbrecher hatte jedenfalls einen ordentlichen Vorsprung. Wuff!, rief ich. Wuff. Stehen bleiben, oder ich lasse den Hund los! Wuff, wuff.»

«Hat es funktioniert?»

«Ach wo. Meine Hundeimitation war wohl nicht überzeugend.»

Siri lachte.

«Ich habe nicht wie ein Hund gebellt», erzählte sie. «Aber meine erste Verfolgungsjagd war auch in Halmstad. Zu Fuß, die Brogatan hinunter. Ein Handtaschendieb. Es passierte mitten auf dem Marktplatz. Ich bin, so schnell ich konnte, hinter dem Mann hergelaufen. Aber wie du sagst, bis heute dürfen wir beim Polizeisport nicht in Uniform trainieren. Also habe ich ihm», Siri gestikulierte mit einer Hand, «meinen Schlagstock hinterhergeworfen.»

Gerd lachte so sehr, dass sie husten musste.

«Hast du ihn erwischt?»

«Meilenweit daneben. Aber ich bin ihm weiter nachgerannt, bis zur Busunterführung. Unterwegs habe ich den Schlagstock aufgelesen und ihn ein zweites Mal geworfen. Wieder daneben Auf eine Art war ich genauso wenig auf den Ernstfall vorbereitet wie du damals.»

«Auf eine Art», Gerd hob ihren Kaffeebecher, «sind Frausein und Polizistin sein im Jahr 1969 und 1999 zwei grundverschiedene Welten. Auf eine andere ist es ein und dieselbe. Darauf stoßen wir an. Prost und frohe Weihnachten.»

«Prost, Gerd.»

Kurzes Schweigen. Siri fiel ein, dass Gerd einen Mann erwähnt hatte. Einen Mann, der Jäger gewesen war.

«Du hast nicht allein in deinem Haus gewohnt, oder? Ich meine, nicht von Anfang an.»

«Nein, das ist richtig. Mein Mann ist vor zehn Jahren gestorben. Er hieß Thomas.»

«Das tut mir leid.»

«Danke.»

Dann sagte keine von ihnen mehr etwas, bis sie abbogen und an der Kapelle parkten.

23

Es wurde hässlich. Darüber herrschte im Nachhinein allgemeines Einvernehmen. Weniger einig war man sich darüber, ab wann sich das Desaster abgezeichnet hatte. Manche sagten, sie hätten es schon beim Betreten der Kapelle in der Luft gespürt. Andere behaupteten, es habe sich angebahnt, als Sander und vor allem Killian gekommen seien, so wie Killians Gesicht aussah.

Wieder andere meinten, es habe sich angekündigt, als die beiden uniformierten Polizistinnen in der hintersten Bankreihe Platz genommen hatten.

Isidor Enokssons Ansicht nach hatte es mit dem Eintreffen der Familie Söderström, oder dem, was von ihr übrig war, seinen Lauf genommen. Im Vorfeld hatte man natürlich von ihnen gesprochen, sich gefragt, ob sie kommen würden, aber wirklich geglaubt hatte es niemand. Doch sie kamen. Karl-Henrik, Lillemor und Filip, mit Mikaels Geist wie eine kalte, dunkle Lücke hinter sich.

Die Kapelle war an diesem Sonntag so gut besucht wie seit vielen Jahren nicht mehr, vermutlich aufgrund des tragischen Ereignisses in der Nacht auf Samstag. Ein kleiner Chor, bestehend unter anderem aus Sanders und Killians Müttern, sollte hinterher draußen in der Kälte singen, während Glühwein und Pfefferkuchen gereicht würden. Vor dem Altar wartete Isidor umgeben von kirchlicher Weihnachtsdekoration. Zwei grüne Weihnachtsbäume mit warmer Beleuchtung und tiefroten Kugeln funkelten mit brennenden Kerzen in Leuchtern und Kandelabern um die Wette.

Es wirkte friedvoll, in Isidors Händen aber kribbelten der

Zweifel und das Verlangen zu spielen. Die Erwartungen der Versammlung, die darauf wartete, seine Worte zu vernehmen, schlugen sich stets dort nieder.

Alle dachten an Mikael. Wo war er jetzt? Hörte er zu? Wer weiß schon, was mit den Toten wirklich geschieht. Während des Wochenendes hatte man mehrmals Schimmer in der Luft gesehen, plötzlich aufflackernde Irrlichter. Vielleicht nur eine Sinnestäuschung, der Lichtreflex einer ins Schloss fallenden Tür oder eines Lkws, der auf der Landstraße vorüberfuhr.

Vielleicht auch nicht. Fast fühlte es sich an, als sei Mikael noch da.

Die Welt von Skavböke war nicht mehr stabil, sie war ins Rutschen geraten wie schmelzendes Eis.

Killians Vater Sten erschien spät, als Allerletzter. Er kam herein wie eine gröbere, zerrüttete Version seines Sohnes und schielte zu seiner Ex-Frau Linda hinüber, die sich abwandte und aus dem Fenster sah. Sten ging zu Isidor und schüttelte ihm die Hand.

«Ist eine Weile her, dass ich hier war», sagte er. «Aber ich hatte das Gefühl ... ich dachte, ich sollte ... ja.»

Isidor lächelte und nickte gütig.

Auf der anderen Seite des Mittelganges saß Madeleine Grenberg, die Krücken an die Bank gelehnt und damit beschäftigt, ihr Gipsbein gerade zu halten. Als Sten und sie sich ansahen, verweilten ihre Blicke aufeinander.

Die meisten Jugendlichen begegneten sich nach der Party zum ersten Mal, und darum bemerkte man erst jetzt den Zustand von Killians Nase. Die Leute gaben sich Mühe, ihn nicht anzustarren.

«Weißt du, wie das passiert ist?», flüsterte Jakob Sander zu, der ihm am nächsten saß.

Als Sander ihm das Missgeschick in knappen Worten beschrieb, wirkte Jakob überrascht.

«Er ist hingefallen?»

«Das hat er gesagt. Ich hab keine Ahnung. Ich war nicht dabei.»

Der Gottesdienst begann, und Isidor sprach über sie, über das Dorf und das Schreckliche, das geschehen war. Hier gemeinsam zusammenzukommen sei ein Weg, um beieinander Kraft zu finden. Bis dahin ging alles gut, doch dann schien er plötzlich nicht mehr zu wissen, wie er fortfahren sollte. Als sollten sie, ohne genauere Anweisungen, wie das zugehen sollte, mit der Suche nach dieser Kraft beginnen.

«Am vierten Advent erhält Maria Besuch vom Engel Gabriel, der ihr verkündet, dass sie Gottes Sohn gebären werde», fuhr Isidor zögernd fort.

Dann sprach er von Gott dem Herrn, der groß an Güte, langsam im Zorn und reich an Liebe sei. Gut zu allen sei Er, und Sein Erbarmen walte über allen Seinen Werken. Er beantworte die Mühsal des Erdenlebens mit nur einem Trost: Gnade.

Isidor wählte seine Worte mit Sorgfalt, das war zu spüren, trotzdem schien er unablässig zu schwimmen. Aus Angst, die richtigen Worte zu versäumen, sagte er viel zu viele.

Er griff nach einem Gesangbuch und schlug es auf.

Während des Gemeindegesangs, der ohne Orgelbegleitung stattfand, beugte sich Sander zu Jakob und flüsterte: «Hast du mit der Polizei geredet?»

Jakob schüttelte den Kopf.

Als er nach der Party nach Hause gekommen war, hatte er gemerkt, dass es ungewöhnlich kalt im Haus war. Jemand hatte die Scheibe der Hintertür zum Garten eingeschlagen, die Hand hindurchgeschoben, den Schlüssel im Schloss herumgedreht und sich Zutritt verschafft.

«Du solltest es ihnen sagen», raunte Sander mit einem unauffälligen Schulterblick in Richtung der beiden Polizistinnen. «Sie sind hier.»

Jakob sackte in sich zusammen, als habe Sander ihn aufgefordert, eine Sünde zu bekennen, und schüttelte abermals den Kopf. Der Gesang verstummte, und Leere breitete sich über den Reihen aus. Jemand hustete.

«Wieso nicht?», fragte Killian. Und als Jakob ihn verwirrt ansah, fügte er hinzu: «Deine Eltern werden es kapieren, wenn sie die kaputte Scheibe sehen. Sie werden Fragen stellen.»

«Ja.» Jakob wirkte hilflos. «Ich weiß. Sie sind noch nicht wieder zurück. Sie kommen heute nach dem Mittagessen. Aber Mikael und ich haben uns gezofft. Erst der Streit auf dem Sofa, und dann die Prügelei im Obergeschoss. Als diese Polizistin mich gestern angerufen hat und ich ihr davon erzählt habe, habe ich ihr angemerkt, dass sie misstrauisch geworden ist. Wenn ich jetzt zu ihnen gehe, werden sie mich fragen, warum ich nicht gleich damit rausgerückt bin.»

Die Leute, die ihr Geflüster hörten, warfen ihnen missbilligende Blicke zu. Isidor hatte begonnen, aus dem Weihnachtsevangelium vorzulesen.

«Haben sie dich nur angerufen?», zischte Sander erstaunt. «Bei mir sind sie zu Hause aufgekreuzt.»

«Bei mir auch», sagte Killian.

«Sie haben nur angerufen. Aber ich hab gemerkt, dass sie hellhörig wurden, als ich von dem Streit erzählt habe. Und jetzt der Diebstahl. Was, wenn sie mich aufs Revier holen. Was soll ich dann sagen?»

Dass Leute sich auf Partys zofften, war normal, nur endete es üblicherweise nicht damit, dass jemand starb. Das wusste die Polizei. Außerdem war es besser, Jakob selbst erzählte ihnen von dem Diebstahl. Herausfinden würden sie es so oder so, sich fragen, warum er versucht hatte, es zu verheimlichen, und das wäre ...

Karl-Henrik Söderström drehte sich ruckartig um, als habe ihn jemand unerwartet bei den Nackenhaaren gepackt. Sein Gesicht war gerötet und aufgedunsen, und er starrte sie mit glasigen Augen an.

«Haltet verflucht noch mal die Klappe», sagte er so laut, dass Isidor vorne vor dem Altar verstummte.

Die Worte hallten in der Kapelle wider.

Karl-Henriks Blick flackerte hin und her, als suche er nach einem Punkt, auf den er ihn richten könne. Die beiden Polizistinnen warteten ruhig auf ihren Plätzen ab.

«... ist von Geschlecht zu Geschlecht», begann Isidor von Neuem, hielt jedoch abermals inne, als Karl-Henrik schwankend aufstand.

«Kannst du mir das erklären?» Er machte einen unsicheren Schritt in den Mittelgang hinaus, hielt sich Halt suchend mit einer Hand an der Bank fest und sah Madeleine und Felicia mit flackernden Augen an. «Es wissen sowieso alle. Es macht doch nichts?» Seine Stimme war dick und belegt. «Alle wissen, dass er in eurem Auto lag.»

Vorne am Altar sagte Isidor, mehr an die Polizistinnen in der letzten Reihe als an Karl-Henrik gerichtet:

«Ich würde gerne fortfahren.»

«Karl-Henrik, bitte.» Lillemor Söderström griff nach der Hand ihres Mannes, der aber schüttelte sie ab und deutete auf Felicia.

«Du und Mikael», sagte er mit einer Stimme, die zu versagen begann. «Habe ich recht? Ihr wart ...»

Sein Blick flackerte wieder. Felicia öffnete den Mund, aber kein Wort kam heraus. Gerd war aus der Bank getreten. Sie stand im Mittelgang, vollkommen ruhig, als würden nicht alle Anwesenden jede Bewegung in Erwartung der nächsten verfolgen. Sie legte dem trauernden Vater eine Hand auf die Schulter.

«Ich denke, wir gehen für eine Weile nach draußen, Karl-Henrik.»

Siri erschien auf Karl-Henriks anderer Seite, und ohne zu protestieren, folgte er ihnen zum Ausgang.

Lillemor Söderström blieb zurück. Sie legte Filip, der auf seinem Platz zusammengesunken war, einen Arm um die Schultern. Im Nachhinein versuchte man zu klären, ob er sich während des Ausbruchs seines Vaters überhaupt gerührt hatte, aber niemand konnte es mit Gewissheit sagen, es war, als sei er vollkommen versteinert gewesen. Dann stand Lillemor abrupt auf und zog Filip mit sich. Sie verließen die Kapelle, der Sohn apathisch, die Mutter gehetzt, als wolle sie verhindern, dass ihre Panik nach außen dränge.

Isidor räusperte sich. Es war nötig, dass er etwas sagte, doch später konnte niemand seine Worte wiedergeben. Der Chor stellte sich draußen vor der Kirche auf, pflichtschuldig, jedoch ein wenig verwirrt; Glühwein und Pfefferkuchen wurden gereicht. *Herbei, o ihr Gläubigen* sangen sie, hell und brüchig, während Sander und Killian sich umblickten, besorgt, es könnte noch mehr, was auch immer, passieren.

Die volle Tragweite des Vorfalls offenbarte sich tags darauf in der Zeitung, als allen klar wurde, dass es Inger Nilsson, der ausgefuchstesten Journalistin der *Hallandsposten*, gelungen war, sich unter die Trauergemeinde zu schmuggeln und alles mitanzusehen.

24

Fort, dachte Sander an jenem Sonntag zum wiederholten Mal. Das ist das Wort für alles. Sonst nichts.

Vielleicht hatte es in Wahrheit schon sehr lange in ihm geschlummert.

Als kleiner Junge war er oft durch die Gegend gestreift und hatte gespielt, dass, wie alle Erwachsenen befürchteten, wirklich ein Krieg ausgebrochen sei. Einmal war er von Skavböke durch den Wald nach Årnilt und weiter über die Brücke nach Oskarström gelaufen. Es war Sommer und heiß, und die Sonne hatte hoch oben am Himmel gestanden, als er sich aus dem Schutz der Bäume an die Straße gewagt hatte. Keine Soldaten. Die Luft war rein. Er hatte in den Himmel geschaut: auch kein Atompilz. Noch war Zeit.

Und dann hatte *er* plötzlich dagestanden und ihn, Sander, von der anderen Straßenseite aus angesehen, ein Junge mit windzerzaustem blonden Haarschopf. Er trug schäbige Kleidung, seine Hose hatte Löcher an den Knien, und als Sander auf ihn zuging, merkte er, dass er komisch roch.

«Was machst du?», fragte der Junge und blickte unsicher auf das Gewehr, einen glatten Ast, in Sanders Hand.

«Es ist Krieg», sagte Sander. «Weißt du das nicht?»

Der Junge riss die Augen auf.

«Nein. Ist das wahr? Hier?»

«Wie alt bist du?»

«Sieben.»

Das war schwer zu glauben. Der Junge, der da vor ihm stand, war einen Kopf größer als Sander und breit wie ein ganzes Motorrad. Aber er schien stark zu sein. In einem Krieg war es bestimmt praktisch, ihn dabeizuhaben, egal, wie alt er war.

«Wie heißt du?»

«Killian.»

«Was hast du gesagt?»

«Killian.»

Den Namen hatte Sander noch nie gehört, aber andererseits kannte er auch keinen anderen Jungen, der so hieß wie er.

«Willst du mitmachen? Wir brauchen mehr tapfere Soldaten.»

«Was bedeutet tapfer?»

Sander musste nachdenken, wie er es erklären sollte.

«Dass man mutig ist. Alle Helden sind tapfer.» Er ging in die Hocke und spähte umher wie ein Soldat. «Wir müssen nur eine Waffe für dich finden.»

Killian drehte den Kopf und betrachtete einen großen Busch, der ein Stück entfernt wuchs. Er lief hin, brach einen Ast ab, und als er die kleinen Zweige entfernt hatte, sah er fast genauso aus wie Sanders, nur ein bisschen dünner.

«Geht das?»

«Es kann eine Kalaschnikow sein.»

«Was ist ...»

«Achtung, sie kommen!»

Nach einer Weile kroch der Bus in Richtung Halmstad prustend und schnaufend die Straße hinauf. Als Sander ihn sah, begann es in seinem Magen zu kribbeln, und er wandte sich an seinen Waffenbruder.

«Hast du Geld?»

Killian sah ihn mit großen Augen an.

«Nein.»

«Du brauchst aber Geld, damit du bezahlen kannst.»

Sander grub in seinen Hosentaschen und zog zwei Zehn-Kronen-Scheine hervor.

«Hier.»

Der Busfahrer nahm das Geld, und sie setzten sich ganz nach hinten in die letzte Reihe.

Während die Welt draußen vor dem Fenster an ihnen vorüberzog, machte sich Killian Sorgen, was er sagen sollte, wenn seine Mama in den Bus stieg, was passieren würde, wenn der Busfahrer sie rausschmiss, ob sie dann wieder nach Hause finden würden, ob ihnen ein Erwachsener helfen würde, ob es im Bus oder in der Stadt Fremde gab, die ihnen Böses wollten, ob ...

«Killian.» Sander packte ihn am Arm. «Entspann dich. Es ist okay. Wir fahren nur mit dem Bus.»

«Ich mache mir aber Sorgen. Wie kommen wir wieder nach Hause?»

«Man kann mit der gleichen Fahrkarte wieder zurückfahren. Und niemand merkt, dass wir weg sind.»

Mit jeder Kreuzung, jeder Ampel und jeder Kurve, die sie hinter sich ließen, wuchs Killians Neugier, und seine Besorgnis verschwand. Schon bald drückten sie sich beide die Nase an der Scheibe platt, als sähen sie die Stadt zum ersten Mal. Sie erschien ihnen vollkommen neu.

Am Stora torg stiegen sie aus. Der Marktplatz summte vor Energie und Geschäftigkeit. Leute mit Einkaufstüten, Aktenkoffern oder Handtaschen kamen ihnen entgegen, Busse fuhren vorbei, und am großen Springbrunnen scharten sich die Vögel. Sie sahen andere Autos als zu Hause, rochen andere Gerüche und hörten andere Stimmen. Als sie an Cafés vorüberliefen, hörten sie, worüber die Leute redeten, wie sie lachten.

Sander sah Bushaltestellen mit unbekannten Zielen und fragte sich, wo sie wohl lagen. Er beobachtete die Stadtmenschen, wie sie angezogen waren und wie sie sich benahmen, wohin sie ihre Blicke richteten. Er versuchte, sich wie sie zu bewegen. Wenn er sich wie sie bewegte, würde er einer von ihnen werden, dachte er.

Killian blieb vor Schaufenstern stehen, starrte hinein und lief weiter. Er sagte Sachen wie «Guck dir die Schuhe an. Die sind toll. Die hätte ich auch gern» und «Komisch, dass sie jetzt Wintersachen verkaufen, es ist doch Sommer» oder «Wow, Prinzessinnentorte!».

Sander beobachtete seinen neuen Freund verstohlen und versuchte zu verstehen, wer er war. Er war groß und ein lieber Kerl, doch manchmal schien er fast ein wenig dumm zu sein, als sei die Welt eine Frage, auf die er keine Antwort wusste.

«Wie viele Stücke Prinzessinnentorte schaffst du?», fragte Sander.

«Ich weiß nicht. Zwei, vielleicht.»

«Ich hab einmal fast anderthalb geschafft, nur das Marzipan hab ich liegen lassen. Ich glaube, du schaffst drei, wenn du wirklich willst. Mindestens drei, weil du so groß bist.»

«Ja, schaffen würde ich die wohl», meinte Killian. «Aber ich durfte noch nie mehr als ein Stück essen.»

Sie kamen an einem Geschäft für Damenunterwäsche vorbei und blieben stehen. Hinterher waren sie beide lange still.

«Das war komisch», meinte Killian schließlich.

«Ja», pflichtete Sander ihm bei.

Wenig später fuhren sie mit dem Bus zurück nach Oskarström und trennten sich in Skavböke an der Straßenkreuzung.

Sander ahnte, dass sein neuer Freund es nicht unbedingt leicht hatte. Vielleicht war er deswegen so groß, zu seinem Schutz.

Wie Eidechsen, denen gegen Gefahren ein schützendes Schuppenkleid wuchs, wuchs Killian sich groß.

Sander lief nach Hause. Wenig später aß er mit seinen Eltern Spaghetti mit Hackfleischsoße, das Gericht, das er vor ein paar Stunden auf der Speisekarte eines der Restaurants in der Stadt gelesen hatte. Killian und er, zwei tapfere Soldaten, waren dort gewesen. Sie waren in einen Spielwarenladen gegangen und hatten sich die Schaufenster von Kaufhäusern, Schuhgeschäften und Konditoreien angesehen. Und Mama und Papa hatten keine Ahnung.

Es war fast schwindelerregend, wie listig er war.

Am Abend im Bett kniff er die Augen zu und versuchte, seine vielen Erinnerungsbilder zusammenzufügen, wie einen Film, den er immer wieder abspulen konnte.

Sander konnte es nicht genau benennen, aber in ihm hatte sich so etwas wie ein Unterstrom gebildet, ein Versprechen und gleichzeitig eine Frage: Wie konnte er sein Leben hinter sich lassen – hin zu etwas Größerem?

25

Mikael Söderström wurde Sonntagfrüh, am Morgen des 19. Dezember 1999, obduziert. Das Ergebnis war eindeutig, aber in der Sache wenig erhellend. Jemand hatte ihn in der

Nacht auf Samstag gegen halb zwei Uhr im Freien durch stumpfe Gewalteinwirkung gegen Nacken und Schläfe getötet. Anschließend war er in den Kofferraum von Madeleine Grenbergs Auto gelegt und dort zurückgelassen worden.

Sie hatten keinen eindeutigen Tatort und auch keine eindeutige Tatwaffe, aller Wahrscheinlichkeit nach war es jedoch ein gröberes Werkzeug wie eine Schaufel oder ein Spaten. Und vermutlich ziemlich alt oder ramponiert, auf Mikaels Kopfhaut waren etliche Rostpartikel gefunden worden. Er hatte Alkohol im Blut gehabt, aber nicht viel. Was auch immer ihnen diese Information nützen sollte, immerhin war der Junge auf einer Party gewesen.

Mikael Söderström, achtzehn Jahre alt. Nur ein Junge, noch am Anfang seines Lebens. Sein Vater hatte während des Adventsgottesdienstes aus der Kapelle geführt werden müssen, ein Ereignis, das Siri und Gerd dokumentiert und in ihre Ermittlungen mit aufgenommen hatten. Das war der leichte Teil; es zu deuten, der komplizierte. Sie hatten versucht, die Familie erneut zu befragen, nicht zuletzt Karl-Henrik, doch alles, was sie aus ihnen herausbekamen, war ihnen bereits bekannt.

«Er war mir so ähnlich», wiederholte Karl-Henrik immer wieder. «Er war mir so ähnlich.»

Als wäre ein Teil von ihm selbst aus dieser Welt gerissen worden, und so war es wohl auch.

«Er steht in der Kapelle auf und wendet sich direkt an Felicia Grenberg», sagte Siri jetzt, als sie und Gerd allein im Büro saßen. «Er macht sie als die Schuldige aus, als hätten sie und Mikael ein Verhältnis oder etwas in der Art gehabt. Weißt du, ob das stimmt? Waren die beiden zusammen?»

Gerd schüttelte den Kopf.

«Es gab Gerede, aber nichts Konkretes.»

«Was für Gerede?»

Gerd schnitt eine Grimasse.

«Dass er sie auf einer Party belästigt haben soll, glaube ich. Aber das konnte nie bestätigt werden, und im Unterschied zu Majken Gustafsson sind wir keine Klatschbörse. Die Friseurin hier», fügte sie erklärend hinzu, als Siri fragend eine Augenbraue hob. «Bis sie ihren Salon voriges Jahr geschlossen hat. Sie war in dem Chor, der heute vor der Kirche gesungen hat. Ich übrigens auch.»

«Du singst?»

Siri konnte ihre Überraschung nicht verbergen.

«Ja, früher. Ich fand es schön, vor allem in der Weihnachtszeit. Ich singe gerne, aber nicht für mich allein.»

Siri betrachtete eine der Notizen, die vor ihr lagen. Sie betraf die Auseinandersetzung zwischen Jakob Lindell und Mikael Söderström, bei der es offenbar um Geld gegangen war.

«Vielleicht ging es dabei auch um Felicia», sagte sie nachdenklich.

In diesem Moment bekamen sie Besuch. Im ersten Augenblick befürchteten sie, draußen auf der Türschwelle könnten Kollegen aus Halmstad stehen oder, noch schlimmer, Journalisten. Aber weder noch. Es waren Bengt und Inga-Lill Lindell, mit ihrem Sohn Jakob.

«Wir müssen einen Diebstahl melden», verkündete Bengt.

Siri und Gerd fuhren gemeinsam zu den Lindells und nahmen, in Anbetracht der Umstände, eine gründliche Untersuchung vor: Gerd fotografierte die Glasscherben auf dem fleckigen Holzparkett und die Küchenbank, wo Bengt die Ersparnisse der Familie verwahrt hatte; unmittelbar hinter der

Tür entdeckte Siri einen halben Fußabdruck auf dem Boden, danach schien der Einbrecher seine Schuhe jedoch ausgezogen zu haben.

Sie studierte den Fußabdruck aus der Nähe.

«Er ist zu verschmiert, um einen Abdruck davon zu nehmen», sagte Gerd und machte ein Bild mit der Kamera. «Aber wir dokumentieren ihn trotzdem.»

Dann fotografierte sie pflichtschuldig die Hintertür, in Nahaufnahme und aus der Distanz, mit der zerbrochenen Fensterscheibe wie eine klaffende Wunde. Fast das ganze Haus kam mit aufs Bild.

Unterdessen redete Siri mit Jakob, der die Arme um den Körper geschlungen hatte, als würde er frieren, und aussah, als wäre die Welt aus den Angeln gehoben worden.

«Es ist alles in Ordnung, Jakob», sagte sie leise. «So etwas kann jedem passieren.» Am liebsten hätte sie ihn berührt. «Wie geht es dir? Das muss ein schwieriges Wochenende für dich sein.»

«Ich bin okay. Ich will nur, dass das Geld wieder auftaucht.»

«Wie ernst war eigentlich dieser Streit zwischen Mikael und dir auf der Party?»

«Was soll das heißen, wie ernst?»

«Ging es dabei um Felicia?»

Jakobs Augen wurden groß.

«Felicia? Nein, nein. Es ging nur um Geld, nichts weiter.»

«Aber du magst Felicia?»

«Als gute Freundin, ja. Mehr nicht.»

«Hat Mikael das geglaubt? Er mochte sie doch?»

«Nein, keine Ahnung. Wer hat das gesagt?»

«Ich frage mich das. Mochte Mikael Felicia?»

«Alle mögen Felicia. Aber ich habe keine Ahnung, ob zwischen den beiden mehr gelaufen ist. Das müssen Sie Felicia selbst fragen.»

«Und nach der Party? Was hast du da gemacht?»

«Ich bin nach Hause gegangen, was sonst.»

«Direkt nach Hause?»

Jakob sah sie verständnislos an.

«Ja, klar.»

Siri wartete. Jakob ebenfalls.

«So», verkündete Gerd. «Ich bin fertig.»

Zurück im Revier, setzten sie sich in Gerds Büro zusammen. Gerd an ihren übervollen Schreibtisch und Siri auf einen der Besucherstühle. In ihrem eigenen Büro hatten bisher nur ein neuer Notizblock, ein Stapel leerer Aktenordner und eine Handvoll Tassen Einzug gehalten. Es roch immer noch nach altem Kaffeesatz.

«Laut Obduktionsbericht ist Mikael gegen halb zwei in der Nacht ermordet worden», sagte Siri. «Zehn Minuten später, etwa um zwanzig vor zwei, ist Jakob nach Hause gekommen.»

Zu dem Zeitpunkt war die Scheibe der Hintertür eingeschlagen, jemand hatte das Geld, ungefähr fünfzigtausend Kronen, das in einem Kissen auf der Küchenbank versteckt gewesen war, gestohlen und sich aus dem Staub gemacht. Im Haus hatten sie keine anderen Spuren festgestellt als den verschmierten Schuhabdruck hinter der Tür. Der Einbrecher hatte einen Schritt in die Küche gemacht, war stehen geblieben, hatte seine Schuhe ausgezogen und war erst dann weiter hineingegangen. Was hieß, er war entweder erfahren oder ziemlich gewieft.

«Eine Menge Geld», sagte Siri. «Die Leute können einem leidtun.»

«Ja, aber wenn man so dumm ist, seine gesamten Ersparnisse abzuheben, das Geld anschließend nachlässig im eigenen Heim versteckt und den Sohn auf eine Party gehen lässt, wo der Filius die Geschichte in der Gegend herumposaunt, ist man verflucht noch mal selber schuld.»

«Wer? Der Sohn oder die Eltern?»

Gerd brummte eine undeutliche Antwort und verschwand auf der Toilette.

26

Fast alle in der Schule hatten Inger Nilssons Artikel gelesen oder davon gehört und wussten, was während des Adventsgottesdienstes in Skavböke vorgefallen war. Erstaunlich unverblümt wurde das Drama geschildert, das sich abgespielt hatte, als Karl-Henrik Söderström schwankend in den Mittelgang getreten war und nach seinem Anklageakt von den beiden Polizistinnen aus der Kapelle geführt wurde.

Namen wurden keine genannt, Einzelheiten ausgelassen, trotzdem ahnte man die Zusammenhänge. Ganz Skavböke fühlte sich beschämt, als habe die Welt, ohne dass es ihnen bewusst gewesen war, in dem Moment, als sie am verwundbarsten gewesen waren, direkt in ihr Innerstes geblickt.

Lundström, der Schwedischlehrer, war der Einzige, der die Sache auf sich beruhen zu lassen schien. Sander und er waren sich erstmals nach den Sommerferien begegnet. Lundström hatte vorne am Lehrerpult gestanden, das soeben das seine geworden war, und hatte sich kurz und knapp vorgestellt, als sei es nichts weiter als eine reine Formsache.

Die erste Hausarbeit, die er ihnen aufgab, war, ein Gedicht

zu schreiben. Sie wurden ermahnt, sich Zeit zu lassen und darüber nachzudenken, was sie sagen wollten. Sander, wie es seine Art war, vergaß die Aufgabe und verfasste sein Gedicht im Schulbus am gleichen Morgen, an dem es abgegeben werden musste. Er nannte es: «Der Herbst naht in Skavböke, Halland».

Als er es zum Lehrerpult brachte, stand Lundström vorne an der Tafel und schrieb das Thema der heutigen Stunde an. Aus dem Augenwinkel sah er, wie das achtlos herausgerissene Blatt auf den Stapel zu den anderen segelte. Er warf einen flüchtigen Blick darauf, wandte sich wieder zur Tafel, warf einen zweiten Blick darauf, nahm das Blatt in die Hand und begann zu lesen. Langsam.

«Hast du das geschrieben?», fragte er an Sander gewandt.

«Ja.»

«Dein Name war ... Sander, richtig?»

«Ja.»

Lundström nickte. Ein neugieriges Funkeln trat in seine Augen.

Im Lauf des Herbstes geschah etwas mit Sander. Nicht einmal Killian begriff anfangs, was es war. Sander fing an, länger in der Schule zu bleiben, las oft Dinge, die man nicht lesen musste, und schien sich mehr Mühe bei Klassenarbeiten und Aufsätzen zu geben.

Jetzt standen die Weihnachtsferien vor der Tür. Die Lehrer unternahmen die letzten Kraftanstrengungen des Jahres, die Schüler möglicherweise auch. Alle wollten nach Hause. Im Radio in der Schulcafeteria dudelten Weihnachtslieder. Nach der Pause, während seine Mitschüler an ihren Spinds standen, um die Bücher der letzten Stunde hineinzulegen und neue herauszunehmen, wartete Lundström vor dem

Lehrerzimmer auf Sander und klickte nervös mit einem Kugelschreiber.

«Hallo. Wie geht's dir? Du siehst blass aus.»

«Ich habe am Wochenende schlecht geschlafen.»

«Das verstehe ich. Das Kollegium wurde heute Morgen informiert. Wir hatten natürlich davon gehört und die Zeitung gelesen. Aber wir wussten nicht, dass es Mikael ist.»

Fort, dachte Sander wieder einmal. Das Wort brannte in ihm. Denn *Flucht* konnte es doch wohl nicht sein?

«Ich will es machen», sagte er. «Ich will mich bewerben.»

Lundström lächelte und schob den Kugelschreiber in seine Brusttasche.

«Das ist gut.»

«Sie sind ursprünglich aus Åled, oder? Warum sind Sie zurückgekommen? Ich meine, aus Stockholm. Zurück zu uns Bauern, sozusagen.»

«An Bauern ist nichts verkehrt.» Lundström verstummte, als sei die Antwort nicht so einfach. «Ich habe mich verliebt.»

«Verliebt?»

«Ja.» Er grinste und wirkte fast verlegen. «Genügt das nicht?»

Sander sah sie an diesem Tag.

Felicias und sein Spind standen im selben Flur, in der Nähe des großen Fensters. Draußen fiel der Schnee inzwischen dicht und schwer. Sie stand allein am Fenster, die Hände in den Taschen ihrer Daunenjacke, und sah hinaus, als versuche sie, unten auf dem Schulhof jemanden zu entdecken. Ihre große Ledertasche lag auf einem Stuhl neben ihr.

«Hey», sagte er so beiläufig wie möglich und steuerte seinen Spind an. «Du bist noch da?»

«Ich geh gleich nach Hause. Ich warte nur darauf, dass es aufhört zu schneien. Ich hab heute Morgen meinen Schirm vergessen.»

«Ich glaube, ich habe nicht mal einen Schirm», sagte Sander.

«Dann wirst du bei Regen oder Schnee also einfach nass?»

«Ja, und? Ich trockne doch wieder.»

Sie lachte. Felicia hatte ein eigenwilliges Lachen. Es war laut und durchdringend, und ihre Nase kräuselte sich dabei unwiderstehlich, wie eine Aufforderung, mit einzustimmen.

«Du weißt ja», sagte er, als hätte sie ihn danach gefragt, «ich hau von hier ab. Nach dem Sommer gehe ich weg.»

«Wohin?»

«Nach Stockholm.»

«Was willst du da machen?»

«Studieren.» Er grinste. «Leben. Mein Leben leben. Vielleicht leg ich mir sogar einen Schirm zu.»

«Was willst du studieren?»

«Jura. An der Stockholmer Uni. Am Juridicum. So heißt die juristische Fakultät. Und hinterher will ich reisen. Als Unternehmensjurist. Für eine große Firma.»

«Was für eine Firma? Wie Ikea?»

«Bloß nicht, nein. Nicht Ikea.»

Plötzlich sahen sie Filip durch das Schneegestöber über den Schulhof laufen. Er hatte einen großen Kopfhörer auf den Ohren und hielt einen Collegeblock in der Hand, in den er hektisch hineinkritzelte, während er gleichzeitig versuchte, die Seite vor den Schneeflocken zu schützen.

«Das ist alles so schrecklich», sagte Felicia leise. «Hast du den Zeitungsartikel gelesen?»

«Ja. Haben sie mit euch geredet? Ich meine, die Polizei?»

«Mehrere Stunden. Samstag und gestern auch. Es war ja unser Auto.»

Sander spürte, dass er etwas sagen sollte, aber er brachte kein Wort heraus. Alles, woran er denken konnte, war, Felicia zu berühren. Ihr glattes, braunes Haar fiel ihr offen über die Schultern. Es sah wunderbar weich aus.

Eines Tages, lange nachdem er Skavböke hinter sich gelassen haben würde und ein anderer Mensch geworden wäre, viele Jahre nachdem er eine Frau kennengelernt und ein oder zwei Kinder bekommen hätte, würden sie sich vielleicht bei einem seiner Besuche in der Heimat über den Weg laufen, und er würde denken: Es hätten wir sein können. Ein wenig wehmütig und – wie sagte man? – bittersüß.

Die Dinge würden sich für ihn fügen, und alles, was jetzt so viel bedeutete, würde kindisch und amüsant erscheinen.

Zuletzt kam ihm die Frage über die Lippen:

«Wie war es zwischen dir und Mikael?»

«Zwischen uns? Gut, nehme ich an. Was meinst du?»

Sander öffnete den Mund und hoffte, die Antwort würde ebenso herauskommen wie die Frage. Doch nichts passierte.

«Keine Ahnung», sagte er. «Ich hab's mich nur gefragt.»

Felicia sah ihn forschend an.

«Was hast du dich gefragt?»

«Ich hatte den Eindruck, dass er auf dich stand.»

«Ach ja?» Die glatte, weiche Haut zwischen Felicias Augen bekam eine steile Falte. «Wenn, dann habe ich nichts davon gemerkt.»

«Vielleicht war es nur ein Gerücht.»

«War die Party gut?», fragte sie plötzlich. Eine seltsame Frage in Anbetracht der Ereignisse, aber er verstand, was sie meinte.

«Ja, sie war gut. Wir hatten Spaß. Es ist schade, dass sie so ausgegangen ist.»

Auch das klang seltsam. Alle Worte waren zurzeit seltsam. Als würde das, was am Wochenende geschehen war, sie verfälschen und es schwierig machen, etwas zu sagen, ohne sich dabei auf Glatteis zu begeben und auf die Nase zu fallen.

«Ich wollte hingehen, aber ich musste meiner Mutter helfen.»

«Ja, das hab ich gehört. Ein Glück, dass du zu Hause geblieben bist.»

«Sorry, übrigens.»

Sie sah ihn aufrichtig an, als erwartete sie, dass er kapierte, worauf sie anspielte.

«Wofür?»

«Ja, es ist vielleicht keine große Sache. Aber ich habe viel daran gedacht. Ich meine, im Sommer, als wir ...» Sie lachte nervös. «Ich war total betrunken.»

«Ach so.» Sander spürte, wie ihm das Blut ins Gesicht schoss, und er begann, in seinem Spind zu kramen, in der Hoffnung, Felicia würde es nicht merken. «Kein Thema. Wirklich. Ich war auch nicht gerade nüchtern.»

Er versuchte ebenfalls zu lachen, hörte aber, wie aufgesetzt es klang.

«Ich will jetzt los», sagte er. «Kommst du mit?»

Sie blickte wieder aus dem Fenster auf den Schulhof. Von Filip war keine Spur mehr zu sehen, als hätte der Schnee ihn verschluckt.

«Ich glaube, ich warte lieber noch ein bisschen, ob es aufhört zu schneien.»

«Magst du Kino?»

Felicia blickte ihn verwirrt an.

«Kino?»

«Also Filme, im Kino.»

«Ich weiß, was Kino ist.» Sie strich sich eine Haarsträhne hinters Ohr. «Ja, ich mag Kinofilme.»

«Hast du Lust, dir einen Film anzugucken. Irgendwann. Mit mir, also?»

«Frag mich doch bei Gelegenheit.»

«Vielleicht mach ich das.»

Sie blickte wieder ins Schneegestöber hinaus. Felicia war wie Geld: nur zu viel war gut genug. Sander schloss seinen Spind, langsam und mit pochenden Schläfen, und dennoch seltsam hoffnungsvoll.

27

Was um alles in der Welt hatte er am Montag, nachdem sein Bruder ermordet worden war, in der Schule gemacht? Als wäre nichts geschehen, oder als würde es ihm am Arsch vorbeigehen. Vielleicht, meinte jemand, war er nur gekommen, um nicht zu Hause sein zu müssen, und das genügte wohl als Erklärung. Wer wusste schon, wie man selbst reagiert hätte.

Wie auch immer, als Filip ging, hatte er etwas zurückgelassen. Am Abend rief Killian Sander an und erzählte, Filips Klassenlehrerin hätte ihm auf dem Schulkorridor dessen Rucksack gegeben.

«Er hat ihn einfach stehen lassen, hatte wohl andere Dinge im Kopf. Gunilla hat mich gefragt, ob ich ihm den Rucksack bringen kann.»

«Und du hast Ja gesagt?»

«Was hätte ich sonst sagen sollen, Mann? Da sind schließlich Ferienaufgaben und so 'n Krempel drin.»

«Als ob Filip die jetzt machen wird», murmelte Sander.

«Kannst du mitkommen? Ich hab nicht vor, allein in dieses unheimliche Haus zu gehen.»

In Anbetracht der Tatsache, was sich am Sonntag in der Kapelle zugetragen hatte, war es wohl wirklich das Beste, wenn er Killian begleitete.

Sie trafen sich in der Dunkelheit und liefen widerstrebend zu Söderströms Haus, Killian mit Filips Rucksack auf der Schulter und Sander mit einem flauen Gefühl im Magen.

«Ich hab Felicia gefragt, ob sie mit mir ins Kino geht», sagte er nach einem langen Schweigen.

Killian sah ihn an.

«Was hat sie gesagt?»

«Es klang, als ob sie will.»

«Echt? Hat sie das gesagt?»

«Sie hat gesagt, ich soll sie bei Gelegenheit fragen, und dann würden wir sehen.»

Jetzt, wo er es laut sagte, hörte er, dass es ganz und gar nicht danach klang, als wollte Felicia mit ihm ins Kino gehen. «Also, so hat sie es nicht gesagt oder doch, aber es war mehr die Art, *wie* sie es gesagt hat.»

Killian trottete weiter, den Blick auf den Boden geheftet. Seine Schuhe hinterließen tiefe Abdrücke im Schnee.

«Okay», sagte er.

«Was hast du?»

«Nichts. Cool für dich. Ich will nur nicht, dass sie dich, wie sagt man, wieder verletzt.»

«Ich war im Sommer nicht verletzt.»

«Wenn du es sagst.»

«Ich war nicht verletzt.»

«Okay. Gut.»

Sie liefen weiter. Schließlich sagte Sander:

«Und ich werde es auch diesmal nicht sein. Ich geh doch sowieso von hier weg. Das weiß sie. Ich hab's ihr heute gesagt.»

In Killians Augen blitzte etwas auf.

«Aber wenn sie mit dir zusammen sein wollte, würdest du bleiben?»

«Keine Ahnung, Killian. Wenn sich zwischen uns was anbahnen sollte, würde wohl nur eine kurze Sache daraus werden.»

Killian schien abzuwägen, was das alles bedeutete.

«Hast du es deinen Eltern gesagt? Dass du von hier weggehst?»

«Noch nicht. Aber ich werd's ihnen sagen.»

«Was glaubst du, wirst du in Stockholm finden?» Killian klang plötzlich gereizt. «Was glaubst du, wird in Stockholm besser sein als hier?»

«Ich weiß es nicht genau. Ich glaube, ich kann etwas darüber lernen, wer ich bin.»

«Was soll das heißen: *Wer du bist?* Weißt du das nicht?»

«Doch, aber nicht so.»

«Wie dann? Ich kapier's nicht.»

Sander seufzte. Manchmal war Killian so verflucht schwer von Begriff.

Niemand hier kapiert das, dachte er, aber er sagte es nicht. Stattdessen, wie um das Thema zu wechseln, blieb er plötzlich stehen und fragte:

«Hast du in den Rucksack geschaut?»

«Nein.»

«Wir haben Filip heute in der Schule gesehen, Felicia und ich. Willst du nicht wissen, was drin ist?»

«Es ist sein Rucksack.»

Sander zog den Reißverschluss auf. Killian sah schweigend zu. Im Rucksack waren eine Basecap, ein paar Schulbücher, etliche lose Blätter und ein Collegeblock. Sander nahm den Block heraus, gab Killian den Rucksack zurück und blätterte die Seiten durch.

«Was machst du da?»

«Als wir Filip gesehen haben, hat er irgendwas hier reingeschrieben.»

Sander fand die richtige Seite und überflog den hastig hingekritzelten Text, schief und krakelig.

Auf der Straße kam ihnen ein Auto entgegen, mit grellweißen Scheinwerfern. Sander wandte dem Wagen den Rücken zu und riss die Seite aus dem Block.

«Was ist das? Was steht da?»

«Ein Spickzettel für einen Test. Filip darf die Seite nicht im Block haben. Wenn die jemand findet, ist er geliefert.»

«Aber du kannst die Seite doch nicht einfach rausreißen.»

Sander faltetet das Blatt zusammen und schob es in die Hosentasche. Ein Stück vor ihnen ragte Söderströms Haus auf wie eine Drohung, finster, groß und abgeschieden.

«Komm», sagte Sander leise. «Bringen wir es hinter uns.»

28

Das Haus der Söderströms empfing sie wie ein Geisterhaus.

«Wir machen es schnell», meinte Killian und richtete den Blick auf die Vordertür.

«Ja», sagte Sander. «Verflucht schnell.»

Sie klingelten und warteten. Nichts regte sich. Sander drückte die Klinke nach unten.

Die Tür war nicht verschlossen. Zögernd gingen sie hinein, atmeten in der Stille.

«Hallo?», rief Sander.

In der Diele lehnte ein Jagdgewehr an der Wand.

Auf einem Tisch standen Blumen, ein Meer aus Sträußen. Sander erkannte den Strauß, den seine Mutter gekauft hatte, als *Kondolenzgeschenk*, wie sie es ausgedrückt hatte. Im Wohnzimmer leuchtete ein Weihnachtsbaum, geschmückt und mit einer Zeitschaltuhr versehen. Kam man im richtigen Moment draußen vor dem Fenster vorbei, konnte man sehen, wie er an- oder ausging, obwohl niemand im Raum war. Der Staubsauger lehnte in einer Ecke. Jacken hingen an ihren Haken, und auf dem Herd in der Küche standen noch Essensreste.

Jemand, vermutlich Karl-Henrik, war unten im Keller. Er schien ihr Kommen nicht gehört zu haben.

Es war nicht vollkommen still. Aus dem Keller drang das schwache Klirren von Flaschen, und im Obergeschoss lief leise ein Fernseher.

«Hallo?!», rief Sander wieder, lauter diesmal.

Keine Antwort.

Sie gingen die Treppe hinauf. Sander vermied es, in Mikaels

Zimmer zu blicken, obwohl ein Teil von ihm es wollte. Felicia hatte gesagt, Mikael und sie wären nur Freunde gewesen, und so war es sicher auch. Oder log sie? War sie irgendwann einmal in Mikaels Zimmer gewesen? Vor gar nicht allzu langer Zeit vielleicht. Sander stellte sich einen Pullover vor, der nicht zu den übrigen gehörte, ein vergessenes Haargummi, Lipgloss auf Mikaels Nachttisch.

«Was hast du?», fragte Killian.

«Nichts.»

Filips Zimmertür war geschlossen, aber dahinter waren Geräusche zu hören, laute Musik, die aus Kopfhörern drang, und es klang, als hämmere Filip auf eine Computertastatur ein.

«Ich ...», erklang plötzlich eine Stimme hinter ihnen, und Sander schrak zusammen.

Es war Karl-Henrik. Sander hatte keine Ahnung, wie er hinter ihnen die Treppe hochgekommen war, ohne dass sie seine Schritte gehört hatten. Karl-Henrik Söderström hatte schon immer etwas Angsteinflößendes an sich, als ob in seiner Nähe unentwegt eine Lunte schwelte, und als er jetzt benommen blinzelnd am oberen Treppenabsatz an der Wand lehnte, schien er jeden Moment explodieren zu können.

«Du», sagte er, als er Killian erkannte. «Was zum Teufel machst du hier?»

Killian schluckte.

«Wir wollten Filip nur seinen Rucksack bringen. Er hat ihn in der Schule vergessen.»

Karl-Henrik stützte sich an der Wand ab, richtete sich auf und starrte ihn kalt an.

«Wie kannst du es wagen, hierher zu kommen? Nach dem, was du getan hast?»

«Er hat nichts getan.»

Karl-Henrik ruckte verblüfft mit dem Kopf, als hätte er gar nicht bemerkt, dass sie zu zweit waren, bevor Sander den Mund aufgemacht hatte.

«So, hat er nicht?»

Er kam auf sie zu. Sein Atem stank nach Alkohol, muffig und schal. Langsam legte er eine Hand auf Sanders Schulter, schwer wie ein Ziegelstein, und ließ sie dort.

«Du solltest dich in Acht nehmen.»

Sander versuchte, seine Hand abzuschütteln, aber Karl-Henrik war stark. Er packte Sanders Schulter, hart, als wäre sie ein Schwamm, aus dem er das Wasser herauspressen wollte. Sander stöhnte auf und versuchte, sich loszureißen.

«Was soll das?!» Killian wollte sich zwischen sie drängen, doch in diesem Moment geschah etwas.

Filips Zimmertür ging auf, und Filip stand vor ihnen. Er sah aus wie immer, trug seine üblichen Sachen, Baggy-Pants und einen grauen Kapuzenhoodie. Seine Augen wanderten über die Szene, als hätten sie Schwierigkeiten, ein begreifliches Ganzes daraus zu bilden. Fußboden. Vater. Rucksack. Hand auf Schulter. Wand. Tür. Sander. Killian. Wieder Wand. Punkt in der Ferne.

«Du hast Besuch», sagte Karl-Henrik.

Er ließ Sander los, drehte sich um und schwankte zurück zur Treppe, bekam den Handlauf zu fassen und ging ohne ein weiteres Wort nach unten.

29

Filip betrachtete sie ausdruckslos. Hinter ihm standen Teller mit Pizzaresten. Der Fußboden war mit leeren Getränkedosen und Klamotten übersät, das Bett ungemacht. Im Fernseher lief der Abspann eines Films.

«Hat er was gesagt?», fragte Filip tonlos.

Sander öffnete den Mund, aber Killian kam ihm zuvor.

«Nein. Nein, nichts.»

«Was wollt ihr hier?»

Killian hielt ihm zögernd den Rucksack hin.

«Den hast du vergessen», sagte er.

«Ach ja, richtig.» Filip nahm ihm den Rucksack ab. «Wo, äh ... Wo hab ich ihn vergessen?»

«In der Schule.»

«Aha.»

Eine Veränderung: An der Wand hatte immer ein Foto von Filip und Mikael gehangen. Ein Familienfoto, aufgenommen in irgendeinem Urlaub. Auf dem Bild, Mikael und Filip, einen Arm auf die Schulter des anderen gelegt, in starkem Sonnenlicht. Sander und Killian kannten das Foto beide. Der Nagel saß noch in der Wand, aber der Rahmen war nicht mehr da.

«Habt ihr die Flinte unten in der Diele gesehen?», fragte Filip.

«Ja.»

«Papa fährt nachts mit dem Auto durch die Gegend und sucht nach dem, der das gemacht hat. Ich hab gefragt, ob ich mitkommen darf, aber er hat Nein gesagt.»

Sein Blick hatte etwas Trübes bekommen. Es war schwer zu sagen, ob er wirklich mit ihnen sprach. Er sah weder Sander noch Killian an. Seine Fingernägel waren schmutzig. Filip hatte vor ein paar Monaten begonnen, sich zu rasieren, und ein dünner Bartflaum bedeckte Kinn und Wangen.

Behutsam legte Sander eine Hand auf Filips knochige Schulter.

«Du, ich wollte nur ... Lass es ruhig angehen, okay?»

Filip wirkte wie ein Schlafender, der gerade aufgewacht war. Der Abspann war zu Ende. Die Videokassette spulte automatisch zurück.

«Ich will nicht, dass es jemand erfährt», sagte er. «Aber ich musste es irgendwem erzählen.»

«Weißt du», meldete Killian sich zu Wort, «wenn du willst, das Häuschen ist fertig, mit Strom und allem drum und dran. Wenn du mal woanders pennen magst oder eine Luftveränderung brauchst.»

«Ja», sagte Sander mit Nachdruck. «Oder falls was anderes ist.»

Die Videokassette knackte. Sie war zum Anfang zurückgelaufen. Filip stellte den Film wieder an. *American Graffiti*.

Killian warf Sander einen fragenden Blick zu, als suche er einen Hinweis, was als Nächstes passieren sollte. Sander nahm die Hand von Filips Schulter. Er war sich nicht sicher, ob Filip die Berührung überhaupt gespürt hatte.

Auf dem Rückweg hörte es auf zu schneien. Sander und Killian liefen dicht nebeneinander auf der Straße. Sie redeten leise über nichts Besonders, bis die Worte zu versiegen schienen. Sie verstummten, gingen nur. Gleich waren sie zu Hause. Zu Hause bei Killian. Sie konnten das Häuschen schon sehen, fahl und kalt unter einem weißen halländischen Himmel, dasselbe Stück Himmel, unter dem sie ihr ganzes Leben verbracht hatten. In Sanders Hosentasche steckte die herausgerissene Seite aus Filips Collegeblock. Er fragte sich, ob Filip merken würde, dass sie fehlte.

«Dieser Typ ist echt unheimlich», sagte Killian. «Als er dich gepackt hat, dachte ich schon, er würde dich schlagen.»

«Ich auch. Vielleicht hatte er das auch vor.»

«Hast du ihn gesehen? Mit dem Gewehr. Wie Filip gesagt hat.»

«Nein, du?»

«Gestern dachte ich, ich hätte sein Auto gesehen. Aber ich weiß es nicht, vielleicht war er es auch gar nicht. Als Filip von dem Gewehr geredet hat, musste ich an das letzte Mal denken, als wir da waren. Scheiße, was hat mir Mikael leidgetan. Erinnerst du dich?»

In Sander begann es zu arbeiten. Erinnerungen und Ereignisse, die herausgerissene Seite in seiner Hosentasche. Ein Gedanke nahm in ihm Form an.

«Es hängt vielleicht zusammen», sagte er. «Ich meine, alles.»

Was war geschehen? Sander dachte an Glas, etwas Durchsichtiges und Kaltes, Ereignisse, die auf der anderen Seite verschwommen aufblitzten. Er konnte sich nicht entscheiden, ob die Erinnerung vollkommen bedeutungslos war oder, im Gegenteil, an die tiefsten Unterströme rührte.

30

Es war irgendwann im Oktober gewesen. Sie waren auf dem Heimweg von der Schule an Söderströms Gut vorbeigekommen und hatten Karl-Henrik und Mikael aus dem Haus kommen sehen. In warmer Outdoorkleidung und jeder mit einem Gewehr in der Hand. Karl-Henrik hatte sie vorne am Gatter entdeckt und, als er sie erkannte, eifrig gewinkt.

«Hey, Jungs.»

Sander betrachtete das braune Gewehr in Karl-Henriks Händen.

«Geht ihr auf die Jagd?»

Karl-Henrik deutete auf das Wäldchen am anderen Ende des Ackers.

«Da hinten wurden Wildschweinspuren gesehen. Wir haben vor, uns auf die Lauer zu legen. Mal sehen, ob wir die Teufel erwischen. Ich will sie hier nicht haben. Mikael kommt mit, er muss es lernen.»

Er drehte sich zu seinem Sohn um und strubbelte ihm durchs Haar. Mikael schien sich mehr als unwohl zu fühlen.

«Wollt ihr vielleicht mitkommen?», fuhr Karl-Henrik fort. «Ich hab noch zwei Gewehre im Wagen. Ihr könnt doch schießen?»

Sander und Killian sahen sich an. Kurz darauf saßen sie in einem verdreckten, nach Zigarettenrauch und Staub riechenden Range Rover und rasten über einen der Schotterwege, der über Söderströms Ländereien verlief.

Während Karl-Henrik fuhr, erzählte er von den Wildschweinen, wo sie gesichtet worden waren, wie viele es waren, wie groß, und welches Risiko es bedeutete, sie in Frieden zu lassen. Sander und Killian hielten fremde Jagdgewehre in den Händen und blickten auf Mikaels und Karl-Henriks Nacken. Von hinten sahen sie vollkommen identisch aus. Bei manchen saß das Erbe wohl dort.

Karl-Henrik umgab eine schwer zu fassende Dunkelheit, die Sander nicht behagte. Er lächelte viel und redete mit leiser, freundlicher Stimme, behandelte sie weder wie Erwachsene noch wie Kinder. Vielleicht war es das. Dass man eben nicht wusste, was man in seinen Augen war.

Sie parkten an dem Wäldchen. Aus der Nähe wirkte es größer. Die Baumkronen schwankten hoch über ihnen, und die Stämme wuchsen dicht an dicht, man konnte zwischen ihnen nicht hindurchsehen. Karl-Henrik stieg aus und schob zwei Patronen in den Lauf seines Gewehrs. Unter seiner wachsamen Aufsicht taten sie es ihm nach.

«Der Hebel klemmt», sagte Mikael.

«Ein bisschen Kraft. Hast du einen schwachen Daumen, Junge?»

Mikael biss die Zähne zusammen. Der Hebel gab nach, und der Lauf kippte nach unten. Er schob eine Patrone hinein. Eine zweite. Sie hockten sich auf einen umgestürzten Baumstamm in der Nähe. Karl-Henrik hatte Filips Schulrucksack dabei und nahm eine Thermoskanne mit Kaffee und Tassen heraus.

«Nicht so verkrampft, Junge. Hast du vor, die Flinte zu erwürgen?»

Mikael hielt den Lauf so fest umklammert, dass seine Knöchel weiß hervortraten und seine Hände ganz rot waren. Er lockerte seinen Griff.

Als ein Stück entfernt ein Rascheln erklang, bereiteten sie sich vor und hielten den Atem an.

«Kein Wildschwein», sagte Karl-Henrik. «Nur ein Hase.»

Mikael atmete aus. Sander drehte den Kopf. In der Ferne ragte das Hausdach der Grenbergs auf.

«Wie lange läuft man bis dahin?», fragte er.

Karl-Henrik schenkte sich Kaffee nach.

«Zehn Minuten, etwa. Eine Viertelstunde.»

«Euer Land ist groß.»

«Ja. Aber wenn man bedenkt, dass Madeleine jeden Morgen zu spät kommt, sollte man meinen, es wäre dreimal so groß.» Karl-Henrik schüttelte den Kopf. «Die beiden kriegen ihr Leben nicht auf die Reihe. Ich sollte sie eigentlich nicht mehr hier auf dem Gut wohnen lassen. Aber sie haben es nicht leicht, seit Göran gestorben ist. Also dürfen sie in dem Haus bleiben.»

Mikael schwieg. Sander erschien Felicias moosbewachsenes Giebeldach wie eine Verlockung, hübsch und heimelig.

«Ich versuche, nett zu sein. Aber du weißt, wir müssen einen Hof unterhalten. Wir haben keine Almosen zu verschenken. Und sie haben Schwierigkeiten, die Miete zu bezahlen.» Karl-Henriks Blick wanderte zu den Bäumen, wo die Wildschweine gesichtet worden waren. «Aber Mikael mag Felicia. Oder Junge?»

Mikael wurde rot.

«Nein, tu ich nicht», murmelte er.

«Und ob.»

«Hör auf, Papa.»

Zwischen den Bäumen raschelte es wieder. Sander und Killian hoben langsam die Gewehre.

Das Tier war groß und schwarz. Es wühlte in der Erde. Sander und Killian holten tief Luft, aber ein muskulöser Arm legte sich über die Läufe ihrer Gewehre. Lautlos machte Karl-Henrik ihnen ein Zeichen, dass sie warten sollten, und nickte

Mikael zu, der ein Auge zukniff, zielte und den Finger an den Abzug legte.

Mikael holte tief Luft. Das Wildschwein hob den Kopf und blickte mit tiefschwarzen Augen in ihre Richtung.

Mikael schoss. Das Tier scheute und rannte davon.

Mikael schoss ein zweites Mal, hektisch. Der breite Rücken des Keilers verschwand zwischen den Bäumen, während Mikael mit zitternden Händen versuchte, neue Patronen aus der Schachtel am Boden zu pfriemeln.

«Es hat keinen Sinn», blaffte Karl-Henrik. «Zu spät. Du hast den Keiler verfehlt. Er ist weg.» Er schlug Mikael hart mit der Hand auf den Hinterkopf. «Du bist zu nichts zu gebrauchen. Fast noch schlimmer als dein Bruder.»

Die Verachtung in Karl-Henriks Stimme weckte in Sander den Wunsch, etwas zu tun, die Hand nach Mikael auszustrecken, der mit einem Mal vollkommen verloren und allein wirkte. Aber er konnte es nicht, er tat nichts.

31

Es war Mittwoch, zwei Tage bis Heiligabend, und Siri und Gerd beugten sich näher zum Lautsprecher des Telefons, um zu verstehen, was der Staatsanwalt in Halmstad sagte. Die Nachbesprechung war beendet, aber er hatte noch eine letzte Feiertagsbotschaft für sie:

«Okay, ich werde jetzt nach Hause gehen. Versucht, die Sache bis Montag Halmstad zu überlassen. Dann bin ich wieder zurück. Und seid so gut, lasst die Telefongesellschaft vorläufig in Frieden. Immerhin ist Weihnachten.»

Siri biss in einen Pfefferkuchen und warf Gerd einen fragenden Blick zu.

«Absolut», sagte diese grimmig.

Sekundenlanges Schweigen am anderen Ende.

«Frohe W...»

Gerd knallte den Hörer auf die Gabel und stand auf.

«Bleib sitzen. Ich hole nur etwas.»

Siri blickte auf den Telefonhörer, der sich noch immer von der rabiaten Behandlung zu erholen schien. Sie hätte nicht übel Lust, dasselbe zu tun. Stattdessen nahm sie sich den Ausdruck der Telefongesellschaft vor. Nach einem Anruf von Gerd am frühen Morgen war ihr Anliegen ganz oben auf den Stapel der zu bearbeitenden Anfragen gewandert.

Die örtlichen Telefonmasten hatten um siebzehn Minuten nach elf am Abend des 17. Dezember geknistert, als während der Party von einem der Apparate in Pierre Bäcks Elternhaus ein Anruf gemacht worden war.

Jemand hatte die Nummer von Madeleine und Felicia Grenbergs Anschluss gewählt. Ob der Anruf angenommen worden war, ging nicht aus dem Ausdruck hervor.

War Jakob Lindell der Anrufer gewesen? Und wenn ja, machte ihn das zum Tatverdächtigen? Siri dachte an das Blut am Lenkrad, an Killian Perssons lädierte Nase. Sie brauchten wirklich eine Blutprobe von ihm.

Jakob hatte eine Art Motiv, aber keine Verbindung zum Ort. Killian hatte möglicherweise eine Verbindung zum Ort, aber kein Motiv. Logen sie beide? Oder war keiner von ihnen an der Tat beteiligt?

Sie wurde nicht schlau aus dem Ganzen.

Siri wandte sich dem Ergebnis ihrer Datenbanksuche zu, die ihr vom Monitor entgegenleuchtete.

Es gab einen Computer im Revier, doch Gerd hatte gesagt, sie benutze ihn nie. Wenn sie etwas in Erfahrung bringen musste, tat sie es in der normalen Welt. Siri fand die normale Welt unnötig umständlich und mochte die neue Technik. Also hatte sie versucht, die träge Kiste zum Leben zu erwecken. Zuerst hatte der Computer eine ganze Weile gerattert, gemurrt und gepiept, doch dann hatte er seine Arbeit getan.

Und kurz vor dem Anruf des Staatsanwalts war ihr etwas aufgefallen, eine telefonische Anzeige, die voriges Jahr an einem Herbstabend bei den Kollegen in Halmstad eingegangen war und einen Fall von Körperverletzung in einer der Kneipen entlang der Brogatan betraf. Der Anrufer, der Kneipenwirt selbst, hatte der Ordnungsmacht zur Kenntnis bringen wollen, dass in seiner Schenke zwei Männer tätlich aneinandergeraten waren, was damit geendet hatte, dass der eine nach einem Schlag das Bewusstsein verloren hatte und der andere zur Tür hinausgestürmt war. Personenangaben waren vorhanden: Killian Perssons Vater Sten und Mikael Söderströms Vater Karl-Henrik. Beide wohnhaft in Skavböke.

Siri versuchte herauszufinden, wie die Angelegenheit weiter verlaufen war. Doch nach dem einleitenden Gespräch mit dem Kneipenwirt und einem darauf folgenden Versuch, sowohl Sten Persson als auch Karl-Henrik Söderström zu entlocken, was ihre Auseinandersetzung provoziert hatte, war nichts mehr unternommen worden. Als keiner der beiden den Grund hatte nennen, geschweige denn weitere Schritte hatte einleiten wollen, war die Anzeige zwischen zwei Aktendeckel gewandert, und damit hatte es sich.

«Frohe Weihnachten», sagte Gerd fröhlich, als sie mit einem in Geschenkpapier eingeschlagenen Gegenstand in den Händen ins Büro zurückkam.

Es war eine muntere kleine Zimmerpflanze. Auf einem handgeschriebenen Zettel stand: *Hallo! Ich bin ein Chinesischer Glückstaler. Ich bin pflegeleicht und ein genügsamer Zimmergenosse. Wenn Du mich einmal in der Woche gießt und mich nicht in pralles Sonnenlicht stellst, werden wir zwei uns gut verstehen.*

Siri erkannte Gerds Handschrift wieder.

«Vielen Dank!»

Als Siri sie fest umarmte, wurde Gerd verlegen.

«Ich dachte, ich sollte dir ein bisschen helfen, den Gemütlichkeitsfaktor zu steigern», brummte sie und wies mit dem Kopf auf den Bildschirm. «Was guckst du dir da an?»

«Eine alte Anzeige wegen Körperverletzung.»

Gerd las.

«Ich glaub, mich tritt ein Elch. Daran erinnere ich mich nicht.» Sie blickte mit zusammengekniffenen Augen auf den Bildschirm. «Wie bist du darauf gestoßen?»

«Ich habe an den Blickwechsel zwischen Sten Persson und Madeleine Grenberg am Sonntag in der Kapelle gedacht. Er kam mir irgendwie bedeutsam vor. Also habe ich ein paar Schlagworte in die Datenbank eingegeben.»

«Klug gedacht. Sten war heute bei Madeleine und Felicia zu Hause, habe ich das gesagt? Sein Wagen stand vor dem Haus, als ich vorbeigefahren bin. Es sah aus, als würden sie zusammen Kaffee trinken.» Gerd tippte mit dem Zeigefinger auf den Bildschirm. «Das scheint in Halmstad passiert zu sein. Keine weiteren Ermittlungsschritte eingeleitet.» Sie richtete sich auf und stemmte die Hände in die Hüften. «Ja, das erklärt, warum ich mich nicht daran erinnern kann. Aber», fügte sie hinzu, «die Frage ist, was es bedeutet. Wenn es denn etwas bedeutet. Dass sich zwei Männer im Suff prügeln, ist nicht gerade eine Seltenheit. Wann war das?»

«Vor einem Jahr.»

Gerd schürzte die Lippen.

«Tja, wer weiß.»

In diesem Moment klingelte das Telefon auf dem Schreibtisch. Gerd hielt den Hörer ans Ohr und hörte zu. Ihre Augenbrauen schossen in die Höhe und ließen ihre faltige Stirn noch zerfurchter werden.

«Aha? Und was sollte das sein?» Sie warf einen Blick auf ihre Armbanduhr. «Ja, natürlich. Das ist kein Problem. Gut, bis gleich.» Gerd legte den Hörer auf die Gabel und nickte vielsagend in Richtung Computerbildschirm. «Du errätst nie, wer das war.»

32

«Die Pfefferkuchen sind nicht wirklich lecker», warnte Siri und schob den Teller über den Tisch. «Aber bedienen Sie sich.»

«Der Kaffee ist gut», erwiderte er.

Sten Persson nahm zwei Pfefferkuchen in Form von Glücksschweinen und trank einen Schluck von dem schwarzen Kaffee. Der Holzstuhl, auf dem der große Mann saß, wirkte unnatürlich klein. Sie saßen im Pausenraum des Polizeireviers. Die Beleuchtung war dort wärmer, die Stühle bequemer. Die Wände waren mit einer geblümten Sechzigerjahre-Tapete tapeziert, an der Umgebungskarten, datierte Checklisten und Telefonlisten mit Nummern hingen, die nirgendwo mehr hinführten, Fakten, die man sich einprägen konnte, während man am Herd oder an der Kaffeemaschine stand. Siri fragte sich, wer das alles aufgehängt hatte, sie bezweifelte, dass es Gerd gewesen war.

«Was macht Killian?», fragte Gerd.

Sten reagierte wachsam.

«Was soll mit ihm sein?

«Wie geht es ihm?»

«Gut, glaube ich. Den Umständen entsprechend. Ihr habt doch mit ihm gesprochen?»

«Ja. Er hat sich ein schönes Häuschen gebaut.»

«Ja, es ist sehr gut geworden.» Sten nahm sich einen neuen Glücksschwein-Pfefferkuchen. «Ich wünschte nur, ich ... In einer anderen Welt hätte ich es mit ihm zusammen gebaut. Aber so ist es nicht gekommen.»

«So geht es manchmal im Leben», sagte Gerd.

«Ja, das stimmt wohl.»

Gerd und Siri warteten.

«Also», sagte Gerd, als keine Fortsetzung kam.

«Ja.» Sten tunkte den Pfefferkuchen in seinen Kaffee, kaute und wärmte seine Hände am Becher. «Ich habe das Gefühl, dass ich euch etwas erzählen sollte.» Er blickte Gerd an. «Ich habe dich heute gesehen.»

«Ach ja?»

«Als ich bei Madeleine war. Oder: Ich habe gesehen, dass du uns gesehen hast. Aber wir haben nur einen Kaffee zusammen getrunken.»

«Mehr habe auch ich nicht gesehen.» Gerd lächelte unschuldig und hob die Hände.

«Kennen Sie sich gut, Sie und Madeleine?», erkundigte sich Siri.

Die Frage schien ihn zu überraschen.

«Tja, früher war es wohl so, während der Schulzeit. Da

waren wir gut befreundet.» Er blickte wieder zu Gerd. «Das weißt du.»

Gerd nickte.

«Aber wart ihr nur Freunde?»

Gerd ließ die Frage wie beiläufig klingen. Sten trank einen Schluck Kaffee, stellte den Becher auf dem Tisch ab und lehnte sich zurück. Der Stuhl knarzte besorgniserregend.

«Insgeheim habe ich wohl gehofft, es könnte mehr aus uns werden. Aber so kam es nicht. Madeleine hat Göran getroffen, ich Linda. Ich mochte Göran. Sehr. Ein feiner Kerl. Sein Tod war verdammt tragisch. Zu dem Zeitpunkt hatten sich Lindas und meine Wege getrennt, und als Madeleine ihre erste Trauer überwunden hatte, habe ich sie zwar wieder ein bisschen umworben, oder wie man es nennen soll. Aber es war nichts Großes.»

«Was haben Sie gemacht?», fragte Siri.

«Nichts Besonderes. Ich habe sie nach Oskarström gefahren, ihr ein wenig im Garten geholfen, hinterher in der Küche eine Tasse Kaffee mit ihr getrunken, so wie heute, oder auch mal das eine oder andere Bier. Das weiß niemand. Nicht Killian und vor allem nicht Linda. Es würde sie verletzen. Wäre aus uns etwas geworden, hätte ich es ihnen natürlich erzählt. Aber weil sich nichts entwickelt hat, habe ich nichts gesagt. Und auch Madeleine nicht.»

Sten wandte sich wieder an Gerd.

«Du weißt doch, wie es war, als Göran gestorben ist. Madeleine und Felicia brauchten eine Bleibe. Oder etwa nicht?»

«Sicher», erwiderte Gerd. «Aber es wäre trotzdem gut, wenn du es erzählst, und wenn auch nur für Siri.»

«Ohne Göran konnten sie es sich nicht mehr leisten, in dem Haus wohnen zu bleiben. Die Rechnungen wurden zu hoch.

Sie standen buchstäblich auf der Straße, bis Karl-Henrik, wie es so schön hieß, seine Hand nach ihnen ausstreckte. Das klingt doch großherzig, nicht wahr?»

Sten schnaubte.

«Sie zogen in dieses alte Haus auf der anderen Seite des Ackers. Karl-Henriks Großeltern haben darin gewohnt, bis sie ins Pflegeheim kamen. Es hat mehrere Jahre leer gestanden. Und tja, dann hatten sie da ein Liebesverhältnis, Karl-Henrik und Madeleine. Madeleine, gutgläubig, wie sie ist, und in ihrer Trauer um Göran nicht in der Lage, die Dinge mit klarem Verstand zu beurteilen, glaubte, Karl-Henrik würde Lillemor für sie verlassen. Das Ganze fing an, als er sie in dieses Haus ziehen ließ, und ich habe keine Ahnung, ob es bis heute richtig aufgehört hat.»

Sten stieß ein humorloses Lachen aus, das in einem Hustenanfall endete, als er sich am Pfefferkuchen verschluckte.

«Sie lachen», sagte Siri. «Darf ich fragen, weshalb?»

«Der Gedanke, dass Karl-Henrik sich scheiden lassen würde, ist einfach absurd. In der Stadt mögen Männer sich für ihre Geliebten scheiden lassen. Hier draußen auf dem Land lässt man sich scheiden, damit man einander nicht umbringt. Also», fügte er hinzu, «Linda und ich hatten auch viele schöne Jahre miteinander. Nur am Ende haben wir uns gegenseitig nicht mehr gutgetan.»

«Und Sie?», wollte Siri wissen.

«Was soll mit mir sein?»

«Wie war das für Sie, als Sie von Karl-Henrik und Madeleine erfahren haben?»

«Es war, wie es war. Nichts, wogegen ich etwas hätte tun können.»

«Hätten Sie denn gerne etwas dagegen getan?»

«Was hätte das sein sollen? Ich habe versucht, mit Madeleine zu reden. Er ist nicht gut für sie, der Meinung war ich schon immer, und da würde mir jeder recht geben.» Nach einer Pause fuhr er fort: «Und vermutlich ist sie auch nicht gut für ihn. Ich nehme an, sie weckt etwas in ihm, so wie es Frauen manchmal bei Männern machen.» Er wartete. «Was?»

«Ich hatte den Eindruck, Sie wollten noch etwas sagen», erwiderte Siri.

Sten rutschte auf seinem Stuhl hin und her, schien zu überlegen, ob er noch einen Pfefferkuchen nehmen sollte, ließ es aber bleiben.

«Also, ich weiß es nicht mit Sicherheit. Aber ... Wie gesagt, ich habe keine Ahnung, ob die Affäre vorbei ist, vielleicht wissen die beiden es selbst nicht. Kann man so etwas immer mit Gewissheit sagen? Manchmal glaubt man, etwas sei vorbei, aber dann, wenn man sich begegnet, blüht es wieder auf.»

Es klang, als habe er es kürzlich selbst erlebt.

«Aber», fügte er hinzu, «was auch immer zwischen den beiden ist, es hat sich jedenfalls verändert.»

«Inwiefern?»

«Ja, er zwingt sich ihr auf. Manchmal.»

Zwingt sich ihr auf. Die Worte standen im Raum und waren scharf und glühend heiß, wie ein Schüreisen.

Gut möglich, dass es einmal Liebe gewesen war. Wer wusste schon zu sagen, wie Liebe aussah? Doch so war es nicht mehr. Mittlerweile, sagte Sten, komme Karl-Henrik zu Madeleine, um ihr etwas zu nehmen, so sähe es aus. Immer spät am Abend, wenn Felicia nicht zu Hause war, nachdem Lillemor und die Söhne zu Bett gegangen und das Licht im großen Haus gelöscht war. Dann kam er.

«Lillemor kann offenbar nicht mehr. Ihre Reize beginnen zu schwinden. Aber das entschuldigt nicht, was er tut. Oder getan hat. Er nutzt seine Macht über sie aus.»

Siri stand auf, ging ins Nebenzimmer, kehrte mit einer Kopie der Strafanzeige aus dem vorigen Herbst zurück und legte sie vor Sten Persson auf den Tisch.

«Worum ging es hier?»

Sten las schweigend.

«Ach das.» Er blickte auf. «Da hatte ich es gerade erfahren. Wir sind ein bisschen aneinandergeraten, als ich ihn zur Rede gestellt und ihn gebeten habe, damit aufzuhören.» Mit einem Mal blickte er verunsichert drein. «Aber ich wollte keine rechtlichen Schritte einleiten, oder etwas in der Art.»

«Das verstehen wir natürlich», sagte Gerd. «Aber wir werden vielleicht andere Leute zu dieser Angelegenheit befragen, und dann könnte es sein, dass wir diesen Vorfall zur Sprache bringen müssen.»

«Macht, was ihr wollt», schnaubte Sten. «Hauptsache, ihr klärt das alles auf.»

«Glauben Sie», fuhr Siri fort, «dass Karl-Henrik nach dieser Sache damit aufgehört hat?» Sie deutete mit dem Kopf auf die Anzeige. «Hat er Madeleine danach in Ruhe gelassen?»

Sten blinzelte.

«Das bezweifle ich», sagte er und stand auf.

33

Verfluchtes Pack. Sie waren hinter ihm her, er spürte es.

Karl-Henrik Söderström trat einen Schritt vom Fenster zurück und sah, wie der magere Uniformrücken dieser Polizistenchinesin sich entfernte.

Am Tag vor Heiligabend.

Morgen war Heiligabend, und trotzdem war sie hergekommen und hatte auf die Klingel gedrückt, die er vor nicht einmal einem Jahr mit Mikaels Hilfe eingebaut hatte. Einen ganzen Tag hatten sie damit zugebracht, damit sie richtig saß und klang, wie sie klingen sollte. Das gehörte zum Schönsten, was Karl-Henrik kannte: Zeit mit seinem ältesten Sohn zu verbringen. Mikael kannte sich mit Elektronik aus, verstand, wie die Dinge zusammenhingen.

Und dann kam sie daher, diese Polizistin, und drückte ihren knochigen Daumen mitten darauf. Wie konnte sie es wagen? Es war ihm unbegreiflich.

Dies war sein Haus, mit Geräuschen und Tönen, über die er das Sagen hatte. Und nun hallte seine und Mikaels Klingel jeden Tag in der Diele wider, wenn die Leute hier antanzten, mit Blumen, Fragen, Hilfsangeboten:

Wir wollten nur ...

Wie geht es euch?

Können wir etwas tun? Wir sind über Weihnachten und die Feiertage zu Hause, kommt vorbei, wenn ...

Wenn was? Wenn er zufälligerweise über den Tod seines Sohnes hinweggekommen sein sollte?

Den Tod seines Sohnes. Er hatte kein Problem damit, diese Worte zu denken oder sie laut auszusprechen.

Suchend blickte er sich nach seinem Kaffeebecher um. Nur noch ein letzter Schluck. Er ging in den Keller, griff nach der Flasche, füllte den Becher auf und ging wieder nach oben.

Im Haus war es still. Der Streifenwagen, der draußen auf dem Hof gestanden hatte, war nicht mehr da. Im Schnee Spuren von Fahrzeugen und Tieren. Arbeit, dachte er. Er sollte versuchen zu arbeiten, auch wenn es keinen anderen Sinn mehr hatte, als die Zeit totzuschlagen. Diese ganze viele Zeit, wie sollte er die rumbringen? Vielleicht sollte er es machen wie seine Frau. Oben auf dem Sofa sitzen und zuhören, wie sie verstrich, eine Sekunde nach der anderen, im Takt des lauten Tickens der Wanduhr.

Als kleiner Junge hatte Mikael einmal gesagt, die Uhr klänge, als würde sie die Zeit zählen.

«Sie zählt die Zeit bis zu deinem zehnten Geburtstag», hatte er geantwortet. «Dein erstes zweistelliges Lebensjahr. Das ist ein großer Tag, dann darfst du eine Zahl hinzufügen. Das passiert erst wieder, wenn du hundert wirst und eine dritte Zahl anhängen darfst.»

Mikael hatte ihn mit kugelrunden Augen angesehen. Hundert! Wurde man so alt?

«Das wirst du», hatte Karl-Henrik versichert und dem Jungen durchs Haar gestrubbelt.

Die Familienfotos an den Wänden, Mikaels Weihnachtsgeschenke, hübsch eingeschlagen, seine Zimmertür, die halb offen stand, das Chaos auf seinem Schreibtisch, Mathebuch und Rechenheft obenauf, das Bett nachlässig gemacht. Nur wenige Tage war es her, dass Mikael durchs Haus gelaufen war, dass er sich bewegt, rumort, geduscht, gefrühstückt, sich angezogen und Tschüs! gerufen hatte, als er das Haus verließ, dass er geatmet und gelacht und gelebt hatte. Seine

Geräusche, all diese Geräusche, endlos, es hatte unendlich viele gegeben, und Karl-Henrik ertrug es nicht, dass es sie nicht mehr gab. So viele Augenblicke, Einzelheiten, kleine Alltagsdinge, die hier im Haus vorübergegangen waren und nun niemals wiederkehren würden.

Er hob den Becher an den Mund und trank ihn zur Hälfte aus. Der Alkohol brannte angenehm, als er seine Kehle hinunterlief, tiefer in den Bauch und sich ausbreitete, in Brust, Schultern. Herz. Die Stummheit nahm langsam zu.

Was hatte sie gewollt, die kleine Polizistin? Einen Moment lang war seine Erinnerung wie ausgelöscht. Es war in den vergangenen Tagen öfter vorgekommen, dass er sich nicht hatte erinnern können, was vor wenigen Minuten passiert war.

«Stimmt es, dass Madeleine Grenberg und Sie eine Affäre hatten?»

Richtig. Das hatte sie gefragt. Er hatte geflucht, zunächst versucht, sich zu wehren, und dann auf Angriff geschaltet:

«Ich dachte, Sie wären gekommen, um mir zu sagen, wer meinen Sohn ermordet hat, nicht um Klatschgeschichten aufzuwärmen.»

Es hatte sie nicht berührt, jedenfalls dem Anschein nach.

«Darum stelle ich Ihnen diese Frage, damit ich es Ihnen so schnell wie möglich sagen kann.»

«Also wissen Sie es nicht.»

«Noch nicht. Hatten Sie beide eine Affäre?»

Ja? Natürlich. Natürlich hatten sie. Er hatte nichts mehr zu verbergen. Man verbarg Dinge, um sich zu schützen. Für Karl-Henrik war diese Zeit vorbei.

Madeleine. Um ihn war es ihr nie wirklich gegangen. Wäre er nicht gewesen, hätte sie einen anderen genommen. Sie hatte Sicherheit gebraucht, nach Göran. Falls er das ausgenutzt hatte, war es nicht mit Absicht gewesen. Er hatte ihr die Arbeit auf dem Hof aus reinem Großmut gegeben.

Die Polizistin mit den schmalen dunklen Augen hatte ihn mit einem Blick angesehen, der ihm nicht gefiel.

«Und Sie glauben nicht, dass Madeleine sich, ja, genötigt gefühlt haben könnte, sich mit Ihnen zu treffen?»

Karl-Henrik lief jetzt rastlos durchs Haus, den Becher in der Hand. Die erste Hälfte hatte er in einem Zug hinuntergekippt, den Rest trank er in kleinen Schlucken. Er behielt den Alkohol auf der Zunge, bis der Speichel ihn andickte, dann schluckte er und wiederholte das Ganze. Solange wie er etwas im Mund hatte, würde er durchhalten.

Genötigt.

Was für ein Wort.

Was hatte seine Beziehung zu Madeleine mit Mikael zu tun? Nichts. Aber das kapierten sie nicht. Sie kapierten gar nichts, dieses verfluchte Polizistenpack.

Sie sollten besser mit Sten Persson reden. Dem Scheißkerl konnte man nicht über den Weg trauen. Er war einmal auf ihn, Karl-Henrik, zugekommen, hatte ihn mit blanken, leeren Augen angestarrt und ihn angebrüllt, er solle Madeleine in Ruhe lassen, hatte behauptet, er hätte sich ihr aufgezwungen, und gedroht, zur Polizei zu gehen.

Blank und leer, das war die richtige Beschreibung. Wenn Sten Persson einen ansah, merkte man sofort, dass er nicht die hellste Kerze auf dem Kronleuchter war. Sie waren in der Kneipe gewesen, und er hatte den Schwachkopf in die Schranken gewiesen, ihn von sich gestoßen. Er und Madeleine hätten nichts miteinander zu schaffen, hatte er gesagt. Eine Lüge natürlich, aber wer ging schon bei jemandem wie Sten mit der Wahrheit hausieren.

Sich ihr aufgezwungen? Wie zum Teufel kamen die Leute bloß auf diesen Blödsinn?

Sten war durch den Stoß aus dem Gleichgewicht geraten, hatte sich aber wieder gefangen und sich vor ihm aufgebaut. Karl-Henrik hatte versucht, ihm eins aufs Maul zu geben; er hatte es nicht direkt geplant, in dem Moment aber einfach Lust dazu verspürt. Der Mensch ist ein triebgesteuertes Geschöpf. Wie die Tiere.

Sten hatte sich weggeduckt und den Schlag mit einem Ellbogenstoß auf Karl-Henriks Kinn pariert. Der Schmerz war höllisch gewesen, um ihn herum hatte sich alles gedreht. Er hatte versucht, einen neuen Schlag zu landen, aber irgendetwas traf ihn an der Wange, und er war zu Boden gegangen. Als er wieder zu sich kam, war Sten verschwunden, und er selbst hatte in einer Ecke der Kneipe gehockt, ohne einen Schimmer, wie er dorthin gekommen war.

Nichts davon hatte er der Polizei erzählt.

Auf einem Tisch in der Ecke der Diele standen Blumen. Die Leute hatten Unmengen Blumen geschickt, Sträuße mit Kärtchen, so zahlreich, dass sie in jedem Zimmer des Hauses farbige Inseln bildeten. Sie schienen das Einzige zu sein, um das Lillemor sich kümmerte. Sobald ein neuer Strauß eintraf, kam sie aus dem Obergeschoss herunter, schnitt die Stiele sorgsam an und suchte in den Schränken nach einer passenden Vase. Einmal am Tag, immer morgens, wenn er im Keller war, sorgte sie dafür, dass sie Wasser bekamen und sich wohlfühlten.

Er hörte ihre Schritte durch die Zimmerdecke, wie sie über ihm hin und her lief. Ab und zu klang es, als rede sie mit jemandem. Es hatte einige Tage gedauert, bis er begriffen hatte, dass sie mit den Blumen sprach.

Irgendwann im Lauf der Jahre hatte sich das Haus, in dem

er lebte, in ein Labyrinth aus Gängen und Winkeln verwandelt, und die Bewohner bewegten sich jeder für sich entlang unterschiedlicher Passagen, bis sie sich unversehens begegneten und aufeinanderprallten. Mikael hatte er gekannt, davon war er überzeugt, aber Filip? Es war, als könnte er mit seinem jüngsten Sohn nicht reden.

Und Lillemor. Wenn er versuchte, sie zu berühren, schrak sie vor ihm zurück, als sei er ein unheimlicher Fremdling. Vielleicht war er das auch geworden. Wie man so unvollständig leben konnte, wie er es in den vergangenen Jahren getan hatte, wie ein Mensch ohne Herz oder Lungen, überstieg Karl-Henriks Verstand.

Dann war etwas Seltsames geschehen.

Die Polizistin hatte nach Jakob Lindell gefragt.

34

Karl-Henrik hatte von dem Einbruch gehört, konnte aber nicht sagen, wie oder von wem. Es war einfach etwas, das er, wie das Wetter, im Lauf der Tage zur Kenntnis genommen hatte, ohne dass es eine Reaktion in ihm ausgelöst hätte. War es gewesen, als Bengt ihn angerufen hatte, um ihm sein Beileid auszusprechen? Nein, vermutlich nicht. Nicht einmal Bengt Lindell war so taktlos. Bengt war genau wie alle anderen hier draußen: neidisch. Das war auch nicht weiter verwunderlich. Der mit dem meisten Geld war nicht nur hoch angesehen, sondern auch schlecht gelitten. Das eine bekam man nicht ohne das andere, das wusste Karl-Henrik, und er hatte sein Leben gelebt, ohne sich darum zu scheren.

Aber den Einbruch hatte Bengt nicht erwähnt. Hatte sich wohl geschämt, wer täte das nicht? Nimmt man sein Geld von der Bank und deponiert es stattdessen auf der Küchenbank, ist man selber schuld.

«Jakob und Mikael haben auf der Party offenbar über das Geld diskutiert», sagte Siri. «Und sind darüber in Streit geraten. Wissen Sie, ob die beiden sich öfter gestritten haben?»

«Über Geld?»

«Nein, generell.»

«Nein, nein. Mikael, er war ...»

«Ja», sagte Siri. «Ich weiß. Aber könnte es trotzdem vorgekommen sein?»

«Ja», erwiderte Karl-Henrik, mit einem Mal hilflos. Nur über Nichtigkeiten konnte er bestimmen. Das Wichtige war ihm aus den Händen geglitten, ohne dass er es gemerkt hatte. «Ja, gut möglich. Aber Jakob und Mikael konnten sich gut leiden. Alle Jungs hier draußen können sich gut leiden. Sie mögen einander, und sie mögen ihre Eltern.»

Es klang einfacher, als es war, doch es fühlte sich an wie die Wahrheit.

«Apropos», hakte Siri nach. «Glauben Sie, dass Mikael zu Ihnen aufgesehen hat?»

Karl-Henrik hatte sich nach seinem Becher strecken wollen, konnte es aber nicht. Die Frage hatte ihm die Kraft aus den Armen genommen.

«Ja. Das hat er. Das weiß ich.»

Mikael hatte es nie direkt gesagt. Aber als Vater weiß man so etwas.

«Und Felicia mochte er ein bisschen mehr, habe ich recht? Das war es doch», fügte sie hinzu, «was Sie während des Gottesdienstes sagen wollten?»

Felicia. Die andere Grenberg. Immer diese verfluchten Grenberg-Frauen, als wären sie des Rätsels Lösung, die Antwort auf alles.

«Ja», brachte er heraus. «Natürlich.»

Und das war die Wahrheit. Zweifellos. Jedes Mal, wenn in der letzten Zeit Felicias Name gefallen war, war Mikael verstummt und rot angelaufen. Wie gesagt: Manche Dinge weiß man als Vater einfach.

Die Polizistin hatte gesagt, was sie glaubte: Dass Mikael Felicia von Pierres Haus aus angerufen hatte, vielleicht um zu fragen, wie es ihr ging, vielleicht um sie zu überreden, doch noch auf die Party zu kommen.

«Als sie sagte, dass sie zu Hause bleiben würde, ist Mikael nach der Party stattdessen zu ihr gegangen.»

«Wissen Sie das, oder stellen Sie Vermutungen an?»

«Ich versuche zu verstehen. Ich schätze, Mikael wollte sie gerne sehen.»

Die Worte hatten in ihm gebrodelt, wie Säure in seinem Blut gebrannt. Wenn er an Mikael dachte, daran, was der Junge wollte und sich wünschte, wonach er sich sehnte, dann sollte er all das auch erleben dürfen. Die Welt gehörte ihm, sie wartete auf ihn. Karl-Henrik erinnerte sich daran, wie es war, achtzehn und verliebt zu sein, der Schmerz, im Körper wie im Herzen, sobald man voneinander getrennt war. So hatte er einmal bei Lillemor empfunden. So empfand Mikael bei Felicia. War das so verwunderlich?

Dann dachte Karl-Henrik an Mikaels Hände, wie weich und klein sie einmal gewesen waren, und wie flink und geschickt sie geworden waren, als sie ein paar Jahre später den Nintendo-Controller bedienten, wie knochig und hart, wie rau sie in letzter Zeit geworden waren. Es war mittlerweile viele Jahre her, dass sie weich gewesen waren, doch so fühlte es sich nicht an. Er konnte die kleine Hand noch immer in seiner spüren, die weichen Knöchel und die kleinen Finger. Er vermisste Mikaels Haar, wie es gerochen hatte, wenn er verschwitzt gewesen war, und sein viel zu lautes Lachen am Telefon. Lillemor und er hatten immer den Fernseher lauter stellen müssen, um die Nachrichten zu verstehen. Es war nahezu unerträglich, und er hatte dieser Polizistin irgendetwas ins Gesicht schreien wollen, es aber nicht fertiggebracht, sondern nur stumm dagesessen.

Karl-Henrik begriff, dass er nicht die Kraft hatte, weiterzumachen. Ein Schlusspunkt näherte sich, ein Schlusspunkt, an dem alles ein Ende haben würde. Er konnte ihn noch nicht sehen, wusste nicht, wo er wartete, oder wann, aber es gab ihn, und er war nahe.

Im Keller lag Dynamit. Die Jungen hatten es im Herbst geholt, um einen Findling wegzusprengen, damit sie die westliche Weide vergrößern konnten. Sie hatten nur ein paar Stangen benötigt, der Großteil war noch da. Er dachte immer öfter an das Dynamit, jedes Mal, wenn er in den Keller hinunterging. Eine Phantasie, die sich in ihm zusammengebraut hatte: mit einem brennenden Streichholz in der Hand hinunterzugehen, es loszulassen oder versehentlich fallen zu lassen und dabei zuzusehen, wie das Feuer Nahrung fand und um sich griff, ehe er wieder hinaufging und die Kellertür hinter sich schloss. Oben würde er sich mit einem letzten Becher in die Küche setzen und spüren, wie der Brandgeruch aus dem Keller zu ihm heraufdrang. Ja, erst der Geruch. Dann die Wärme. Und am Ende dann, es würde sicher nicht lange dauern, die Explosion unter ihm, wenn das Dynamit Feuer fing.

Er ging in den Keller und schenkte sich nach. Da lag der Sprengstoff in seiner Kiste.

«Schlafen Sie, Karl-Henrik?»

Schon wieder diese Polizistin, die redete. War sie etwa zurückgekommen? Er blickte sich um, als er die Kellertreppe wieder heraufgekommen war. Nein, nur in seiner Erinnerung. Tückisch, der Kopf, man konnte nicht mehr mit Sicherheit wissen, was Wirklichkeit war und was nicht. Er trank mehr.

«Ich schlafe überhaupt nicht.»

«Nein, das ist mir klar geworden. Was tun Sie nachts?»

«Mit dem Auto durch die Gegend fahren.»

Die Polizistin drehte den Kopf und nickte zur Haustür hinüber. Das Jagdgewehr lehnte als stummer Zeuge an der Wand.

«Haben Sie das dabei?»

«Ja.»

«Nach wem suchen Sie?»

Die Frage, für sie wahrscheinlich vollkommen logisch, kam ihm sonderbar vor. Er wusste nicht, wer Mikael ermordet hatte, aber er wusste, dass das Gerücht über seine nächtlichen Touren die Runde machen und den Schuldigen erreichen würde. Wer es auch war, derjenige würde wissen, dass Karl-Henrik nach ihm suchte. Doch sosehr er es auch versuchte, er konnte es der Polizistin nicht erklären.

Er nahm einen Schluck aus dem Becher. Immer noch kleine Schlucke, aber gieriger. Etwas braute sich in seinem Rücken zusammen, ein Schatten, der drohte größer zu werden, wenn er ihn nicht zurückhielt.

«Habt ihr schon einen Verdächtigen?»

«Wir ermitteln in alle Richtungen», war alles, was die Polizistin sagte.

Sie stand auf und ging.

Die simpelste Definition, die man in Skavböke kennt, was Menschsein bedeutet: den Sinn in anderen finden. Und wenn das nicht mehr möglich ist, weil andere weggehen oder von einem genommen werden, passiert es leicht, dass man verloren geht.

Da war sie wieder, die Türklingel. Draußen wartete niemand, doch Karl-Henrik hörte das Läuten trotzdem, die Töne, die durch die Diele hallten und in sein Herz drangen. Und da saß sein ältester Sohn, kniete neben einem Werkzeugkasten mit Kabeln und Zangen, so geduldig, damit beschäftigt, die Klingel zu montieren und zu testen, ob sie funktionierte.

Karl-Henrik leerte seinen Becher, holte den Werkzeugkasten, nahm eine Zange heraus, ging in die Diele und schnitt die Leitung durch.

35

Eine Randnotiz über das Dynamit. Viele Leute wussten davon, und ursprünglich hatte es mit Karl-Henrik zu tun, vollkommen unabhängig davon, was später geschehen sollte.

Irgendwann im Spätherbst bemerkten Sander und Killian auf dem Heimweg von der Bushaltestelle in einiger Entfernung zwei Gestalten. Es waren Mikael und Filip. Sie schleppten etwas Schweres, was genau konnte Sander jedoch nicht erkennen.

Es hatte schon den ersten Nachtfrost gegeben. Die Brüder trugen dicke Daunenjacken und Handschuhe, ihre Ohren waren von der Kälte gerötet. Unter einem wolkenverhangenen

Himmel schleppten sie eine Holzkiste von der Größe eines Getränkekastens, eine Hand am Griff der Kiste, den freien Arm zur Seite gestreckt, um die Last auszubalancieren.

«Hey», sagte Sander, als sie zu ihnen aufschlossen. «Was habt ihr da?»

Mikaels und Filips Gesichter waren leichenblass. Sander begann zu ahnen, was sie bei sich hatten.

«Wir wollen auf der Weide einen Findling wegsprengen», sagte Mikael. «Wir waren bei Frans.»

«Kommt ihr damit klar?»

«Es ist nicht mehr weit. Nur schwer.»

Sie gingen zusammen weiter, Killians Haus kam in Sichtweite. Das Auto seiner Mutter, ein alter Saab, stand auf dem Hof.

«Wir können die Karre nehmen», schlug Killian vor. «Das ist besser. Bis zu euch ist es noch ein ganzes Stück.»

Mikael schien erleichtert, im Gegensatz zu Filip. Er wirkte besorgt. Sander und Killian halfen ihnen, die Kiste vorsichtig in den Kofferraum zu stellen.

«Das muss ein großer Findling sein», meinte Killian.

«Wir nehmen nur ein paar Stangen», sagte Filip. «Den Rest heben wir auf.»

Killian setzte sich ans Steuer, Sander auf den Beifahrersitz, Mikael und Filip teilten sich die Rückbank. Im Schritttempo fuhren sie zum Gut der Söderströms.

«Warum habt ihr das Zeug nicht mit dem Wagen geholt?», fragte Killian. «Ihr habt doch genug Fahrzeuge auf dem Hof.»

«Papa hat gesagt, wir sollen zu Fuß gehen», sagte Filip und dann, an Killian gewandt: «Wir müssen ein Stück vom Haus entfernt anhalten, damit wir das letzte Stück laufen können.»

«Nicht mit Sprengstoff in den Händen», murmelte Mikael verbissen.

«Er wird sagen, ich wäre schuld, dass es meine Idee war, das Auto zu nehmen. Weil er glaubt, dass ich der Faulpelz von uns beiden bin. Checkst du das nicht?», fauchte Filip.

Mikael antwortete nicht. Filip seufzte laut und sah aus dem Fenster. Nach einer Weile kramte er seine Kopfhörer aus der Jackentasche und setzte sie auf. Die Musik drang ins Wageninnere, rhythmisch und aggressiv.

Langsam krochen sie die Landstraße entlang. Sander suchte im Rückspiegel Mikaels Blick.

«Ist es immer so?», fragte er. «Mit eurem Vater, meine ich? Wie neulich, als wir im Wald waren und das Wildschwein erlegen sollten?»

«Er meint es gut. Er will uns darauf vorbereiten, den Hof zu übernehmen. Er ist schon ewig in Familienbesitz, mein Urgroßvater hat ihn gegründet. Aber die Zeiten sind schlecht, er will nicht versagen. Was bedeutet, wenn ich versage ...»

«Aber du versagst doch nicht?»

«Er sieht es anders.»

«Aber warum will er, dass ihr eine Kiste mit Sprengstoff durch das ganze Dorf schleppt? Das ist doch lebensgefährlich.»

Mikael zuckte die Achseln.

«Um uns abzuhärten, schätze ich. Das macht er manchmal. Und so verflucht gefährlich ist es auch wieder nicht.»

Killian machte einen Schlenker in die Straßenmitte, um einem eimertiefen Schlagloch von der Größe eines Gullydeckels auszuweichen. Sanders Vater hatte die Gemeinde davon in Kenntnis gesetzt, doch bislang war nichts unternommen worden. So war es hier draußen. Die Angelegenheiten der Stadt waren wichtig. Skavbökes nicht. Daran war nichts Ungewöhnliches.

Filip bekam zu hören, dass er nicht wie Mikael war, und Mikael bekam zu hören, dass er nichts taugte. Dass er härter werden müsste. Und so gesehen war nichts gut genug, ein Kreislauf aus Enttäuschungen, und vielleicht war auch daran nichts Ungewöhnliches. Wie ein Schlagloch in der Straße. Es war einfach so.

Auf einem der Felder kam das Haus der Grenbergs in Sicht. Mikael heftete seinen Blick darauf, als suche er etwas, beinahe sehnsüchtig, sagte aber nichts.

«Willst du den Hof denn überhaupt übernehmen?», fragte Sander.

Mikael lachte.

«Das ist jedenfalls besser als nichts.»

«Ist das die Alternative? Nichts?»

«Ja, was sonst?» Resigniert blickte Mikael wieder nach vorne auf die Straße und legte Killian eine Hand auf die Schulter. «Du kannst hier anhalten. Das letzte Stück laufen wir, wie Filip gesagt hat. Es ist besser so.»

36

Weihnachten in Skavböke war für Sander immer etwas ganz Besonderes. Der große Festtagsfrieden erfasste das Dorf sanft und behutsam wie eine Welle der Ruhe am Nachmittag des 23. Dezember. Die Autos kehrten heim und verstummten, der letzte Schultag des Jahres war vorüber, und alles funkelte. Zu wissen, dass alle anderen Menschen im Dorf, ja, vielleicht im ganzen Land, genau dieselben Dinge taten und genau dasselbe fühlten wie er, erzeugte in ihm ein eigentümliches Gefühl der Zugehörigkeit.

Doch als sie Mikael verloren, geschah etwas. Der Tod strahlte wie eine finstere Sonne, und Sander begann, seltsame Gedanken zu denken.

Fast nichts war wichtiger als Worte, so hatte er es immer gesehen, Worte beschrieben die Welt nicht nur, sie erschufen sie, formten sie und konnten sie deshalb auch verändern.

Aber Worte waren unzulänglich. Das wurde ihm allmählich klar.

Das Wort *Angst* musste von jemandem erfunden worden sein, der keine Ahnung hatte, was es hieß, Angst zu haben, das Wort *Wut* von jemandem, der noch nie Wut empfunden hatte. Mit dem Wort *Liebe* war es dasselbe. Das war nur ein Ausdruck, den man benutzte, um einen Hohlraum im Mund zu füllen, eine stumme Lücke, die verschwinden musste. Sander war, wie sich herausstellen sollte, nicht der Einzige, der so empfand; es war, als habe das ganze Dorf begonnen, seinen Glauben zu verlieren.

Sander fragte sich, was die Ursache all dessen war, warum es geschehen war, und warum es ausgerechnet ihm passiert war, ausgerechnet jetzt, doch darauf hatte er keine Antwort.

Möglicherweise sagte er es deshalb, zu guter Letzt, am Abendbrottisch:

«Ich will mich zum Herbst an der Uni in Stockholm bewerben. Meine Noten sind gut genug.»

Es verschlug ihnen beiden die Sprache, seinem Vater wie seiner Mutter. Aber er wartete nicht, bis sie die Neuigkeit verdaut hatten. Er erzählte von Magnus Ardelius, dem Dekan am Juridicum, und kam sich zunehmend unnatürlich, regelrecht grausam, vor. Boshaft. Als sei seine Sehnsucht nach der Welt ein Verstoß gegen eine Übereinkunft, von der er bis zu diesem Moment keine Kenntnis gehabt hatte, die ihm nun aber schmerzhaft deutlich vor Augen stand.

«Ich finde das sehr gut», sagte sein Vater schließlich mit gedämpfter Stimme. «Das sind fabelhafte Neuigkeiten, mitten in all dem Schrecklichen. Nicht wahr, Eva?»

Seine Mutter starrte mit leerem Blick vor sich hin. Sie hatte ihr Besteck beiseitegelegt.

«Was sollen wir deiner Meinung nach dazu sagen? Danke für die Information?»

«Ihr müsst nichts sagen.»

«Das ist ganz wunderbar, Sander.» Sein Vater lächelte, aber es war nur der Mund, der sich verzog. Der Rest seines Gesichts war starr und hart. «Wir sind nur ein bisschen überrascht.»

«Ihr müsst mir nicht helfen», sagte Sander.

«Aber das wollen wir natürlich. Wann ist es so weit, wenn du angenommen wirst?»

«Ich weiß noch nicht genau, wann. Im August, schätze ich. Aber das hängt davon ab, ob ich eine Wohnung finde. Wir kennen niemanden in Stockholm, oder?»

«Wir kennen kaum jemanden außerhalb von Skavböke», sagte seine Mutter hilflos, und ihre Worte kamen nirgendwo an, bei niemandem.

Hinterher versuchte Sander zu entscheiden, wie es gelaufen war. Ungefähr, wie er es erwartet hatte, lautete sein Fazit, und er spürte, wie die Wände des Hauses sich zu bewegen begannen, auf ihn zu. Fort, dachte er zum wiederholten Mal. Ich muss fort von hier.

37

Hinter Oskarström wiesen Straßenschilder den Weg nach Halmstad. Hatte man Halmstad erreicht, gab es dort ebensolche Schilder mit größerem Ziel: Göteborg. Von Schulausflügen abgesehen waren nur wenige auf der E6 so weit gen Norden gekommen, doch als Sanders Klasse einmal den Vergnügungspark Liseberg besuchte, hatte er gesehen, dass in Göteborg neue Schilder verheißungsvoll Richtung Stockholm zeigten. Und von dort führte eine kürzlich gebaute Bahnverbindung in nur zwanzig Minuten zum Flughafen. Zwanzig Minuten zum Rest der Welt. Es gab immer etwas Größeres. Am Ende des Jahres 1999 erschien Sander die Welt dort draußen seltsam nah und gleichzeitig unendlich weit entfernt.

Als er in den Flur hinunterkam, fragte seine Mutter, ob er mit ihnen den Baum schmücken wollte.

«Ja, komm», rief sein Vater aus der Küche. «Wir wollen jetzt anfangen.»

«Ich wollte raus», sagte Sander.

Die Bewegungen in der Küche erstarben.

«Jetzt?»

«Ich will nur einen Spaziergang machen.»

«Am Abend vor Heiligabend?», fragte seine Mutter. «Kannst du nicht zu Hause bleiben? Nach all dem, was passiert ist. Und das nächste Weihnachten wird ja jetzt anders sein.»

«Ich bin doch gleich wieder da.»

«Wo willst du hin?», wollte sein Vater wissen.

Sander öffnete die Haustür und ließ die Kälte herein.

«Nur raus.»

Der Abend senkte sich wie ein schwerer Vorhang rings um ihn herab, und er war mit einem Mal weit fort von allem und jeden. Er hatte ihnen nichts mehr zu sagen, nichts mehr mit ihnen gemein, bis auf das Haus, in dem er wohnte, und den Ort, an dem er aufgewachsen war. Es war ein fremder Gedanke: Hier waren die Menschen, die ihm am nächsten standen, die einzigen, zu denen er wirklich gehörte, und trotzdem befanden sie sich auf der anderen Seite einer Mauer, auf die er nicht mehr zurückkehren konnte. Oder nicht wollte.

Tief in seinem Inneren, in einem Teil von ihm, zu dem er selten jemandem Zugang gewährte, hatte es zu knistern und zu lodern begonnen. Die Welt gehörte ihm. Sie wartete auf ihn. Er war bereit. Nicht morgen, nicht in einer Woche. Er war bereit zum Aufbruch. Jetzt.

So musste es sein. Als er seinen Eltern den Rücken kehrte und hinaus in die Dunkelheit ging, spürte er die Grausamkeit wie einen großen schwarzen Vogel auf seinem Rücken.

Eiskalt. Der Mond war eiskalt und schien wie ein einsamer Scheinwerfer über Wälder und Äcker. Bis zum äußersten Rand von Skavböke reichte er, bis zum alten Fichtenwald, der hoch und dicht in den Himmel wuchs. Etwas tiefer im Wald lag eine sonderbare Lichtung, als seien die Bäume ein Stück beiseite gerückt, um Platz zu machen für Gras und Steine, wie ein unvollendeter Plan. Dem Ort musste eine besondere Bestimmung zugedacht gewesen sein. Nur welche? Das wusste niemand. Manche Dinge waren größer als die Menschheit.

In Killians Häuschen baumelte die einzelne Glühbirne von der Decke und spendete blass-gelbes Licht, das in dem kleinen Fenster schimmerte, als Sander näher kam. Es sah gemütlich und warm aus.

Was er sah, begriff er unmittelbar. Doch es sollte sehr lange dauern, womöglich fast den Rest seines Lebens, ehe er die Folgen dessen überblicken konnte.

Killian kniete am Boden auf einer Decke. Er war vollkommen nackt und sein blondes Haar zerrauft, als hätte jemand daran gezerrt. Sein Rücken glänzte vor Schweiß, und Sander sah, wie seine Schultermuskeln sich anspannten und lockerten. Mit einer Hand strich er über sein Glied. Es war dick und geschwollen, schimmernd von Speichel oder etwas anderem, und sehr viel größer als Sanders. In Killians Hand sah es fast bedrohlich aus, wie eine Waffe.

Vor ihm, auf dem Rücken, lag Felicia, zuerst reglos, doch dann hoben sich ihre Hüften, als suchten sie etwas in der Luft. Felicia griff nach Killians freier Hand, und er nahm sie fest in seine. Als er in sie eindrang, versenkte sie ihren Blick in Killians und rührte keine Miene, als erfordere der Akt ihre gesamte Konzentration.

Er würde nie jemandem davon erzählen können. Was er gesehen hatte, die Ereignisse der vergangenen Tage, und das, was in diesem Moment direkt vor seinen Augen stattfand, das alles waren Dinge, die ihm keine andere Wahl ließen, als sie allein zu tragen. Früher oder später wird man es. Allein.

Er kam sich bodenlos dumm vor, als sei er noch immer ein Kind. Und Killian, der ihm geraten hatte, bei Felicia einen Gang zurückzuschalten, um nicht verletzt zu werden. Wie lange belog sein bester Freund ihn schon?

Als er vor dem Fenster des Häuschens stand, bei dessen Bau er mitgeholfen hatte, für seinen besten Freund, brodelten die Emotionen in ihm, rankten sich ineinander und waren schwer voneinander zu trennen: die Erniedrigung, betrogen und hintergangen worden zu sein, Trauer darüber, hier zu stehen und sie zu sehen, wie ein Spanner, Scham, als hätte er etwas falsch gemacht. Und eine sonderbare, widerstrebende Wärme, die sich in seinen Gliedern ausbreitete, hoch in den Magen stieg, eine Erregung, die immer heftiger wurde, während er dabei zusah, wie Felicia Killian in sich aufnahm, vollständig, als sei es das Schicksal selbst, das sich vor seinen Augen vollzog.

Ein Geräusch lenkte seine Aufmerksamkeit vom Geschehen im Häuschen ab.

Ein Auto näherte sich.

38

«Du bist noch da?»

Gerd stand mit einem dicken Umschlag in der Hand im Türrahmen.

«Auf der Polizeischule hatte ich einen Ausbilder, der das konnte», sagte Siri.

«Was?»

«Sich völlig geräuschlos anschleichen.»

«Ich schleiche mich nicht an.» Gerd trat einen Schritt in Siris Büro. «Du bist diejenige, die nicht tut, was man ihr sagt. Was machst du noch hier?»

«Ja, ich ... arbeite. Reicht das nicht?»

«Am Abend vor Heiligabend?» Gerd blickte auf den leeren Besucherstuhl vor Siris Schreibtisch. «Möchtest du ein Glas Glögg?»

Kurz darauf hatte Gerd den Umschlag auf Siris Schreibtisch abgelegt, den Besucherstuhl nach hinten geschoben und, ein dampfendes Glas Glögg in den Händen, ein Bein über das andere geschlagen. Der Duft des alkoholfreien Glühweins verteilte sich im Raum, würzig und stark. Ein Augenblick des Innehaltens, ein behagliches Schweigen.

«Es ist sehr schön hier draußen auf dem Land», sagte Siri schließlich. «Die Natur, die Häuser. Sie sind klein und alt, aber schön.»

«Mag sein», erwiderte Gerd. «Ich glaube, ich sehe es nicht mehr.»

«Kommst du von hier?»

«Aus Åled. Und du?»

«Aus Halmstad.»

«Ich meine, ursprünglich, oder wie man sagt.»

Siri schwieg und trank einen Schluck Glühwein.

«Indonesien», sagte sie dann.

«Darf man das sagen? *Ursprünglich*?»

«Darf man. Aber das ist wohl keine Frage, die *dir* oft gestellt wird, obwohl ich fast genauso viel Zeit von meinem Leben in Schweden verbracht habe wie du von deinem.»

«Du weißt, für uns Landmenschen ist es nicht immer ganz leicht, uns zwischen den Worten zurechtzufinden. In den letzten Jahren hat sich die schwedische Sprache in ein Minenfeld verwandelt. Jedes kleinste Wort kann verkehrt sein. Aber ich wollte nicht unsensibel sein, falls du es so aufgefasst hast.»

Siri antwortete nicht. Mit einem Blick auf den Umschlag sagte sie stattdessen:

«Was hast du da?»

«Fotos von der Party. Es sind weniger, als ich dachte. Vielleicht nehmen die Kids heutzutage keine Fotoapparate mehr zu Partys mit.»

Nach erheblichen Anstrengungen und mit ein bisschen

Hilfe war es ihnen gelungen, drei Einwegkameras aufzutreiben. Gerd hatte ihren Polizeiausweis gezückt und die Filmrollen in Göte Karlssons Fotoatelier in der Viktoriagatan in Halmstad entwickeln lassen, während sie am Bahnhofskiosk ein paar Straßen weiter einen Schnitzel-Burger aß. Bei ihrer Rückkehr lag ein prall gefüllter Umschlag auf der Ladentheke des Fotogeschäfts. Sie bedankte sich, bat Göte, die Rechnung an die Polizei Halmstad zu schicken, und verabschiedete sich.

Jetzt nahm sie die Bilder heraus.

«Wie erwartet. Die ungeschminkte Wahrheit einer Teenagerparty. Kids, die sich gegenseitig fotografieren, während sie saufen. In die Badewanne pinkeln. Ins Waschbecken kotzen, die Treppe runterfallen, Sachen demolieren. Bierdosen. Schnapsflaschen.» Sie hielt eine Nahaufnahme hoch. «Jemand, der offenbar gerade geniest hat und wollte, dass das denkwürdige Ereignis verewigt wird, bevor er sich das Gesicht abwischt.»

Siri hob eine Augenbraue.

«Ist das Filip Söderström?»

«Ja.» Gerd verdrehte die Augen. «Herrschaftszeiten. So haben wir uns nicht aufgeführt, als ich jung war.»

«Das habt ihr ganz sicher. Es hatte nur niemand eine Kamera dabei, um es festzuhalten.»

Gerd murmelte etwas, blätterte die Fotos durch und hielt bei der nächsten Aufnahme, die Filip Söderström zeigte, inne.

«Ich frage mich, wie es ihm geht. Er war schon immer ein wenig sensibel, oder wie man es nennen mag.»

Siri ging die Fotos mehrmals durch. Sie sah Mikael und Filip, Jakob, Pierre, Sander und Killian, Alice und Isabelle. Aufnahmen vom frühen Abend: ein wirrer Haufen aus Schuhen und Jacken im Hausflur. Bierdosen und Petflaschen auf einem

Tisch. Grogs, die in der Küche zusammengebraut wurden, im Hintergrund die digitale Ofenuhr: 19:47.

Gefolgt von chaotischeren Bildern, unscharfen Aufnahmen am späteren Abend, doch keines der Bilder, soweit Siri es beurteilen konnte, deutete auf das hin, was sich später ereignen sollte. Fotos aus dem ersten Stock zeigten, wie Isabelle in einer Plastikschüssel Alkoholreste zusammenkippte, während hinter ihr ein von der Wand gefallenes Bild und eine entzweigegangene Porzellanschale zu sehen waren, vermutlich Folgen der Handgreiflichkeiten zwischen Mikael und Jakob. Ein Schnappschuss aus dem Wohnzimmer hatte eine auf dem Sofa schlafende Alice festgehalten, und draußen im Flur konnte man Sander und Killian an der Haustür erkennen, im Aufbruch begriffen. Die Uhr an der Wand zeigte eine Minute vor eins.

Gerd und Siri legten die Fotos zu den Akten.

«Wenn überhaupt», sagte Siri, «bin ich der Meinung, dass die Fotos ihre Geschichte bestätigen. Oder was denkst du?»

«Ja, leider», erwiderte Gerd düster und hob ihr Glas. «Prost. Darauf, dass nicht alle Teenager die Polizei belügen. Es gibt Hoffnung.»

Siri hob ihr Glas ebenfalls.

«Aber irgendjemand tut es. Ich versuche zu entscheiden, wem ich glaube, ob Jakob derjenige ist, der lügt, oder Killian.»

Sie nippten jede an ihrem Glögg.

«Das herauszufinden sollte, mit ein bisschen Kreativität, möglich sein.» Gerd blickte zur Wanduhr. «Ich würde gerne einen kleinen Besuch vor Ort machen.»

Siri stellte ihr Glas ab.

«Jetzt?»

«Ganz recht.»

39

Im Häuschen wurde es warm. Felicia und er brauchten so wenige Worte, fast gar keine, vielleicht weil es keine Worte gab, die ausdrücken konnten, was sie erfasst hatte.

So dachte Killian von Zeit zu Zeit. Es war, als wüsste seine Zunge nicht, was sie tun sollte, ebenso wie der Rest seines Körpers. Als hätte Felicia ihn vergiftet. Das konnte er ihr nicht sagen, aber so fühlte es sich an. Sie regte sich in ihm wie eine fremde Substanz, in seinem Herzen, in seinem Kopf, zwischen seinen Beinen. Er spürte, wie sein Inneres sich veränderte oder verzweigte, sich spaltete. Vielleicht ist es das, was die Liebe mit einem macht. Man zersplittert.

Felicia lag neben ihm, reglos und mit geschlossenen Augen, als habe er sie geleert. Die Glühbirne flackerte über ihnen. Ohne die Augen zu öffnen, murmelte sie:

«Vielleicht liebe ich dich, Killian.»

In ihm wurde es vollkommen ruhig, er spürte nichts außer einer Stille wie glattes Wasser.

Er würde ein Haus für sie bauen, mit seinen eigenen Händen. Ein Haus mit einem Garten. Das war sein Traum. Es würde ein einfaches Haus werden, das wurmte ihn, aber er würde es hinkriegen. Und wenn er den Zustand der Dinge dafür in die richtigen Bahnen zwingen musste, würde er es tun.

«Und ich dich», sagte er.

Sie öffnete die Augen.

«Hast du es ihm gesagt?»

«Noch nicht.»

«Wann willst du es machen? Es ist besser, er erfährt es von dir als von jemand anderem.»

«Er geht im Sommer sowieso von hier weg», erwiderte Killian. «Es spielt keine Rolle.»

Felicia strich ihm über den Rücken. Killian sah Schatten an den Wänden, alles, was geschehen war, machte ihm Angst. Bis ins Mark.

«Dann kannst du es ihm genauso gut sagen. Es ist besser. Wovor hast du eigentlich Angst?»

«Vor nichts.»

Felicia war klug. Sie war nicht wie Killian. Eher wie Sander, aber ohne auf Bücher angewiesen zu sein. Sander hatte Hilfe von Büchern gehabt, Felicia nie.

Vielleicht war Sander derjenige, der sie verdiente, doch sie hatte ihn, Killian, gewählt. Wenn es denn eine Wahl war, sicher war er sich nicht. Sein Gedanke war: Etwas hatte sie erfasst, eine Kraft, mächtiger als sie beide. Was es auch war, begonnen hatte es an einem Nachmittag in der Schule.

Felicia hatte gerade erfahren, dass Lundström ihren ersten Herbstaufsatz über Ellen Key mit einer Zwei bewertet hatte, und das wollte sie feiern. Sie liebe es, Dinge zu feiern, erzählte sie ihm. Alles ließe sich feiern, auch die Alltäglichkeiten des Lebens: dass man den letzten Tag des Sommerjobs absolviert habe oder eine erfolgreiche Fahrstunde, dass man Sex gehabt hatte, seine Periode bekam, dass die Herbstferien anfingen. Die Menschen feierten zu wenig, das war Felicias entschiedene Meinung über den Zustand der Dinge.

«Okay.» Killian blickte sich unsicher um. «Aber was hat das mit mir zu tun?»

«Ich freue mich über meine Note, und du sitzt mir am nächsten.» Sie sah sich in dem verwaisten Aufenthaltsraum um. «Und außer dir ist niemand sonst hier.»

Er dachte nach.

«Du willst also jetzt deine Note feiern?»

«Ja, klar.»

Am gleichen Abend begegneten sie sich rein zufällig in Oskarström im Supermarkt, vor dem Regal mit den losen Süßigkeiten, jeder mit einer Tüte in der Hand.

«Feierst du?», fragte Killian.

Felicia grinste breit und grub die Schaufel in den Behälter mit den Ferrari-Autos.

«Isabelle, Alice und ich machen einen Videoabend. Ich soll Süßkram mitbringen.»

Killian spähte in ihre Tüte und wich zurück.

«Was bist du bloß für ein kranker Mensch?»

«Was meinst du?»

«Du hast überhaupt keine Schokolade. Nur saure Schnuller und Weingummizeug. Ich glaube, ich muss dir helfen.»

«Mädchen können keine Schokolade essen. Davon kriegen wir Pickel.»

Killian musterte sie, wie um zu begreifen, was sie gerade gesagt hatte.

«Was ist?», fuhr Felicia fort. «Hast du das noch nie gehört?»

«Doch, aber du hast doch keine Pickel.»

Felicia schaute ihn mit einem Ausdruck an, der Mitleid ähnelte, als wäre es ihr unbegreiflich, dass er nicht kapierte, wie die Welt zusammenhing.

«Weil ich keine Schokolade esse», sagte sie langsam.

Killian schwieg eine Weile, anscheinend tief in Gedanken versunken.

«Aber hast du sie mal probiert?», fragte er schließlich.

Und damit brachte er sie, zum ersten Mal, zum Lachen.

Jetzt lag sie neben ihm, sie war die seine und ganz warm, immer noch. Er legte behutsam eine Hand auf ihren Bauch.

«Du musst es ihm sagen», wiederholte sie. «Oder willst du, dass ich es mache?»

«Nein. Nein. Ich mache es. Aber, du weißt, er ist in dich verknallt ... ja, alle Jungs sind in dich verknallt. Sogar Jakob.»

Wie zerbrechlich sie war, wie verletzlich, trotz all ihrer Stärke. Er sah, wie ihr Brustkorb sich hob und senkte.

«Ist das nicht merkwürdig?», erwiderte sie.

«Nicht wirklich.» Killian spürte, wie sich sein Verlangen nach ihr erneut tief in ihm regte. «Mikael stand auch auf dich.»

Bei Mikaels Namen erstarrte sie, setzte sich auf und sah auf ihn hinunter.

«Warum sagst du das?»

«Keine Ahnung.» Er senkte den Blick. «Ich ...»

In diesem Moment war draußen ein Geräusch zu hören. Sie blickten zum Fenster. Es kam jemand.

40

«Wir benutzen den Kram nur selten», sagte Gerd, während sie den Schrank aufschloss. «Vor allem für Drogentests, die seltenen Male, die wir eine zugedröhnte Person aufgabeln. Es geht schneller, wenn wir den Test hier machen, als wenn wir mit demjenigen in die Stadt fahren. Und meistens läuft es so auch in ruhigeren Bahnen ab.»

Inhalt: Desinfektionsmittel, Reaktionsröhrchen, Nadelset, Pflaster, Etiketten, das obligatorische Formular. Alles, was man brauchte.

Siri stand hinter ihr und zögerte.

«Dazu haben wir keine Befugnis.»

«Da sagst du was.»

Gerd blickte sich um, bis ihr Blick an der Pinnwand mit veralteten Zetteln und Post-its hängen blieb: *Neue Notrufnummer: 112! Bitte immer abschließen! Neue Richtlinien zur Bearbeitung von Sexualdelikten.* Ein Wortwitz, den jemand aus der Zeitung ausgeschnitten hatte: *Versuch niemals, Kleptomanen etwas zu erklären. Sie nehmen einfach alles, wortwörtlich.*

«Hier.» Gerd riss die Bearbeitungsvorgaben für Sexualdelikte ab und faltete das Blatt dreimal. «Das erfüllt den Zweck. Damit können wir wedeln. Willst du die Probe nehmen? Ich habe gesehen, dass du ziemlich geschickt bist. Flinke Finger.»

«Ja, kein Problem.»

Mehr sagte Siri nicht. Gerds Vorhaben behagte ihr nicht. Es war nicht nur ungesetzlich, der Junge war erst achtzehn Jahre alt.

Sie fuhren durch die Dunkelheit nach Skavböke und parkten an der Straße. Als Siri den Kopf zur Seite wandte, sah sie auf einem der Felder eine schemenhafte Gestalt davonlaufen.

Sie meinte, Sander Eriksson erkannt zu haben, war sich aber nicht sicher und behielt ihre Beobachtung für sich.

Im Haus war es dunkel und still. Linda Perssons Auto stand auf dem Hof. In Killians Häuschen brannte Licht, die Glühbirne baumelte mit warmem Schein von der Decke herab.

«Du», sagte Gerd, das Testkit in der Hand. «Ich glaube, er ist nicht allein.»

Ein dunkler Haarschopf huschte am Fenster vorbei. Jemand zog sich einen Pullover über. Gerd hob neugierig die Augenbrauen, ging zum Häuschen und klopfte an die Tür. Als sie geöffnet wurde, stand Killian vor ihnen und wirkte, als hätten sie ihn bei etwas ertappt, sein Oberkörper war nackt, und die Jeans hing ihm tief auf den Hüften.

«Guten Abend, Killian. Wir müssen mit dir sprechen.»

Hinter ihm huschte Felicia Grenberg nur mit Slip und Pullover bekleidet durch den Raum und klaubte hektisch ihre Sachen zusammen.

«Hallo, hallo», sagte Gerd munter.

Felicia hielt mitten in der Bewegung inne und lächelte bemüht.

«Ich wollte gerade gehen.»

«Wir können warten», erwiderte Gerd. «Keine Eile.»

Sie betraten das Häuschen. Ein intensiver Geruch nach Körperlichkeit schlug ihnen entgegen. Es bestand kein Zweifel darüber, was hier gerade stattgefunden hatte. Eine zerwühlte Decke lag noch auf dem Fußboden.

Neben der Decke war seit Siris letztem Besuch eine Matratze auf dem Fußboden hinzugekommen, eine raue schwarze Zunge auf dem hellen Dielenboden.

Felicia fand ihre weiße Jeans, schlüpfte fahrig hinein und verlor das Gleichgewicht. Killian streckte einen Arm aus und fing sie auf. Die beiden Jugendlichen sahen sich an, und Killian konnte ein Lachen nicht unterdrücken.

Als Felicia verschwunden war, stand Killian vor ihnen und wirkte mit einem Mal ein wenig verloren. Mittlerweile hatte er sich ein T-Shirt übergestreift.

«Es weiß so gut wie niemand», war das Erste, was aus seinem Mund kam. «Es ist schöner, wenn niemand davon weiß. So lange wie möglich. Das finden wir beide.» Er registrierte das Testkit in Gerds Hand. «Aber sind Sie deshalb hier?»

«Leider nein», sagte Gerd, als wäre es ihr unangenehm.

«Es tut mir leid, dass wir einfach so mit der Tür ins Haus fallen, aber die Angelegenheit kann nicht warten. Wir brauchen eine Blutprobe von dir.»

«Warum?»

Gerd betrachtete die spartanische Möblierung und nahm, nachdem sie probiert hatte, ob er auch hielt, in einem der Gartenstühle Platz.

«Du könntest ein paar Polster gebrauchen», meinte sie. «Wie geht es deiner Nase?»

Killian blinzelte.

«Gut.»

Die Wunde begann zu verheilen.

«Folgendes», fuhr Gerd mit einer Ruhe fort, die von langer Berufserfahrung herrührte. «Wir sind hier, weil du einen Kratzer auf der Nase hast. Die Art Kratzer, wie sie oft bei Verkehrsunfällen entsteht, weil der Fahrer mit dem Kopf aufs Lenkrad schlägt. Am Lenkrad des Wagens, in dem wir Mikael gefunden haben, klebte Blut. Um auszuschließen, dass du den Wagen gefahren hast, dass also das Blut am Lenkrad von dir stammt, benötigen wir eine Blutprobe. Ich habe einen Beschluss», sagte sie und fing an, in ihren Taschen zu kramen. «Darin steht, dass wir das Recht haben, eine Blutprobe von dir zu nehmen und dass du nicht der Einzige bist, dessen Blut wir einsammeln. Wo habe ich ihn nur gelassen ... hier.» Sie hielt das zusammengefaltete Blatt mit den neuen Bearbeitungsvorgaben hoch. «Sobald wir die Probe haben, gehen wir. Ist das in Ordnung?»

Gerd schob das Blatt zurück in die Tasche. Siri schwieg. Sie dachte an Felicia und Killian, an Madeleine und Sten. Launisch ist das Herz. Das hier veränderte alles.

Oder?

Killian hockte sich auf einen der Stühle und hielt Gerd seinen Arm hin, als wäre er bei der Schulkrankenschwester. Gerd öffnete die Tüte, nahm das Desinfektionsmittel heraus, tränkte einen Wattebausch und rieb ihn sorgfältig über Killians Armbeuge.

Siri musterte ihn eingehend.

«Wird es dein Blut sein, das wir am Lenkrad finden?»

Er schüttelte den Kopf.

«Es muss von jemand anderem sein.»

«Jetzt pikst es ein bisschen», warnte Gerd.

Killian reagierte nicht. Er blickte auf das Röhrchen, das sich mit dickem, rotem Blut füllte.

«Von jemand anderem», wiederholte Siri. «Bist du sicher? Du könntest uns in diesem Punkt helfen. Dein Blut könnte trotzdem aufs Lenkrad gekommen sein. Ich kann verstehen, dass man der Polizei nicht alles erzählen will. Zum Beispiel hast du uns nichts von dir und Felicia erzählt. Das ist nicht schlimm. Wir sind schließlich auch Menschen, wir verstehen, dass man vielleicht nicht will, dass ... ja. Aber wir glauben, dass du mehr weißt, als du uns sagst. Wenn du uns erzählst, was du weißt, könntest du uns helfen, die Person zu fassen, die deinen Freund ermordet hat.»

Killian schwieg lange. Sein Blick war seltsam abwesend. Ein neuer Wattebausch.

«Drück ihn auf den Arm.» Gerd nahm ein Pflaster aus der Tüte und klebte es über die Einstichstelle. «So, das war's.»

Als Killian schließlich redete, sagte er:

«Es ist wegen Sander, seinetwegen haben Felicia und ich niemandem von uns erzählt. Sander steht auf Felicia. Aber das wussten Sie sicher.»

«Nein», entgegnete Siri. «Das wussten wir nicht.»

«Er geht nach dem Abi von hier weg. Bis dahin wollen wir warten. Ich will ihn nicht verletzen, und Felicia auch nicht.»

«Aber bis dahin ist es noch ein halbes Jahr. Glaubst du wirklich, dass ihr es so lange verheimlichen könnt?»

Killian lächelte blass.

«Wir verheimlichen es schon seit Monaten.»

41

In einem Frühlingswinter, als sie alle auf dem Galtasjön Eishockey spielten, brach Killian im Eis ein. Sie mussten damals elf gewesen sein, vielleicht auch erst zehn. Jakob hatte Schläger dabei, Pierre einen Puck und Mikael zwei kleine Tore.

Eben war Killian noch da, den Hockeyschläger in der Hand, im nächsten Moment knackte es, und kaltes, lähmendes Wasser schwappte über das Eis. Killian bekam keinen Laut heraus, sein Mund war zu einem stummen Schrei geöffnet, seine Augen groß und voller Angst.

Die Situation ließ sie vor Schreck erstarren, wie festgefroren standen sie da. Alle, bis auf Sander. Er warf sich bäuchlings aufs Eis und streckte Killian seinen Hockeyschläger entgegen, doch der bekam ihn nicht zu fassen. Killians Gesicht färbte sich blau, seine Bewegungen erstarben. Er hörte auf zu zappeln.

«Helft mir!», schrie Sander. «Helft mir doch!»

Doch die anderen konnten nicht. Sander schleuderte den Schläger weg, streifte seine Handschuhe ab und robbte vorwärts. Unter ihm knackte und ächzte unheilverkündend das Eis.

Er dachte daran, wie einsam es in Skavböke werden würde, wenn er Killian nicht zu fassen bekäme, dachte an das Fußballtor, das leer bleiben würde, dass Killians Schuhe neben seinen auf dem Schulkorridor für immer verschwunden sein würden, er Killian nie wieder heimlich an sein Zimmerfenster klopfen hören und sein Gesicht vor der Scheibe auftauchen sehen würde. Und er spürte, wie die Trauer über den Verlust seines besten Freundes in seiner Brust zu pochen und zu wüten begann, als sei er es, der im eiskalten Wasser ums Überleben kämpfte.

Als er den Rand des Lochs erreichte, packte er seinen Freund bei den Schultern, biss die Zähne fester zusammen, als er es eigentlich vermochte, und zog.

Hinterher war Sanders Hals wund und heiser, obwohl sich keiner von ihnen daran erinnern konnte, dass er geschrien hatte.

Er zerrte Killian aus dem Wasser, wie auch immer das möglich war, diesen plumpen Körper mit den nassen, schweren Kleidern und Schlittschuhen an den Füßen, und schleifte ihn über das Eis in die Sicherheit des Ufers. Dort fiel er neben seinen besten Freund auf den Boden, und dann lagen sie flach auf dem Rücken und starrten in den milchigweißen Himmel. Erst da erwachten die anderen aus ihrer Schockstarre und stürzten zu ihnen.

«Ich dachte, du würdest sterben», stieß Sander hervor und tätschelte Killian linkisch die Schulter, ungefähr so, wie er es die älteren Männer im Dorf hatte machen sehen, nachdem es ihnen gemeinsam gelungen war, einen im Feld festgefahrenen Mähdrescher herauszuziehen.

Das waren unkomplizierte Erinnerungen. Er sah in den Emotionen keine Komplexität, keine Spur, bloß die schreckliche Angst, kurz davor gewesen zu sein, seinen besten Freund zu verlieren, und die Unausweichlichkeit, dass Killian gerettet werden musste.

Als Kinder hatten Sander und Killian zusammen Geburtstag gefeiert, nebeneinander im Klassenzimmer gesessen, im Wald Krieg und auf den Feldern Fangen gespielt. Sie hatten gemeinsam vor der Tür der Schulkrankenschwester gestanden, in bangem Warten, dass Helena Johansson sie hereinrufen, ihre Hand in ihre Unterhosen schieben und kontrollieren würde, dass sie auch zwei Eier im Hodensack hatten, die dort saßen, wo sie sollten. Sie fuhren zusammen Mofa, betranken sich zusammen und redeten über Mädchen. Die Geheimnisse des einen waren auch die des anderen.

Sie teilten etwas, woran niemand sonst weder teilhaben durfte noch konnte. Vielleicht bestand genau darin die nahezu schwindelerregende Erfahrung, einen besten Freund zu haben, eine beunruhigende Intimität, von der man sich nicht befreien konnte.

Am Morgen des Heiligabend lag Sander in seinem Zimmer auf dem Bett und starrte an die Decke.

Wenn er jetzt an diese Erinnerungen zurückdachte, war es, als seien sie physisch geworden, Wesen, die ihm alle Kraft aussaugten. Der Verrat in Killians Häuschen erschien raffiniert und antik, als reichten dessen Wurzeln so weit in die Geschichte der Menschheit zurück, dass Sander sich Jahrtausenden an Verrat gegenübersah. Alles schwebte in der Luft über ihm: Erinnerungen von früher und Augenblicke, die eben erst verstrichen waren. Killian und Felicia nackt im Häuschen.

Von hier abzuhauen ist dein Traum, das ist dir doch klar, oder? Das hier ist meiner.

Das hatte Killian gesagt.

Alle Worte waren jetzt tot, tot wie Steine, eine bloße Last und keine Hilfe.

Er zog die herausgerissene Seite aus Filips Collegeblock aus seiner Gesäßtasche und las:

Es schneit, soll es doch, mein Bruder ist tot, und es schneit, soll es doch, ich werde auch das hier überstehen, mit Zunder und Drogen, wer hat Drogen, wer hat Stoff für mich, oder für ganz Skavböke, irgendwas, ich vermisse ihn so krass, was soll ich machen, wenn es nicht aufhört. Ich will mich selbst abfackeln, der Zunder wartet, es schneit

Die Worte waren gefährlich, als könne das Blatt jeden Moment von selbst in Flammen aufgehen. Darum hatte er die Seite herausgerissen.

Er strich über das Papier.

Vielleicht waren nicht alle Worte tot.

Sander las Filips Worte erneut und dachte: Ja. Genauso ist es.

Im Lauf des Lebens legt man sich aus dem Nichts heraus vermeintliche Wegbegleiter zu und verletzt sie so sehr, dass sie sich immer weiter zurückziehen, bis sie irgendwann komplett verschwunden sind. Kreis geschlossen: das Leben genauso inhaltslos wie zu Beginn.

Ihm war klar, dass die Dinge von nun an nicht mehr so sein würden, wie sie es einmal gewesen waren, und dass er, genau in diesem Augenblick, seinem besten Freund den Tod wünschte.

Gegen Mittag rief Killian an. Es hatte angefangen zu schneien.

«Hey», sagte er. «Können wir uns sehen?»

Augenblicke zogen an Sander vorüber, kalt und rasch: Wie er in die Dunkelheit hinausgegangen war, einen Vogel der

Grausamkeit auf dem Rücken, auf dem Weg zu Killian. Diese schlaue Polizistin, Siri Bengtssons wache, braune Augen, der Stift in ihrer Hand, das Wort POLIZEI, das auf ihrer Schulter aufgeblitzt war, als sie Minuten zuvor vor der Haustür gestanden hatte; Killian, der in Felicia eindrang, in ihr versank und verschwand, der Genuss in Felicias Gesicht; Mikael auf der Party. Filip, der die Videokassette zurücklaufen ließ, und Karl-Henrik, der von den beiden Polizistinnen aus der Kapelle geführt wurde. Killian und er, wie sie die Party verließen und nach Hause gingen; Felicia und Killian wieder, noch einmal, wieder; Felicia, die sich von ihm abwandte und sich während ihres Kusses übergab; er, Sander, wie er die Seite aus Filips Collegeblock herausriss; wieder Killian und Felicia. Sie umgaben ihn, allesamt, streiften als Geister seine Haut.

«Hallo?», sagte Killian. «Bist du da?»

Er klang, als hätte er etwas im Hals stecken. Irgendetwas war passiert. Aber was? Wusste Killian, dass er sie gesehen hatte?

«Ja», sagte Sander kalt. «Ich bin da.»

«Können wir uns sehen?», wiederholte Killian.

«Können wir.»

Er hasste Killian, hasste Felicia. Er verabscheute sie beide, wie ein Kranker Gesunde verabscheut.

42

Frei zu haben, wenn auch nur für einen Tag, kam ihr seltsam vor. Siri stand in der Küche ihrer Eltern, kochte Kartoffeln, bereitete Weihnachtswürstchen und Grünkohl vor und schnitt den Weihnachtsschinken auf, einfach um ihre Hände zu beschäftigen, um nicht das Gefühl zu haben, Zeit zu vergeuden.

Der Tag verlief friedlich und schritt voran, wie er es tat, seit sie von zu Hause ausgezogen war: Mittagessen bei ihren Eltern, ihre Tante, die um vierzehn Uhr kam, ihre beiden Cousinen – inzwischen beide mit Familie – kurze Zeit später, und dann die Bescherung, nachdem Donald Duck und seine Freunde dem ganzen Land fröhliche Weihnachten und ein gutes neues Jahr gewünscht hatten.

Es schneite. Es würde ein kalter Abend werden. Sie machte mit ihrem Vater einen Spaziergang. Die Stadt war vollkommen still, eingehüllt in eine flauschige, warme Decke aus Tradition. In den Fenstern der Häuser brannte Licht, und Siri dachte an die vielen Menschenleben dahinter, die sich zusammenfanden, um Zeit miteinander zu verbringen. Es gefiel ihr, Teil eines Zusammenhangs zu sein, der nicht die Arbeit betraf, und dennoch schienen ihre Gedanken an ebendiesem Weihnachten unablässig nach Skavböke zu driften.

Sie unterhielten sich über die Herbstjagd, die sie, zum ersten Mal seit vielen Jahren, versäumt hatte.

«Ja», sagte sie. «Aber ich bin jetzt berufstätig. Da bleibt es nicht aus.»

«Aber nächstes Jahr könntest du vielleicht dabei sein? Wenigstens für einen Tag?»

Das stimmte. Das könnte sie.

«Ich will dir kein schlechtes Gewissen machen», sagte ihr Vater. «Das weißt du.»

«Ja, das weiß ich, Papa.»

«Aber», fuhr er fort, «wenn man bei der Arbeit Menschen jagt, hat man in der Freizeit wohl keine Lust, Jagd auf Tiere zu machen.»

«Ich komme gerne mit, wenn ich kann.»

Ihr Vater zog ein Geschenk aus seiner Jackentasche und überreichte es ihr lächelnd.

«Ich dachte ...», begann er und lachte. «Ja, ich weiß nicht. Frohe Weihnachten.»

Siri öffnete es mit steif gefrorenen Fingern. Als sie sah, was es war, lachte sie laut auf. *Das Buch der Rätsel*, Puzzle- und Knobelspiele aus allen Ecken der Welt, neue und alte.

«Ich weiß, dass du in Oskarström im Moment viel um die Ohren hast», sagte ihr Vater. «Es gibt viele Arten von Problemen, aber alle sind gut für den Kopf.»

«Danke, Papa.»

Es war doch schön, dass manche Dinge sich nicht veränderten.

Zurück in der Wohnung, in Wärme und Chaos, sagte ihre Mutter, jemand habe angerufen und sie sprechen wollen.

«Ich habe die Nummer notiert», sagte sie. «Aber durch den ganzen Trubel hier hätte ich das Klingeln fast nicht gehört. Am besten, du telefonierst vom Apparat im Schlafzimmer.»

Im Wohnzimmer zankten sich die Kinder, wer während der Bescherung wo sitzen durfte, und die Erwachsenen verfolgten das Drama mit Glögg aus kleinen Gläschen.

«Es tut mir leid, dass ich dich störe», sagte Gerd. «Ich wollte nur hören, wie es bei dir ist.»

«Gemütlich», sagte Siri. «Wie ist es bei dir?»

Im Hintergrund war es still. Gerd war doch wohl nicht allein?

«Ich war bei Isidor und Margareta», antwortete Gerd, als sei ihr bewusst geworden, dass das gesagt werden musste. «Ich fahre gleich zu meiner Schwester nach Varberg.»

«Du hast eine Schwester?»

«Sie ist Bankerin. Und das ist genauso dröge, wie es klingt. Aber Schwester bleibt man nun mal sein Leben lang.»

«Das kann ich mir denken», erwiderte Siri, die nicht einmal wusste, ob sie leibliche Geschwister hatte, irgendwo.

«Kannst du abschalten?», fragte Gerd.

«Und nicht an die Arbeit denken, meinst du? Nicht wirklich.»

«Mir geht es genauso.»

Gerd klang düster. Siri öffnete den Mund, um etwas zu sagen, wusste aber nicht recht, wie sie es formulieren sollte.

«Ich denke, dass Killian Persson, nach dem zu urteilen, was wir gestern gesehen haben, ein Motiv hat», fuhr Gerd stattdessen fort. «Er ist mit Felicia Grenberg zusammen, und Mikael hat sie belästigt, also ...»

Gerd ließ den Satz unvollendet. Siri suchte noch immer nach den richtigen Worten, doch sie wollten sich nicht einstellen. Ihr Blick fiel auf *Das Buch der Rätsel*, das sie noch immer in der Hand hielt.

«Ja», sagte sie schließlich. «So ist es wohl.»

«Wir sollten ihn aufs Revier bestellen. Sobald das Ergebnis der Blutprobe vorliegt.»

Alles in Siri sträubte sich.

«Was wir gestern gemacht haben», erwiderte sie, «und die Art und Weise, wie wir es gemacht haben, war nicht okay. Ich werde mich kein zweites Mal auf so etwas einlassen, und ich möchte, dass du das weißt.»

Stille. Ein Brummen.

«Wir haben die Blutprobe bekommen. So machen wir es schon lange.»

«Das spielt keine Rolle. Es war nicht okay, und das weißt du. Wir hatten kein Recht, eine Blutprobe von ihm zu nehmen.»

«Wer fragt schon danach», schnaubte Gerd, «solange wir Fortschritte machen. Und das müssen wir. Wir können nicht herumstehen und auf der Stelle treten.»

«Das wird Halmstad nicht gefallen. Offiziell ist es ihre Ermittlung.»

«Halmstad gefällt nie etwas», erwiderte Gerd. «Das ist normal.»

Lange Sekunden verstrichen.

«Ich musste es dir nur sagen», erklärte Siri.

«Und das hast du jetzt getan.»

Es klickte im Hörer. Siri blieb auf dem Bett ihrer Eltern sitzen. Nebenan im Wohnzimmer ging etwas zu Bruch, und eines der Kinder begann zu weinen, laut und hilflos.

43

Die Schwellung auf Killians Nase war zurückgegangen, nur ein schorfiger Kratzer war noch zu sehen. Unter seiner geöffneten Winterjacke trug er Jeans und T-Shirt. Der Weg zu seinem Häuschen war von dem Schnee freigeschaufelt, der im Laufe des Tages gefallen war. Nun kam die Kälte, und der Boden verwandelte sich in eine Eisfläche.

Auf dem Tisch im Häuschen: ein eingewickeltes Paket. Rotes Geschenkpapier mit filigranen Silbergirlanden und der Aufschrift «Merry Xmas», das Geschenkband weiß und gekräuselt.

Killian hob es hoch und hielt es Sander hin.

«Frohe Weihnachten.»

Sander starrte auf das Geschenk und fühlte sich fiebrig. Killian hatte es nicht selbst eingepackt. Wenn er ein Geschenk einschlug, sah es jedes Mal aus, als hätte sich jemand versehentlich daraufgesetzt. Sander fragte sich, ob es Felicia gewesen war.

«Aber ich habe nichts für dich», sagte er, ohne das Geschenk anzunehmen.

«Das ist nicht nötig.» Killian grinste unsicher. «Hier. Frohe Weihnachten.»

Sander nahm das Päckchen zögernd an, ohne etwas zu sagen. Es wog nicht viel. Er spielte mit dem Gedanken, es gegen die Wand zu schleudern.

«Was wolltest du?»

Erst jetzt, als habe er bis zu diesem Moment nur seine eigenen Empfindungen wahrgenommen, begriff Sander, dass wirklich etwas passiert war. Trotzdem war er unfähig, sich darum zu scheren.

«Die Polizei war hier, spät gestern Abend, und hat mir eine Blutprobe abgenommen. Sie wollen es mit dem Blut am Lenkrad vergleichen.»

Killian verstummte, wie um im Gesicht seines besten Freundes abzulesen, was das bedeutete, doch Sanders Züge ließen nichts erkennen.

«Okay», war alles, was er sagte, weder verurteilend noch mitfühlend, einzig und allein als Feststellung.

«Ich bin am Arsch, oder?»

«Schwer zu sagen», erwiderte Sander knapp.

Killian schien darauf zu warten, dass er fortfuhr. Aber das tat er nicht. Stattdessen betastete er das Paket und fragte sich, was es enthielt, endlich von allem befreit, was ihn umgab. Das hier war es, was hatte passieren müssen. Das wurde ihm jetzt klar. Der Keil des Aufbruchs saß nicht zwischen ihm und seinem Traum von Felicia oder zwischen ihm und seinen Eltern. Der eigentliche Aufbruch betraf Killian.

«Warum schwer, was soll das heißen?», sagte Killian. «Was ist los mit dir. Ist was?»

«Nein, nichts.»

«Ich weiß nicht, was ich machen soll.»

«Komm erst mal runter», sagte Sander tonlos.

«Ich muss abhauen.»

«Wohin?»

Als würde die Panik über ihm zusammenschlagen.

«Keine Ahnung. Einfach weg. Ich nehm Mamas Karre.»

«Okay», sagte Sander wieder so tonlos wie gerade schon. «Dann mach es.»

Killian riss die Augen auf.

«Ist das alles, was du zu sagen hast?»

«Ja, hau ab. Das wird wohl das Beste sein.»

Als wäre es meine Schuld, dachte Sander und sagte es dann laut, mit einer Stimme, die anschwoll, wie eine Welle, die er nicht zurückzuhalten vermochte. Die Worte fluteten in dem Maß aus ihm heraus, wie seine Augen zu brennen begannen.

«Als wäre es *meine Schuld*. Diese Sache ist genau, wie es immer gewesen ist. Ich soll deinen Scheiß in Ordnung bringen, weil du so verpeilt und gedankenlos bist, dass du nicht kapierst, dass das, was du tust, Konsequenzen hat.»

«Aber Sander, ich ...»

«Hör mir zu», zischte Sander, denn mit der Wut kam auch eine plötzliche Klarheit, als würde die Wut alles Unbedeutende beiseite wischen. «Also kommst du wieder zu mir. Mir. Wenn dich alles einholt und du drauf und dran bist, bis zum Hals in der Scheiße zu stecken, was tust du?» Sander wog das Weihnachtsgeschenk in der Hand, klein und hübsch. Er zerquetschte es. Das Papier knirschte. «Ich hab geglaubt, du wärst mein bester Freund.»

«Das bin ich doch.»

«Ach ja? Du rufst mich an. Mich! Obwohl du mich seit wer weiß wie lange belügst. Oder nicht? Und jetzt, wo ich mich weigere, dir zu helfen, was machst du jetzt?»

«Aber du bist mein bester Freund.» Killian erstarrte. «Geht es um Felicia?»

Der Name stach wie eine tiefe Nadel dicht an seinem Herzen, doch er ließ es sich nicht anmerken.

«Felicia?» Er wiederholte ihren Namen, als wäre er ein lästiges Insekt, das er loswerden wollte. «Glaubst du, es interessiert mich? Ich gehe von hier weg, Killian! Ich gehe nach Stockholm. Ich werde *Jura* studieren. Du weißt schon, *Recht und Gesetz*. Was hier passiert, ist mir scheißegal. Alles, was mich interessiert, ist *Jura*. Ich habe nicht vor, mich in diese Sache reinziehen zu lassen, das könnte mir alles verbauen. Was zum Teufel soll ich den Bullen sagen, wenn sie bei mir aufkreuzen, was?»

«Aber du hast gesagt ...»

«Du denkst nur an dich, Killian. Jedes Mal. So war es schon immer. Ich bin dir scheißegal. Checkst du das nicht?»

Killian stand mit hängenden Armen da und sah mehr denn je aus wie ein Idiot.

«Du weißt, dass er sie belästigt hat, oder?» erwiderte er.

«Was? Wer?»

«Mikael. Er hat Felicia vergewaltigt. Oder es zumindest versucht.»

«Wann?»

«Um Lucia rum. Sie hat es mir erzählt. Sie wusste nicht, was sie machen sollte.»

«Was hat das hiermit zu tun?»

«Alles, Mann.»

Sander starrte ihn an, viel zu wütend, um Killians Worte zu erfassen. Oder tat er in Wahrheit genau das? Erfasste sie und spürte, wie das Wissen seine Form änderte, sich in Zorn und Neid wandelte: Natürlich wusste Killian Bescheid, und er nicht. Natürlich hatten Killian und Felicia die Sache gemeinsam verheimlicht, vor ihm, vor allen.

Sander riss die Augen auf.

«Warst *du* es?»

Killian wirkte überrascht.

«Was?»

«Mikael! Was sonst?»

Killian senkte den Blick.

«Antworte!»

Killian gab auf.

«Vielleicht ist es wirklich das Beste, ich haue ab, jetzt gleich.»

Sander spürte etwas Fremdes in sich, als sei vor langer Zeit ein dunkler Samen in ihm gesät worden, der nun keimte. Er schleuderte Killians Weihnachtsgeschenk mit voller Wucht gegen die Wand; es prallte ab und blieb auf dem Boden liegen. Killian betrachtete es traurig, sagte aber nichts.

«Was solltest du auch sonst machen, Killian? Was machst

du, wenn ich dir nicht den Arsch rette? Ja, hau ab. Mach es. Du kriegst nie etwas alleine auf die Reihe. Steh nicht einfach da wie ein verfluchter Trottel. Hau ab, zum Teufel!»

Killian blickte schweigend zum Saab seiner Mutter hinüber, und mit einem Mal konnte Sander förmlich hören, wie alles um ihn herum zerfiel und in die Brüche ging, wie das Schicksal sich nun endlich wendete, während er vor Killian stand, den Finger unbeweglich auf dessen Brust gerichtet, als sei es ein Befehl.

44

Als der erste Weihnachtstag heraufdämmerte, tat er es mit zaghaften Sonnenstrahlen, die sanft durch die Bäume fielen.

Siri stand neben Gerd draußen in Esmared, fast dreißig Kilometer von Skavböke entfernt, und betrachtete das Wrack aus der Ferne. Sie hatte nicht viel Schlaf bekommen.

Die erschöpften Rettungssanitäter und die Einsatzkräfte der Feuerwehr machten Notizen, füllten Formulare aus und führten einige abschließende Routinemaßnahmen durch. Noch immer stiegen dünne Rauchsäulen von dem auf, was einmal ein alter Saab gewesen war.

«Weiterhin schöne Feiertage, oder wie man sagt. Auch wenn ich nicht damit gerechnet hatte, dich so schnell wiederzusehen.» Gerd stampfte mit den Füßen auf, um sie warm zu halten. «Du hattest recht, gestern, wegen der Blutentnahme.»

«Ich musste klare Verhältnisse schaffen. Ich hoffe, du verstehst das.»

Gerd nickte.

«Es tut mir leid.»
«Ist okay.»
Und auch höchste Zeit, dachte Siri.
Gerd verzog das Gesicht.
«Wie das riecht.»
«Glaubst du, er ist es?» Siri hörte, wie dünn ihre Stimme klang.
«Der riecht?»
«Im Wrack. Glaubst du, er ist es?»
«Ich hoffe es nicht.»

Im Nachhinein kursierten viele Gerüchte über Killians Tod.

Dass er betrunken gewesen war oder einen Aussetzer gehabt hatte, dass ein Defekt am Wagen den Unfall vor Esmared, an der halländischen Grenze, verursacht hatte. Oder dass das Schicksal ihn am Ende schlicht und ergreifend eingeholt hatte, und da ging es eben, wie es ging. Die schwärzeste Theorie führte ins Feld, dass es überhaupt kein Unfall gewesen sei: Irgendwann in der Nacht habe jemand die Bremsflüssigkeit abgelassen und Linda Perssons schrottreifen Saab in eine Todesfalle verwandelt. Frans Ljunggren waren am nächsten Morgen merkwürdige Flecken auf dem Schotterweg vor Lindas Haus aufgefallen, als sei irgendetwas ausgelaufen.

Wie auch immer es um die Triftigkeit dieser Theorien bestellt sein mochte, fest stand jedenfalls, dass Killian in der Weihnachtsnacht gesehen worden war, am Steuer des Saab seiner Mutter, als er Skavböke in hohem Tempo hinter sich ließ. Daran, dass es Killian gewesen war, bestand kein Zweifel. Man hatte ihn an seinem blonden Haarschopf erkannt und an dem Kratzer, der sich einem schwarzen Tuschestrich gleich über seine Nase zog. Er sei nach Süden gefahren, sagte

Isidor Enoksson, der eben ein Telefonat mit seiner Schwester beendet hatte und hinausgegangen war, um die Reste des Weihnachtsessens zu entsorgen. Es war kurz vor halb eins, als er den Wagen sah, der, nachdem er an Årnilt vorbeigefahren war, nach links abbog, auf die alte Straße Richtung Råmabo, Breared und Simlangsdalen.

Eine halbe Stunde später hatte jemand die Notrufzentrale alarmiert und ein brennendes Auto in der Nähe von Esmared gemeldet.

Die spurentechnische Untersuchung ergab, dass Killian mit überhöhter Geschwindigkeit gefahren sein musste. Er war auf der winterlich-glatten Straße vermutlich ins Schleudern geraten, hatte zu bremsen versucht und, als das nichts half, die Handbremse angezogen. Was das Ganze noch verschlimmert hatte. Der Saab hatte sich überschlagen, war auf dem Dach über die Fahrbahn geschlittert und gegen die Bergwand geprallt, die die Landstraße säumte. Daraufhin war der Tank explodiert und hatte das Auto in Sekundenschnelle in ein Flammenmeer verwandelt.

Die Spuren des Unfalls sollten noch viele Jahre später zu sehen sein, als dunkle Flecken im versengten Asphalt.

Das Feuer brannte eine ganze Weile, bis jemand kam. Killian, oder das, was von ihm übrig war, saß noch hinter dem Steuer. Durch die Schäden am Wagen hatte man die Fahrertür nicht öffnen können.

Als Siri dort draußen in Esmared stand und die Überreste von Wagen und Fahrer betrachtete, dachte sie: Das waren doch nicht wir? Oder sind wir schuld daran? Haben wir ihn zur Flucht getrieben?

45

Die Todesnachricht erreichte Sander einige Stunden später. Als das Telefon bei ihm zu Hause in Skavböke klingelte, war er der Einzige, der den Anruf entgegennehmen konnte. Seine Eltern waren draußen auf dem Hof mit dem Feuerholz beschäftigt. Sein Vater spaltete neue Scheite, seine Mutter schichtete sie auf, und dabei unterhielten sie sich. So machten sie es schon immer. Das war ihr Moment der Zweisamkeit, an dem sie oft gemeinsam über etwas lachten. Seine Eltern auf diese Weise zusammen zu sehen, war etwas, das er vermissen würde, wenn er fort wäre.

Am anderen Ende der Leitung erklang eine bekannte Stimme.

«Hier ist Siri Bengtsson. Wir haben vor einer Woche miteinander gesprochen. Es geht um deinen Freund», fuhr sie fort. «Killian.»

«Okay?», presste Sander hervor, als Siri Bengtsson nichts weiter sagte. «Was ist mit ihm?»

Langes Schweigen.

«Ich muss dir eine sehr traurige Mitteilung machen, Sander.»

Richtig und falsch fallen nicht vom Himmel. Sie werden auf Erden gemacht, um Katastrophen zu verhindern. Mehr steckt nicht dahinter. Und wird gegen dieses Regelwerk verstoßen, treten jene Katastrophen ebenso schlicht und ergreifend ein.

Sander hatte später nur vage Erinnerungen an jene erste Zeit, die auf die Nachricht von Killians Tod folgte. Es war, als wäre auch sein Kopf gestorben. Er konnte keine Entscheidungen treffen, bekam kaum mit, wo er sich befand. Bestenfalls setzte er einen Fuß vor den anderen, stieg in die Badewanne, duschte. Schob zuerst den einen Arm in den Pullover, den ihm jemand (seine Mutter?) anzog, dann den anderen.

Doch eines wusste er: Irgendwo in der Leere, die ihn in diesen Tagen umgab, lag das Krematorium von Halmstad. Lundström war einmal mit ihnen dort gewesen, im Frühherbst, mit der ganzen Klasse, im Rahmen eines Studientags im Fach Religion.

Die Sonne stand noch sommerlich warm am Himmel, als sie sich draußen vor der Tür versammelten, Sander und Killian, Alice und Isabelle, Mikael, Pierre und all die anderen, und von einem gedämpft sprechenden Mann in Jeans und Langarm-Shirt, mit schmaler Brille und Glatze, begrüßt wurden.

«Vielleicht hat er den Kopf zu lange in den Ofen gesteckt», flüsterte Killian, und Sander konnte nicht anders als lachen.

Grinsend drehte er sich zu Felicia um, die hinter ihnen stand. Sie lächelte zurück, sah dabei aber Killian an.

Der Kremationstechniker sprach, als richte er sich an einen unmittelbar neben ihm stehenden Zuhörer und nicht an eine ganze Schulklasse, die ein Stück entfernt einen Halbkreis um ihn herum bildete. Was er sagte, war sehr schwer zu verstehen.

Zu Beginn der Einäscherung, erzählte er, liege die Leiche in einem speziellen Verbrennungssarg und werde in einen großen Kremationsofen geschoben.

«Dorthin, in diesen Raum, werden wir ganz am Ende gehen.»

Früher sei der Vorgang der Einäscherung als Feuerbestattung bezeichnet worden. Die Leiche verbrenne, ganz einfach, zu Asche. Im Kremationsofen herrschten Temperaturen von achthundert bis zwölfhundert Grad Celsius, und die Einäscherung dauere ungefähr achtzig Minuten. Es sei eine sehr umweltfreundliche Methode, aufgrund der hohen Temperatur fast vollkommen rückstandslos. Unter optimalen Bedingungen sei der Ofen sogar exothermisch. Der Kremationstechniker fragte, ob jemand wüsste, was das Wort bedeute.

Als niemand etwas sagte, hob Sander die Hand.

«Es bedeutet, dass bei einem Prozess mehr Energie entsteht, als ursprünglich dafür nötig war», sagte er.

«So ungefähr, aber wir sagen Energie *zuführen* und *freisetzen*. Die bei der Einäscherung entstehenden Rauchgase können Partikel enthalten, die herausgefiltert werden müssen. Die Energie der Rauchgase wird ins Fernwärmenetz eingespeist, und metallische Rückstände von Titanprothesen oder Ähnlichem werden aussortiert und fachgerecht entsorgt.» Hier machte der Kremationstechniker eine Pause. «Ihr habt möglicherweise Ammenmärchen darüber gehört, dass sich Krematoriumsmitarbeiter an altem Zahngold bereichern», fügte er dann hinzu, als erfülle ihn dieser Verdacht mit großer Trauer und Enttäuschung. «Das stimmt nicht und ist obendrein aus rein chemischen Gründen unmöglich. Bei über tausend Grad schmilzt alles. Dasselbe gilt für andere Mythen, wie dass Leute während der Verbrennung Laute von sich geben oder sich gar bewegen. Das stimmt ebenfalls nicht. Im Tod ist alles still und leise.»

Inzwischen waren sie ins Gebäude hineingegangen. Sander hatte sich das Krematorium wie eine Fabrik vorgestellt, groß und klotzig, mit groben Ziegel- oder Steinwänden, schweren Maschinen, Männern in Arbeitsoveralls, rußgeschwärzt. Als seien die Toten Kohlebriketts, die in einen Heizkessel geschaufelt würden.

Stattdessen sah es fast so aus wie im Sekretariatsbereich der Schule, große Fenster und helle Holzmöbel, Broschüren mit Titeln wie *Ablauf einer Einäscherung* oder *Für Angehörige*.

«Wir sind der letzte Aufenthalt», erklärte der Kremationstechniker. «Das Leben ist an sein Ende gelangt, doch der Mensch hat eine Würde, der Körper besitzt noch immer Rechte. Und die Verwaltung dieser Rechte über den Tod hinaus nehmen wir sehr ernst.»

Der letzte Aufenthalt. Er drückte sich so sonderbar aus, als sei er Priester und zugleich Bürokrat, beschrieb den Ablauf, bevor eine verstorbene Person ins Krematorium überführt wurde, welche Formulare ausgefüllt werden mussten und von wem, erzählte, dass die Angehörigen eine Urne für die Asche auswählten, und schilderte, wie die Urne ins Krematorium kam, wies darauf hin, dass jeder Sarg eine feuerfeste Identitätsmarke aus Schamottstein erhielt, und er zeigte ihnen den Raum, in dem die Särge aufbewahrt wurden, ehe sie in die Einäscherungskammer gebracht wurden.

«Wenn alles vorbei ist», sagte er, «verwahren wir die Urnen hier in diesem Raum, der immer abgeschlossen und alarmgesichert ist. Wir holen sie erst an dem Tag heraus, an dem die Ausstreuung der Asche oder die Urnenbeisetzung erfolgt.»

Sander beugte sich zu Killian.

«Willst du eingeäschert werden?»

«Ich glaube schon. Das klingt doch unkompliziert, für die Hinterbliebenen, meine ich. Was ist mit dir?»

«Ich weiß es nicht», meinte Sander. «Es klingt so brutal, egal, was er sagt.»

«Sander», raunte Lundström, der mit verschränkten Armen hinter ihnen an der Wand lehnte, leise. «Killian. Seid still und hört zu.»

In der halben Stunde, die der Vortrag dauerte, geschah etwas. Eine Stille legte sich um sie, wie hervorgerufen durch die Worte des Kremationstechnikers. Als würde die Andacht des Augenblicks allmählich in sie übergehen. Erst da, als sei dies ein Zustand, den er abgewartet habe, nickte er und sagte:

«Dann können wir jetzt hineingehen, denke ich.»

Sander landete hinter Killian und Felicia.

Es war ein großer Raum. Mit hoher Decke und rein, alles war hell und kühl. Die Einäscherungskammer sah fast gar nicht aus wie ein Ofen. Ihre Form erinnerte Sander an Spielhäuschen für Kinder aus glänzendem Metall mit einem Schrägdach. Eine große Luke mit einem kleinen Fenster. Haupt- und Nachbrennkammer.

«Hier», sagte der Techniker mit leiser Stimme, als sei es ihm nach wie vor vollkommen einerlei, ob man ihn hörte oder nicht. «Hier kommt nun jemand.»

Zwei Mitarbeiter trugen einen Sarg herein. Die Luke ging auf. Ein Geruch strömte heraus. Dunkel und füllig. Der Sarg wurde auf einen Hubtisch gestellt und nach oben gefahren. Der Kremationstechniker sprach weiter, aber Sander hörte nicht mehr, was er sagte, er starrte in die schwarze Ofenkammer.

Kurz darauf sahen sie zu, wie der Sarg von den Flammen verzehrt wurde, und Sander dachte an den Menschen, der darin lag, der einmal gelebt und geatmet, der eine Seele gehabt hatte, und der jetzt nur noch ein Stück Fleisch war, das zu Asche wurde.

Draußen vor dem Krematorium hatte er ein altertümliches Holzschild mit einem eingebrannten Bibelvers gelesen: *Ich bin die Auferstehung und das Leben. Wer an mich glaubt, wird leben, auch wenn er gestorben ist.*

46

An diesem Weihnachtstag fuhr Sten Persson zur Familie Söderström. Was sich genau zwischen ihm und Karl-Henrik zutrug, wurde nie geklärt, obwohl beide unbeschadet daraus hervorgingen, jedenfalls äußerlich.

Sten klingelte an der Eingangstür, unangemeldet. Als niemand öffnete, ging er um das Haus herum und die Kellertreppe hinunter. Die Kellertür war unverschlossen. Die Stimmen der beiden Männer drangen zu Lillemor hinauf in den ersten Stock, aufgebracht, aber gedämpft; was sie sagten, war nicht zu verstehen. Nach einer Weile verstummten sie.

Karl-Henrik zufolge hatte Sten ihn beschuldigt, für Killians Tod verantwortlich zu sein. Alle wussten, dass das, was Killian zugestoßen war, mit der Familie Söderström zusammenhing, mit den Spannungen zwischen Karl-Henrik und Madeleine, mit Mikael, dem Sohn, der seinen Vater bewunderte. Herrgott, der Mann war wie von Sinnen, so Karl-Henrik, und wurde seiner Schilderung nach so wütend, dass er um ein Haar mit den Fäusten auf Sten losgegangen wäre. Als würde er nicht selber trauern? Als würde er nicht selber trauern! Sein Sohn war verflucht noch mal ermordet worden. Killian, Stens Schwachkopf von einem Sprössling, hatte sich dagegen aus freien Stücken hinters Steuer gesetzt und war über glatte Straßen gerast.

Laut Sten hatte sich nichts dergleichen zugetragen. Er behauptete, zu Söderströms gegangen zu sein, um so etwas wie eine Aussöhnung herbeizuführen. Er habe Karl-Henrik unten im Keller angetroffen, so betrunken, dass dieser sich an einem der Regale habe festhalten müssen. Karl-Henrik habe die Kiste mit Dynamit getätschelt und gesagt: «Schlimmstenfalls.»

Schlimmstenfalls, was? Keine Antwort, nur ein Grunzen.

Sie hätten miteinander geredet, darüber, was in den letzten Tagen geschehen sei, und Sten, nach Killians Tod unter Schock, habe weder ein noch aus gewusst. Er habe Beistand gesucht, so Sten, doch Karl-Henrik habe nicht mit sich reden lassen, sondern ihn, Sten, beschuldigt, die Ermittlung zu Mikaels Tod zu behindern.

Zu behindern? Wie zum Teufel?

Indem er über Dinge rede, mit denen er rein gar nichts zu schaffen, von denen er nicht die geringste Ahnung habe.

«Mein Sohn ist verflucht noch mal kein Mörder!», hatte Sten gerufen.

«Tot ist er wenigstens. Genau wie meiner», hatte Karl-Henrik erwidert.

Über diesen Wortwechsel waren sie sich einig. Darüber, und dass Sten daraufhin gegangen war, wutentbrannt.

Wie ein Fluch. So erschien es manchen.

Voriges Jahr hatte der Tod eine der ältesten Dorfbewohnerinnen just am Heiligen Abend ereilt. Die betagte Dame hatte Rosen gezüchtet, die schönsten Rosen in der Gegend, die Sommer für Sommer tiefrot blühend entlang der Hauswand wuchsen. Nach dem Tod der Züchterin, hieß es, würden die Rosen weiß werden, wirklich daran glauben tat jedoch niemand, und daher standen die Leute im folgenden Sommer verblüfft vor den Beeten. Ging man vorbei, konnte man mit eigenen Augen sehen, wie die Blütenblätter weiß wie Papier im Sonnenlicht leuchteten.

Vielleicht war es ein Zeichen oder eine Warnung, dass

größere und rätselhaftere Dinge am Werke waren. Jetzt, auf den Tag genau ein Jahr später, hatte die Tochter der Frau den Friedhof besucht, um eine Kerze anzuzünden und einen Weihnachtsstern vor den Grabstein zu stellen. Da fiel ihr auf, dass Rasenflächen und Wege einen ungepflegten Eindruck machten, überall waren Spuren von Schritten und Fußabdrücke zu sehen. Sie beklagte sich beim Küster, der den Kopf schüttelte. «Die Friedhofsgärtner sehen jede Woche nach dem Rechten. Aber es ist, als würden die Verstorben in den Nächten dort herumgeistern. Sie sind wohl ruhelos, und wer mag es ihnen verdenken.»

Er sagte es mit Wärme, als sei ihm mehr an den Toten als an den Lebenden gelegen.

Der Gedanke, dass die Geister des Dorfes des Nachts über die Erde schweiften, war gleichermaßen beängstigend wie faszinierend. Und dann Mikael, das Irrlicht in der Dunkelheit, wie man von ihm sprach, eine plötzlich aufglimmende Erscheinung. Einen Augenblick da, im nächsten fort.

Daran dachte man, als man von Killian Perssons Tod erfuhr. An Flüche, an Rosen, an die Toten, die des Nachts wiederkehrten, an Irrlichter und Widerschein in der Dunkelheit. Bei nichts konnte man mehr sicher sein.

«Irgendjemand trachtet den Jungen aus Skavböke nach dem Leben.»

So sagten die Leute an jenem Weihnachten. Und da war das Schlimmste noch gar nicht geschehen.

Das Schlimmste? Lässt sich dergleichen überhaupt gewichten?

Ja, wahrscheinlich schon.

Der Weihnachtstag war in den Abend übergegangen, das Familienessen überall beendet. Während der Rest des Landes nach erfüllter Feiertagspflicht Kneipen und Pubs zustrebte, lag über Skavböke eine dicke Decke.

«Ihr geht nicht raus», sagten die Eltern voller Angst zu ihren Sprösslingen. «Nicht nach all dem, was passiert ist und vielleicht noch immer passiert. Ihr bleibt zu Hause.»

Die Erwachsenen behaupteten, es gut zu meinen, doch die Leidtragenden sahen das anders. Es wurde als Strafe empfunden, und das war es wohl auch; als sei das, was Mikael und Killian widerfahren war, in gewisser Weise ihrer aller Schuld. Sander fühlte sich zu Unrecht verknüpft mit Tod und Gewalt, obwohl seine Gedanken um kaum etwas anderes kreisten.

Seine Eltern glaubten, er sei endlich eingeschlafen. Sie hatten gehört, wie er oben in seinem Zimmer rumort und rastlos auf und ab gewandert war, doch nun, zu guter Letzt, waren die Geräusche verstummt. Er musste nach allem, was passiert war, vollkommen erschöpft sein.

Sie saßen auf dem Sofa, hielten sich in den Armen und redeten leise miteinander. Erik drückte die Lippen auf den Scheitel seiner Frau. Eva schloss die Augen.

«Es ist so schrecklich», flüsterte sie. «Hast du mit ihm geredet?»

«Ich habe es versucht. Aber er wollte nicht.»

«Wir müssen ihn im Auge behalten. Ich bin fast der Meinung, dass es das Beste wäre, wenn er mit jemandem spricht.»

«Wie meinst du das?»

«Mit einem Psychologen zum Beispiel. Damit er jemanden hat, an den er sich wenden kann, wenn es sein muss. Ich weiß nicht.»

«Ja», sagte Erik. «Ja, vielleicht. Hast du eigentlich mit Linda gesprochen? Oder mit Sten?»

Sie hatte mit beiden gesprochen. Linda war vollkommen von Sinnen gewesen und hatte kein Wort herausbekommen. Sie hatte nur geweint und geschrien. Sten dagegen hatte stumm und wie versteinert dagesessen. Er war bei Karl-Henrik Söderström gewesen.

«War er?»

«Ja, offenbar.»

«Warum, in Gottes Namen?»

Eva sah ihren Mann an und schüttelte den Kopf.

«Ich weiß es nicht. Aber es ist anscheinend nicht gut ausgegangen. Ich habe gesagt, dass sie sich jetzt brauchen, Linda und er, dass sie sich umeinander kümmern müssen. Killian hatten sie trotz allem gemeinsam. Ich habe gefragt, warum Killian das Auto genommen hat. Aber Linda wusste es nicht.» Eva erschauderte. «*Ich habe keine Ahnung, was Killian in letzter Zeit getrieben hat. Irgendetwas war mit ihm.* Das hat sie gesagt.»

«Er hat Karl-Henriks Jungen ermordet», sagte Erik.

Eva erstarrte.

«Glaubst du das?»

«Das sagen mittlerweile alle. Es wird gut für Sander sein, von hier wegzukommen. Fort von alldem hier.»

Eva nickte langsam.

«Wir müssen ihn die nächste Zeit gut im Auge behalten. Er war schon immer ... Das hier könnte ... ich weiß nicht.»

Oben in seinem Zimmer lag Sander, hellwach, auf dem Bett.

Er griff zum Telefonhörer und wählte eine Nummer, die er auswendig konnte, obwohl er sie noch nie gewählt hatte. Es klingelte lange.

«Hallo?», meldete sich zuletzt eine leise Stimme.

«Hey. Hier ist Sander.»

«Sander», sagte Felicia. «Hey.»

Er hatte keine Worte. Kein einziges.

«Ich wollte nur die Stimme von jemandem hören. Störe ich?»

Wahrscheinlich klang er genauso hilflos, wie er sich fühlte.

«Nein, ist schon okay.»

Zu viele Fragen in einer verpackt. Sie blieben stecken. Sander wollte sie streichen und eine neue Frage formulieren, die richtige. Er versuchte es, aber es gelang ihm nicht, also lag er einfach nur schweigend da und atmete. Schließlich war es Felicia, die redete:

«Killian ist vorbeigekommen und hat gesagt, er müsste für eine Weile weg, aber er würde wiederkommen. Ich habe versucht, ihn zum Bleiben zu bewegen, aber er wollte nicht.» Sie atmete. «Er hat gesagt, ihr hättet euch gestritten.»

Die Schuld lastete wie ein gigantisches Holzkreuz auf Sanders Schultern.

Jetzt kamen sie zurück, all die Worte, die er in sich gehabt hatte und die nicht da geblieben waren, wo sie hätten bleiben sollen, in den tiefsten Tiefen seines Körpers und seiner Seele. Sie waren aus seinem Mund gesprudelt und hatten Killian zum Aufbruch getrieben, zur Flucht. Hatten ihn in den Tod getrieben. Jetzt sagte er es laut, zum ersten Mal:

«Es ist meine Schuld.»

«Nein, das ist es nicht.»

Aber sie glaubte es nicht. Nicht ganz. Das hörte er.

«Du und Mikael», sagte er. «Killian meinte, dass du ... dass er versucht hat, dich zu vergewaltigen. Stimmt das?»

«Spielt das eine Rolle?»

Nein, vielleicht nicht. Auch das spielte keine Rolle mehr. Oder doch. Das tat es.

«Ich will es nur wissen», sagte er. «Stimmt es?»

Felicia schwieg lange.

«Was glaubst du?»

«Aber ... Wann? Wo? Wie ... Ich meine, warum hast du nichts gesagt?»

«Wem hätte ich es erzählen sollen?»

Sie schwieg wieder. Sander hörte, dass sie schniefte.

«Entschuldige», sagte er. «Ich ...»

«Der Einzige, der es wusste, war Killian.»

«War er es?»

«Was soll er gewesen sein?»

«Mikael.»

Langes Schweigen, tiefer als vorher.

«Was glaubst du?»

Sander wusste es nicht länger.

Viele sagten: Killian wollte fliehen. Schuld kann alles Mögliche bewirken. Trotzdem war es schwer zu erfassen.

An jenem Weihnachten versuchte man trotz alledem, ihn herauszudestillieren, den Sinn hinter dem Geschehen. Was hätte man auch sonst tun sollen? Sie alle lagen wach, Sander, Sanders Eltern, Karl-Henrik, Lillemor, Filip, Kjell Östholm und Frans Ljunggren, Linda und Sten Persson, die Familie Lindell, alle. Zuletzt schliefen die meisten ein, sanken geradewegs in Träume hinab, und wer vermag schon zu sagen, was sie träumten. Was, wenn es derselbe Traum war? Es könnte derselbe Traum gewesen sein, warum nicht, ein einziger kollektiver Traum, wie in der Nacht, als Mikael umgekommen war und alles begonnen hatte.

Ein Traum, der aus der Gegend erwuchs, aus dem Land und der Erde. Ein Traum über Grausamkeit, die, da es sich vorerst noch um einen Traum handelte, noch keine feste Gestalt angenommen hatte, aber bald, sehr bald würde ...

Ja.

Jetzt, wie eine Hebelkraft unter dem Erdball selbst.

Jetzt kam es.

47

Die, die nach wie vor keinen Schlaf gefunden hatten, hörten es. Wie Donnergrollen, sagten sie, wenn an der Küste über dem Meer ein Unwetter aufzieht.

Im Polizeifunk hörte Gerd die Meldungen der Kollegen aus Halmstad, wo die Festtagsstimmung wie üblich wie eine Dampfwalze durch die Straßen rollte, mit gestiegenen Alkoholpegeln, Handgreiflichkeiten und ausufernden Partys. Hier draußen war es friedlich und still.

Siri rief ihren Namen. Gerd stand von ihrem Schreibtisch auf, ein angebissenes Safranteilchen in der Hand, und ging zu ihrer Kollegin hinüber. Es war kurz nach halb zwölf am Abend des 25. Dezember.

«Frans Ljunggren aus Skavböke hat angerufen», sagte Siri. «Er sagt, Kjell Östholms Hof sei verschwunden.»

«Was sagst du da? Kjell Östholms Hof soll verschwunden sein?»

Siri senkte den Blick auf ihren Notizblock, als müsste sie sich selbst davon überzeugen, was sie aufgeschrieben hatte.

«Der *Hof* ist verschwunden. Das hat er gesagt. Ich habe zweimal nachgefragt.»

Sie fuhren ohne Blaulicht nach Skavböke. Siri fuhr, und Gerd aß ihr Safranteilchen auf. Es war angenehm, nicht viel sagen zu müssen.

«Was ist los mit dir?», fragte Gerd schließlich.

«Ich denke an Killian Persson. Es geht mir einfach nicht aus dem Kopf.»

«Wie er gestorben ist?»

«Ja, zum Teil.»

Und dass wir möglicherweise schuld an seinem Tod sind, dachte Siri. Durch unser Vorgehen bei ihm zu Hause, das ihn zur Flucht getrieben hat.

Als die Straßenbeleuchtung endete, schaltete sie das Fernlicht ein. Die weißen Kegel strahlten in die Wälder und über die Felder, als ein Funkspruch einging. Gerd streckte die Hand aus und antwortete mit einem letzten Bissen im Mund.

«Wir erhalten unzählige Anrufe aus Skavböke», meldete der Kollege aus der Zentrale verwirrt. «Wir haben keine Ahnung, was da vor sich geht. Wir schicken weitere Einsatzwagen, damit ihr Bescheid wisst.»

Siri biss die Zähne zusammen und fuhr schneller.

Doch dann trat sie unvermittelt und so fest, wie sie konnte, auf die Bremse. Der Wagen geriet ins Schlingern und drohte, auf der glatten Fahrbahn auszubrechen. Als sie endlich mit einem Ruck zum Stillstand kamen, fing Gerd, die sich am Safranteilchen verschluckt hatte, heftig zu husten an.

«Gut gemacht», keuchte sie. «Du hast einen kräftigen rechten Fuß, wenn es drauf ankommt.»

Siri schluckte, als könnte sie den Schock auf diese Weise in den Bauch hinunterzwingen.

Mit zittrigen Knien stiegen sie aus. Siri holte eine Taschenlampe hervor. Sie sollten Östholms Hof jetzt sehen können, den Stall und das Wohnhaus, die alte Scheune. Alles sollten sie von hier aus sehen können. Doch sie sahen nichts.

Siri richtete die Taschenlampe auf den Boden; als wäre ein Spund aus der Erde gezogen worden. Der Lichtkegel traf weit unten im Abgrund auf die Überreste der Fahrbahn, wie tief er war, ließ sich nicht sagen. Die Straße war nicht mehr vorhanden.

Der kalte Dezemberwind trug einen eigenartigen Geruch mit sich, nach saurer alter Erde, Ackerboden und Metallen. In weiter Ferne kläffte ein Hund, bis das Gebell abrupt verstummte, als hätte das Tier sich erschreckt oder wäre mit Gewalt zum Schweigen gebracht worden.

Ihr Wagen stand unmittelbar an der Kante des Abgrunds. Siri stützte sich auf der warmen Motorhaube ab und ließ den zittrigen Lichtkegel ihrer Taschenlampe über die Landschaft wandern.

«Grundgütiger», sagte sie. «Alles ist weg.»

48

Was auch geschieht, es dämmert immer ein neuer Morgen, doch ein Morgen wie dieser würde wohl niemals wiederkehren. So sagte man im Nachhinein, als hätte jene Nacht einen Bruch gegenüber früheren Nächten markiert, eine Zäsur in der Zeit.

Sander sollte es stets anders empfinden: Was in jener Nacht geschehen war, ließ sich nicht vom Rest trennen. Es war lediglich die nächste Phase, oder möglicherweise das Ende, der äußerste Punkt.

Er war nun vor dem Abgrund angelangt, der sich bereits in der Nacht angedeutet hatte, als Mikael ermordet worden war.

Die Erde trug nicht mehr. Ohne Mikael und Killian hatte sie keine Kraft mehr und stürzte ein.

So muss es gewesen sein.

Für viele begann es nicht mit Donnergrollen, sondern mit einem gedämpften Rauschen, fast wie das Meer. Es schwoll an und ließ die Häuser erzittern, Bilder fielen von den Wänden, Porzellan ging entzwei. Die Leute aus dem Dorf sprangen aus den Betten, schlaftrunken und verwirrt, Angst wie einen Knoten aus Eis in der Brust.

Sanders Eltern hasteten ins Dachgeschoss und öffneten die Tür zum Zimmer ihres Sohnes. Als er nicht dort war, sahen sie sich an und fürchteten das Schlimmste. Sie zogen Jacken und Schuhe an und liefen aus dem Haus, um nach ihm zu suchen.

«Hier bist du?», stieß seine Mutter atemlos hervor, als sie auf der Vordertreppe fast mit ihm zusammenprallte. Vollständig angezogen stand er da und starrte ins Dorf hinunter.

«Ich bin aufgewacht und rausgegangen», sagte er ausdruckslos.

«Bist du okay?»

Sander antwortete nicht. An seinem Handgelenk saß ein Armband, das er vorher nicht getragen hatte, ein dünnes Lederband, mehrmals ums Handgelenk geschlungen und mit einer kleinen Schließe befestigt. Er berührte es unaufhörlich.

Die, die etwas weiter oben auf der Anhöhe wohnten, konnten auf Skavböke hinabblicken, doch in der nächtlichen Dunkelheit war es schwierig, die Veränderung auszumachen, die Augen mussten sich erst umstellen. Anfangs erahnten sie es nur, als eine größere, tiefere Schwärze weit unter ihnen.

Und es nicht zu sehen, sondern nur zu hören, war fast noch gespenstischer.

Die Tiere brüllten und jaulten so fürchterlich, dass man glaubte, sie würden gejagt. Und dann der Acker. Als ihre Augen sich angepasst hatten, sahen sie, dass er im stummen Mondschein wogte, nur nicht so, wie es tote Felder im Winter zu tun pflegten, aufgepflügt vom Wind, es schien, als reiße etwas an der Erde selbst.

Auf einem der Felder stand Kjell Östholms alter Mähdrescher mit der kaputten Haspel. In der Wucht des Erdrutschs wurde er leicht wie ein Spielzeug. Der Untergrund war ein Schlund, ein aufgerissener Rachen, der sich immer weiter öffnete. Er verschlang den Mähdrescher und die Häuser ihrer Nachbarn, die Höfe und Felder. Sein Hunger kannte keine Grenzen.

Erik kniff die Augen zusammen.

«Ich glaube, bei Söderströms brennt es.»

Sander hatte, ohne sich dessen bewusst zu sein, seine Hand in die seiner Mutter geschoben.

«Es brennt!», schrie sie zu den anderen hinüber und deutete in die Richtung. «Da unten. Es brennt!»

Flammen erwachten langsam zum Leben, schläfrigen Tieren gleich, und leckten kurz darauf gierig am Haus. Im Feuerschein knickten die Wände ein, und das Dach stürzte in sich zusammen. Es dauerte nur wenige Minuten. Diejenigen, die losgerannt waren, um zu helfen, mussten kehrtmachen. Vor ihnen klaffte ein riesiger Krater, ein Krater ohne Grund, der sich immer weiter auftat, wenn man ihm zu nahe kam.

«Ich glaube, man muss drum herumgehen», keuchte Bengt Lindell, der atemlos wieder heraufkam und an Sanders Haus vorbeilief. «Ich habe keine Ahnung, wie breit dieser Höllenschlund ist, man sieht kaum die eigene Hand vor Augen. Aber ich glaube, da hat es angefangen.»

«Bei Söderströms?»

«Ja. Habt ihr die Explosion auch gehört?»

«Nein», erwiderte Eva. «Oder jedenfalls, ich glaube nicht.»

«Ich bin aufgewacht», sagte Sander. «Ich weiß nicht, warum. Vielleicht war es die Explosion.»

Während man auf Rettungswagen und Feuerwehrleute wartete, wurden Taschenlampen geholt, Autos und Lkws gestartet und so dicht an den Rand des Abgrunds herangefahren, wie man sich vorwagte. Scheinwerfer mit Fernlicht leuchteten die Szenerie aus, um zu verstehen, was geschehen war. Die Überreste von Söderströms Haus brannten lichterloh.

Von Zeit zu Zeit gleicht das Leben einer Geschichte. Wäre es in diesem Fall so gewesen, hätte Sander es schon gewusst, als er dort oben stand, und er hätte die Toten gezählt. Es wäre ein Leichtes gewesen. Aber so war es nicht. Wer war zu Hause gewesen? Wer nicht? Wo hatten die Leute sich befunden?

Zu wissen, dass jemand verunglückt sein musste, aber nicht wer, sich zu fragen, wer fehlte und nie zum Sammelpunkt oben auf der Anhöhe kommen würde, war ein Zustand, für den es keine Beschreibung gab. Sander stand mit angespannter Miene und voller Angst neben seinen Eltern. Er dachte an Killian, an Felicia, an Mikael, er dachte an den Jungen auf der Brücke. Wo befand er sich, wenn er sprang? Wieder berührte er das Armband an seinem Handgelenk.

Wo auch immer der Junge sein mochte, Sander befand sich

in diesem Moment an derselben Stelle. Vielleicht war es schon seit mehreren Tagen so.

In der Ferne schimmerte die Kapelle. Sie stand in der Kälte unter dem hohen Horizont auf der anderen Seite des Abgrunds, weiß und unberührt, wie geschützt von Gott dem Herrn. Das Kreuz ragte in den Himmel auf.

49

Als der Erdrutsch schließlich zum Stillstand kam, war der Abgrund groß wie acht Fußballfelder und tief wie ein See. Siri versank bis zu den Knien in Schlamm und Morast. Es war, als versuchte die Erde, sie hinab in die Tiefe zu ziehen. Sie organisierten Planken und Holzbretter, um festen Halt unter den zu Füßen haben, aber es waren nicht genug. Sie mussten sie immer wieder verschieben und neu aneinanderlegen, und das Gelände Quadratmeter für Quadratmeter nach Spuren abzusuchen, nahm unverhältnismäßig viel Zeit in Anspruch.

Hubschrauber schwebten wie Insekten in der Luft. In der näheren Umgebung gab es keinen Parkplatz, der groß genug für alle anrückenden Einsatzfahrzeuge war, also parkte jeder, wo er gerade Platz fand. Hundestaffeln kläfften, und das Katastrophengebiet füllte sich mit Helfern, die sich vorsichtig zwischen den Erd- und Schuttmassen vorantasteten.

In einem Moment kam man an den Überresten eines eingestürzten Hauses vorbei, um gleich darauf vor einer vollkommen intakten Garage zu stehen, in der sogar die Farbdosen noch ordentlich aufgereiht in den Regalen standen und die

Werkzeuge an ihren Wandhaken hingen. Im Innern der Häuser waren zerstörte Badezimmer Seite an Seite mit Küchen anzutreffen, in denen noch geschmierte Butterbrote auf den Tellern lagen, die ihre Besitzer überstürzt aus der Hand gelegt hatten.

Siri blieb unvermittelt stehen.

«Gerd!», rief sie.

Aus den Trümmern eines Hauses schaute ein Fuß hervor. Er steckte in einer selbst gestrickten Wollsocke, rostrot von Blut, und an den Zehen baumelte noch ein Hausschuh.

Gerd und Siri begannen mit den Händen zu graben, schaufelten Schutt und Erde beiseite, doch je mehr sie sich abmühten, den Körper freizulegen, umso tiefer schien das Haus im schlammigen Boden zu versinken.

«Es ist sinnlos», keuchte Gerd schließlich. «Wir müssen Hilfe holen.»

Als sie sie zu guter Letzt lebend bargen, konnte sie kaum sprechen. Nach den Stunden, die sie festgeklemmt unter den Trümmern gelegen hatte, war sie stark unterkühlt. Die inneren Blutungen wurden erst später, im Krankenhaus, festgestellt.

«Felicia.» Siri ging neben ihr in die Hocke. «Wir sind jetzt da. Wir helfen dir.»

«Sie müssen ...», brachte Felicia mühsam hervor, «wir wollten ... Ich bin schwanger.»

Gerd erstarrte.

«Wir tun alles, was wir können», sagte sie. «Ich verspreche es dir. Im wievielten Monat bist du?»

«Ich weiß es nicht genau. In der sechsten Woche, glaube ich. Höchstens.»

Felicia griff nach Gerds Hand. Gerd nahm sie und drückte

sie sanft. Eine plötzliche Trauer erfasste Siris Herz und zog es schmerzhaft zusammen.

«Felicia, bleib hier, hier bei mir. Sieh mich an, Felicia. Felicia!»

50

Zwischen den Jahren fiel neuer Schnee, legte sich fein wie Staub über die Trümmer und erschwerte die Suche nach den Vermissten. Hubschrauber flogen weiter durch die Luft, Einsatzfahrzeuge und Lkws standen in Reihen hinter der Absperrung. Freiwillige Helfer aus der Gegend schlossen sich an, doch viel konnte man nicht tun, die Risiken waren noch zu groß. In der Nähe versammelte sich die Presse wie der Pulk vor dem Absperrgitter eines Popkonzerts.

Gerds Schultermikrofon knackte. Es war eine der Patrouillen, die sich am anderen Ende des Kraters befanden.

«Er hat wieder gefragt», knackte es. «Dieselbe Frage.»

«Beim nächsten Mal antwortest du ihm nicht», fauchte Gerd. «Ich habe ihm gesagt, wir geben ihm Bescheid, sobald wir mehr wissen.»

Bill, Kjell Östholms junger Jagdhund, war allein auf dem Hof gewesen. Kjell selbst hatte Glück gehabt. Er hatte den Weihnachtstag bei Frans verbracht und war auf dem Heimweg gewesen, als das Ganze begann. Gottlob hatte er sich von Frans überreden lassen, noch auf eine Tasse Kaffee zu bleiben, sodass er noch nicht weit gekommen war. Jetzt lief er umher und fragte jeden Polizisten, Feuerwehrmann und Rettungswagenfahrer nach seinem Hund.

«Ich hätte ihn nicht zu Hause lassen sollen», jammerte er. «Ich wusste es. Ich wusste es. Aber ich hab meinen Hunden immer ihren Willen gelassen, und er wollte nicht mit zu Frans.»

«Wir finden ihn», versicherte Vidar Jörgensson, ohne dass er selbst daran zu glauben schien. «Machen Sie sich keine Sorgen.»

Vidar war einer der vielen Polizeibeamten, die aus Halmstad herbeigerufen worden waren. Als er zum ersten Mal vor dem Trümmerfeld stand, hatte ihn das Ausmaß der Zerstörung gelähmt. Doch dann hatte er sich zusammengerissen und mitgeholfen wie alle anderen. Es waren so viele, die in diesen Tagen in Skavböke zusammenkamen, so viele, die die Zähne zusammenbissen und halfen. Daran sollte man sich später in der Gegend erinnern.

Kurz darauf knackte Siris Mikrofon. Ein Fund.

Die Stelle lag ein Stück entfernt. Vorsichtig bewegten sie sich dorthin.

Er lag mit geschlossenen Augen auf der Seite, ein Hinterlauf seltsam abgeknickt, doch das war das einzige Anzeichen, das auf etwas anderes als Schlaf hindeutete.

«Er lag da drunter.» Vidar zeigte auf ein großes Gerät. «Wir haben ihn erst gesehen, als wir das Ding weggeräumt haben.»

«Was ist das?», fragte Siri.

«Eine Drehbank. Wir glauben, dass sie im Keller gestanden hat.»

«In Söderströms Keller?»

«Ja, vielleicht heißen die Leute so. Ich weiß es nicht. Sie muss aus dem Keller des großen Hauses sein, das hier gestanden hat. Wir brauchten Gurte und vier Mann, um das Ungetüm zu bewegen.»

Gerd ging in die Hocke und musterte den Hund.

«Warum war er so weit von Kjells Hof entfernt?»

«Er ist schon ganz steif», sagte Vidar. «Armer Kerl.»

Bills Fell war erdverkrustet und staubig, das feine Deckhaar sträubte sich leicht im Wind. Holzsplitter hatten sich in den Bauch gebohrt und tiefe Wunden verursacht.

Gerd sah Vidar an.

«Rufen Sie Kjell an und sagen Sie ihm, dass ...»

«Er hat etwas im Maul, Gerd», fiel Siri ihr ins Wort.

Irgendetwas klemmte zwischen den Zähnen.

Dem Hund die Kiefer auseinanderzuzwängen war ein Kraftakt. Siri, Gerd und Vidar mussten Bills Maul zu dritt aufstemmen. Als die Kiefergelenke schließlich nachgaben, knackten sie hart und laut, wie ein entzweibrechender Ast.

«Meine Güte», stöhnte Siri.

Sie schob eine Hand in Bills Maul, zog einen Stofffetzen von der Größe einer Serviette daraus hervor und hielt ihn Gerd hin.

Irgendjemand aus der Gegend, tot oder lebendig, besaß ein Flanellhemd, in dem ein Stück fehlte. Ein dunkelgrünes Flanellhemd, mit gelben und blauen Streifen.

Irgendwo klingelte ein Telefon.

«Wo kommt das Klingeln her?», blaffte Gerd.

Ein Hilfspolizist, den sie nicht näher kannten, winkte entschuldigend mit einem Handy.

«Es ist für euch», sagte er. «Ihr seid doch von hier, oder?»

Gerd nickte Siri zu.

«Geh du ran.»

Siri griff nach dem Telefon.

«Hallo?»

«Ja, hier ist das kriminaltechnische Labor.» Der Mann am anderen Ende räusperte sich, als sei es ihm unangenehm, inmitten der in Skavböke herrschenden Umstände anzurufen, die er im Fernsehen mitverfolgte. «Es geht um die Blutprobe, die ihr am 23. Dezember von Killian Persson genommen habt. Es stimmt mit dem Blut überein, das am Lenkrad des Volvo sichergestellt wurde. Er ist gefahren.»

«Danke», sagte Siri tonlos.

51

Die Nachricht vom Erdrutsch in Skavböke erreichte zuallererst die lokale Nachtredaktion der *Hallandsposten*. Kurz darauf bekamen die Regenbogenpresse und die überregionalen Medien Wind davon. In den Folgetagen wurden im Fernsehen Luftaufnahmen aus einem Hubschrauber gezeigt. Man verlangsamte die Abspielgeschwindigkeit der Bilder und straffte sie, dünnte sie aus, als würde man ein Gummiband in die Länge ziehen.

Quickton. So lautet die Bezeichnung einer Bodenart, die in fester Form extrem stabil ist und Häuser, Höfe und Straßen trägt, obwohl sie fast vollständig aus Wasser besteht. Ihre Stabilität erzeugen Salze, die die Lehmmasse zusammenhalten. Wird dieser Tonboden jedoch erschüttert, kann er sich blitzartig in flüssigen Morast verwandeln. Quickton liegt unter Sedimentschichten verborgen und ist nur durch geologische Bodenproben nachweisbar, und solche waren, soweit man wusste, in Skavböke niemals genommen worden.

In Bewegung geraten war die Erde durch eine Kiste Dynamit in Söderströms Keller. Jemand hatte sie in Brand gesteckt.

So, auf rein passive Weise, wurde der Hergang beschrieben, als sei es einfach passiert. Auf niemanden musste ein Schatten fallen. Die Explosion hatte den Erdrutsch ausgelöst und das anschließende Feuer verursacht, bei dem die Trümmer des Söderström'schen Hauses abgebrannt waren.

Als Siri dastand und betrachtete, was von der Gegend, die sie kennenzulernen begonnen hatte, übrig geblieben war, traten ihr die Tränen in die Augen.

«Wären wir doch nur ein bisschen ...», sagte sie und schüttelte den Kopf. «Wären wir nur ein kleines Stückchen weitergekommen, hätten wir es vielleicht verhindern können.»

«Wie meinst du das?», fragte Gerd.

«Es hängt doch bestimmt miteinander zusammen? Mikael, Killian, die Explosion, alles. Es muss miteinander zusammenhängen.»

«Ja», sagte Gerd. «Ja, vielleicht. Die Frage ist nur, wie.»

Bringt man als Mensch die Kraft auf, es herauszufinden?, dachte Siri. Vielleicht ist man nicht Mensch genug.

Sie hatten ihren Rundgang fortgesetzt und waren an den Überresten von Killian Perssons Häuschen angelangt.

«Was ist das da?»

Aus den Trümmern schaute etwas hervor, das wie ein weißer Ziegelstein aussah. Im Näherkommen erkannten sie, was es war: eine weiße Plastiktüte mit dem Schriftzug der Sennan-Tischlerei, eine Plastiktüte wie die, in der Bengt Lindell die Ersparnisse seiner Familie aufbewahrt haben wollte, als er sie eine Woche zuvor von der Bank geholt hatte.

Als sie die Tüte vorsichtig öffneten, fiel ihr Blick auf ein dickes Geldbündel.

«Hoppla», sagte Gerd und machte sich daran, den Fund zu sichern.

Die Tüte war, wie die kriminaltechnische Untersuchung wenig später ergab, voller Fingerdrücke von Killian Persson. Sie schien unter einer Luke im Fußboden seines Häuschens versteckt gewesen zu sein.

Siris Telefon klingelte. Es war Sander Eriksson.

52

Mikael Söderströms bedauernswerter kleiner Bruder hockte vor ihnen, die Schuld wie einen Mühlstein um den Hals. Im Raum war es kühl und behaglich, doch angesichts ihrer bevorstehenden Aufgabe hatte das wenig Bedeutung. Filips Mutter lag auf der Intensivstation, und es war nicht sicher, ob sie durchkommen würde. Sein Vater lag in einer anderen Abteilung desselben Krankenhauses und wartete darauf, dass der Alkohol aus seinem Körper wich und die Entzugserscheinungen abflauten. Und sein Bruder lag in der Leichenhalle.

«Wie geht es dir, Filip?», erkundigte sich Siri.

«Gut.»

Da keiner der beiden Erziehungsberechtigten anwesend sein konnte, hatten sie das Jugendamt kontaktiert. Wenig später hatten sie an der Rezeption einen dürren Spatz von Frau abgeholt, die eine Mappe mit Formularen in der Hand hielt und ihnen nervös entgegenblickte.

Filip hatte sich geweigert, auch nur ein Wort zu sagen, solange sie mit im Raum saß. Schließlich hatte Siri sie gebeten, draußen auf dem Flur zu warten, und nun stand sie auf der anderen Seite der Tür und knibbelte an ihrer Nagelhaut.

«Wir sorgen dafür, dass Helén anschließend mit dir spricht. Sie kann dir helfen.»

«Ich will mit niemandem reden. Vor allem nicht mit dem Jugendamt.»

«Manchmal kann es trotzdem hilfreich sein», wandte Siri ein.

«Was?»

«Mit jemandem zu reden, auch wenn man es nicht will.»

«Meinen Sie?»

«Ja.»

Filip verschränkte demonstrativ die Arme vor der Brust.

«Wir müssen jedenfalls mit dir über das hier reden», sagte Gerd und holte ein Blatt Papier hervor, das ein paar Tage zuvor in aller Hast von Sander Eriksson aus einem Collegeblock herausgerissen worden war.

Es war nicht mehr gefaltet, sondern sorgfältig glattgestrichen und steckte in einer Klarsichthülle, die am Rand einen Aufkleber mit einem Aktenzeichen trug.

«Erkennst du das hier wieder?»

Filip beugte sich vor, warf einen flüchtigen Blick auf das Blatt und lehnte sich wieder auf seinem Stuhl zurück.

«Nein.»

«Nicht? Sieh es dir noch einmal an.»

«Warum sollte ich? Ich hab das nicht geschrieben.»

«Bist du dir da ganz sicher?» Gerd drehte die Klarsichthülle zu sich hin und las laut vor: «*Ich will mich selbst abfackeln, der Zunder wartet.*» Sie suchte Filips Blick. «Ihr hattet Dynamit im Keller, und das wusstest du.»

«Nein, davon hatte ich keine Ahnung.»

«Dein Bruder und du habt das Dynamit im Herbst zusammen nach Hause getragen, war es nicht so?»

«Nein.»

Gerd seufzte.

«Wenn der Text nicht von dir stammt, würde ich sagen, dass der Verfasser sich verdammt große Mühe gegeben hat, es danach aussehen zu lassen.»

Filip zuckte die Achseln.

«Und?»

«Und wer könnte das sein?», fragte Gerd.

«Woher soll ich das wissen. Haben Sander oder Killian Ihnen das Blatt gegeben?»

«Warum denkst du das?»

«Ich weiß, dass es einer von ihnen war.»

«Woher weißt du das, wenn du den Text gar nicht geschrieben hast?»

«In meinem Schreibblock fehlt eine Seite. Sie haben mir neulich meinen Rucksack nach Hause gebracht. Ich hatte ihn in der Schule vergessen.» Er wies mit dem Kopf auf den Text. «Wahrscheinlich hat einer von ihnen das Zeug geschrieben, um mir eins reinzuwürgen.»

«Warum sollten sie das tun?»

«Das müssen Sie die beiden selbst fragen.»

«Kannst du uns erzählen, was du am ersten Weihnachtstag abends gemacht hast?»

«Ja. Aber ich will nicht.»

«Das würde uns sehr helfen. Und dir natürlich auch. Und deinen Eltern.»

Als Filip nichts sagte, sondern Gerd nur anstarrte, räusperte Siri sich und erklärte sachlich:

«Filip, wenn wir davon ausgehen, dass nicht *du* das Dynamit angezündet hast, muss es jemand anders gewesen sein. Diese Person hat euren gesamten Hof zerstört. Das Feuer hätte dich und deine Eltern umbringen können. Möchtest du uns nicht dabei helfen, denjenigen zu finden, der das getan hat?»

«Es war Sten.»

Gerd und Siri wechselten einen Blick.

«Sten Persson?», fragte Siri nach.

«Ja.»

«Du scheinst dir sehr sicher zu sein. Wieso?»

«Sten konnte meinen Vater nie leiden. Keine Ahnung, warum. Aber Sten würde es gefallen, wenn unser Leben komplett am Arsch wäre. Und das ist es ja jetzt wohl. Oder was würden Sie sagen?»

Siri dachte nach. Zwei rivalisierende Paare: Sten und Karl-Henrik, Killian und Mikael.

So erschien es ihr im Lichte dessen, was sich in den vergangenen Tagen herausgestellt hatte

«Außerdem», fuhr Filip fort, als niemand etwas sagte, «war Sten an Heiligabend bei uns zu Hause. Er war im Keller und hat rumgeschnüffelt. Ich habe ihn gesehen.»

In der darauffolgenden Stille beugte Siri sich dichter zu ihm vor.

«Kannst du das genauer schildern?»

«Er wollte mit meinem Alten sprechen. Worüber, müssen Sie Sten fragen. Oder meinen Alten.» Filip lachte. «Falls das möglich ist. Wahrscheinlich ist er immer noch zu besoffen.»

«Das werden wir tun, Filip. Aber», fuhr Siri fort, «macht dich das nicht furchtbar wütend? Ich würde es verstehen. Weißt du, Helén da draußen, sie ...»

«Findet lieber den Dreckskerl, der meinen Bruder umgebracht hat. Ach nein, richtig, das könnt ihr ja nicht, weil er sich mit einer alten Klapperkiste totgefahren hat, bevor ihr den Daumen aus dem Arsch gekriegt und ihn festgenommen habt.» Filip stand abrupt auf. «Ich bin hier fertig.»

«Nein, bist du nicht.»

«Doch!», brüllte er, als sei er derjenige, der jetzt explodierte. «Ich bin fertig mit euch.»

Filips Ausbruch erschütterte Siri. Sie gab sich Mühe, es nicht zu zeigen.

«Filip», sagte sie in ruhigem Ton. «Was macht dich so wütend?»

«Was glaubt ihr, zum Teufel?», schrie er.

Mit flackerndem Blick sah er zur Tür, durch die Helén vom Jugendamt mit verängstigter Miene hereinstürzte und die Befragung abbrach.

53

Isidor Enoksson hatte an einem Sonntag vor vielen Jahren in der Kapelle vor seiner Gemeinde gestanden und das Sein beschrieben, in all seiner Deutlichkeit; dass die Welt, so wie sie sei, unermesslich groß sei. Nur das, was nahe sei, sei mit Händen zu erreichen. Das sei es, was die Menschen mit dem Wort *nah* meinten, nichts anderes.

Doch auch das, was außer Reichweite liege, sei mit Weisheit und Klugheit erschaffen. Die Welt sei voller Gesetzmäßigkeiten, und alles habe seinen Platz. Das Gras wachse für das Vieh, und die Saat zum Nutze der Menschen, damit die Bauern fleißig seien, bis der Abend komme. Die Menschen seien einander verbunden – möglicherweise hatte er auch «ausgeliefert» gesagt –, wie die Vögel der Luft. Friede und Ordnung sprössen aus der Erde hervor und fielen wie Regen auf die Menschen herab.

Sander war von seinen Eltern in den Gottesdienst geschleift worden, eine Pflicht, die er im Jahr seiner Konfirmation durchleiden musste. Doch nach Isidors Predigt hatte er eine sonderbare Wärme in sich gespürt. Was auch käme, es würde mit Sinn erfüllt sein.

Alles, was nah ist, ist mit Händen zu greifen, dachte Sander in diesem Moment. Er war jetzt bloß ein Körper, ein Körper, der gegeben hatte, wozu er fähig gewesen war.

Auf dem Weg zum Krankenhaus sah er Zeitungsplakate mit den aktuellen Schlagzeilen. Sie zeigten ein neues junges Gesicht: einen Jugendlichen, der am Weihnachtswochenende verschwunden war. Es hatte nicht einmal mit dem Erdrutsch zu tun. Eine weitere Tragödie hatte Killians Platz eingenommen, und Sander kam sich wie bestohlen vor.

Mit immer zögerlicheren Schritten ging er durch den Haupteingang zum Empfang.

Als er redete, hörte er, wie hohl seine Stimme klang.

«Ich möchte Felicia Grenberg besuchen.»

Die Frau am Empfang warf einen Blick auf die Wanduhr in ihrem Rücken, wandte sich dann ihrem Computer zu und tippte mit zwei Zeigefingern den Namen *Grenberg*.

«Diesen Gang runter bis zum Ende.» Sie deutete in die Richtung. «Dann nach rechts, die erste Tür auf der linken Seite.»

Vor dem Krankenhausfenster herrschte Dunkelheit. Der Dezember war der seltsamste Monat von allen; bald war er vorbei und mit ihm ein ganzes Jahrtausend, doch so fühlte es sich nicht an.

Von Felicias Mutter hatte er erfahren, dass Felicia noch immer im Krankenhaus war. An dem Morgen, als sie eigentlich hätte entlassen werden sollen, hatten die Ärzte eine Infektion festgestellt und sie weiter dabehalten.

Er ging bis zum Ende des Korridors. Schwestern und Ärzte liefen mit diskreten Blicken an ihm vorbei. Er fand das Zimmer und spähte hinein. Felicia lag unter einer Decke auf dem Bett, war aber vollständig angezogen. Der Fernseher lief mit leisem Ton. Als sie ihn entdeckte, streckte sie sich nach der Fernbedienung und stellte das Gerät auf stumm.

Neben ihrem Bett stand ein Stuhl. Sander setzte sich zögernd darauf.

«Hey. Wie geht's dir?»

«Ich habe kein Fieber mehr. Die Schmerzen sind auch fast weg. Ich glaube, ich darf morgen nach Hause.»

«Wo wollt ihr hin? Fürs Erste?»

«In eine Wohnung in Halmstad, irgendwo in Nyhem. Keine Ahnung, wo wir dann hingehen. Ich weiß nicht, ob unser Haus zu retten ist.» Felicias Stimme klang seltsam, als ginge es um eine verlorene Jacke und nicht um ein zerstörtes Zuhause. «Wie ist es bei euch?»

«Unser Haus liegt weiter oben. Es ist stehen geblieben. Gerade sind wir in Andersberg untergebracht, aber ich glaube, wir dürfen bald nach Hause zurück.»

Er hatte sich viele Worte zurechtgelegt, aber keines davon kam heraus. Nebel im Kopf.

«Killian ...», begann er.

«Ich weiß.»

Alles war verstummt. Sander war nicht mehr als das Geräusch einer Hand auf einer Ziegelsteinwand oder eines Sacks Erde, der über den Rasen geschleift wurde.

«Seit ich hier liege, denke ich darüber nach und gucke mir diese verfluchten Nachrichten immer und immer wieder an», fuhr Felicia fort. «Und mein einziger Gedanke ist ... Ein Teil von mir ist froh darüber, das Kind verloren zu haben. So muss ich ihm nicht erklären, dass sein Vater tot ist.»

Es traf Sander nicht, wie man es vielleicht erwartet hätte. Es war kein Schock, nicht körperlich spürbar wie ein Schlag oder eine Erschütterung. Es erreichte ihn wie eine Mitteilung, die er bereits kannte.

Natürlich. Sein bester Freund würde Vater werden.

Er senkte den Blick.

«Wusste er davon?»

«Wer?»

«Killian. Wusste er, dass er ...»

Felicia schüttelte den Kopf.

Wusste. Vergangenheitsform. Sander benutzte sie zum ersten Mal. Er hatte am Präsens festgehalten, der Gegenwartsform, als könne er mithilfe der Sprache die Wirklichkeit bezwingen. Solange er von Killian sprach, als würde er leben, war die Vorstellung möglich, dass es tatsächlich so war. Trotzdem wusste Sander: Die Stummheit in ihm war die Bestätigung, dass sein bester Freund tot war.

«Weißt du, wie es seinen Eltern geht?», erkundigte sich Felicia.

Sander schüttelte den Kopf, wagte nicht, daran zu denken. Stattdessen sah er, dass seine Hand sich bewegte, wie fremdgesteuert. Er legte sie behutsam auf Felicias. Es war eigenartig, er hatte sich so oft ausgemalt, wie ihre Hand sich anfühlen würde, auf alle erdenklichen Arten. Wie sie sich auf seiner Haut anfühlte, wie sie roch, schmeckte. Aber so hatte er sie sich nie vorgestellt. Trocken und rau, nur Haut und Knochen.

Sie nahm seine Hand, drückte sie wie eine Schwester die Hand ihres Bruders, dann ließ sie los und legte ihre Hand wieder auf ihren Bauch, über die Leere in ihr, als sei es der Ort, wo sie noch immer hingehörte.

Sie betrachtete sein Handgelenk, das Armband.

«Schön», sagte sie. «Ist das neu?»

Sander antwortete nicht. Er überlegte, ob er von der Seite aus Filips Block erzählen sollte, was darauf gestanden hatte, und dass er den Text der Polizei übergeben hatte. Aber warum sollte er das tun? Was hatte es jetzt noch für eine Bedeutung?

Er wollte Felicia fragen, ob sie ihn gemocht hatte, wie er sie gemocht hatte. Bevor Killian in ihr Leben getreten war, ob sie überhaupt etwas bei ihrem Kuss damals empfunden hatte, so wie er. Doch er wagte es nicht. Er ahnte, wie die Antwort ausfallen würde, und in dem Fall war es einerlei. Auch das hatte jetzt keine Bedeutung mehr.

«Es ist so krank», sagte er. «Dass ich noch hier bin und er nicht. Es sollte umgekehrt sein.»

Auf dem Tischchen neben dem Bett stand ein Wasserglas. Halb voll. Er sah es an und begriff es nicht. Es war so einfach weiterzuleben, nach dem Glas zu greifen, die Hand darumzulegen und es hochzuheben. Es an den Mund zu führen, die Flüssigkeit aufzunehmen und zu schlucken. *Schlucken*.

Aus der Distanz sah es vermutlich aus, als würde er trinken, und das tat er wohl auch. Er hatte den Vorgang lediglich in kleine, klitzekleine Schritte unterteilt. Das Leben war eine Aneinanderreihung von Schritten, von Zäsuren in einem Strom. Alles ließ sich auf diese Weise zerkleinern. Man tut eins nach dem anderen; und stellt sich eins der Dinge als zu groß heraus, teilt man es in kleinere Schritte auf. Gab es eine

Grenze dafür, wie kleinteilig etwas werden konnte? Wenn ja, dann hatte er sie noch nicht erreicht. Nicht zu glauben, dass es so einfach war.

«War es wirklich eine Explosion?», fragte Felicia.

«Das Dynamit in Söderströms Haus wurde angezündet. Das ist es jedenfalls, was sie glauben.»

«Wie krank. Man hat es mir bestimmt gesagt, aber ich erinnere mich nicht daran. Ich war durch das Fieber eine Zeit lang ziemlich verwirrt. Wer hat es angezündet?»

«Das weiß keiner. Aber ich habe gehört, dass die Polizei glaubt, es sei Sten gewesen.»

«Killians Vater?» Felicia wirkte überrascht. «Warum sollte er das tun?»

Sander zögerte mit der Antwort.

«Ich weiß es nicht. Aber er und Karl-Henrik hatten einen Streit. Hinterher war er offenbar ein paar Stunden bei Linda, aber abends ist er verschwunden. Keiner weiß, wohin. Sten selbst sagt, er wäre nach Hause gefahren, aber das kann niemand bestätigen. Hast du ihn gesehen?»

Felicia schüttelte den Kopf.

Mikael hatte versucht, sie zu vergewaltigen. Er hatte ihr wehgetan. Das Wissen hatte in Sander gebrannt, seltsamerweise tat es das nicht mehr. Mikael war tot. Sein Vater, der vielleicht Schuld daran trug, dass Mikael so geworden war, wie er war, stand vor dem Nichts, Haus und Leben zerstört, und er würde sich vermutlich nicht mehr davon erholen. Karl-Henrik konnte keinen Schaden mehr anrichten. Sander hatte keine Ahnung, wie das zugegangen war, doch als er darüber nachdachte, fand er eine umfassendere, tiefere Gerechtigkeit im Zustand der Dinge. Es war wie bei den Wandgemälden in der Kapelle: am Ende das große Ganze sehen zu müssen, das war Gerechtigkeit; und die war nun Söderströms Haus widerfahren.

«Bist du noch einmal dort gewesen?», fragte Felicia. «Ich meine, hinterher. Hast du dir angeschaut, wie es aussieht?»

«Nein, ich weiß es nur durch die Bilder im Fernsehen und in der Zeitung.» Und erst, als er es aussprach, wurde ihm bewusst, dass das, was er nun sagen würde, die Wahrheit war: «Ich glaube nicht, dass ich zurückgehen werde.»

«Ich auch nicht.»

Aber sie war nicht gleichermaßen überzeugt. Sander konnte es sehen. Als ob es irgendeine Bedeutung hätte, wer was mit Sicherheit wusste, wer was gewollt und was getan hatte, wer bleiben und wer weggehen würde.

Er dachte an die leuchtend weiße Kapelle, die dunkle Holzkonstruktion mit den Glocken, hörte sie im Kopf läuten. Irgendetwas in ihm war aus den Fugen geraten.

Abermals streckte er seine Hand aus und legte sie neben Felicia aufs Bett. Es war seine Schuld, doch es gab keine Wahl. Zuletzt legte sie ihre Hand in seine, entschlossener diesmal. Es war niemand sonst da; sie waren inmitten eines eiskalten Winters, und sie brauchte wohl jemanden, an dem sie sich festhalten konnte.

54

Silvester kam und ging, das alte Jahrtausend blieb zurück, und das neue nahm seinen Lauf, dem Anschein nach ohne nennenswerte Katastrophen oder Krisen. Die Banken verdienten weiter Geld, Firmen und Unternehmen ebenfalls, und die Satelliten kreisten, wie es aussah, weiter oben im All. Die Kühe gaben Milch, Traktoren sprangen an, und das Leben ging weiter.

Sanders guter Anzug war nicht gereinigt worden, bloß das Hemd, und auch das wanderte nicht zurück in den Schrank. Erst Mikael und nun Killian. Frans Ljunggren betrachtete das Meer aus Kerzen, Grablichtern, Laternen und Blumen und murmelte: «Man sollte vielleicht einen Laden aufmachen.»

Killian wurde an einem Sonntag fünf Wochen nach dem Erdrutsch zur letzten Ruhe gebettet, am neunundzwanzigsten Tag des neuen Jahrtausends, unter einem klaren, blauen Januarhimmel. Eine kalte, weiße Sonne schien über der Kapelle, und der Frost, der sich in der Nacht über das Dorf gelegt hatte, glitzerte und funkelte.

Sanders bester Freund lag in einem aschfarbenen Sarg mit einem Gesteck aus weißen Rosen. Linda und Sten hatten es ausgewählt. Als die Trauergemeinde eintraf, saßen die Eltern schon wie festgewachsen in der vordersten Bank und starrten auf die Blumen, als könnten sie jeden Moment verwelken, spröde werden und zerfallen. Niemand begriff, woher sie die Kraft nahmen.

Man versuchte, nur für diesen Tag, von den Gerüchten abzusehen, die Sten Perssons Beteiligung an dem Erdrutsch umrankten, der so großes Unheil angerichtet hatte. Sten stritt es natürlich ab, aber bei Weitem nicht alle glaubten ihm.

Doch heute ging es um seinen Sohn. Und damit legte sich seltsamerweise eine Art vorübergehender Frieden über das ganze Dorf; die Erlaubnis, sich ein vollkommen reines Gefühl gestatten zu dürfen, einfach nur zu trauern. Möglicherweise. Alle hatten das Wrack gesehen, das, was vom Auto übrig geblieben war, aber niemand hatte es mit eigenen Augen brennen sehen. Als das Ende kam, war Killian ganz allein gewesen, am äußersten Punkt.

In der Kapelle suchten alle Augen nach Felicia, aber es dauerte so lange, bis sie kam, dass viele zu glauben begannen, sie würde gar nicht auftauchen. Doch sie kam, als Letzte, mit Madeleine an ihrer Seite.

Dass sie schwanger gewesen war und das Kind während des Erdrutschs verloren hatte, hatte sich herumgesprochen. Manche bezweifelten, dass wirklich Killian der Vater des Kindes war. Einige behaupteten, es müsse Sander sein, andere verdächtigten gar Mikael. Manch einer hatte einen bedeutungsschwangeren Unterton in der Stimme, als sei er oder sie der Meinung, Felicia trage die Schuld an der empfundenen Unklarheit über die Identität des Kindsvaters.

Isidor Enoksson hatte vorne vor dem Sarg mittlerweile zu sprechen begonnen. Seine Worte schwebten durch die Luft, über die Trauergemeinde hinweg, durch die schmalen Ritzen der Kapellentüren hinaus, hinein in das verwüstete Dorf. Oder vielleicht verschwanden sie in der Erde, sanken hinab, bis hinunter zu den Toten, wenn Worte denn so weit reichen können. Das können sie sicher, sofern es die richtigen sind.

«Ich *glaube*, sagen wir im Glaubensbekenntnis. Aber wir sagen es nicht, um Rechenschaft über unsere Glaubensvorstellung abzulegen. Wir sprechen dieselben Worte, einvernehmlich, im selben Raum, im selben Augenblick, um uns daran zu erinnern, dass wir nicht allein sind, sondern dass wir alle etwas miteinander teilen: das Wunder des Glaubens. Denn so hoch der Himmel über der Erde ist, so übermächtig ist Seine Gnade über denen, die Ihn fürchten, die an Ihn glauben.»

Es war schmerzhaft, den Sarg anzusehen. Killian sollte nicht hier sein, eingesperrt in eine versiegelte Holzkiste, sondern anderswo. Vor Sanders Augen raste ein Auto davon, hinein in die Nacht zum Weihnachtstag, halsbrecherisch und fahrlässig, wieder und immer wieder. Dieses Bild wurde er nicht los. Er hatte keine Ahnung, wohin Killian gewollt hatte, und als er versuchte, sich einen Ort vorzustellen, an dem sein bester Freund glücklich gewesen wäre, fiel es ihm schwer; der einzige Ort, der ihm in den Sinn kam, war Skavböke.

Er schloss die Augen. Stimmen hallten wie Geister um ihn her.

Ich glaube an Gott, den Vater, den Allmächtigen, den Schöpfer des Himmels und der Erde. Und an Jesus Christus, seinen eingeborenen Sohn, unsern Herrn, empfangen durch den Heiligen Geist, geboren von der Jungfrau Maria, gelitten unter Pontius Pilatus, gekreuzigt, gestorben und begraben, hinabgestiegen in das Reich des Todes, am dritten Tage auferstanden von den Toten, aufgefahren in den Himmel. Er sitzt zur Rechten Gottes, des allmächtigen Vaters; von dort wird er kommen, zu richten die Lebenden und die Toten.

DRITTER TEIL

AM FRIEDHOF, AUF DEM KILLIAN PERSSON AUS SKAVBÖKE BEGRABEN LIEGT

55

Als er an einem Julitag viele Jahre später zurückkehrte, hatte ihn lange niemand mehr gesehen. Aber da kam er, wie aus einer anderen Welt, mitten im Sommer, in einem Wagen, der brandneu aussah.

Er bog auf den Parkplatz der Kapelle ein, stieg aus und blickte sich um. Vielleicht versuchte er zu entscheiden, welches seiner alten Ichs ihn hier erwartete.

Die Jahre hatten die Reihen lichter werden lassen, doch die, die noch da waren und die Sander Eriksson eintreffen sahen, fanden, dass er der Gleiche geblieben war. Er hatte die vierzig überschritten, war aber noch immer drahtig und schlank, obschon seine Haltung, die man als ausgesprochen aufrecht in Erinnerung hatte, womöglich ein wenig eingefallen war. Was vermutlich den endlosen Stunden geschuldet war, die er jeden Tag am Lehrerpult vor seinen Schülern zubrachte. An den Schläfen hatten sich erste silbrige Strähnen in sein dunkles Haar geschlichen.

Auf der Treppe vor den Türen der Kapelle stand Isidor Enoksson. Der alte Pfarrer war mittlerweile über achtzig, aber seine Augen waren wach und rege wie ehedem. Er hielt ein Gesangbuch in den Händen und schien gänzlich unberührt von den sommerlichen Temperaturen. Als er Sander sah, leuchtete sein Gesicht auf.

In der Kapelle waren die Fenster geöffnet. Vor dem Altar stand ein aufgebahrter weißer Sarg, umgeben von Blumenkränzen mit weißen Schleifen und Gedenkworten. Daneben eine kleine Staffelei mit einem Porträt. Es musste vor der Krankheit aufgenommen worden sein. Das Gesicht war zerfurcht, aber voller Wärme, hoffnungsvoll, und der Blick begegnete dem Auge der Kamera mit Schärfe und Neugier.

Sander setzte sich hinter eine dunkelhaarige Frau. Felicia? Ja, sie war es. Oder vielleicht auch nicht.

Isidor verließ seinen Platz auf der Treppe, die Türen fielen hinter ihm zu, und langsam schloss er Fenster für Fenster. Nachdem er einige Worte mit den Trauernden in der ersten Bankreihe gewechselt hatte, blieben die beiden letzten Fenster offen. Er hinterließ einen leichten Rasierwasserduft. Die Glocken läuteten.

Als die Türen der Kapelle erneut aufgingen, schrak Isidor zusammen und drehte sich um. Er wirkte überrascht, als habe er jemand anders erwartet, nickte aber wohlwollend und lächelte breit. Nicht vielen gelingt es, auf einer Beerdigung auf diese Weise zu lächeln, ohne dass es falsch wirkt. Isidor aber konnte es.

Filip Söderström kam herein, in schneeweißen Sneakers, einer schwarzen Anzughose und einem schwarzen, kurzärmeligen T-Shirt. Wie alt er geworden war! Die Jahre standen ihm ins Gesicht geschrieben.

Hinter ihm erschien noch jemand, vielleicht die Person, auf die Isidor gewartet hatte. Sie war nicht allein. Zwei Pfleger fixierten die Kapellentüren, legten die Rampe über die Stufen, schoben den grünen Elektrorollstuhl zu zweit hinauf und weiter den Mittelgang hinunter. Mager und weißhaarig, nur Haut und Knochen. Von der einstigen Schönheit, die sie zweifelsohne einmal gewesen war, keine Spur mehr. Manche wandten den Kopf, doch die meisten ließen es bleiben. So auch Filip. Er rührte sich nicht, bis der Rollstuhl seiner Mutter neben ihm stand. Da streckte er eine Hand aus und legte sie mechanisch auf ihre.

Was taten sie hier? Versöhnung, sagte jemand. Pflicht, ein anderer. Vielleicht war es beides.

Niemand machte sich die Mühe, die Türen wieder zu schließen, und die Sonne schien auf den Boden der Kapelle, gleißend und kräftig. Gesangbücher wurden schweigend geöffnet, Bändchen zwischen die Seiten gelegt. Herrlich ist die Erde, und schön der Seelen Pilgergang.

Sten Persson hatte seinen letzten Lebensabschnitt nicht weit von hier in Åled verbracht, in einem kleinen Häuschen mit einer steinernen Treppe bis hinauf zur Eingangstür und einer Einfahrt, in der er seinen Wagen hatte parken können. Im Lauf der Jahre war er etliche Male kurz davor gewesen unterzugehen. Ein paar Jahre nach Killians Tod hatten er und Linda den Versuch unternommen, wieder zusammenzuleben. Aber es war schwierig. Um Sten war es zu schlecht bestellt gewesen, und um Linda möglicherweise auch. Dann erkrankte sie von einem Tag auf den anderen und starb. Das war inzwischen zehn Jahre her. Danach hatten viele die Spuren an Stens Unterarmen gesehen und befürchtet, sie könnten zahlreicher werden, dass es eines Tages passieren würde, wenn niemand ihn besuchen käme und den Notarzt rufen könnte. Über kurz oder lang, sagte man, denn so ging es oft.

In den letzten Jahren schien Sten sich jedoch mit dem Geschehen ausgesöhnt zu haben, oder vielleicht auch mit sich selbst. Ist das möglich? Eine Aussöhnung mit sich selbst? Ja, vermutlich. Vielleicht ist es das, was man fortwährend tut.

Und wenn jemand diese Aussöhnung finden musste, dann wohl Sten.

Der Krebs hatte in der Bauchspeicheldrüse gesessen. Sten hatte die Diagnose erst im Winter bekommen, und jetzt, nur ein halbes Jahr später, war auch er nicht mehr. Fast haargenau derselbe Verlauf wie bei Linda.

Die Glocken verstummten, ohne dass jemand Notiz davon nahm.

Sander sang mit der Trauergemeinde. Seine Stimme war sanft und weich und schien von einem einsamen Ort im Inneren seines mageren Brustkorbs zu kommen, doch dann verlor er den Faden. Die Schatten auf dem Boden der Kapelle hatten ihre Konturen verändert, als ob jemand in der Kapellentür stünde und die Sonne verdeckte. Zum dritten Mal blickte Sander zum Ausgang.

Es war, als wäre er doch nicht allein, aber auf welche Weise, wusste er nicht zu sagen. Niemand begleitete ihn. Jedenfalls niemand, der zu sehen wäre.

Die letzten Töne des Lieds klangen im Kirchenschiff nach, als wollten sie nicht loslassen, bis Isidor zu sprechen begann. Nach einer Weile erwähnte er Linda und Killian.

Es war fast gespenstisch, ihre Namen nach so langer Zeit zu hören. Sie zu denken, war eine Sache, sie aus dem Munde von jemand anderem zu vernehmen, schmerzhaft.

Sander saß reglos da. Sein Gesicht war beherrscht, nur die Hände hatte er ineinander verkrampft, als säße der Schmerz in der Haut.

Im Sommer 2022 schien es gelegentlich, als hätten sie allesamt die Fähigkeit verloren, sich zu erinnern, an Orte und Menschen und Dinge, vor allem jedoch daran, wer sie selbst einmal gewesen waren. Ereignisse treten nur einmal ein, sie wiederholen sich nicht, kehren niemals wieder; nur in den Erinnerungen, und kommen einem die Erinnerungen abhanden, wird es kompliziert, alles zusammenzubringen.

Als sie klein waren, hieß es, der Sargbauer mache den Deckel dünner als den Rest des Sargs, damit die Toten leichter auferstehen könnten, wenn die Zeit käme, und für Kinder fertige er oft gar keinen soliden Deckel an, sondern nur eine dünne Platte, um ihnen nicht unnötig Angst zu machen.

Woraus sich die Frage ergab, wie es in ihrem Fall gehandhabt worden war, bei denen, die schon seit über zwanzig Jahren in der Friedhofserde von Oskarström ruhten. Waren sie Kinder gewesen oder nicht? Wie alt waren sie eigentlich geworden? Es erschien unvorstellbar, dass sie achtzehn und zugleich so jung gewesen sein sollten.

Als Sten Persson beigesetzt wurde, ein Jahrzehnt nach seiner Ex-Frau und über zwanzig Jahre nach seinem Sohn, hatte sich vieles verändert. Die Teenager von Skavböke waren erwachsen geworden, hatten geheiratet, waren Eltern geworden und, unterm Strich, relativ gut durchs Leben gekommen. Jedenfalls die meisten. Doch für einen Augenblick, dort in der Kapelle, fühlte es sich ganz und gar nicht so an. Als sei die Zeit etwas, was andere sich aneignen, mit Gewalt nach ihrem Willen formen und einsetzen konnten, als Waffe.

56

Nach einer Stunde war es vorbei. Als die Trauergemeinde die Kapelle verließ, schien Gott weit entfernt. Leise Stimmen sprachen gedämpft und bemüht. Für manch einen war die Hitze eine schlimmere Last als die Trauer. Die Männer standen mit den Händen in den Hosentaschen da, die Frauen mit kleinen Handtäschchen.

«Es war ein schöner Gedenkgottesdienst», sagte Sanders Mutter Eva.

«Nur verflucht heiß.»

«Psst, Erik. Keine Flüche. Der Pfarrer.»

«Er flucht doch selbst.»

Sander ging zu seinen Eltern und umarmte sie behutsam. Seine Mutter lächelte schwach.

«Schön, dass du hier bist. Wir hatten gehofft, dass du kommen würdest. Nicht so wie bei Linda.»

Als Killians Mutter gestorben war, hatten sie ihm natürlich davon erzählt und gefragt, ob er kommen würde. Er hatte Ja gesagt, es dann aber, plötzlich, nicht fertiggebracht.

«Wir fahren jetzt nach Hause», fuhr seine Mutter fort. «Aber du kommst doch vorbei, bevor du wieder fährst?»

«Ich fahre jetzt gleich.»

«Ach so, ja, dann.» Sie wirkte enttäuscht, umarmte ihn aber erneut. «Aber wir sehen uns doch im August, wenn ihr mit den Kindern wieder zurück seid?»

Sander nickte. Er hatte mit seiner Frau Olivia zwei Kinder bekommen, einen Jungen und ein Mädchen. Sie wohnten im Backavägen in Snöstorp, einem verschlafenen Villenviertel im Osten von Halmstad. In einem dieser Häuser, von denen man träumte, eine hölzerne Villa umgeben von einer großen Rasenfläche und Blumenbeeten, mit einem kleinen Pool auf der Rückseite. Dort führte er ein ruhiges und stilles Leben, in sicherer Entfernung von seiner Jugend.

Sein Vater klopfte ihm auf die Schulter und humpelte dann seiner Frau hinterher. Nach einem unglücklichen Sturz im vorigen Winter benötigte er eigentlich einen Stock, ein gebrochenes Bein war nicht so verheilt, wie es sollte. Aber er benutzte ihn nur zu Hause, weil er nicht mochte, wie es aussah, wenn er am Stock ging.

Sander blickte auf eines der Felder, die in der Sommerbrise sanft wogten, betrachtete nachdenklich dessen oberes Ende, wo der Wald angrenzte und die Schatten begannen. Behutsam drehte er an dem verschlissenen Lederarmband, als müsse er den Sitz korrigieren.

Jakob Lindell kam aus der Kapelle, ging zu seiner Frau Alice, sagte etwas zu ihr und trat dann zögernd auf Sander zu.

«Verdammt lang her. Wie geht's dir?»

«Ich könnte einen Schluck vertragen, aber heute wäre das wie Öl ins Feuer.»

Sie standen sich gegenüber, einen guten Meter voneinander entfernt, als wäre eine größere Nähe gefährlich. Die Jahre hatten Jakob gröbere Schultern, einen breiteren Brustkorb und einen kleinen Bauchansatz beschert. Einen Augenblick lang erkannten sie die Teenager wieder, die sie einmal gewesen waren, und lächelten leicht in gegenseitigem Einvernehmen. Der Moment für eine Fortsetzung der Unterhaltung kam und verstrich.

«Ich muss wieder los», sagte Sander. «Aber es war schön, dich zu sehen. Grüß Pierre. Und Alice.»

«Du kommst nicht zum Kaffee?»

Sander konnte nicht einschätzen, ob Jakob erleichtert oder enttäuscht war.

«Ich bin nur für die Gedenkfeier gekommen. Ich wollte nicht lange bleiben.»

«Hattet ihr Kontakt, Sten und du?»

Sander schüttelte den Kopf.

«Wenn wir uns auf der Straße begegnet sind, haben wir uns kurz unterhalten. Aber das kam nur selten vor. Mehr nicht.»

Jakob kratzte sich an seiner unrasierten Wange.

«Willst du nicht doch mitkommen? Ich denke, ich bin nicht der Einzige, der dir gerne Hallo sagen würde.»

Eine Erinnerung kehrte zu Sander zurück, flüchtig und warm wie ein Funke in einem dunklen Raum. Es war nur ein Bild, und als es wieder verflog, ließ es alte Gefühle hinter sich zurück.

«Was sagst du?», beharrte Jakob. «Nur für eine Weile.»

Sander machte ein verständnisloses Gesicht.

«Ins Gemeindehaus», verdeutlichte Jakob.

57

Alles kam ihm irgendwie fremd vor, als sei nicht er es, sondern ein anderer, der einmal hier gewesen, der hier aufgewachsen war, der hier gelebt hatte. Gleichzeitig: Die Düfte, die vom Weg und den Büschen aufstiegen, von den Bäumen und dem Boden, alles, was er sah, war bereits in ihm vorhanden, irgendwo, tief in seinem Inneren.

Die Trauergemeinde bewegte sich zu Fuß die Straße entlang, versprengt und dunkel gekleidet. Der Fußmarsch dauerte eine Weile, es waren zwei Kilometer. Sie schwitzten in der Hitze.

Das Gemeindehaus war hübsch und schön gelegen, ein lang gestrecktes rotes Holzhaus mit weißen Giebeln und Sprossenfenstern, die noch von richtigen Zimmerleuten und Schreinern angefertigt worden waren. Drinnen standen Sandwich- und Prinzessinnentorten auf dezent eingedeckten Tafeln. Man fragte sich, wer das wohl alles organisiert haben mochte, doch erkundigte sich niemand danach. In einer Ecke summte ein Ventilator.

Die Trauergemeinde tröpfelte in kleinen Grüppchen herein. Diese Menschen, die seit so langer Zeit nicht mehr unter einem Dach versammelt gewesen waren, aßen Kuchen und tranken Kaffee. Isidor machte zwischen den Tischen langsam die Runde. Er blieb bei Filip stehen, legte ihm eine Hand auf die Schulter und sprach leise mit ihm, bevor er weiterging und vor Lillemor mühsam in die Hocke sank. Er nahm ihre Hand in die seine und tätschelte sie behutsam.

Bald fanden sie sich am selben Tisch wieder, die Jungen aus Skavböke, oder die, die noch übrig waren. Sie musterten einander mit Blicken, die mehr sagten, als Außenstehende verstanden. Sander stand auf, um sich noch eine Tasse Kaffee zu holen. Er wollte die Kanne gerade wieder abstellen, als ihm jemand eine Tasse hinschob und verwundert fragte:

«Sander?»

Sander wandte den Kopf.

«Hey, hallo, Filip. Lange nicht gesehen. Milch?»

«Nein, ich trink ihn schwarz. Danke.»

«Schön, dich zu sehen. Ich war mir nicht sicher, ob du kommen würdest.»

«Ich hatte das Gefühl, es zu brauchen – meinetwegen.»

«Das kann ich verstehen.»

«Ich weiß nicht, ob du das kannst. Aber danke.» Filip schwieg einen Moment, als wolle er noch mehr loswerden, aber nicht unbedingt an Sanders Adresse. Dann sagte er: «Es ist immer traurig, wenn jemand stirbt. Aber ich kann nicht behaupten, dass ich um ihn traure.»

«Das kann ich mir denken.» Sander hielt noch immer die Kaffeekanne in der Hand, als gehöre er zum Servicepersonal. «Wie geht es dir?»

«Alles unter Kontrolle, im Großen und Ganzen. Man arbeitet und schlägt sich durch.»

«Wo wohnst du inzwischen?»

«In Frans Ljunggrens altem Haus. Ich hab es ihm gut ein Jahr vor seinem Tod abgekauft.»

«Wann ist er gestorben?»

«Letzten Winter. Das Herz.»

Frans auch, dachte Sander. Der alte Östholm, Sten, Linda, Karl-Henrik, Mikael, Killian. So viele, die nicht mehr waren.

«Traurig.»

«Ja, aber es war seine Zeit. Er ist über neunzig geworden.»

Frans habe den größten Teil seines Hausrats nach dem Verkauf zurückgelassen, erzählte Filip. Möbel, Gardinen, die Arbeitsinstrumente und Werkzeuge in der Garage, sogar das Besteck in den Küchenschubladen.

«Aber das habe ich alles weggeworfen», sagte er. «Es war durch die Bank verrostet.»

Das Inventar habe er im Austausch gegen eine Flasche Schnaps bekommen, die Frans ins Altersheim in Pierreshill geschmuggelt habe. Sander begann zu lachen. Er erinnerte sich an den verschrobenen Kfz-Mechaniker, und er wollte Filip gerade eine flüchtige Erinnerung erzählen, als Filip seine volle Kaffeetasse abstellte und auf sein Handy sah.

«Ich muss heute Nachmittag arbeiten. Ich muss los. Aber es war schön, dich mal wieder zu sehen.»

«Gleichfalls», sagte Sander und kehrte an seinen Tisch zurück.

Die anderen verstummten, als er sich setzte.

«Was ist mit Filip?», erkundigte sich Jakob.

«Er muss wohl arbeiten.»

«Es dürfte nicht leicht für ihn gewesen sein herzukommen.»

«Nein», sagte Sander. «Das habe ich auch gedacht. Was hätte man selbst getan?»

Wenn er einen Bruder verloren hätte, wenn es sein Zuhause gewesen wäre, wenn er überzeugt davon gewesen wäre, dass Killians Vater es zerstört hatte.

Jakob senkte die Stimme.

«Also, ich habe immer wieder darüber nachgedacht.»

«Darüber, was du in Filips Situation getan hättest?»

«Ja, oder nein, nicht richtig.» Jakob schüttelte den Kopf. «Vergiss es.»

Sie tranken von ihrem Kaffee. Sander wartete, aber Jakob schwieg.

«Er hat mir von seinem Haus erzählt», sagte Sander. «Lustige Geschichte.»

Jakob hob fragend eine Augenbraue, und Sander wiederholte, was Filip ihm erzählt hatte. Als er fertig war, schüttelte Jakob den Kopf.

«Es ist ein Wunder, dass er noch lebt. Filip, meine ich. Du weißt, Frans Ljunggren war schon immer ein ausgefuchstes

Schlitzohr. Was diese Schnapsflasche anging, stellte er eine Menge Bedingungen. Kein selbst gebrannter Fusel, sondern echte Ware sollte es sein, was hieß, dass Filip ins Alkoholgeschäft gehen musste, und seit er die Kurve gekriegt hatte, gab es keinen Ort auf der Welt, vor dem er so großen Schiss hatte wie vor dem Spirituosenladen. Wie du sicher noch weißt, war Frans Ljunggren kein besonders fürsorglicher Mensch. Aber er hing an seinem Haus und hatte nicht vor, es an jemanden x-Beliebigen zu verkaufen. Er wollte Filip auf die Probe stellen, ob er es schaffen würde, eine Flasche Schnaps zu kaufen, ohne rückfällig zu werden. Schaffte er es, würde Frans ihm das Haus verkaufen. Es war für Filip alles andere als leicht, aber er tat, was Frans von ihm verlangt hat.»

Sanders Handy summte. Eine SMS von Olivia, die wissen wollte, wie es gelaufen war, ob zu Hause im Backavägen alles in Ordnung sei, und wo er gerade wäre.

Sie wähnte ihn auf dem Rückweg. Und das sollte er eigentlich auch sein.

Es war höchste Zeit, sich zu verabschieden.

Er suchte Felicias Blick. Sie erwiderte ihn nicht, saß bei ihrer Mutter, Alice und einem Mann, den Sander nicht kannte.

Sander verließ das Gemeindehaus, ging zu seinem Wagen, und fast so, als sei er nie zurückgekehrt, war er wieder fort.

58

Er parkte vor ihrem Haus in Snöstorp. Alles, was er tun sollte, war, dafür zu sorgen, dass ihr Zuhause noch stand, die Post durchzusehen und zu kontrollieren, dass der Rasensprenger mit Zeitschaltuhr, den sie Anfang des Sommers gekauft hatten, seinen exorbitanten Preis wert war. Dann: fort.

Der Backavägen war fast komplett verwaist. Am Mittsommerwochenende hatten sämtliche Nachbarn ihr Urlaubsleben in SUVs und Campingwagen verfrachtet und waren verreist.

Nur Familie Johansson schien bereits zurück zu sein. Im Garten des Hauses auf der anderen Straßenseite ragte ein Trampolin mit Schutznetz auf. Sander, der vorne in der Einfahrt stand, sah den Kopf des kleinen Nachbarmädchens mit fliegenden Haaren auftauchen und wieder verschwinden. Aus der Entfernung sah sie ein bisschen aus wie Josefin, seine Tochter. Die beiden Mädchen spielten manchmal zusammen.

Symbole: fahle Haut, Stillstand, ein Sarg, ein Grabstein. Ein leerer Garderobenhaken, an dem immer die Jacke hing. Das war alles. Solche Bilder hatte man vom Tod. Wann war er das letzte Mal auf einer Beerdigung gewesen? Im Januar 2000. Vor mehr als zwanzig Jahren. War das ungewöhnlich? Wie viel Zeit verging bei einem Mann seines Alters durchschnittlich bis zur nächsten Beerdigung?

Sander ging ins Haus und atmete den Geruch seiner eigenen vier Wände, seines eigenen Lebens ein. Es war noch immer heiß. Im ersten Moment wollte er sein Jackett ausziehen, ließ es dann aber bleiben. Er ging in sein und Olivias gemeinsames Schlafzimmer, setzte sich aufs Bett und dachte, dass er sich glücklich schätzen konnte, Olivia und die Kinder in seinem Leben zu haben, Menschen zu haben, die er vermisste und nach denen er sich sehnte, die ihn vermissten und sich nach ihm sehnten. Hatte Sten Persson so jemanden gehabt?

Der Sommer war unerbittlich, daran sollte er sich später erinnern. Die Hitze lag wie eine Bedrohung über dem Land, man hielt es nicht aus. Tagelang nicht der Hauch einer Wolke am halländischen Himmel. Erst gegen Abend fiel das Atmen leichter.

Es war auch der Sommer, in dem der Traum zurückkehrte.

Sander war achtzehn Jahre alt und lief in Skavböke zwischen den Trümmern des Erdrutschs umher. Das Atmen schmerzte, als sei selbst die Luft gefährlich. Er blickte sich um, suchte nach einer Antwort. Hier gab es etwas Unvollendetes, eine Handlung, die darauf wartete, ausgeführt zu werden. Er senkte den Blick zum Boden.

Ihm wurde klar, dass er graben musste. Er grub die Hände in die Erde und schaufelte Sand, Gras und Wurzelwerk beiseite. Immer tiefer grub er, tief wie ein Grab, und bald schmerzten seine Schultern, sein Rücken, seine Finger, ein höllisches Stechen dicht am Herzen. Schließlich stieß er auf etwas.

Einen Augenblick lang betrachtete Sander das Gesicht, das unter der Erde zum Vorschein gekommen war. Fahlbleich und starr; eher eine Maske als ein Gesicht, doch mit einem Mal begannen die Augenlider zu zucken, und das Gesicht starrte zurück. Sander erwachte von seinem eigenen Schrei.

Es heißt, jene, denen man im Traum begegnet, seien

Bruchstücke des eigenen Ichs, Fragmenten eines zersplitterten Spiegelbilds gleich. So betrachtet ist der Traum ein rätselhafter Aufenthalt.

Doch wenn der Traum eine Antwort war, wie lautete die Frage?

Die hohen Bäume schaukelten leicht in der Sommerbrise über ihm, am blauen Himmel zogen zarte Wolkenschleier wie Zuckerwatte vorüber, und er dachte an sie, er dachte, ja, konzentriere dich auf sie als Zuckerwatte, das ist einfacher. Alles wird einfacher, wenn du alles so sein lässt, wie es ist.

Er klammerte sich an den Gedanken wie ein Abstürzender, der vergeblich nach dem Brückengeländer greift.

59

Sander ging am Küchentisch die Post durch, als ihm ein Tropfgeräusch auffiel. Es ist merkwürdig, manchmal sind Geräusche eine ganze Weile da, ohne dass man sie wahrnimmt, bis sie unversehens ins Bewusstsein dringen.

Er wandte den Kopf. Nicht hier.

Der Wasserhahn im Badezimmer. Er tropfte, obwohl er abgedreht war.

Sein Handy vibrierte in der Hosentasche. Ein Videoanruf von Olivia. Im Hintergrund rauschte das Meer laut und brausend wie eine Autobahn.

«Hey, hallo. Wie geht's euch?»

Olivias Telefon wackelte in ihrer Hand. Sie war braun gebrannt und trug ihren schwarzen Bikini.

«Wir sind noch am Strand.» Sie richtete die Kamera auf Josefin und Albin, die Sand in einen Eimer schaufelten. «Sagt Papa Hallo.»

«Papa, hallo», sagten die Kinder im Chor.

«Ja, uns geht es gut, wie du siehst.» Olivia lachte. «Aber du bist noch nicht unterwegs?»

«Ich bin nach der Gedenkfeier noch kurz mit zum Kaffeetrinken ins Gemeindehaus gegangen. Als ich die Post durchgesehen habe, ist mir aufgefallen, dass der Wasserhahn im Badezimmer tropft. Aber ich fahre gleich los. Ich wäre gerne mit euch in Knäbäckshusen an den Strand gegangen und hätte mit euch gebadet.»

«Wie war die Beerdigung?»

«Vor allem heiß. Aber es war ein gutes Gefühl, da zu sein. Es war derselbe Pfarrer. Isidor Enoksson. Er lebt noch. Er muss mittlerweile hundert sein.»

«Urgesteine gibt es. Sie rasten erst, wenn sie rosten, denn wenn sie rasten ...»

«... rosten sie», ergänzte Sander.

«Und dein Rücken hat durchgehalten?»

«In einer Kirchbank zu sitzen, ist nicht so schlimm. Aber ich habe meine Übungen heute nicht gemacht.»

Olivia wandte sich zu den Kindern um.

«Papa spielt wieder Raupe! Wollt ihr zusehen?»

Josefin und Albin kamen ans Telefon gerannt. Ihre Gesichter, sonnengebräunt und neugierig, füllten das Display.

Sander lächelte matt.

«Sonst machst du sie nicht», sagte Olivia.

Als der Arzt ihm die Übung im Frühjahr erklärt hatte, hatte sie leicht geklungen. Man stellte sich mit dem Gesicht zur Wand, höchstens eine Fußlänge entfernt, streckte den Nacken vor wie ein Geier, bis die Nasenspitze an die Wand stieß, sank ein klein wenig nach unten und richtete das Gesicht zur Zimmerdecke, bis man die Wand mit der Kinnspitze berührte. Dann schob man die Brust vor und setzte die Bewegung fort, sodass der Brustkorb der einzige Körperteil war, der mit der Wand in Kontakt kam.

Es war schwieriger, als es ausgesehen hatte.

Die Kinder warfen sich lachend in den Sand und ahmten ihren Vater nach. Olivia zeigte es ihm. Er sah ein kleines Stück von ihren Füßen, die Zehen in den warmen Sand hineingebohrt, das Goldkettchen, das schwer und teuer um ihren Knöchel saß.

«Hier ist es proppenvoll. Viel zu viele Menschen. Aber trotzdem einer zu wenig. Wir vermissen dich.»

«Ich esse nur noch etwas und versuche, den Wasserhahn zu reparieren.»

«Willst du nicht lieber einen Klempner anrufen?»

«Dann bin ich noch hier, wenn das neue Schuljahr anfängt. Ich versuche, es in Ordnung zu bringen, dann fahre ich los. Grüß Rörum und Kivik, wir sehen uns nachher.»

Als sie aufgelegt hatten, ging er in das lichtdurchflutete Wohnzimmer, wo die Nachmittagssonne sich über den Fußboden ergoss. Er trat hinaus auf die Terrasse, um einen Rundgang durch den Garten zu machen.

Skavböke saß in ihm, aber sein Zuhause war hier, in diesem Haus, mit Olivia und den Kindern, hier gehörte er hin. Dachte er.

Er sah die Post durch, bezahlte Rechnungen, erledigte die Arbeit an Unterlagen und Formularen, die ausgefüllt werden mussten, dann nahm er sich den Wasserhahn im Badezimmer vor. Verschwitzt und in krummer Haltung vor dem Waschbecken, mit einem Rücken, der ihn wieder quälte, baute er die Armatur auseinander. Es dauerte eine Weile, bis ihm auffiel, dass eine Gummidichtung porös geworden war. Er hatte keine Ersatzdichtung da und fuhr in den Baumarkt, um eine neue zu besorgen.

Es war spät, als er endlich fertig und auf dem Weg zu seinem Wagen war. Doch kaum hielt er die Autoschlüssel in der Hand, klingelte sein Handy.

Da war es geschehen.

«Hier ist Jakob.» Am Telefon klang er fast genauso wie damals als Achtzehnjähriger. «Ich weiß nicht, ob du es schon gehört hast, aber ...»

Jakob schien nicht recht zu wissen, wie er weitermachen sollte.

«Was?»

«Entschuldige. Wir, Alice und ich, sind vorhin vom Einkaufen zurückgekommen, und da ... Ich weiß nicht, wie ich es sagen soll.»

Jakobs Stimme klang seltsam. Sander presste das Telefon fester ans Ohr.

«Was?»

«Bist du zu Hause oder schon unterwegs?», wollte Jakob wissen, als hätte er Sanders Frage nicht gehört. «Ich muss dir was zeigen.»

60

Brüder, dachte Vidar Jörgensson, als er in Skavböke am Rand eines Ackers stand und auf ein Dorf blickte, das nach der Hitze des Tages eben erst allmählich zur Ruhe kam. Zwei tote Brüder.

Es war nach neun Uhr abends. Hinter ihm bewegten sich ernste Frauen und Männer mit Kameras und Notizblöcken in den Händen. Sie notierten methodisch, was sie sicherstellten, fotografierten und unterhielten sich gedämpft. Vidar griff nach seinem Handy, wählte eine Nummer und wartete, während es in der Leitung klingelte.

«Ja-a», meldete sich Markus Danielsson mit vollem Mund. Er schluckte. Besteck klapperte. Im Hintergrund erklang das behagliche Stimmengewirr eines Restaurants. «Lass hören.»

«Ja», sagte Vidar. «Ein stumpfer, harter Gegenstand gegen den Kopf. Zwei, drei Schläge.»

Vidar hörte, wie sein ehemaliger Kollege, nunmehr sein Chef, einen tiefen Seufzer ausstieß, als er aufstand und sich ein Stück entfernte, um ungestört sprechen zu können. Vidar blieb am Rand des Ackers stehen und wartete.

«Was isst du?»

«Entrecôte.»

«Das würde mir jetzt auch schmecken.»

«Haben wir die Bestätigung, dass es sich wirklich um ihn handelt?», fragte Markus, jetzt leiser.

«Ja. Es ist Filip Söderström. Der Rechtsmedizinerin zufolge ist es vor ein paar Stunden passiert. Am späten Nachmittag oder frühen Abend.»

Sekundenlanges Schweigen.

«Ja», sagte Markus dann, als täte es ihm leid. «Ich hätte dir einen ruhigeren Sommer gewünscht, aber das wird wohl dein Fall werden.»

«So ist es», erwiderte Vidar. «Ich muss hier weitermachen. Ich wollte dir nur Bescheid geben, damit du vorgewarnt bist. Die Telefone werden bald klingeln.»

«Wie sieht es vor Ort aus?»

«Ich kann es noch nicht sagen. Es ist noch zu früh.»

«Aber wie fühlt es sich an?»

Vidar drehte den Kopf. Filip Söderström lag auf dem Rücken im Gras, schwer zu sehen. Nur ein Schuh ragte hervor. Die beiden, die ihn gefunden hatten, ein Teenagerpärchen, das sich ein stilles Plätzchen gesucht hatte, um an diesem Sommerabend zu knutschen, hatten geglaubt, der Mann schliefe nur. Ein Betrunkener vielleicht. Zuerst hatten sie in Richtung des Schuhs gerufen und darauf gewartet, dass dessen Besitzer sich regen würde. Als nichts dergleichen geschah, waren sie hingegangen.

«Übel», erwiderte Vidar. «Wir werden einiges zu tun haben.»

«Ich werde sehen, ob ich dir ein paar Leute zur Seite stellen kann», versprach Markus.

Vidar stand noch eine Weile da und betrachtete die Umgebung, als läge in dem, was er sah, irgendein Fehler. Nur die Kriminaltechniker und ein Koordinator der Spurensicherung hielten sich innerhalb der Absperrung auf, die übrigen Polizeibeamten standen hinter dem blau-weißen Band.

«Kennt sich jemand in der Gegend aus?», fragte Vidar und blickte um sich. «Wohnt jemand in der Nähe?»

Ein Hilfspolizist, der seine langen dunklen Haare unter

dem Uniformschiffchen hochgebunden hatte, hob die Hand und trat an die Absperrung heran.

«Ich komme aus Åled», sagte er. «Mein Name ist Adrian. Adrian al-Hadid.»

Er streckte Vidar seine Hand entgegen, und Vidar nahm sie.

«Gut. Wo sind wir hier?»

Adrian blickte verunsichert drein.

«In Skavböke?»

«Ich meine den Erdrutsch.» Vidar deutete auf den Acker. «Die Vegetation ist hier anders. Am Rand des Ackers scheint so etwas wie eine Grenze zu verlaufen. Wie sah es hier vor dem Erdrutsch aus?»

Adrian kratzte sich im Nacken.

«1999 war ich drei Jahre alt. Ich weiß es nicht. Aber ich kann es herausfinden.»

Der junge Mann eilte zu einem der Streifenwagen.

Vidar duckte sich unter dem blau-weißen Band hindurch und ging mit vorsichtigen Schritten, um keine Spuren zu verwischen, auf die Leiche zu.

Filip Söderström war hager. Mager und sehnig, mit ausgeprägten Schultern. Er war nicht einmal vierzig Jahre alt geworden, hatte aber ein Gesicht, als wäre er jenseits der fünfzig. Kinn und Wangen bedeckte ein leichter Bartschatten. Die Schläge gegen den Kopf hatten den Schädel gespalten, sein Nacken lag in einer schmierigen Lache aus Blut und Erde.

Hände wie ein Handwerker, schwarze Ränder unter den Nägeln, schmutzige Finger, deutlich geäderte Unterarme. Keine Einstiche in der Armbeuge, nicht mehr, aber früher hatte es sie gegeben, soviel wusste Vidar, alte Spuren gingen tief in die Haut hinein. Jeans und T-Shirt, in der Hosentasche hatte man ein Portemonnaie gefunden, ein Feuerzeug und

Schlüssel zum Haus sowie zu einem Firmenwagen, der mit ausgeschalteten Scheinwerfern, aber unverschlossen am Straßenrand stand.

Mittlerweile war es kühler geworden. Eine Wohltat, endlich atmen zu können. Vidar ging in die Hocke. Dies hier war zweifellos der Tatort. Spuren im Gras und auf der Erde, Schuhabdrücke. Er kniff die Augen zusammen und beugte sich so dicht über den Boden, dass er dessen Geruch wahrnahm.

Blut. Blutspritzer auf den Grasspitzen.

«Hallo», erklang plötzlich eine Stimme. «Entschuldigung.»

Vidar stand auf und blickte in ihre Richtung. Der Hilfspolizist von eben war zurück. Adrian irgendwas. Er hielt ein Handy in der Hand. Dann, als fiele ihm ein, wo er sich befand, blickte er hinunter auf seine Schuhe, als hätte er etwas Wichtiges zerstört.

«Mist.»

«Es ist okay. Sei nur vorsichtig, wenn du dich bewegst. Was ist?»

«Ja, ich habe mir eine alte Umgebungskarte angesehen, so ging es am schnellsten. Genau hier hat früher ein Gut gelegen. Hier, sehen Sie, mehrere Gebäude.»

Er hielt Vidar sein Handydisplay hin.

«Find mal heraus, wem es gehört hat», sagte er und wandte sich wieder der Leiche zu. «Und», fügte er hinzu, «bring die Namen der Kollegen in Erfahrung, die damals mit den Ermittlungen befasst waren.»

Die Antwort kam unmittelbar.

«Es war ihr Gut.»

«Wessen?»

Adrian deutete mit dem Kopf auf Filip Söderström.

«Das Gut hat der Familie Söderström gehört. Ich habe meinem Vater ein Bild geschickt und ihn gefragt. Er ist Lkw-Fahrer und hatte früher ab und zu in dieser Gegend zu tun. Ich hatte Glück. Söderströms Haus hat genau hier gestanden.»

Vidar hob eine Augenbraue. Erst jetzt fiel ihm auf, wie sehr der Anblick der Leiche dem jungen Kollegen zusetzte.

«Gute Arbeit», sagte er. In der milden Abendbrise fanden sich die ersten Schaulustigen vor dem Absperrband ein. «Er wurde also an der Stelle ermordet, an der sich früher der Familienbesitz befunden hat.»

«Irgendwie gespenstisch», sagte Adrian. «Oder nicht?»

Brüder, dachte Vidar aufs Neue. Zwei tote Brüder.

«Doch», bestätigte er. «Gespenstisch.»

61

Jakob Lindell stieg vor dem Haus im Backavägen aus dem Auto. Er trug verwaschene Jeans und ein ölverschmiertes T-Shirt und sah sich um, als sei er in einer vollkommen fremden Welt gelandet.

«Ich bin noch nie hier gewesen», sagte er. «Verdammt schöne Gegend. Hübsch und irgendwie geordnet.»

«Ja, es ist schön», erwiderte Sander, der ihn am Gartentor erwartete. «Wir fühlen uns wohl.»

In gewisser Weise war er aufgebrochen und auch nicht. Snöstorp lag nur eine halbe Autostunde von Skavböke entfernt, trotzdem war der Weg weiter gewesen, als es den Anschein hatte. Wem es gelingt, sich von seiner Vergangenheit zu befreien, der erhält ein zweites Leben.

Und nun das.
Filip ist tot.

Sander zögerte und senkte den Blick auf Jakobs Hand. Er umklammerte krampfhaft eine Plastiktüte.

«Möchtest du was trinken?»

«Ja, ein Bier, alkoholfrei, falls du eins da hast? Ich muss ja noch fahren. Aber du kannst gerne was Stärkeres trinken, wenn du willst.»

«Nein, wie gesagt, heute wäre das wie Öl ins Feuer.»

Sander ging in die Küche, fand im Kühlschrank zwei Flaschen Light-Bier, öffnete beide und reichte eine davon Jakob, der einen großen Schluck nahm und seine Plastiktüte auf dem Küchentisch ablegte.

«Was für ein Tag», sagte er.

Nach dem Abendessen waren Jakob und Alice nach Oskarström gefahren und hatten im Blåklintsvägen eingekauft, wo Jakob seine Pferdewetten abgab und einmal die Woche Geld verlor. Von all den Dingen, die sie versuche, an ihrem Mann zu lieben, gehöre dies zu den schwierigsten, pflegte Alice immer zu sagen.

Vermutlich war es gar nicht vorgesehen gewesen, dass sie ihn lieben sollte, doch in einer Sommernacht nach dem Abitur waren die Pläne geändert worden. Und ein paar Wochen später blieb Alice' Periode aus. Sie heirateten im Winter desselben Jahres, und im April kam Lisa. Zu dem Zeitpunkt waren sie in ein Haus am Öjasjön gezogen, ein altes zweistöckiges Einfamilienhaus mit Doppelgarage und einem Stück Land, dessen Säuregehalt sich jedoch als so hoch erwies, dass es nicht bewirtschaftet werden konnte.

Bei ihrer Rückkehr war der Zufahrtsweg mit blau-weißem

Absperrband abgeriegelt gewesen, und Polizisten hatten die vorüberfahrenden Autos angehalten. Ein Stück entfernt stand ein weißer Lieferwagen am Straßenrand.

Jakob drehte nachdenklich die Bierflasche in den Händen.

«Alice und ich haben den Lieferwagen beide wiedererkannt. Als die Polizisten mit uns gesprochen haben, haben wir ihnen gesagt, was wir wussten. Was an und für sich nicht viel war, nur dass Filip auf der Beerdigung war und später noch arbeiten musste. Jedenfalls hat er das gesagt. Und dann habe ich aufgezählt, wer sonst noch da gewesen ist, auch deinen Namen habe ich genannt. Haben sie sich schon bei dir gemeldet?»

«Noch nicht, aber das ist wohl nur eine Frage der Zeit.»

Jakob trank einen Schluck Bier.

«Jemand hat ihn also ermordet», sagte Sander und senkte den Blick zu Boden.

«So sieht es jedenfalls aus. Wer weiß. Aber sein Leben war eine Weile ziemlich verkorkst. Vielleicht hat ihn irgendein alter Groll eingeholt.»

«Das dürfte sich herausstellen.»

«Verdammt traurig, er hatte wirklich die Kurve gekriegt. Zumindest wirkte es so.»

Es war kurz vor zehn Uhr abends. Die Kinder schliefen vermutlich schon. Selbst wenn Sander jetzt losfahren würde, wäre Olivia längst ins Bett gegangen, wenn er in Kivik ankäme. Trotzdem wollte er nichts lieber, als von hier fortkommen, sich ins Auto setzen und alles hinter sich lassen.

Er versuchte zu begreifen, was Jakob erzählt hatte, es zu verdauen, doch es fiel ihm schwer.

Die Vergangenheit war zurück. Filip ermordet. Zwei ermordete Brüder, in einem Abstand von über zwanzig Jahren, zwei Brüder, die er gekannt hatte.

Sein Blick wanderte zu der Tüte auf dem Küchentisch.

«Hast du da was Wichtiges drin?»

«Ach ja, richtig.» Jakob stellte sein Bier ab und spähte in die Tüte, wie um sich davon zu überzeugen, dass sich ihr Inhalt noch an Ort und Stelle befand.

«Ich habe keine Ahnung, es ist inzwischen so verflucht lange her. Aber es ist mir immer merkwürdig vorgekommen.»

Was Jakob Sander dann erzählte, war eigentlich ganz und gar nicht merkwürdig und nahm auch nicht sonderlich viel Zeit in Anspruch. Doch als er fertig war, hatte sich für Sander fast alles verändert.

62

Am Weihnachtswochenende 1999 hatten die Jugendlichen von ihren Eltern allesamt Ausgangsverbot erhalten, und die Stille lag wie eine Glocke über Skavböke. Jakob hockte in seinem Zimmer, telefonierte mit Freunden, las alte Comics und guckte Filme, um sich abzulenken und nicht zu viel nachzudenken.

«*Das Imperium schlägt zurück,* die neue Version mit Computereffekten.» Jakob nippte wieder an seinem Light-Bier. «Hinterher bin ich nach draußen auf den Hof gegangen. Ich weiß nicht mehr, wie spät es war, aber es war kurz vor dem Erdrutsch. Eine Viertelstunde vielleicht? Ich wollte im Heizkessel in der Garage Holz nachlegen. Da habe ich ein Stück entfernt jemanden vorbeilaufen sehen. Er kam aus der Richtung von Söderströms Haus, auf dem Pfad, der damals da entlangführte. Erst habe ich mir nichts dabei gedacht, aber kurz danach, als ich noch mit Holz und Heizkessel zugange war, fing plötzlich ein Hund wie verrückt an zu bellen. Dann gab es einen Knall, einen gewaltigen Knall, dunkel und ohrenbetäubend, wie eine Explosion. Aber was soll in Skavböke explodieren?, dachte ich. Ich bin losgerannt, um nachzusehen, kam aber nicht weit, der Boden fing an zu ... Ich habe keine Ahnung, aber man konnte spüren, dass etwas nicht in Ordnung war. Erinnerst du dich daran?»

«Nein», sagte Sander. «Aber ich war im Haus. Ich habe im Bett gelegen und geschlafen.»

Jakob senkte den Blick und nickte nachdenklich.

«Ich bin jedenfalls zum Haus zurückgelaufen und in der Tür auf meine Eltern gestoßen. Sie hatten die Explosion natürlich auch gehört und wollten nachsehen, was los war.»

«Ihr hattet Glück, oder?», fragte Sander zögerlich, als versuchte er, eine undeutliche Erinnerung zu bestätigen. «Euer Haus ist stehen geblieben?»

«Ja, wir hatten Glück. Der Erdrutsch kam ein paar Meter vor unserem Grundstück zum Stillstand.»

Jakob betrachtete den schachbrettartig gemusterten Küchenfußboden, ihn verlegen zu lassen, hatte Sander und Olivia alles in allem fünfzigtausend Kronen gekostet, und die Erneuerung infolge eines Wasserschadens ein halbes Jahr später noch einmal genauso viel. Unter den Fliesen war der Originalfußboden zum Vorschein gekommen, ein alter beigefarbener PVC-Boden wie in der Studentenbude, in der Sander ein Jahr lang mit Felicia gewohnt hatte.

«Mein Vater ist losgerannt, um zu sehen, ob er irgendwie

helfen konnte, und ist verflucht lange weggeblieben. So lange, dass ich schon dachte, er würde nicht wieder zurückkommen, dass ihm irgendwas passiert wäre. Ich bin losgelaufen, um ihn zu suchen, und ein Stück entfernt, ich weiß nicht mehr genau, wo, bin ich über irgendwas auf dem Boden gestolpert.» Jakob nahm ein großes Stück Stoff aus der Tüte und hielt es hoch. «Über das hier.»

Es war ein Hemd. Dunkelgrün mit gelben und blauen Streifen, alt und verblichen.

Jakob hielt den unteren Saum hoch. Er war zerfetzt, als hätte jemand ein großes Stück aus der Rückenpartie herausgerissen oder sich einen Bissen einverleibt.

«Es hieß doch, Kjells Hund hätte etwas im Maul gehabt, erinnerst du dich daran? Einen Hemdfetzen. Grün. Man glaubte, das Hemd stamme von dem, der das Dynamit angezündet hat, und dass der Hund den Täter gejagt hat. Das hier muss dasselbe Hemd sein.»

«Ja», sagte Sander. «Das sieht eindeutig danach aus.»

«Ich habe es sofort erkannt, als ich es gefunden habe.» Jakob rieb den Stoff nachdenklich zwischen Daumen und Zeigefinger. «Er hatte es an, der Mann, der kurz vorher auf dem Pfad entlanggelaufen ist. Ich habe die hellen Streifen gesehen. Sie waren trotz der Dunkelheit zu erkennen.»

«Und du hast keine Ahnung, wer es war?»

«Doch.» Jakob blickte Sander beunruhigt an, als wünschte er, nichts weiter sagen zu müssen. «Doch, das habe ich.»

63

Mit der Zeit bildete sich eine Wahrheit über den Erdrutsch heraus, und sie kreiste um Sten Persson, Killians Vater. So gut wie jeder wusste, dass er die plötzliche Explosion in der Dunkelheit und die anschließende Zerstörung zu verantworten hatte.

Doch es gab auch andere Hypothesen, falls dies das richtige Wort war. Eine davon betraf Filip, aber Sander hatte immer Schwierigkeiten gehabt, daran zu glauben, obwohl er der Polizei selbst die Seite aus Filips Schreibblock ausgehändigt hatte.

«Aber Filip war zum Zeitpunkt des Erdrutschs auf einer Party in Årnilt», sagte er jetzt zu Jakob, der den Stuhl am Küchentisch gewählt hatte, auf dem sonst Olivia saß.

Jakob hielt noch immer das Hemd in der Hand. Nachdem er seinem Jugendfreund dessen Existenz enthüllt hatte, schien er unschlüssig zu sein, was er als Nächstes tun sollte.

«Aber er kann nicht den ganzen Abend da gewesen sein. Ich habe ihn schließlich gesehen.»

«Bist du sicher, dass es Filip war?»

«Nein, nicht hundertprozentig.»

«Warum hätte er versuchen sollen, seine Eltern zu töten?»

Jakob zuckte mit den Schultern.

«Vielleicht ist es schiefgegangen. Vielleicht ist irgendwas nicht so gelaufen, wie er es geplant hatte. Oder er wusste nicht, dass sie zu Hause waren. Ich habe versucht, mit seinem Vater darüber zu reden, ungefähr ein Jahr, bevor er gestorben ist. Ich habe ihm das Hemd gezeigt. Aber es ging nicht. Er war sternhagelvoll, hat mich nicht einmal erkannt. Er dachte, ich wäre ein Betrüger und wollte ihm seinen Hof abluchsen, den er nicht einmal mehr hatte. Er war vollkommen hinüber.»

«Also stimmt es, dass er sich totgesoffen hat?»

«Er bekam einen Schlaganfall. Unbehandelte Diabetes. Aber das hing ja alles damit zusammen, dass er gesoffen hat wie ein Loch.»

«Verdammt traurig.»

«Ich weiß.» Jakob schüttelte den Kopf. «Eine ganze Familie, wie ausradiert. Auch wenn Lillemor noch lebt, ich schätze, du hast sie auf der Beerdigung gesehen.»

«Hat Karl-Henrik denn damals gar nichts gesagt?»

«Er war felsenfest davon überzeugt, dass es Sten war.»

Sanders Blick blieb fest und ruhig.

«So war es doch auch?»

«Ja.» Jakob faltete das Hemd vorsichtig zusammen. «Das hier hat vielleicht nicht das Geringste zu bedeuten.»

«Hattest du es die ganze Zeit?»

«Ich habe nicht gewusst, was ich damit machen soll. Und dann habe ich jahrelang vergessen, dass ich es habe.»

«Hast du nie darüber nachgedacht, es der Polizei zu übergeben?»

«Doch, damals, als wir in das Haus gezogen sind, Alice und ich. Da habe ich es in einem Karton gefunden und dachte, ja, ich mach's, besser, die Polizei hat es. Aber da erfuhr ich, dass das Revier in Oskarström geschlossen worden und Gerd Pettersson in den Ruhestand gegangen war. Siri Bengtsson, falls du dich an sie erinnerst, hat nicht weitergemacht. Ich wusste nicht, an wen ich mich wenden sollte, und damit verlief die Sache im Sand. Ich habe mir auch keine großen Gedanken darüber gemacht, es war inzwischen so lange her. Und alle waren sich einig, dass Sten dahintersteckte. Aber jetzt, wo

Filip ... ja, keine Ahnung. Ich musste heute Abend daran denken. Du weißt, hier auf dem Land, für uns, es ist keine offene Wunde, absolut nicht, nicht so, wie es immer heißt. Aber es tut noch immer weh. Ich wollte einfach auf Nummer sicher gehen.»

Es tut noch immer weh. Die Worte stoben wie Funken an Sander vorüber. Wenn er die Hand ausstreckte, um sie zu berühren, würde er sich verbrennen.

«Aber warum hast du das Hemd nicht gleich der Polizei übergeben?»

«Es war alles so chaotisch nach dem Erdrutsch. Es hat sich nie ergeben. Alle wollten nur nach vorne schauen.»

Sander sah Jakob zweifelnd an. Stimmte das? Ihm kam ein Gedanke, eine Möglichkeit, die vorher nicht aufgetaucht war.

«Du solltest es jetzt zur Polizei bringen», sagte er. «Es könnten noch immer Spuren darauf sein.»

Jakob knibbelte am Etikett seiner Bierflasche.

«Das ist vielleicht der Grund, weshalb ich hergekommen bin. Um dich das sagen zu hören.» Er schien seine Worte sorgfältig abzuwägen, bevor er weitersprach.

«Hatte Filip nicht irgendwas darüber geschrieben, dass er das Haus in die Luft sprengen wollte?»

«Ja, aber nicht wortwörtlich. Die Polizei hat ihn damals vernommen, das weiß ich, und hinterher waren sie ziemlich sicher, dass Sten der Täter war.»

«Ach so? Ja dann. Ein ziemliches Durcheinander jedenfalls.» Jakob trank seine Flasche aus und atmete auf, vernehmlich, als versuche er, sich von etwas zu befreien.

«Stimmt es, dass du bis heute nicht an Killians Grab warst?»

«Nein, ich war da.»

«Gut. Das ist gut für dich, glaube ich.»

«Das sagt mein Therapeut auch.»

«Du machst eine Therapie?»

«Meine Frau hält es für notwendig. Offenbar habe ich Schwierigkeiten, mich bei gewissen Themen zu öffnen.»

«Das ist doch verständlich, nach allem, was du durchgemacht hast. Oder?»

«Ja, aber damit ist niemandem geholfen. Und sich über die Ursache der Probleme im Klaren zu sein, beseitigt nicht das Problem an sich. Jedenfalls nicht immer.»

Sander dachte nach, blickte auf das Hemdbündel, das Jakob zwischen sie auf den Tisch gelegt hatte. «Das sieht relativ groß aus, finde ich. Filip war damals ziemlich dünn. Hattest du nicht so ein Hemd?»

Jakob wirkte verblüfft.

«Nein, hatte ich nicht. Filip hatte so eins.»

«Ich meine mich zu erinnern, dass du ein Hemd wie dieses hattest.»

«Nein, hatte ich nicht.»

Draußen vor dem Küchenfenster war das Licht verblasst. Abenddämmerung über Halland.

Jakob hatte weitergeredet, Worte aus weiter Ferne, dumpf.

«Was hast du gesagt?»

«Ach nichts, nur, jetzt auch Filip. Man fragt sich fast, wer als Nächstes an der Reihe ist. Oder ist dir der Gedanke noch nicht gekommen? Dass es vielleicht noch nicht vorbei ist.»

Sander sah ihn an.

«Hast du Angst?»

Jakob senkte den Blick.

«Ich denke an Alice und die Kinder. Angst habe ich nicht, aber ... doch, ein bisschen. Hast du keine?»

Er hatte einmal überlebt. Die Male, als eine unsichtbare Hand im Begriff gewesen war, ihn zu ersticken, hatte er nach Luft gerungen, aber versucht, es so aussehen zu lassen, als würde er ganz normal Atem holen.

Überleben. Der elementarste aller Instinkte. Wer hätte gedacht, dass er ein so tief sitzendes Gefühl der Schuld mit sich führen konnte.

64

Im Lauf des Abends und der Nacht zeichnete sich allmählich ein Bild ab. Früher am Tag, erfuhr Vidar, war ein Sten Persson beerdigt worden, Killian Perssons Vater.

Filip Söderström war beim Gedenkgottesdienst in der Kapelle und auch beim anschließenden Kaffeetrinken im Gemeindehaus gewesen, hatte sich dann aber verabschiedet, weil er zur Arbeit musste. Bei NCC, der Baufirma, die ihn beschäftigte, war er jedoch nicht eingetroffen. Stattdessen, so schien es, hatte er den Firmenwagen an der Stelle, an der einst sein Elternhaus gestanden hatte, am Straßenrand geparkt, war ausgestiegen, aufs Feld hinausgelaufen und ermordet worden.

Vidar griff nach einem Kugelschreiber und strich Namen von Zeugen und Informanten durch. Einige hatten keine sachdienlichen Hinweise geben können, andere hatte er angesichts der fortgeschrittenen Uhrzeit noch nicht erreicht.

Er saß in seinem Wagen und gähnte. An der 24-Stunden-Tankstelle in Sannarp kaufte er Scheibenwischerflüssigkeit und einen Becher Kaffee. Die digitalen Leuchtziffern im Armaturenbrett zeigten sieben Minuten nach eins in der Nacht. Draußen waren es noch achtzehn Grad. Er betrachtete die Autos, die die Tankstelle anfuhren und verließen. Männer und Frauen stiegen aus, tankten und aßen einen Mitternachtssnack.

Er lehnte den Kopf an die Nackenstütze, trank einen Schluck Kaffee und schloss die Augen. Dreißig Jahre alt war er damals gewesen, 1999, noch in der Uniform eines Streifenpolizisten. Er erinnerte sich an den Erdrutsch, er war selbst dort gewesen, als Teil der großen Unterstützung in den darauffolgenden Tagen. Wie nach einer Bombenexplosion, so hatte es ausgesehen. Von dem Landstrich war nichts als ein Krater übrig geblieben. Jetzt war also Sten Persson, der damalige Hauptverdächtige, verstorben.

Vidar dachte an Filip Söderström und an die alten Gerichtsurteile, die er am Abend gelesen hatte: Körperverletzung und Bedrohung, Drogen und Beschaffungskriminalität, oft alles zusammen; die letzte Verurteilung lag fünf Jahre zurück. Etliche Male hatten Kollegen Filip aus dem Billard & Bowling-Center in Halmstad abgeführt, angetrunken und aggressiv, nach einem tätlichen Streit, dessen Ursache nicht einmal die Beteiligten hatten nennen können. Er war betrunken Auto gefahren, hatte einen Unfall verursacht und war im Streifenwagen ins Polizeirevier gebracht worden. Er hatte seinen Vater bedroht, hatte versucht, seiner Mutter Geld zu stehlen, war auf einer Parkbank eingeschlafen und im Morgengrauen von Parkwächtern geweckt worden. Er hatte mit einer stadtbekannten Alkoholikerin im Problemviertel der Stadt zusammengewohnt und war in der Folge entweder mit Frauen liiert gewesen, die erheblich älter oder besorgniserregend jünger als er gewesen waren. Am Ende hatte er erfahren, wie eine Reihe von Anstalten im Süden des Landes von innen aussahen, und anschließend lange Zeit im Rasmusgården in der Nähe von Falkenberg verbracht. Die Zeichen waren mehr als deutlich:

Er war auf dem Weg hinab in die Finsternis.

Doch dann war irgendetwas geschehen. Die letzten Jahre waren sauber, blütenweiß, fast sah man ein unbeschriebenes Blatt vor sich. Die Veränderungen brauchten Zeit, irgendwo gab es jedoch einen Katalysator. Vidar unterstrich den Rasmusgården und setzte ein Fragezeichen dahinter.

Filip war seit vier Jahren als berufstätig geführt worden und seit vorigem Winter in seinem Haus in Skavböke gemeldet. Häufig waren es die Frauen, die wieder Ordnung ins Leben der Männer brachten, doch nirgendwo gab es einen Vermerk, dass er jemanden kennengelernt hätte, weder in den Vernehmungsprotokollen noch in den Personenstandsregistern. Und laut dem ersten Bericht der Spurensicherung deutete auch in seinem Zuhause nichts darauf hin.

Sofern sie nicht bis morgen warteten, sollten die Kollegen sich eigentlich in Kürze noch einmal melden.

Vidar öffnete die Augen, kippte den Rest des brühwarmen Kaffees hinunter und griff nach seinem Handy.

«Es geht um ein Aktenzeichen», sagte er, als sich am anderen Ende jemand meldete. «Mord in Skavböke, 1999.»

Der Kollege der Bereitschaft gähnte hörbar und begann, auf seiner Tastatur zu tippen.

«Ja, ich hab's.»

«Kannst du mir die Namen der ermittelnden Beamten nennen?»

Sein Kollege klickte mit der Maus.

«Damit waren mehrere Leute befasst, Beamte aus Oskarström und aus Halmstad.»

«Wer war es in Oskarström?»

«Gerd Pettersson, sie ist vor gut einem Jahr gestorben. Und Siri Bengtsson.»

Vidar notierte sich die Namen.

«Der Täter wurde nicht gefasst», sagte er. «Oder erinnere ich mich falsch?»

«Hier steht: Tatverdächtiger verstorben.» Der Kollege begann erneut zu tippen. «Killian Persson, aber der Fall scheint noch offen zu sein.»

«Kannst du sehen, ob die Akten digitalisiert worden sind?»

Vidar wartete. Ein alter Chevrolet bog in die Tankstelle ein. Der Fahrer, ein junger Mann, stieg aus und prüfte den Reifendruck. Auf der Rückbank saß ein knutschendes Pärchen, Vidar sah ihre Silhouette im Schein der Außenbeleuchtung.

«Nein, wurden sie nicht. Alles lagert noch in Kartons.»

Kartons, dachte Vidar. Noch einmal alte, verstaubte Kartons.

«Kannst du sie aus dem Archiv hochbringen lassen?»

«Klar, schon so gut wie erledigt.»

In Vidars Handy klopfte ein zweiter Anrufer an. Einen Augenblick lang erwog er, den Anruf zu ignorieren und stattdessen nach Hause zu Patricia zu fahren. Vor fast acht Stunden hatten sie draußen auf der Terrasse eine Flasche Wein trinken wollen.

Er nahm das Gespräch an.

«Ja, hallo», hörte er eine bekannte Stimme, deutlich weniger übereifrig als am frühen Abend. «Hier ist Adrian al-Hadid von der Streife. Wir sind immer noch hier draußen. Ich habe jetzt Dienstschluss, wollte aber bleiben, bis Sie kommen.»

«Fahr nach Hause und schlaf. Ich werde erst morgen wieder vor Ort sein.»

«Nein», erwiderte Adrian mit unerwarteter Autorität in der Stimme, als hätte er sich in diesem Moment breitbeinig hingestellt. «Ich glaube wirklich, es ist am besten, wenn Sie jetzt sofort herkommen.»

65

Es stimmte nicht ganz, dass Filip Söderström nach seinem Einzug in Frans Ljunggrens Haus alles so gelassen hatte, wie es war. Er hatte alte Möbel entsorgt und gegen neue ausgetauscht und auch das Schlafzimmer frisch gestrichen.

Während die Streifenpolizei weiter die Absperrung am Tatort beaufsichtigte, waren die Kriminaltechniker auf Spuren eines schlichten Junggesellenlebens gestoßen: Schmutzwäsche in einer ausgebleichten Ikea-Tasche, eine ungeöffnete Packung Kondome in der Nachttischschublade und ein halber Sechserpack alkoholfreies Bier im Kühlschrank.

Aber nicht nur. Sie hatten auch Zeichen eines strukturierten Alltags vorgefunden, in Form eines Dreifach-Mülltrennungssystems im Schrank unter der Spüle und von Blumen auf der Fensterbank, die einen umsorgten Eindruck machten. Filip schien sich um sein Eigentum bestmöglich gekümmert zu haben.

Langsam ging Vidar durch das abgelebte, alte Haus. Breite Fußbodendielen, niedrige Decken. Enge Räume. In einem Schrank hingen ungebügelte Hemden auf identischen Kleiderbügeln. Gedankenverloren strich er mit der Hand darüber.

Die Kriminaltechniker liefen noch von Raum zu Raum. Kameras klickten. Stimmen murmelten leise.

«Wir sind bald fertig», sagte ein Techniker. «Aber hier gibt es nichts wirklich Aufsehenerregendes. Nur das Übliche. Ja, und diesen Kalender hier.» Er reichte Vidar einen anonymen Taschenkalender mit blauem Kunststoffeinband. «Der lag auf der Kommode.»

Vidar schlug ihn vorsichtig auf und blätterte die Seiten durch. Ein paar vereinzelte Notizen, vor allem arbeitsrelevante, wie es schien. Am Todestag stand der Vermerk: *Beerdigung SK 12:00; Arbeit 13:30.*

SK. Wahrscheinlich Skavböke Kapelle.

«Nichts, was darauf hindeutet, dass in letzter Zeit noch jemand anders hier gewesen ist?», hakte Vidar nach.

«Jedenfalls nicht hier im Haus. Wie es draußen in der Garage aussieht, weiß ich nicht.»

Die Garage war ursprünglich eine Werkstatt gewesen. Filip hatte Frans' sämtliches Gerümpel auf eine Seite geräumt und seinen Wagen darin geparkt. Eine Werkbank mit unzähligen Schubfächern und ein Schrank mit Werkzeug und Maschinen teilten sich den engen Raum mit Fässern, Holzscheiten und einem ausgedienten, aufgebockten Automotor. Es roch nach Metall und Holz wie auf einer Baustelle. Vidar musterte die vollgestellte Werkzeugbank und fragte sich, was davon dem alten Ljunggren und was Filip gehört hatte.

«Hier», sagte Adrian erschöpft.

Die Müdigkeit ließ den jungen Polizisten erschlaffen wie eine welke Blume. Er wies mit dem Kopf auf die Kriminaltechnikerin, die in der Hocke am Boden kauerte, ein paar Wattestäbchen in der lila behandschuhten Hand. Ihre Aufmerksamkeit galt den Werkzeugen, die unordentlich an der Wand lehnten: Brechstangen, Spaten, Hacken, Schaufeln und Rechen.

Die Kriminaltechnikerin fuhr mit einem Wattestäbchen über einen der Spaten, ein älteres Modell, robust und schwer. Ein abgenutzter Holzstiel mit Eisengriff, das Blatt stark beansprucht.

«Blut», sagte sie. «Menschliches. Ich bin keine Blutexpertin, aber ich würde sagen, altes und frisches. Entlang des Stiels gibt es mehrere Fingerabdrücke.»

«Frische?», wollte Vidar wissen.

«Neue und alte, glaube ich. Sowohl als auch.»

«Ist es die Tatwaffe?»

Die Kriminaltechnikerin hatte schon einen arbeitsreichen Tag hinter sich gehabt, bevor die Meldung aus Skavböke gekommen war. Bei Vidars Eintreffen war sie bereits seit zwanzig Stunden im Dienst. Jetzt blinzelte sie vor Müdigkeit.

«Das Blatt passt jedenfalls zu den Kopfverletzungen.»

«Wer hat den Spaten entdeckt?»

Die Kriminaltechnikerin wies mit dem Kopf auf Adrian, der rot anlief.

«Mir ist aufgefallen, dass Flecken darauf waren. Der Täter scheint das Blatt ganz unten abgewischt zu haben, allerdings nicht besonders gründlich. Er muss ziemlich in Eile gewesen sein, die kleinen Spritzer weiter oben hat er übersehen, oder sich nicht darum geschert. Schauen Sie selbst.»

Vidar beugte sich vor und entdeckte am unteren Rand des Blatts und ein Stück weiter oben längliche Spritzer, kleine dunkelrote Tupfer.

«Ich frage mich, womit er den Spaten abgewischt hat.»

«Wir haben noch nichts gefunden», sagte Adrian. «Aber das Garagentor war bei unserem Eintreffen unverschlossen. Den Anwohnern zufolge, mit denen wir gesprochen haben, hat er es nur abgeschlossen, wenn sein Wagen drinstand. Sonst war es immer offen.» Adrian sah aus, als hätten ihm die Leute eine vollkommen wahnwitzige Geschichte erzählt. «Das ist hier draußen anscheinend normal.»

«Stand das Garagentor offen», fragte Vidar, «oder war es unverschlossen?»

Adrian blätterte in seinen Notizen.

«Unverschlossen, so habe ich es aufgefasst; zu, aber nicht abgeschlossen. Der Täter ist also nach der Tat hergekommen und hat den Spaten hier abgestellt.»

«Hier abgestellt oder hierher *zurück*gestellt?», hakte Vidar nach.

Adrian öffnete den Mund, antwortete aber nicht.

«So.» Die Kriminaltechnikerin erhob sich und überreichte Adrian vier Proberöhrchen. «Bring die hier sofort ins Labor und sag den Kollegen, sie sollen sich unverzüglich darum kümmern.»

«Haben Sie seinen Kalender gesehen?», fragte Adrian, an Vidar gewandt. «Ich habe ihn mir in meiner Pause ein wenig angesehen.»

«In deiner Pause sollst du dich ausruhen.»

Adrian schien ihn nicht gehört zu haben.

«Soweit ich sehen konnte, steht nichts Außergewöhnliches drin. Arbeit, Feste, Geburtstage, solche Sachen. Aber an einer Stelle im Juni ist mir eine Eins aufgefallen. Alkoholiker machen das manchmal, um ihren ersten trockenen Tag zu markieren. Dafür muss die Eins natürlich nicht stehen, aber angesichts seiner Vorgeschichte, und im Haus spricht nichts dafür, dass er noch trinkt, eher im Gegenteil. Vielleicht hatte er nur ausnahmsweise einen Rückfall, und ich habe keine Ahnung, ob das überhaupt etwas zu bedeuten hat.»

«Die Proben», blaffte die Kriminaltechnikerin. «Jetzt. Damit es vorwärtsgeht.»

Adrian nickte kurz und verließ die Garage. Draußen vor dem Fenster erwachte der Morgen mit einem Gähnen.

«Im Herbst kriegen wir neue Geräte», sagte die Kriminaltechnikerin und kontrollierte, ob ihre Latexhandschuhe nach wie vor intakt waren. «Dann können wir Schnelltests direkt bei uns im Wagen durchführen und haben die Ergebnisse sofort vorliegen. Bis dahin müssen wir das alte Verfahren beibehalten. Aber die Kollegen sind recht fix. Die Ergebnisse sollten morgen früh vorliegen. Die Analyse der Fingerabdrücke wird ein, zwei Tage dauern.»

Vidar blickte wieder auf die Arbeitsbank, auf die Wände mit den zahlreichen Gartengeräten und Werkzeugen. Der Mörder war hier gewesen. Nach der Tat. Er sah sich um, atmete flach. Irgendetwas summte. Es dauerte eine Weile, bis er begriff, dass es sein Handy war. Wer zum Teufel rief ihn um diese Uhrzeit an?

«Ich bin's noch mal», meldete sich der Kollege von der Bereitschaft aufgeräumt. «Tut mir leid, dass es so spät oder vielmehr so früh ist, aber ich dachte mir, dass du noch im Dienst bist. Zwei Dinge. Die Kartons stehen vor deinem Büro. Ich habe sie selbst aus dem Archiv geholt, so ging es schneller. War ein ziemlicher Packen.»

«Wunderbar.» Vidar schickte den unermüdlichen Kollegen der Bereitschaft einen dankbaren Gruß. «Und was ist das zweite?»

«Hier ist jemand, der nach dir fragt.»

«Jetzt? Wer?»

«Ein ...» Sein Kollege konsultierte offenbar einen Zettel. «Sander Eriksson. Irgendetwas scheint ihm auf der Seele zu brennen. Er macht einen ziemlich aufgewühlten Eindruck, wenn du mich fragst, und er wirkt nicht gerade ausgeschlafen. Es muss wohl wichtig sein.»

66

Seltsam, dachte Vidar hinterher, als er draußen auf der Straße stand und dem schlanken Mann nachblickte, der langsam davonging, hinein in den noch verbleibenden Rest der halländischen Sommernacht. Es wurde schon seit einer geraumen Weile wieder hell, und die Vögel waren wach und munter.

Vidar ging hoch zu seinem Büro, wo ihn vier Kartons vor der Tür erwarteten. In ihnen war es Dezember 1999. Er strich mit der Hand darüber, zu müde, um zu arbeiten, aber viel zu neugierig, um sie unbeachtet zu lassen.

Seltsam. Das war wohl das richtige Wort.

Am Empfang, wo Sander Eriksson auf ihn wartete, war es warm und stickig.

«Können wir uns nach draußen setzen?», hatte er gefragt. «Draußen ist es kühler. Irgendwo hier in der Nähe?»

Schweigend liefen sie die Straße entlang und setzten sich im Norre-Katts-Park auf eine Bank. Der Pavillon oben auf dem Hügel war geschlossen, aber matt erleuchtet. In den Bäumen hingen bunte Lichterketten. Eine Gruppe Jugendlicher hockte noch auf der kleinen Bühne, Flaschen und Dosen in den Händen. Auf dem Boden lag irgendein abgefallenes Plakat.

«Was da wohl für eine Veranstaltung stattgefunden hat?», meinte Vidar, vor allem, um etwas zu sagen.

«In der Zeitung stand, dass es eine Poesie-Lesung war.»

«Schön», erwiderte Vidar, als wisse er nicht genau, was es damit auf sich habe.

«Sie sind kein Poesie-Liebhaber?», fragte Sander Eriksson.

«Doch.» Vidar lächelte. «Ich bin nur nicht sicher, ob die Poesie mich liebt.»

«Mir ging es genauso. Meine Frau hat mich dazu gebracht, Gedichte zu schätzen. Es hat eine Weile gedauert.»

«Ich hatte vor, mich morgen bei Ihnen zu melden. Aber so geht es natürlich auch. Mein Kollege hat mir gesagt, dass Sie mit uns sprechen wollen?»

Sander Eriksson blickte auf seine Hände, als stünde darauf eine Anweisung geschrieben.

«Meine Frau ist mit den Kindern in Kivik. Ich hatte eigentlich vor, direkt nach der Beerdigung zurückzufahren. Ich wollte nur den Nachmittag über bleiben, aber dann bin ich zu Hause aufgehalten worden. Jakob Lindell ist zu mir gekommen. Ihre Kollegen haben mit ihm gesprochen.»

«Ist er in Skavböke zu Ihnen gekommen?»

«Nein, in Snöstorp. Da wohne ich. Und ich weiß nicht, aber er hatte ein Hemd dabei. Hat er es der Polizei übergeben?»

«Ein Hemd? Warum sollte er?»

«Weil ich es ihm geraten habe.»

«Nein, das hat er nicht. Was ist damit?»

Vidar stellte die Frage wie beiläufig, aber Sander Eriksson war blass, und als er den Mund öffnete, war es, als sei er selbst nicht sicher, welche Worte herauskommen würden.

«Ich dachte, Sie wüssten es vielleicht.»

So gut er konnte, gab Sander wieder, was Jakob ihm vom Abend des ersten Weihnachtstags 1999 erzählt hatte: vom Holz und vom Heizkessel, von der Gestalt, die Jakob hatte vorbeilaufen sehen, und von dem Hemd, das er gefunden hatte. Jakob zufolge hatte es Filip gehört, und ein Fetzen davon war im Maul eines toten Hundes gefunden worden. Dieses letzte Detail kam Vidar bekannt vor. Er erinnerte sich daran. Er erinnerte sich an die Trümmer des Erdrutschs, wie er mit den beiden Polizistinnen aus Oskarström inmitten der Verwüstung gestanden und das Maul des toten Hundes aufgestemmt hatte. Das laute Knacken, mit dem der Kiefer schließlich nachgegeben hatte.

Davon abgesehen sprang Sanders Erzählung zeitlich zwischen bruchstückhaften Ereignissen vor und zurück, sodass Vidar Mühe hatte, sie zu einem Ganzen zusammenzufügen.

Sander saß nach vorne geneigt da, die Ellbogen auf die Knie gestützt, als versuche er, einer aufsteigenden Übelkeit Herr zu werden.

Da wurde Vidar klar, was ihn quälte. Eigentlich sollte er warten, bis er es von Sander Eriksson selbst hörte, aber der lange Arbeitstag und die vielen Gespräche hatten seine Geduld strapaziert. Er sagte:

«Sie glauben nicht, dass es stimmt, was Jakob Lindell sagt.»

«Nein, ich glaube, dass er lügt.»

«Warum glauben Sie das?»

«Ich weiß nicht, wie viel Sie darüber wissen, was damals an Weihnachten passiert ist.»

«Nicht sehr viel», gestand Vidar. «Ich weiß, dass die Leute sagen, Sten Persson habe den Erdrutsch ausgelöst, die Polizei es aber nicht beweisen konnte, und dass er und Karl-Henrik Söderström einen Streit hatten.»

«Es kursierten auch Gerüchte über Filip», sagte Sander.

«Es gab irgendeine Art Drohbrief?»

«Er war sechzehn und hatte gerade seinen Bruder verloren. Er steckte in einer Krise. Es war kein wirklicher Drohbrief, und Teenager schreiben allen erdenklichen Müll. Fragen Sie mich, ich bin Lehrer. Erstens war Filip am Abend des Erdrutschs Kilometer weit weg auf einer Party. Das Einzige, was darauf hindeutet, dass es Filip war, den Jakob gesehen hat, ist Jakobs eigene Aussage. Niemand sonst hat Filip an diesem Abend gesehen. Zweitens, Jakob sagt, er habe das Hemd gefunden, als er darüber gestolpert ist. Aber wie stolpert man über ein Hemd? Es liegt doch einfach auf dem Boden. Über ein Hemd stolpert man nicht, man tritt darauf. Drittens, warum ist er damit nicht zur Polizei gegangen? Ihm muss doch klar gewesen sein, dass es wichtig war. Und viertens, ich habe Filip damals gekannt. Er hat nie Hemden getragen, nur T-Shirts und Kapuzenpullover. Ich weiß nicht, ob er überhaupt ein Hemd besessen hat. Jakob dagegen», fuhr Sander fort, «hat oft Hemden getragen, und genau in der Machart.»

Vidar begann Fragen zu stellen, behutsam und vorsichtig: Jakob hatte also ein Hemd dabeigehabt, als er zu Sander gekommen war? Wie war es eingepackt gewesen? Wie hatte es ausgesehen? Was hatte Jakob mit dem Hemd gemacht, nachdem er es Sander gezeigt hatte?

Die Jugendlichen beim Pavillon oben auf dem Hügel machten sich auf den Heimweg. Einer von ihnen schien, zum großen Verdruss des Rests der Gruppe, eingeschlafen zu sein. Sie versuchten, den Schläfer zu wecken, indem sie einen der Bühnenscheinwerfer auf sein Gesicht richteten, doch ohne Erfolg. Erst als sie das heruntergefallene Plakat wie eine Decke über ihm ausbreiteten, begann er irritiert mit den Armen zu fuchteln und sich zu rühren.

«Also», sagte Vidar, der zuletzt bei der einfachsten, aber vielleicht der wichtigsten Frage von allen angelangt war. «Was glauben Sie? Warum sollte Jakob Ihnen das erzählen, wenn alles eine Lüge wäre? Und warum jetzt?»

Sander Eriksson schwieg lange.

«Die Leute haben immer gesagt, ein guter Freund von mir habe Mikael ermordet.»

«Killian», bestätigte Vidar.

Als hätte er den Daumen auf ein böses Hämatom gelegt und zugedrückt.

«Ich wollte nie glauben, dass Killian es getan hat, oder habe jedenfalls Schwierigkeiten, es zu glauben. Ich glaube, dass es jemand anders war.»

«Niemand möchte glauben, dass ein Freund zu so etwas fähig ist. War es nicht so, dass die beiden auf der Party einen Streit hatten, Ihr Freund und Mikael Söderström?»

Sander schüttelte den Kopf.

«Mikael und *Jakob* haben sich auf der Party gestritten. Außerdem gab es in derselben Nacht einen Diebstahl. Aus Jakobs Elternhaus wurden fünfzigtausend Kronen gestohlen. Nach dem Erdrutsch hat man das Geld in den Überresten von Killians Häuschen gefunden. Aber wenn Killian das Geld gestohlen hat, warum hat er es dann nicht mitgenommen, als er geflüchtet ist? Er hätte es doch gebraucht.»

«Sie denken, jemand könnte das Geld im Nachhinein bei Killian platziert haben?»

«Ich habe mir das nie erklären können. Wenn es nicht Killian war, sondern ... Ja, was, wenn Jakob Mikael ermordet hat, wenn er das Dynamit in Söderströms Keller angezündet und den Erdrutsch ausgelöst hat? Wenn der Hund ein Stück seines Hemds herausgerissen hat? Da wäre ihm doch bestimmt klar gewesen, dass es am Ende herauskommen würde, und er hat das Hemd aufgehoben, um die Schuld jemand anderem in die Schuhe schieben zu können, jemandem, der sich nicht mehr verteidigen kann.»

«Das klingt ziemlich kompliziert», gab Vidar zu bedenken. «Warum sollte er das tun?»

«Das Geld? Ich weiß es nicht. Wegen Felicia vielleicht?»

«Felicia?»

Doch Sander Eriksson sagte nichts mehr. Stattdessen blickte er auf den Nissan, der ruhig und still am Banvallsleden entlangfloss.

«Ist das der Sonnenaufgang?»

«Ja», sagte Vidar. «Das ist er.»

Sie standen auf und gingen zurück zum Polizeirevier.

«Eins noch», sagte Vidar, bevor sie sich verabschiedeten. «Was haben Sie getragen?»

Sander Eriksson blickte ihn verständnislos an.

«Wie bitte?»

«Haben Sie damals Hemden getragen?»

Sander musterte ihn lange.

«Ja, das kam vor.»

«Das kam vor», wiederholte Vidar, als erprobe er den Wahrheitsgehalt auf der Zunge.

«Aber keines wie dieses.»

«Gut. Dann weiß ich Bescheid.»

67

Er fuhr nach Hause, nach Marbäck, schlief ein paar Stunden, stand auf und küsste Patricia, die im Garten auf einer Sonnenliege döste. Sie hatten sich in jungen Jahren kennengelernt und eine Tochter bekommen, Amadia. Sie war vor ein paar Jahren flügge geworden und wollte ab Herbst in Lund Architektur studieren. Bis dahin wohnte sie in Halmstad, sodass Vidar und Patricia das große Haus in Marbäck ganz für sich allein hatten. Oft empfand er ihre Zweisamkeit als behaglich und friedlich, aber einen Tag wie heute hätte er gerne damit begonnen, seine Tochter zu umarmen.

Stattdessen setzte er sich zu Patricia auf die Liege und genoss für eine Weile den Sonnenschein.

«Wie ist es gestern gelaufen?», erkundigte sie sich.

«Holprig. Wir werden einiges zu tun haben.»

Patricia streckte eine Hand aus und strich ihm über die Wange. Sie lächelte leicht.

«Du wirst es lösen. Das tust du immer.»

Er erwiderte das Lächeln und nahm ihre Hand.

«Ja, vielleicht. Aber ich habe nicht wirklich Lust dazu.»

Vidar betrachtete seine Frau, die, in Bikini und mit Sonnenbrille, ihrem jüngeren Ich als Fünfundzwanzigjährige nach wie vor täuschend ähnlich sah. «Du bist sündhaft schön.»

«Ich weiß. Ich liebe dich auch.»

«Ich liebe Urlaub.» Vidar beugte sich über sie und küsste sie erneut, bevor er sich auf den Weg machte, die Müdigkeit wie Schatten unter den Augen.

Als Vidar auf den Hof einbog, war es Mittagszeit. Jemand, ein Kunde vielleicht, fuhr gerade in einem alten, rostfleckigen Volvo-Kombi davon. Im Wageninneren saß ein älterer Mann mit zerfurchtem Gesicht. Einen Moment lang meinte Vidar, den Mann von früher her zu kennen, doch der Zusammenhang entglitt ihm.

Das Haus lag in Nydala, unweit des Naturreservats von Fäberga, mit zwei Stockwerken und einer verwitterten Holzfassade, die mit den Jahren grau geworden war. Vidar passierte einen schwarzen Briefkasten und parkte neben einem weißen Mercedes-Jeep. Ein Kiesweg führte zu dem kleinen Atelier in einer umgebauten alten Scheune, in der sie, laut Auskunft der spartanischen Webseite, ihre Arbeit betrieb. Die Giebel waren weiß, die offen stehenden Flügeltüren schwarz und schwer. In einer Ecke des großen Hofplatzes stand eine Schaukel, bunte Spielsachen lagen im Gras verstreut.

Die Sonne brannte ihm im Nacken, erwärmte den Boden, der Kies knirschte unter seinen Schuhsohlen. Vidar gähnte. Aus dem Atelier drangen dumpfe Schläge, rhythmisch und irgendwie behaglich. Ein Radio spielte Sommerhits. Der Innenraum war vollgestellt mit Holzmöbeln, Werkstoffen und Arbeitsbänken.

Vidar trat über die Schwelle. Das hereinfallende Sonnenlicht ergoss sich über den Zementfußboden bis zu einer zierlichen Frau, die vor einer Kommode kniete. Sie hielt einen Hammer von der Größe ihres Unterarms in der Hand, und als sie ihn kommen hörte, wandte sie den Kopf in seine Richtung. Vidar hatte erwartet, dass sie überrascht reagieren würde, zumindest erstaunt, doch sie legte nur gelassen den Hammer beiseite und kam mit kühler Distanziertheit auf ihn zu, als sei er ein neuer Kunde, für den sie eigentlich keine Zeit hatte.

«Es tut mir leid, dass ich unangemeldet hier hereinschneie», sagte er und streckte ihr seine freie Hand entgegen. «Mein Name ist Vidar Jörgensson.»

Ihr Blick streifte flüchtig den Ordner in seiner linken Hand, bevor sie seine rechte nahm.

«Siri Bengtsson», erwiderte sie und musterte ihn fest mit klaren, braunen Augen.

Sie war in seinem Alter, so viel wusste er. Sie waren sich in Skavböke in den Trümmern des Erdrutschs begegnet. Ihr dickes, dunkles Haar hatte graue Strähnen bekommen, auch hatte die Zeit sich in ihren Augenwinkeln niedergelassen, doch das war alles.

Beharrlich und zäh, das ließen ihre Schultern und Arme erkennen. Sie trug ein Trägertop, eine Latzhose und Holzpantinen.

«Ein schönes Atelier. Hat er was gekauft?»

«Wer?»

«Der Mann, der eben hier war.»

«Ach so, nein. Er hat sich nur umgesehen. Die meisten tun das.»

Sie ging zu der Kommode zurück und fuhr behutsam mit der Hand über das Holz, als würde sie etwas nachspüren.

«Atelier», wiederholte sie. «Das haben Sie schön gesagt. Aber es ist nur eine Scheune.»

Der Dachstuhl war bis unter die Deckensparren offen, und an den Wänden hingen liebevoll gepflegte Handwerksgeräte, wie Vidar sie aus den Scheunen seiner Kindheit in Marbäck kannte.

«Ich habe keine Scheune, aber mein Vater hatte eine. Die sah nicht aus wie diese, das kann ich Ihnen versichern. Bis auf die Werkzeuge. Sie sind Polizistin, oder nicht?»

«Nein, das bin ich ganz sicher nicht.»

Es entging Vidar nicht: Siri Bengtsson hatte sofort gewusst, dass er wegen dieses Teils ihres Lebens gekommen war.

«Aber Sie waren einmal Polizistin.»

«Vor sehr langer Zeit und für einen kurzen, sehr kurzen Abschnitt meines Lebens. Ich nehme an, Sie wollen über Filip Söderström sprechen. Ich habe fast alle Details vergessen, müssen Sie wissen.»

Vidar sah sie lange an.

«Wir haben seinen Namen nicht öffentlich gemacht.»

«Was Sie öffentlich gemacht haben, genügt.»

Sie hatten versucht, die Angaben zu anonymisieren, aber es war kompliziert. Die modernen Medien waren sehr viel schneller als die alten. Ein Mann mittleren Alters, aus der Gegend stammend, wo seine Leiche aufgefunden worden war, in Kleinkriminalität und Drogenmissbrauch verwickelt. Und noch dazu in Skavböke. In den dunklen Winkeln des Internets kursierten bereits sein Name und sein Bild, all das, was seiner Familie einst widerfahren war, und aberwitzige Spekulationen darüber, was nun geschehen sein mochte.

«Ich möchte mit Ihnen vor allem über Filips Bruder sprechen, beziehungsweise mir anhören, was Sie über ihn zu sagen haben.»

Ein neuer Ausdruck trat in Siri Bengtssons Blick. Was war es? Schmerz? Eine Erinnerung, die sich zurückmeldete und ihr nicht gefiel? Aber vielleicht bildete er sich das auch nur ein. Der Ausdruck kam und verschwand, ein flüchtiges Aufflackern von etwas, von dem er nicht wusste, was es war.

Sie griff nach ihrem Handy, das auf der Kommode lag, und kontrollierte etwas.

«Sie glauben, dass die Todesfälle miteinander zusammenhängen.»

«Ich glaube, dass sie miteinander zusammenhängen könnten.»

«Sie haben dem Polizeiberuf auch einmal den Rücken gekehrt, habe ich gehört», sagte sie.

«Das ist richtig.»

«Aber dann sind Sie wieder zurückgekommen.»

Als sei ihr Besucher ein Rätsel, das sie zu verstehen versuchte.

«Ja. An Tagen wie diesen bereue ich es.»

Sie legte den Kopf schief und lächelte, zum ersten Mal, seit er aufgetaucht war.

«Nein, das tun Sie nicht.» Sie blickte sich um, als gäbe es hier drinnen etwas, das ihr helfen konnte, eine Entscheidung zu treffen.

«Mir wäre es am liebsten, wenn Sie einfach wieder gingen. Aber mir ist klar, dass Sie das nicht tun werden. Wenn ich so aufrichtig und ausführlich, wie ich kann, auf Ihre Fragen antworte, geben Sie sich dann damit zufrieden?»

«Aufrichtig und ausführlich. Dann gehe ich. Einverstanden.»

Sie nickte.

«Dann bitte, fragen Sie.»

68

Sie setzten sich in einer Ecke der Scheune in zwei Korbstühle. Auf einem Tisch zwischen ihnen gedieh eine üppige Pflanze. Ein Chinesischer Glückstaler, eine der wenigen Zimmerpflanzen, die Vidar dem Namen nach kannte. Daneben lagen Zeitschriften über Tischlerei und Innendekoration mit verheißungsvollen Hochglanzumschlägen. Vidar platzierte seinen schwarzen Aktenordner auf dem Stapel.

«So bequem habe ich schon lange nicht mehr gesessen», sagte er.

«Sie schmeicheln mir. Das ist nicht nötig.»

«Wie kommt es, dass Sie Tischlerin geworden sind?»

«Das ist eine lange Geschichte. Oder vielleicht auch nicht. Das Polizeirevier Oskarström wurde im Januar 2005 nach einem Beschluss in Halmstad geschlossen. Das wissen Sie sicher. Zu dem Zeitpunkt war ich schon nicht mehr da. Ich hatte etwa zwei Jahre vorher aufgehört. Aber im Zuge der Schließung habe ich mit Gerd gesprochen. Sie verpackte das Büro in Kisten, rief mich an und fragte, ob wir zusammen einen Kaffee trinken könnten. Ja, klar, sagte ich, ein wenig widerwillig.»

«Was wollte sie?»

«Sich nur mit mir treffen. Nichts Besonderes.» Für einen kurzen Moment flackerte Siri Bengtssons Blick. «Ich hatte keine Ahnung, was ich mit meinem Leben anfangen sollte, abgesehen davon, dass ich nicht wieder als Polizistin arbeiten wollte. Das war, bevor ich meinen Mann kennengelernt habe und die Kinder gekommen sind. Behördenkram und Bürokratie. Im Grunde habe ich das nie gemocht. Gerd meinte, ich sei sehr geschickt mit den Händen. Das war ihr irgendwie aufgefallen, fragen Sie mich nicht, wie. Sie schlug vor, dass ich mich an etwas Handwerklichem versuchen sollte. Teppiche weben oder etwas in der Art. So hat es angefangen. Aber ich mag auch ein klein wenig Krach um mich herum. Weben war mir zu still. Tischlerei und Möbelrestauration sind genau das Richtige für mich.»

Vidar fuhr mit der Hand über seinen Korbstuhl. Stabil und robust. Als würde ihn die Zeit umso langlebiger machen.

«Ich kann mir vorstellen, dass Sie sich Ihre Arbeit gut bezahlen lassen.»

«Sehr gut. Aber mittlerweile bin ich auch sehr gut in meiner Arbeit.»

«Das glaube ich gerne. Aber apropos Kisten.» Vidar klopfte auf den Aktenordner. «Ich glaube, was Gerd damals verpackt hat, habe ich wieder ausgepackt. Und mit ihr kann ich ja leider nicht mehr sprechen.»

«Also wollen Sie mit mir darüber sprechen.»

Vidar konnte nicht sagen, ob es eine Frage oder eine Feststellung war.

«Was glauben Sie, ist damals geschehen?»

«Wann?»

«In der Nacht, in der Mikael Söderström ermordet wurde.»

Stille.

«Was glauben Sie selbst?»

Gute Frage. Er hatte geahnt, dass sie kommen würde.

«Es ist bemerkenswert, dass Gerd und Sie damals so weit gekommen sind, in Anbetracht der Mittel, die Sie hatten. So wie ich es sehe, spricht die Faktenlage überwiegend dafür, dass Sie richtiggelegen haben. Killian Persson hat ihn getötet.»

Siri Bengtsson schlug die Beine übereinander und lehnte

sich zurück. Vielleicht fragte sie sich, ob das wirklich seine Überzeugung war oder ob er es nur sagte, um ihr zu schmeicheln.

«Überwiegend», wiederholte sie. «Aber nicht komplett.»

«So ist es oft. Und meine erste Frage zielt genau darauf ab. Irgendwo steht der Vermerk *Tatverdächtiger verstorben*, aber Sie haben die Ermittlung damals nicht geschlossen.»

Siri Bengtsson schüttelte den Kopf und sah ihn an, als zögere sie ein letztes Mal. Dann begann eine Suche, ein zaghaftes Stöbern weit zurück in ihrem Gedächtnis.

«Der Staatsanwalt stimmte damals zu, den Fall offenzulassen. Gerd und ich waren beide der Meinung, dass es gute Gründe dafür gab, unter anderem wegen des Erdrutschs. Ich meine, dass sich in diesem Zusammenhang Indizien mit Relevanz für den Tathergang ergeben haben.»

«Was genau?»

Vidar sah ihr an, dass es ihr schwerfiel, sich zu erinnern.

«Das gestohlene Geld zum Beispiel. Das haben wir erst nach dem Erdrutsch gefunden. Und auch wenn es den Verdacht gegen Killian Persson eher erhärtete, als auf einen anderen Täter hinzudeuten, wussten wir nicht, ob sich daraus nicht weitere Indizien ergeben würden, neue Umstände. Aber es gab andere Unklarheiten. Es hatte ... ich erinnere mich nicht mehr.»

«Ich verstehe, dass das nicht ganz leicht ist», sagte Vidar verständnisvoll. «Aber Sie wissen, wie das ist. Ich muss fragen.»

«Nehmen Sie den Anruf, wissen Sie davon? Der Anruf von der Party, auf der Mikael gewesen ist. Irgendjemand hat von dort aus die Familie mit der Tochter angerufen, wie hießen sie noch gleich? Grenberg. Irgendjemand hat sie spätabends angerufen. Vielleicht nur ein Detail, aber Gerd und ich waren beide der Meinung, dass es wichtig war.»

«Warum?»

«Keiner der Jugendlichen hat zugegeben, den Anruf getätigt zu haben.» Die Erinnerung schien allmählich wiederzukehren. «Und weder die Tochter noch die Mutter haben angegeben, einen Anruf erhalten zu haben. Irgendjemand hat also gelogen.»

«Das war Ihre Schlussfolgerung, dass jemand gelogen hat?»

«Haben Sie eine andere Erklärung?»

Vidar lächelte leicht und wartete ab.

«Die Fußspuren im Schnee am Wagen. Zwei der Schuhabdrücke haben wir als Killian Perssons und Sander Erikssons identifiziert, auch wenn wir nie mit Sicherheit sagen konnten, dass es ihre waren. Aber es gab noch eine dritte Fußspur, von einer Person, bei der wir davon ausgingen, dass es sich bei ihr um einen Zeugen handelte. Und das Geld der Familie, die ihre Ersparnisse auf der Küchenbank aufbewahrte. Killian Persson hatte es gestohlen, aber warum? Und warum hat er das Geld nicht mitgenommen, als er geflüchtet ist?» Eine kurze Pause. Siri Bengtsson lehnte sich wieder zurück. «Ja, aus all diesen Gründen hielten wir es für gerechtfertigt, die Ermittlung nicht einzustellen.»

«Haben Sie weitere Antworten erhalten? In den ersten Monaten nach dem Erdrutsch kommen regelmäßig neue Ermittlungsunterlagen hinzu, dann dünnt die Spurenlage aus, und im Sommer ist sie fast vollständig versiegt.»

«Wahrscheinlich sind andere Ermittlungen mit einer umfangreicheren Faktenlage in den Vordergrund gerückt. Wir sind nicht mehr vorangekommen. Erstaunlich, oder?»

«Nicht wirklich.»

«Ganz recht.» Siri Bengtsson musterte ihn. «Also, warum sind Sie in den Polizeidienst zurückgekehrt?»

Vidar war klar, dass er antworten musste, ließ sich aber viel Zeit, als müsste er die Antwort zunächst für sich selbst formulieren, und so war es vielleicht auch.

«Mein Berufsweg war auch nicht ganz frei von Irrungen und Wirrungen, um es mal so auszudrücken.»

«Ja, das habe ich gehört.»

«Aber am Ende habe ich, glaube ich, eingesehen, dass ich es für mich brauche. Ich hatte ein schlechteres Leben, als ich kein Polizist war.»

Damit schien sie sich zufriedenzugeben.

«Sander Eriksson», fuhr Vidar fort. «Welchen Eindruck hat er auf Sie gemacht?»

Siri Bengtsson überlegte.

«Er war klug. Sehr klug. Wohnt er noch in der Gegend?»

«Nicht in Skavböke, aber in Snöstorp.»

Das schien sie zu überraschen.

«Ich erinnere mich, dass er auf dem Sprung nach Stockholm war. Er wollte da studieren. Aber ja, vielleicht ist es verständlich, dass er letztlich geblieben ist. Er hatte gerade seinen besten Freund verloren.»

«Und Sie glauben nicht, dass er etwas mit dem Mord an Mikael Söderström zu tun hatte? Wenn die Fußspuren am Wagen von ihm stammten, bringt ihn das immerhin mit dem Fundort in Verbindung. Vielleicht auch mit Killian Perssons Tod?»

Sie wippte leicht mit dem Fuß, während sie nachdachte.

«Was Mikael angeht, weiß ich es offen gestanden nicht. Aber mit Killians Tod? Nein. Bei den wenigen Gelegenheiten, die ich hinterher mit ihm gesprochen habe, hat er sich jedes Mal schwere Vorwürfe gemacht. Ich glaube, zwischen den beiden war irgendetwas vorgefallen. Aber was, weiß ich nicht.»

«Stimmt es, dass er später mit Felicia Grenberg liiert gewesen ist? Irgendjemand hat das gesagt.»

«Ja, richtig. So war es. Sie haben sogar ein Jahr zusammengewohnt. Haben Sie mit ihm gesprochen?»

«Heute Nacht.»

Vidar legte eine Hand auf den Aktenordner. Ganz hinten hatte er die Zusammenfassung seiner Unterhaltung mit Sander Eriksson abgeheftet.

«Ich ahne, was Sie in diesem Ordner haben, und Sie dürfen mir die Unterlagen nicht überlassen. Das haben wir auch nicht ausgemacht. Sie wollten gehen, sobald Sie Ihre Fragen gestellt hätten. Das scheinen Sie jetzt getan zu haben. Und ich habe geantwortet.» Siri Bengtsson erhob sich. «Wenn Sie keine Fragen mehr haben, ich habe zu tun.»

Vidar erhob sich ebenfalls. Der Korbstuhl knarzte behaglich. Er hielt ihr den Ordner hin.

«Ich bin davon ausgegangen, dass es einfacher wäre, Ihnen den Ordner persönlich vorbeizubringen, als Sie dazu zu bewegen, ins Präsidium zu kommen und ihn abzuholen. Ich komme morgen wieder, falls wir uns nicht schon vorher hören sollten. Sie müssen es nicht, aber Sie dürfen gerne einen Blick hineinwerfen und mir sagen, was Sie denken.»

Siri Bengtsson starrte auf den Ordner, als sei er eine Bedrohung. Zuletzt legte Vidar ihn auf den Stuhl.

«Haben Sie Ihren Dienst wegen Skavböke quittiert?», fragte er, ohne sie anzusehen.

«Nein. Ich hatte einfach keine Kraft mehr. Es war an der Zeit, etwas anderes zu machen.»

Sie sagte es so unbefangen und geradeheraus, dass man auf den ersten Blick nicht anders konnte, als es für die Wahrheit zu halten. Aber nein. Ganz so war es wohl nicht gewesen. Da gab es noch etwas anderes, davon war Vidar überzeugt, doch er fürchtete, dass es zu tief saß, um angesprochen werden zu können.

«Bitte gehen Sie jetzt», sagte sie. «Mein Mann kommt in einer Stunde mit den Kindern nach Hause, und ich muss arbeiten.»

69

Isidor hatte gerade Hasse Ek in der Einrichtung für Betreutes Wohnen in Oskarström besucht. Der alte Knabe faselte noch immer von diffusen Gestalten, die zu ihm kamen und strahlten. Aber seit einem schweren Treppensturz vor gut einem Jahr konnte er nicht mehr für sich selber sorgen und wohnte in einem Seniorenheim mit ärztlicher Rundumbetreuung. Hasse meinte, er habe es nicht schlecht getroffen, sein Zimmer habe ein schönes Fenster, das Essen sei gut und das Bett bequem. Und außerdem gäbe es in dem Haus viel weniger Strahlung. Einmal sei eine Sommeraushilfe zwar drauf und dran gewesen, eine Mikrowelle aufzustellen, doch dieses Ansinnen habe er, Hasse, im Keim erstickt. Und außerdem sei es nett, dass der Pfarrer ab und zu vorbeikäme.

In derselben Einrichtung, nur ein paar Türen weiter, hatte auch Filip Söderströms Mutter Lillemor ein Zimmer bezogen. Als Isidor nun auf dem Weg zum Ausgang daran vorbeikam, war die Tür nur angelehnt, und er sah, dass eine Frau an Lillemors Bett saß. Felicia Grenberg.

Eigenartig, dass der Körper die Dinge manchmal nicht mehr zu erfassen vermag, dass er sich nicht mehr erinnert. Lillemor hatte große Schwierigkeiten, sich zu bewegen, an manchen Tagen konnte sie auch nicht mehr sprechen. Ihre Augen leuchteten klar, und sie war wach, das war eindeutig, aber was sie sagte, war schwer zu verstehen. Als seien die Worte zu groß für den Mund, als verlangten sie Lippen und Zunge Dinge ab, zu denen sie nicht mehr imstande waren.

Isidor blieb im Türrahmen stehen und räusperte sich. Felicia Grenberg wandte den Kopf.

«Hallo», sagte Isidor freundlich. «Ich wollte nur sehen, wie es euch geht.»

«Es ist ...» Felicia wandte sich wieder zu Lillemor um. «Es ist, wie es ist.»

Isidor nickte. Er war schon hier gewesen und hatte Lillemor sein Beileid ausgesprochen. Nun wusste er nicht recht, was er sagen sollte.

«Lasst mich wissen, wenn ich etwas tun kann.»

Das musste genügen. Keine der Frauen erwiderte etwas.

Felicia widmete sich wieder dem Rätselheft, das sie auf dem Schoß hielt.

«Vorgetäuschtes Gemälde. Eins, zwei, drei ... acht Buchstaben. Der vorletzte Buchstabe ist ein l.»

Lillemor blinzelte. Aus ihrem Mund kam ein Geräusch.

«Was sagst du?»

Lillemor wiederholte das Wort, ein bisschen lauter.

«Ach ja, richtig. *Trugbild*. Und das nächste: Schotte in Sarajevo. Sieben Buchstaben. Der fünfte Buchstabe ist das i in Trugbild.»

Schwer zu sagen, was Felicia Grenberg Besuche wie diese brachten. Womöglich mussten die Frauen zusammenhalten, weil sie die Überlebenden waren. In Skavböke waren es die Männer, die starben. Oder sie hatte schlicht und ergreifend Schuldgefühle.

Genau wie ich, dachte Isidor und entfernte sich leise.

Der Anruf war aus dem Rasmusgården gekommen, irgendwann im Jahr 2004 musste das gewesen sein. Er war damals nicht in der Pfarrei gewesen. Als Pfarrer von Oskarström hielt er sich nur selten dort auf. Das Werk der Kirche verrichte man unter den Menschen, pflegte er zu sagen, nicht im Büro. Natürlich war es mühselig, und er war schon damals nicht mehr der Jüngste gewesen, doch niemand hatte je behauptet, der Glaube sei einfach. Das Einfache war, nicht zu glauben. Aber Himmelherrgott, er glaubte nun mal, beinahe hilflos.

Die Frau vom Rasmusgården hatte eine Nachricht aufs Band gesprochen, aber nicht gesagt, worum es ging. So etwas taten Therapieeinrichtungen selten, sie schützten ihre Patienten. Sofern Patienten in diesem Zusammenhang das richtige Wort war. Doch das war es wohl.

Isidor rief zurück und erfuhr, dass es im Rasmusgården einen Patienten gab, der mehrmals nach ihm gefragt hatte. Als Isidor den Namen hörte, setzte er sich sogleich ins Auto und fuhr auf der E6 Richtung Norden.

Die Therapieeinrichtung lag in Skrea, ein Stück außerhalb von Falkenberg. Filip Söderström, der in weniger als einem Monat zwanzig wurde, saß bei Isidors Eintreffen allein im Garten, in einer Sitzgruppe ohne Polster, und hatte eine Tasse Kaffee vor sich stehen. Er war es, Isidor erkannte ihn wieder, wenn auch mit Mühe. Nur Haut und Knochen, die Wangenknochen standen hervor wie die Ecken eines Dreiecks, die Haut war so bleich, dass sie fast blau erschien. Seine Haare waren länger, die Gesichtszüge starrer. Innerhalb weniger Jahre waren sie spürbar verhärtet. Auch seine Stimme war eine andere, sie hatte ihren Eifer verloren, und mit dem Eifer, so schien es, ihre Gegenwart. Der Junge, an den Isidor sich erinnerte, sprach jetzt monoton, langsam und abwesend.

«Ich habe nicht geglaubt, dass Sie kommen würden», sagte Filip geradeheraus in die Luft. Isidor setzte sich neben ihn.

«Wie geht es dir, Filip?»

«Eine Zeit lang ging es mir nicht so gut. Aber jetzt, hier, ist es besser.» Er blinzelte in die Sonne. «Heute Morgen habe ich gesehen, wie ein Reh ein Junges zur Welt gebracht hat. Wie nennt sich das ... ein Kitz. Die Natur erneuert sich selbst. Wie zu Hause. Das ist schön.» Er griff nach seiner Kaffeetasse und hob sie prostend in die Höhe. «Und ich habe entdeckt, dass ich Kaffee mag.»

Stand ein Geständnis bevor? Das war das Einzige, was Isidor sich vorstellen konnte: dass Filip ihm beichten wollte, was in jenen Tagen und Nächten im Dezember vor fünf Jahren geschehen war.

«Mir wurde gesagt, dass du mit mir reden möchtest.»

«Die Therapiefuzzis liegen mir ständig in den Ohren, dass ich mit jemandem reden soll. Haben Sie vorgeschlagen, weil Sie von da sind. Ich soll wohl mit jemandem sprechen, der dabei war.»

«Der wann dabei war?»

«Ja, als alles passiert ist. Damals.»

Isidor räusperte sich. Es klang einen Hauch feierlicher als beabsichtigt.

«Hattest du etwas damit zu tun, Filip?»

«Ich möchte ...», begann Filip, als habe er Isidors Worte nicht gehört. «Ich möchte neu anfangen. Ich habe keine Ahnung, ob das möglich ist. Aber ich will es. Ich kann so nicht leben. Ich denke so viel an alle, die dabei waren. An alles, was geschehen ist. Aber keiner kapiert es. Keiner versteht, dass es *mein Bruder* war, der ermordet wurde, und dass ich nur einen Bruder hatte, dass er nie zurückkommen wird. Und meine Eltern. Wie soll man da neu anfangen? Wenn die Grundvoraussetzungen für das Leben nicht mehr da sind?»

«Das muss sehr schmerzhaft sein», sagte Isidor. «Sowohl das als auch alles, was danach geschehen ist.» Er wartete. «Hast du mal darüber nachgedacht, es aufzuschreiben?»

«Was meinen Sie?»

«Das, was an jenem Tag geschehen ist. Als Mikael gestorben ist. Vielleicht hilft es dir, es auf diese Weise zu verarbeiten.»

«Aber ich kann nicht schreiben.»

«Du musst es niemandem zeigen, wenn du nicht willst. Schreib es für dich selbst.»

Isidor wartete lange, doch Filip sagte nichts mehr. Vorsichtig legte er dem Jungen eine Hand auf die Schulter. Er spürte die Knochen unter dem Pullover, dünn und hart. Filip wirkte überrascht. Er griff sich an die Brust, als keime etwas in ihr, etwas, das er noch nie gespürt hatte.

Wie lange er so dasaß, mit der Hand auf Filips Schulter, vermochte Isidor nicht zu sagen. Aber er glaubte an Vergebung, an Gnade, und dass man ihr die Zeit lassen musste, die sie brauchte.

«Ich komme morgen wieder, Filip.»

Wie töricht, dachte er jetzt, als er von der Einrichtung für Betreutes Wohnen zu Fuß nach Hause lief. Wie töricht ich gewesen bin. Ich hätte damals nicht hinfahren sollen. Es wäre besser gewesen, ich hätte ihn im Rasmusgården sich selbst überlassen. Dann würde er heute vielleicht noch leben. Aber wie sagte man so etwas jemand anderem? Manche Dinge trug man allein.

Und rings um Isidor schritt der Sommer schonungslos weiter voran.

70

«Entschuldigen Sie, wenn ich störe. Die Mitarbeiter meinten, es wäre in Ordnung.»

Die Frau im Zimmer wandte den Kopf und sah ihn an.

Vidar trat einen Schritt vor.

«Sie sind Felicia Grenberg, oder?» Er streckte ihr die Hand entgegen. «Mein Name ist Vidar Jörgensson.»

Sie begrüßten sich. Ihre Handfläche war warm und rau.

«Der ältere Herr, der eben hier war», sagte Vidar. «Ich bin ihm im Hinausgehen begegnet. Wer war das?»

«Das muss der Pfarrer gewesen sein», erwiderte Felicia Grenberg. «Isidor Enoksson.»

«Ach ja, richtig. Ich hatte den Eindruck, dass ich ihn irgendwoher kannte.»

Es war der Pfarrer gewesen, der im Volvo-Kombi von Siri Bengtssons Hof gefahren war.

«Könnte ich kurz mit Ihnen sprechen, Lillemor?», fragte Vidar.

Lillemor musterte ihn mit reglosem Gesicht. Felicia Grenberg legte ein Kreuzworträtselheft auf das Tischchen neben dem Bett der alten Dame, auf einen Stapel Bücher und Fotoalben, stand auf und ging widerstrebend aus dem Zimmer, als ließe sie ihr eigenes Kind mit einem Fremden allein.

Lillemor Söderström war vom Tod ihres Sohnes in Kenntnis gesetzt worden. Das war eine der ersten Maßnahmen, die in der Ermittlung erfolgt waren, und Vidar hatte die Nachricht selbst überbracht.

«Es wäre gut, wenn sie dich mag», hatte Markus gesagt.

«Sie wird zum zweiten Mal in ihrem Leben die Nachricht erhalten, dass ihr Sohn tot ist», entgegnete Vidar. «Die Ausgangslage könnte besser sein.»

«Gib dir Mühe, so gut es geht.»

Sie hatte eine lange Weile reglos und wie erstarrt dagesessen, aber als Vidar schließlich behutsam seine große Hand auf ihre schmale gelegt hatte und einen Arm um ihre Schulter, hatte sie ihn mit einem Ausdruck angesehen, der Verblüffung ähnelte, als sei es so lange her, dass jemand sie berührt hatte, dass sie vergessen hatte, wie es sich anfühlte.

«Lillemor», sagte er jetzt. «Ich bin es, Vidar. Von der Polizei. Ich bin zurückgekommen, wie ich es versprochen habe.»

«Ja», erwiderte sie.

Vidar blickte auf das Kreuzworträtsel, das Felicia Grenberg aufgeschlagen auf das Nachttischchen gelegt hatte.

«Schotte in Sarajevo. Was glauben wir?»

Lillemor artikulierte ein Wort. Es klang ein wenig wie *Florist*.

«Ganz meine Meinung. Möchten Sie, dass ich es eintrage?»

Er griff nach dem Rätselheft, holte seinen Stift hervor und trug *Tourist* ein. Lillemors Augen verfolgten seine Bewegungen. Ihre grauen Zellen waren noch tipptopp in Schuss.

«Ja», sagte er. «Ich habe Informationen für Sie, wie ich versprochen habe, und eine Frage. Die Information vielleicht als Erstes?»

Lillemor machte ein Geräusch wie ein *Mmh*.

«Wir versuchen immer noch herauszufinden, was geschehen ist und weshalb. Meine Kollegen sind erst heute Morgen in Filips Haus fertig geworden, wir befinden uns also immer noch in einem sehr frühen Stadium. Inzwischen wissen wir ein wenig mehr als zu Beginn, aber es ist immer noch nicht viel. Sobald ich neue Informationen habe, komme ich wieder. Das ist ein Versprechen.»

Vidar verstummte. Lillemor wartete.

«Also», sagte Vidar nach einer Pause, die sich länger anfühlte, als sie gewesen war. «Meine Frage. Filip ist in ein altes Haus in Skavböke gezogen.»

«Flank Hungerns.»

«Frans Ljunggrens ehemaliges Haus. Genau. Waren Sie einmal da? Zu Hause bei Filip?»

Sie brauchte lange, um die Worte zu formen.

«Nur ein paar Mal. Schwierig für mich.»

«Schwierig inwiefern?»

«Körperlich. Aber auch die Erinnerungen.»

«Natürlich. Das verstehe ich. Waren Sie einmal in der Garage? Erinnern Sie sich daran, wie es da ausgesehen hat?»

«Vage.»

«Da stehen viele Gartengeräte. Schaufeln, Rechen und dergleichen. Erinnern Sie sich daran?»

«Ja.»

«Ich würde gerne wissen», Vidar holte ein Foto hervor, «ob Sie diesen Spaten wiedererkennen.»

Sie blickte auf die Aufnahme.

«Zu Hause.»

«Ja, das ist richtig. Wir haben das Bild zu Hause bei Filip gemacht.»

«Spaten.»

«Ja.»

Sie schwieg lange, sprach erst wieder, als Vidar gerade fortfahren wollte.

«In der Garage?»

«Ja, er stand in der Garage.»

«Nicht gesehen.»

Das hieß nicht viel. Der Spaten hatte sichtbar, aber zwischen vielen anderen Geräten an der Wand gelehnt, nichts, was unweigerlich ins Auge stach.

«Ich habe noch eine zweite Frage. Sie betrifft Filip und Ihren Mann, Karl-Henrik.»

Er meinte, eine plötzliche Bewegung bei Lillemor wahrzunehmen. Aber er war unsicher, ob sie tatsächlich stattgefunden hatte oder ob es nur ein flüchtiges Flimmern vor seinen Augen gewesen war.

«Haben die beiden jemals über den Erdrutsch gesprochen?»

Ein Laut wie ein unterdrücktes Husten kam aus Lillemors Mund. Sie versuchte zu reden:

«Sten Persson.»

«Dass es Sten Persson war», formulierte Vidar langsam aus. «Haben die beiden das gesagt?»

«Mmh.»

«Und Sie, glauben Sie das auch?»

Das Schweigen wuchs. Vidar wartete.

«Wer sonst?», sagte sie schließlich. Eine gute Frage, und es war seine Aufgabe, sie zu beantworten.

Vidar lag ein anderer Name auf der Zunge. Jakob Lindell. Er wollte ihn wie eine Frage stellen, um den Gedanken zu testen. Aber es ging nicht, damit riskierte er zu viel, also sagte er nichts.

Eigentlich hatte er erledigt, weshalb er hergekommen war. Er blickte wieder auf das Kreuzworträtsel.

«Nicht an die Uhr gebunden», sagte er und zählte. «Sieben Buchstaben.»

Nach einer kurzen Bedenkzeit antwortete Lillemor:

«Zeitlos.»

Vidar griff nach dem Heft und schrieb.

Da sah er es, unter dem Heft. Ein dickes Fotoalbum mit weinrotem Samteinband. Es schien viele Bilder zu enthalten. Vidar nahm es vorsichtig in die Hand.

«Gehört das Ihnen?»

«Ja.»

«Schauen Sie sich das immer gemeinsam an? Sie und Felicia?»

«Sie zeigt es mir.»

«Darf ich auch ein wenig darin blättern?»

Lillemor nickte leicht, und als Vidar das Album aufschlug, begegneten ihm Szenen aus der Vergangenheit, Augenblicke aus einem Leben, das es nicht mehr gab. Familienessen, Feste, Feiertage. Auf einem der Bilder war jemand, aller Wahrscheinlichkeit nach Karl-Henrik, als Weihnachtsmann verkleidet.

Bei einer Seite des Albums hielt Vidar inne, vielleicht einen Moment zu lange.

«Was für schöne Bilder», presste er schließlich hervor, seine Stimme zitterte. «Dürfte ich mir das Album ausleihen?»

Lange Sekunden verstrichen. Lillemors Augen wurden feucht. Als sie antwortete, klang ihre Stimme belegt.

«Seien Sie vorsichtig damit. Das ist alles, was ich noch habe.»

71

Fragte man Felicia nach ihrem Leben in den ersten Jahren nach dem Erdrutsch, erhielt man eine eigentümliche Umschreibung als Antwort.

«Wie schiffbrüchig», pflegte sie zu sagen. «So war es.»

Schiffbrüchig. Das klang nicht nach ihr. Der Vergleich musste von jemand anderem stammen, vielleicht von einem der vielen Psychologen oder Ärzte, mit denen sie im Lauf der Jahre zu tun gehabt hatte. Oder von einem ihrer Männer? Wenn es denn überhaupt eine Rolle spielte. Auf die eine oder andere Weise war ihr das Wort angeboten worden, und sie hatte es angenommen, wie ein Verwundeter Schmerzmittel annimmt.

«Hallo», sagte sie knapp, als Sander vor ihrer Tür stand.

Weder überrascht noch erstaunt, fast, als hätte sie ihn erwartet.

Felicia trug Jeansshorts und ein T-Shirt mit einem großen Vogel vorne auf der Brust, wie man sie auf dem Markt am Östra Strand kaufte. Eine Sekunde verstrich, gefolgt von zwei weiteren, während sie dastanden und einander betrachteten.

Dann, wie auf ein Signal, das nur sie beide gehört hatten, lächelten sie und begrüßten sich mit einer zurückhaltenden, aber freundschaftlichen Umarmung.

Felicias Körper in seinen Armen war fremd und gleichzeitig vertraut. Als sie sich losließen, blieb der Duft ihres Haars bei ihm, und Sander widerstand dem Impuls, sie erneut an sich zu ziehen.

«Ich dachte mir, dass du kommen würdest. Deswegen habe ich mit meinem Spaziergang gewartet.»

Die Luft war angenehm, die schlimmste Hitze ausgeblieben, und Vögel, deren Namen Sander nicht mehr kannte, zogen über ihnen am Himmel entlang. Sie liefen nebeneinander den Schotterweg hinunter, anfangs angespannt und nervös. Obwohl sie nur eine halbe Stunde voneinander entfernt wohnten, an entgegengesetzten Enden derselben Kleinstadt, hatten sie sich seit zwanzig Jahren nicht gesehen.

Als die Worte schließlich kamen, waren sie bemüht. Doch nach einer Weile floss die Unterhaltung leichter, sie entspannten sich und merkten, mit einer gewissen Erleichterung, dass sie miteinander auszukommen schienen. Sie teilten einen ganz speziellen Humor, so wie man ihn vielleicht nur teilt, wenn man auch eine Tragödie teilt.

«Du gehst spazieren.» Sander hatte es als Frage gedacht, doch so klang es nicht.

«Ja, das ist meine Auszeit, oder wie man es nennen mag. Es tut mir gut.»

Er wusste, dass sie inzwischen in der Stadt arbeitete, in irgendeinem Geschäft. Eine Zeit lang hatte sie im Krankenhaus als Krankenschwester gearbeitet, dann aber gekündigt und irgendwann geheiratet. Den Mann kannte Sander nicht. Von seinen Eltern wusste er, dass sie sich vor einigen Jahren hatten scheiden lassen. Davor hatten sie zwei Kinder bekommen.

«Sie sind gerade bei ihm in Falkenberg. Wir teilen uns das Sorgerecht. Es funktioniert ganz gut. Er hat da eine Neue. Jonathan mag sie, Majken nicht. Aber so ist das eben wohl.»

«Jonathan und Majken. Schöne Namen.»

«Wusstest du nicht, dass sie so heißen? Sie werden dieses Jahr fünfzehn und siebzehn. Herbstkinder, beide.»

Hochzeit, Kinder und Scheidung. Arbeit. Ein ganzes Leben. Wie war das zugegangen? Ihm war klar, dass es ausmachte, wer sie heute war, und nichts davon konnte er mit etwas anderem verknüpfen als mit dem allgemein Abstrakten. Ihre gemeinsame Geschichte hatte sehr viel früher begonnen und geendet.

«Seltsam, oder?», fuhr sie fort. «Kinder zu haben, Eltern zu sein? Findest du nicht? Kaum hat man seine eigene Kindheit hinter sich, trägt man die Verantwortung für die von jemand anderem.»

«Doch.»

Er vermisste Albin und Josefin, sobald er länger als nur ein paar Stunden von ihnen getrennt war. So war es von der ersten Sekunde an gewesen, und er fragte sich, ob es jemals aufhören würde. Eltern erwachsener Kinder sagten oft, dass man sich nie daran gewöhne; seine Kinder vermisse man immer, die Sehnsucht verändere bloß ihre Form. Oder war das nur so dahingesagt, und in Wahrheit gewöhnte man sich daran?

Man gewöhnt sich an fast alles. Das hatte er gelernt.

Er erinnerte sich jetzt. Details kamen zurück. Sie hatten beide an der Hochschule in Halmstad studiert, er Lehramt und Felicia hatte eine Ausbildung zur Krankenschwester gemacht. Sie hatten sich jeden Morgen und jeden Abend gesehen, die Nächte gemeinsam in ihrer Studentenbude in der Bolmengatan verbracht. Auf Momente verzweifelter Intimität, als versuchten sie, sich von einer Kette zu befreien, die keiner von ihnen begriff, folgten Streitereien und Schweigen, Abwesenheit.

Felicia hatte nebenher im Supermarkt an der Kasse gejobbt und Waren eingepackt. Sie fand es angenehm, nur einen Satz sagen zu müssen und ihn wieder und wieder zu wiederholen.

Sie waren aneinandergebunden gewesen, Felicia und er. Nach Killians Tod hatte er sich geschworen, immer an ihrer Seite zu bleiben. Das war es, was er hatte tun können, um seine Schuldgefühle zu beschwichtigen; die Schuld des Überlebenden wurde beglichen, indem er den Platz des Toten einnahm. Niemand sonst wusste davon, womöglich nicht einmal Felicia. Er hatte es ihr nie gesagt. Die stärksten und wichtigsten Versprechen werden selten laut gegeben. Doch er glaubte, dass sie es wusste, trotz allem.

Sie blickte auf sein Handgelenk.

«Du trägst das Armband noch immer. Kaum zu glauben, dass es so lange gehalten hat.»

«Es ist ziemlich verschlissen, aber es wäre seltsam, es jetzt abzulegen.»

«Er hat es gemacht, oder? Als Weihnachtsgeschenk.»

«Ja.»

«Er hat gesagt, du hättest das Päckchen gegen die Wand geworfen. Du musst deine Meinung geändert haben.»

Zwanzig Jahre, dachte Sander, zwanzig Jahre, seit sie zuletzt so gegangen waren, Seite an Seite. So seltsam. Sein Arm berührte manchmal ganz natürlich den ihren.

«Ich mache dir keine Vorwürfe deswegen, wie es zwischen

uns zu Ende gegangen ist», fuhr sie fort. «Früher habe ich das, heute nicht mehr.»

«Du meinst ...»

«Olivia. Du musst dich nicht rechtfertigen.» Felicia lachte auf, als sei ihr gerade ein absurder Gedanke gekommen. «Mein Gott, wie alt waren wir? Neunzehn? Zwanzig? Wir haben unser Bestes getan. Wie lange dauert es, jemanden zu betrügen, eine Sekunde? Zwei? Dann ist es passiert. Aber der Weg dahin, bis zu diesem Augenblick, der ist länger. Ich war wütend, weil du damals nichts gesagt hast. Am Boden zerstört, das war ich. Aber nach einer Weile habe ich begriffen, dass es dabei auch um mich ging. Um uns. Dass wir miteinander nicht über das reden konnten, was wichtig war.»

Worte, die sie von jemand anderem hatte, dachte Sander.

«Wahrscheinlich war es so», sagte er.

Er hatte auch andere Erinnerungen. Sie kamen wie Phantomschmerzen.

Und dann dachte er an den Traum, der zurückgekehrt war. Er musste etwas zu bedeuten haben: die Trümmer des Erdrutschs, der Druck auf seiner Brust, etwas Unvollendetes. Der Klang seiner Stimme, als er nach seinem toten Freund ruft. Dann der Drang zu graben, die viele Erde und das Wurzelwerk, das zum Vorschein kommt, der Schmerz in seinen Händen, bis er auf etwas stößt: auf das Hemd, aus dem Kjell Östholms Hund ein Stück herausgerissen hat. Er starrt auf eine Maske, die ein Gesicht zeigt, kein wirkliches Gesicht. Doch plötzlich werden die Lider aufgeschlagen, wie eine Warnung, und er schreckt zurück vor Killians angstverzerrtem Blick.

«Ich habe gehört, dass du an der Vallåsskolan unterrichtest», sagte Felicia.

«Ja, da bin ich geblieben. Und du arbeitest bei ...»

«Åhlens.»

«Richtig. Das hat mir mal jemand erzählt, glaube ich.»

Sie liefen am Rand des alten Erdrutschgebiets entlang. Wenn man es für einen Moment vergaß, sah man es an der Vegetation. Sie war jünger und empfindsamer. Wie eine Narbe.

«Ich dachte, du wolltest gestern zurückfahren?», sagte Felicia jetzt.

«Ja, eigentlich direkt nach der Beerdigung. Aber ich weiß nicht. Das mit Filip. Ich habe Olivia heute Morgen angerufen und ihr gesagt, dass ich noch einen Tag hierbleibe, um mit der Polizei zu sprechen. Es ist so seltsam, dass es sich zu wiederholen scheint.»

Er ging mit einer Vorahnung in der Brust umher, einem Gefühl von etwas Unbeendetem. Er begriff nicht recht, worin es bestand, aber er wusste, dass er Olivia dem nicht aussetzen wollte, geschweige denn die Kinder.

«Das war, glaube ich, der Grund, weshalb ich aufgehört habe, als Krankenschwester zu arbeiten. Ich wollte anderen Menschen helfen. Ich dachte, dass ich gut darin sein würde. Das war ich wohl auch. Aber ich habe es nicht ausgehalten.»

«Ich habe nie wirklich geglaubt, dass er es gewesen ist.»

Felicia sah ihn an.

«Was meinst du?»

«Dass Killian Mikael ermordet hat. Eine Zeit lang habe ich mir eingeredet, dass er es gewesen ist, weil es so leichter war. Aber in Wahrheit ... Glaubst du, dass er es war?»

Felicias Stimme klang mit einem Mal erschöpft, wie früher.

«Wir haben uns so oft den Kopf darüber zerbrochen. *Wir*

können nicht, spielt es eine Rolle? Vielleicht, irgendwie? Damals habe ich es keine Sekunde lang geglaubt, aber ich war wahnsinnig in ihn verliebt, so verliebt, wie man es nur in diesem Alter ist. Ich weiß es nicht. Wenn er es nicht war, wer war es dann?»

Diese Frage nagte seit vielen Jahren an ihm. Wer hatte Mikael ermordet, wenn nicht Killian? Er hatte nie wirklich eine Antwort darauf gefunden, und vielleicht war ebendas auch eine Antwort. Der Einzige, der übrig blieb, war Killian.

Oder?

«Jakob war gestern bei mir zu Hause», sagte er.

«Ach ja?»

«Mit einem Hemd.»

Felicia hörte zu. Als Sander verstummte, blickte er auf seine Hände, bewegte sie prüfend, als wären sie neu oder hätten gerade etwas Fremdes gehalten. Würde es sich jedes Mal so anfühlen?

Felicia legte ihm behutsam eine Hand zwischen die Schulterblätter und strich ihm langsam über den Rücken. In diesem Augenblick wurde ihm klar, warum er sich einmal rettungslos in sie verliebt hatte.

«Ich weiß nicht, was ich sagen soll», sagte sie. «Wirst du damit zur Polizei gehen?»

«Das habe ich schon getan.»

«Aber glaubst du, dass er auch Mikael ermordet hat?»

«Ich weiß es nicht. Vielleicht.»

In der Zeit ihres Zusammenlebens hatte Sander mehrere Male versucht, ein Gespräch über ihn zu beginnen, über Mikael. Was er Felicia angetan hatte, der Übergriff. Sie hatte nie darüber reden wollen. Aber diese Sache verband Killian mit Mikael, gab ihm ein Motiv. Und er hatte den Wagen in jener

Nacht gefahren. Das Blut am Lenkrad stammte von ihm. Das wusste Sander.

«Weißt du», sagte Felicia langsam. «Ich mache eigentlich auch Mikael keine Vorwürfe. Also für das, was er mir angetan hat. Nicht mehr. Er hat nur das gemacht, was sein Vater mit meiner Mutter gemacht hat. Das war das Frauenbild, mit dem er aufgewachsen ist. Und es hat gedauert, bis ich selbst Mutter war, bis ich es verstanden habe. Ist das nicht ebenfalls seltsam? Dass man eher bereit ist zu vergeben, wenn man selber Kinder hat? Killian hatte begriffen, dass Karl-Henrik die Ursache war. Ja, und du natürlich auch. Du warst immer so klarsichtig, was das anging.»

Sander schwieg. Er wusste nicht, was er sagen sollte.

«Aber ich bereue es trotzdem ... Ich hätte Killian nie fahren lassen dürfen», sagte er, und dann, im selben Atemzug, als würde er ein schweres Verbrechen gestehen und zugleich verteidigen. «In der Nacht, als ich bei ihm war. Ich hätte ihn davon abhalten müssen.»

«Sander, du kannst dir nicht die Schuld dafür geben.»

«Das weiß ich. Alle sagen das, sie haben es immer gesagt.»

«Was ist es dann?»

Er öffnete den Mund, merkte aber zu seiner Überraschung, dass er nicht wusste, was er antworten sollte.

72

Killian war tot. Sander hatte mit eigenen Augen gesehen, wie die Urne mit seiner Asche in die Erde hinabgesenkt worden war. Die Seele aber ist ein hartnäckiges Wesen, sie ist ausdauernder als der Körper. Sie kann lange verweilen.

Und Killians Seele verweilte, denn Sander und Felicia waren in der Bolmengatan nie wirklich allein. Sie hätten vielleicht anders handeln können, dessen war Sander sich bewusst, sie hätten miteinander über Killian reden können, über ihn und sein Leben, wie er gewesen war. So behandelte man die Verstorbenen zu Hause in Skavböke, und so blickte man in diesem Sommer viele Jahre später auf Killians Vater Sten zurück. Indem man über ihn sprach, hielt man ihn, obwohl er gegangen war, am Leben.

Die Verstorbenen helfen den Lebenden oft auf diese Weise. Wie ein unsichtbares Band in der Luft legen sie sich um die Zurückgebliebenen und führen sie zusammen. Anderenfalls reißen die Toten die Lebenden auseinander.

Sie hätten sehr viel mehr tun können, um den Lauf der Dinge zu verhindern.

Oder nicht? Vielleicht schien es nur so. Sander wusste es nicht.

Vielleicht war, was geschehen war, gerade das, was hatte geschehen müssen.

Er fragte sich oft, warum er mit Felicia nicht glücklich wurde. Was vermisste er, oder wonach sehnte er sich? Alles, wovon er zu Hause in Skavböke geträumt hatte, war, aufzubrechen, und, falls das nicht klappte, mit Felicia zusammen zu sein, wo auch immer. Die Tragödien in Skavböke, nicht zuletzt Killians Tod, hatten sie zusammengeführt, und, sicher, die Aussichten hätten besser sein können. Aber die Zeit heilte das meiste, und was sie nicht heilte, ließ sich aushalten.

Das ist es, wozu die Liebe fähig ist. Sie ist ebenso stark wie der Tod. Denn es war doch Liebe? Wenn es nicht Liebe war, was war es dann?

«Hast du keine Lust?», fragte sie eines Nachts.

«Doch, ich habe Lust. Ich weiß nicht, was es ist.»

«Willst du, dass wir es noch mal versuchen?»

Er hatte Angst, erneut zu versagen; das würde er nicht ertragen.

«Nicht heute Abend. Ist das okay?»

«Ja, natürlich. Es ist nicht schlimm.»

Seine Unzulänglichkeiten. Er hatte keine Ahnung, warum sie ihn so sehr quälten, aber sie taten es. Sie bat ihn jedes Mal, tiefer in sie einzudringen, bis zu dem Punkt, an dem ihr Blick leer wurde, an dem ihr Körper zu beben begann, Sekunden, bevor sie den Mund öffnete und einen Orgasmus bekam. Doch so tief kam er nur mit der Hand. Es klang vulgär, wenn er es für sich selbst in Worte fasste, doch es war, als wüsste er, dass er nicht so tief in sie eindringen konnte, wie Killian es vermocht hatte. Er stellte sich eine Leere in Felicia vor, eine Leere, die für immer unberührt bleiben würde und sich nach etwas sehnte, das sie nicht bekommen konnte.

Er hatte versucht, die Verantwortung zu übernehmen, die ihm auferlegt worden war, und er wollte der sein, der er sein musste, aber er wusste nicht mehr länger, wie. Er hatte dafür keine Sprache, und ohne Sprache war man gelähmt. Alles wird zu einem Weder-noch, kein Fazit, man steht einfach still.

Zwischen Sander und Felicia breitete sich Schweigen aus,

hin und wieder vorübergehend aufgelöst durch scharfe Worte und böse Streitereien. Er fürchtete, dass sie einander allmählich verabscheuen würden, und am Ende fühlte es sich auch so an. Abscheu war ein starkes Wort, aber wenn es nicht das war, was er empfand, warum dachte er es dann?

Es zeigte sich in den kleinen Dingen. Sander ertrug ihre schlechte Laune nicht, und Felicia ertrug es nicht, dass er zu Hause nie Musik hören wollte. Sander war es leid, dass sie sich nie entscheiden konnte, was sie anziehen sollte, und sei es für die banalste Unternehmung, und Felicia war es leid, dass er nie etwas anderes anziehen wollte als seine bequemen Alltagssachen. Er störte sich daran, dass sie bis spätabends mit ihren Kurskameradinnen telefonierte, ein nie enden wollendes Gegacker, und sie störte sich daran, dass er nie das Licht im Schlafzimmer anließ, bis auch sie sich schlafen legte, dass er nie reden wollte, wenn sie im Bett lagen, sondern nur lesen oder Sex haben. Sander hasste es, dass Felicia manchmal ausging, ohne ihm zu sagen, wohin oder wann sie zurückkommen würde. Felicia hasste es, dass Sander nie sagte, wie er sich wirklich fühlte, sondern nur, alles okay, wie immer, alles gut.

«Manche Worte bedeuten rein gar nichts», fauchte sie eines Abends.

«Glaub mir», erwiderte Sander. «Das weiß ich.»

Sie hielt es nicht aus, dass er so selbstbezogen war, so immens in sich selbst verstrickt; er hielt es nicht aus, dass sie so schnell weinte. Er ertrug es nicht, dass er sie nicht befriedigen konnte, und sie fand es unerträglich, dass er so vieles versuchte. Er hasste es, dass sie so schlecht log, und sie hasste es, dass er sie dazu brachte zu lügen. Sander konnte es nicht leiden, dass Felicia so oft mit ihrer Mutter redete, und Felicia verachtete ihn dafür, dass er nicht aufhören konnte, über die Vergangenheit zu reden.

Woher war all das gekommen? Sander ahnte, dass auch Felicia die Antwort kannte. Killian blieb stumm und unsichtbar, wie die Toten es zu sein pflegen, und gleichzeitig wucherte er zwischen ihnen wie ein Abszess. Sander wollte frei werden, er stand sogar in Halmstad an der Bushaltestelle, drauf und dran, in den Bus nach Oskarström zu steigen, um den Friedhof und Killians Grabstein zu besuchen, der dort mitten im lebendigen Grün wartete. Aber er konnte es nicht.

Oder wollte er in Wahrheit gar nicht frei werden? War es im Gegenteil das, wovor er sich am meisten fürchtete?

In den Nächten sah er oft die Kapelle in Skavböke vor sich, so, wie er sie in der Nacht des Erdrutschs gesehen hatte. Unnatürlich groß und hell ragte sie in einen klaren Himmel auf.

«Bereust du, dass du geblieben bist?», hatte sie ihn einmal gefragt.

«Warum fragst du das?»

«Weil ... wegen uns. Du scheinst so ... Du hast dich entschieden, bei mir zu bleiben, das weiß ich, du hast es gesagt. Aber bereust du, dass du es getan hast?»

«Nein.»

Er wusste nicht mehr, ob er log. Aber er spürte das altvertraute Gefühl in sich, den Fluchtimpuls, der stieg wie ein Fieber in der Sommernacht.

73

Es war der Sommer 2003, als die Suche nach einem verschwundenen jungen Mann infolge eines Polizeizugriffs auf ein Zeltcamp erneut aufgenommen wurde. Sander las davon in der Zeitung und sah ein Bild von Siri Bengtssons angespanntem Gesicht.

Es war auch der Sommer, in dem er viele Tage im Billard & Bowling Center zubrachte. Es lag im Kellergeschoss eines Parkhauses in Halmstad, einem Bau mit schweren Betonwänden, zahllosen Ecken und Winkeln. An den Wochenenden reichte die Schlange vor dem Eingang nachts weit die Straße hinunter, tagsüber aber war das Center ein ganz gemütlicher Ort. Dort saß Sander allein mit einem Kaffee und seinen Seminarbüchern, und zu vorgerückter Stunde gönnte er sich auch mal ein Bier oder mehrere.

An diesem Abend aber las er in einem Roman, als er plötzlich eine bekannte Stimme vernahm.

«Bleibt sitzen, ich muss nur kurz pissen.»

Sander wandte den Kopf und sah eine Rückenansicht und einen Nacken in Richtung der Toiletten verschwinden. Er hatte an einem Tisch mit vier anderen Typen gesessen, jungen Männern mit leeren Gläsern und Zigarettenschachteln vor sich.

«Schräger Typ», meinte einer von ihnen.

«Ja, verdammt seltsamer Vogel. Trinken kann er auch nicht. Er kotzt jedes Mal.»

«Hast du gesehen, er hat seine eigene Flasche dabei.»

«Hat wohl keine Kohle, sich was zu kaufen, schätze ich. Oder er hat Rattengift drin.»

Dann kam er zurück, Filip Söderström, hager und ausgezehrt, wie ein Knochengerippe mit Kleidung und erheblicher Schlagseite, und setzte sich zu den anderen in die Nische.

Er lachte und grölte so laut, dass die anderen ihn baten, sich zu mäßigen.

«Was soll das heißen ‹mäßigen›?»

«Du bist verflucht laut.»

«Ach, halt die Fresse.»

«Was hast du gesagt?»

Filip neigte den Kopf zur Seite.

«Ich habe gesagt: *Halt die Fresse*. Kannst du das machen?»

Ein Poltern ertönte, Lärm von umgeworfenen Stühlen und Tischen. So entstand Gewalt, wie eine Eruption in der Dunkelheit, aus dem Nichts. Eben noch war alles still, dann war sie einfach da.

Einer der Männer packte Filip am Kragen und zerrte ihn über den Tisch. Filip wehrte sich und schlug mit den Armen nach dem Gesicht seines Kontrahenten.

«Verdammt», seufzte einer der anderen müde und hielt schützend eine Hand über seine Bierflasche. «Könnt ihr nicht einfach ...»

Filips Ellbogen traf ihn am Kinn und brachte ihn zum Verstummen. Der Mann griff sich ins Gesicht, schob seine Bierflasche in sichere Entfernung und schwang dann eine geballte Faust in Richtung von Filips Kopf.

Filip sackte auf den Tisch, wehrte sich weiter, aber seine Bewegungen erlahmten. Er bekam einen Fausthieb auf den Mund, Blut spritzte auf. Die Männer zerrten ihn aus der Nische heraus. Filips Füße zappelten über den Boden, als kämpften seine Beine darum, das Gleichgewicht zu finden.

Der Typ, der Filip am Kragen gepackt hielt, holte zu einem weiteren Schlag oder Tritt aus. Doch da geschah etwas. Sein Griff um Filips Jacke lockerte sich, und im nächsten Moment lag er rücklings am Boden. Filip fand sich ebenfalls auf dem Boden wieder, blickte aber auf, um zu begreifen, was geschehen war.

Neben ihm stand Sander. Er hatte dem Mann seinen Fuß in die Kniekehle gerammt. Als der Typ versuchte, wieder auf die Beine zu kommen, packte Sander ihn bei den Haaren, einem spärlichen Schopf, ballte seine freie Hand und schlug ihm so fest in die Visage, dass seine Knöchel knackten. Im Gesicht des Typen knirschte es, er brüllte auf und blieb stöhnend am Boden liegen.

Ruhe trat ein. Die Servicekräfte wagten sich aus der Deckung hervor, und Filip starrte Sander mit aufgeplatzter Lippe verblüfft an.

«Sander?»

«Hey», sagte Sander heiser. Seine Hand schmerzte höllisch. «Du blutest.»

Filip fuhr sich vorsichtig mit dem Handrücken über die Lippen und betrachtete den Typen, der sich keuchend neben ihm am Boden krümmte.

«Das wird schon wieder. Danke für die Hilfe.»

Es war seltsam, ihn so zu sehen, in der schummrigen Beleuchtung. Filip bot ihm eine Zigarette an, Sander lehnte ab.

«Dann frische Luft?»

«Ja, das ist eine gute Idee. Ich hol nur meine Sachen und bezahle.»

Der Juliabend, der sie draußen vor dem Eingang empfing, war warm und hell. Filips Zigarette bekam Blutflecken von der aufgeplatzten Lippe.

«Schön, dich zu sehen.» Er blies den Rauch aus, das Blut schien ihn nicht zu stören, und blickte auf das Buch in Sanders Hand. «Was liest du?»

Sander hielt ihm das Cover hin.

«*Das Herz ist ein einsamer Jäger*», las Filip. «Da fällt mir ein, wolltest du nicht nach Stockholm? Und mach's dir doch bequem.»

Er sagte es, als befänden sie sich zu Hause in seiner Küche. Sander setzte sich neben ihn auf die Bordsteinkante. Eine starke Alkoholfahne vermengte sich mit Zigarettenrauch.

«Ja, wollte ich, aber daraus wurde nichts.»

«Warum nicht?»

Jedes Mal, wenn er jemanden traf, den er lange nicht gesehen hatte, dieselbe Frage: Wolltest du nicht ...?

«Ich musste bleiben», sagte er nur. «Ich studiere Lehramt.»

«Gefällt's dir?»

«Ich schätze schon.»

Filip hielt ihm fragend seine Zigarette hin. Mit Blick auf den blutigen Filter lehnte Sander erneut ab.

«Und dir? Wie geht's dir?»

Er sagte es aus Anteilnahme oder gab sich zumindest Mühe, es so klingen zu lassen. Filip lachte freudlos auf, als sei die Frage ein schlechter Scherz.

«Ungefähr so, wie es aussieht. Aber ich komme klar.» Er hob den Kopf und sah Sander an. «Du wohnst mit Felicia zusammen, oder?»

«Ja.»

«Aber ich habe dich letzte Woche mit einer Blondine gesehen, in Tylösand.»

74

Er hatte sich eingebildet, das Gewimmel am Strand würde sie unsichtbar machen. Aber Halmstad war eine kleine Stadt, trotz allem, und keine Affäre konnte ewig unbemerkt bleiben. Die Frage war nur, wem sie zuerst auffiel, und was danach geschehen würde.

«Wie heißt sie?», wollte Filip wissen.

«Felicia und ich hatten eine schwierige Phase.»

«Du musst mir nichts erklären. Es ist mir egal. Außerdem sind wir alle aus demselben Stoff.»

Stoff, dachte Sander später, oder hatte Filip *Staub* gesagt?

«Ich war nie treu, in keiner meiner Beziehungen.» Rauch quoll aus Filips Mund, dünn, blau-grau. «Wenn man es überhaupt Beziehungen nennen kann. Aber wie heißt sie?»

«Olivia.»

Ihr Name klang, als würde er eine Sünde bekennen.

Vielleicht, dachte Sander immer öfter, gewöhnt man sich so sehr daran, mit einer Schuld zu leben, dass man sie, wenn sie ganz allmählich verblasst, durch eine neue ersetzen muss. Selbst die dunkelsten Gefühle können eine gewisse Sicherheit bieten, und Sander hatte so lange mit der Schuld an Killians Tod gelebt, dass er sie ebenso gut kannte wie sein Hungergefühl oder seine Müdigkeit. Ohne diese Schuld hatte er keine Ahnung, wer er sein würde, was geschehen würde. Vielleicht war das der Grund.

«Was hast du in Tylösand gemacht?», fragte er Filip.

«Ich hab gebadet, wie alle anderen, was sonst.» Filip lachte. «Nein, ich hatte da was zu erledigen. Und sie veranstalten da Afterbeach. Gehst du da hin?»

«Manchmal.»

«Irgendein armer Schlucker hockt auf einem Schemel und schrammelt ‹Wonderwall›, während die Leute sich in der Sonne besaufen. Und ab und zu wollen sie dazu noch was einwerfen.»

«Und das sind gute Geschäfte?»

«Irrsinnig gut. Dieses Blatt, das du aus meinem Schreibblock gerissen hast, erinnerst du dich daran? Scheiße, was haben diese beiden Polizistinnen mir nach dem Erdrutsch deswegen im Nacken gesessen. Ich weiß, dass du es warst. Das macht nichts, ich bin nicht sauer. Jedenfalls nicht mehr.»

Filips willkürliches Hin und Her zwischen verschiedenen Kapiteln ihrer Geschichte war verwirrend.

«Ich habe nie geglaubt, dass du den Erdrutsch ausgelöst hast», sagte Sander vorsichtig, wie um einer nächsten Anschuldigung zuvorzukommen. «Jeder weiß, dass es Sten war.»

«Mm.» Filip schwieg lange. «Aber wenn du nicht geglaubt hast, dass ich es war, warum bist du dann mit dem Blatt zur Polizei gelaufen, du Scheißkerl?»

«Ich wollte wohl einfach das Richtige tun. Oder, keine Ahnung. Ich hab's einfach getan. Hätte ich es nicht gemacht, hätte es auch komisch ausgesehen, als wollte ich etwas verheimlichen. Meinet- oder deinetwegen.»

Filip hob die Augenbrauen, als hätte er dieses Szenario noch nie in Erwägung gezogen. Er zog an seiner Zigarette und schien zu überdenken, was es bedeutete.

«Bist du sicher, dass du keine willst?»

«Ja, danke.»

«Kennst du den Rasmusgården? Ich kriege da einen Platz, wenn ich will. Das wäre wohl ganz gut für mich.»

«Wo liegt das?»

«In der Nähe von Falkenberg, glaube ich. Man darf viel draußen sein, also auf dem Gelände. Hast du übrigens von dem verschwundenen Typen gehört?»

«Von wem?»

«Dem Typen, nach dem sie suchen. Hampus Olsson. Er war auf unserer Schule. Ich hab's letzte Woche in der Zeitung gelesen.»

«Ach so, das. Ja, ich hab auch davon gelesen. Kanntet ihr euch?»

Filip schüttelte den Kopf.

«Nicht direkt, eher vom Hörensagen. Aber es ist verflucht gespenstisch, wenn Leute einfach so verschwinden, oder nicht? Da ist es vielleicht besser, man weiß, dass sie tot sind.»

Sander spürte, wie er innerlich Anlauf nahm, als zwänge sein Körper ihn dazu, etwas zu sagen, von dem er nicht wusste, was es sein würde.

«Es tut mir leid», sagte er. «Was geschehen ist, mit Mikael und alles andere. Ich glaube, das habe ich nie gesagt.»

Filip nahm einen letzten Zug von seiner Zigarette, trat die Kippe mit der Schuhsohle aus und ließ den Rauch entweichen.

Er blinzelte, tastete abermals über seine Lippe und stand dann auf, noch immer schwankend.

«Ich glaube, ich muss wieder runter», sagte er.

«Zu den Typen? Warum?»

«Irgendwas muss man schließlich tun. Ich hab Durst. Pass auf dich auf, Sander.»

Alles in ihm war in Aufruhr, als er nach Hause kam. Nachdem er sich die Schuhe ausgezogen und Felicia begrüßt hatte, schloss er sich im Badezimmer ein und duschte lange. Das Wasser wusch nicht nur die physischen Spuren der Begegnung mit Filip ab, sondern auch, redete er sich ein, andere, komplizierter zu benennende Reste.

75

Olivia war, er fand kein anderes Wort, anders. Sie war in einem der hübschen Einfamilienhäuser in der Nähe des Krankenhauses aufgewachsen, und als Sander ihr eines Abends bei einer Kneipentour begegnete und mit ihr ins Gespräch kam, wurde ihm bewusst, dass es etwas in ihm gab, das nie verwirklicht worden war. Zum ersten Mal seit Langem dachte er an den Aufbruch, der nie stattgefunden hatte, daran, wer er hätte werden können. Vielleicht konnte er sein Leben noch immer in andere Bahnen lenken, schließlich war er kaum zwanzig. Der Gedanke schlug in ihm Wurzeln, und in Olivias Gegenwart war alles neu; alles war Politik, Literatur und Kunst, ein Blick auf die Welt, von dem er sich fragte, ob er ihn eines Tages zu seinem machen könnte. Vielleicht.

Die Versuchung wurde zu stark. Vermutlich war es der falsche Ausdruck, aber so fühlte es sich an.

Die Konsequenz jedoch war eindeutig und eiskalt: Er fing an, Felicia zu betrügen.

Trotzdem war er am Boden zerstört, als es ans Licht kam und Felicia ihn kurz darauf verließ.

Der Abscheu, sofern es wirklich das gewesen war, was er empfunden hatte, verschwand und wurde von etwas Tiefersitzendem, Trüberem abgelöst. Wahrscheinlich verstand er erst da, dass das, was er getan hatte, die Wirklichkeit war, und dass er Gefahr lief, Felicia zu verlieren. Denn anfangs findet Untreue auf der anderen Seite einer dünnen Membran statt, wohin die normale Welt nicht vordringt. Was innerhalb dieser Membran geschieht, so bildet man sich ein, bleibt dort. Vielleicht war es auch gar nicht Sander selbst, der sich dort mit Olivia befand, sondern nur jemand, der ihm ausgesprochen ähnlich sah. Wenn er später sein Spiegelbild betrachtete und sich fragte, wen er da eigentlich vor sich sah, kam ihm dieser Gedanke oft.

«Ich will nicht, dass du gehst», sagte er an dem Tag, als Felicia auszog, zurück zu ihrer Mutter.

Mit Tränen in den Augen lachte sie resigniert, als würde sie sich darüber wundern, wie dämlich er war.

«Sander, du hast nicht nur mit einer anderen geschlafen. Du hast mich monatelang angelogen. Ich kann nicht bleiben.»

In diesem Moment hasste er sie. Nicht Felicia, sie liebte er mehr denn je, sondern Olivia. Sie hatte sich in seinen Augen in ein Zerrbild verkehrt, stand jetzt für alles, was falsch war, für all das Deformierte in ihm. Er ging ihr eine Zeit lang aus dem Weg, nahm nicht ab, wenn sie anrief, und machte einen Bogen um Orte und Plätze, von denen er wusste, dass sie sich regelmäßig dort aufhielt.

Killian war tot, Felicia fort. Sander ging ganz allein in das verwirrende Erwachsenenleben hinein, und langsam sank er durch die Dunkelheit hinab auf den Grund.

Als er zwei Monate später erfuhr, dass sich Felicia mit jemand Neuem traf, fraß die Eifersucht ihn innerlich auf, schwelte wie Gift in seinem Blut, aber nie pur, stets mit Schuld vermengt. Es war seine Schuld, alles. Jeder, der den Lauf der Ereignisse weit genug zurückverfolgte, würde auf diesen Ausgangspunkt stoßen.

Seine Nächte waren schlaflos, die Tage unendlich. Alles war im Begriff auseinanderzufallen. Er liebte Felicia. Die Liebe zu ihr, redete er sich ein, war eine der wenigen Konstanten, die er in seinem Leben gehabt hatte. Die allerhellsten Stunden seines Lebens teilte er mit ihr. Wie konnte sie nicht dasselbe empfinden, trotz allem, was er getan hatte?

Er hatte einige Jahre Zeit gehabt, ihr zu beweisen, wie sehr er sie liebte. Jetzt war es ohne Vorwarnung zu spät.

Also sank er.

76

So vergingen fünf Jahre. Fünf Mittsommer, Weihnachten, Jahreswechsel, Geburtstage, fünf Jahre an Wochentagen, die sich aneinanderreihten wie die Wagen eines Zugs. Er machte sein Examen, begann zu arbeiten und legte an Gewicht zu, trainierte in dem neuen Fitnessstudio in Sannarp, speckte wieder ab, versuchte es mit Dates und ging neue Beziehungen ein, kam aber jedes Mal zu dem Schluss, dass er sich allein wohler fühlte.

Das war es, was diese fünf Jahre bei Sander bewirkten: Sie machten ihn zu dem Menschen, der er vielleicht schon immer gewesen war.

Dann geschah etwas, womit er nicht gerechnet hatte. Es war, als habe er eine bisher unentdeckte Falltür in sich entdeckt. Ein neuer Raum tat sich auf. Er begann, ihn in Besitz zu nehmen, Stück für Stück, bis sein altes Ich das Feld räumte.

Eine Art Landgewinn.

Da sah er sie unerwartet wieder, an einem Donnerstag,

im Supermarkt. Er war auf dem Heimweg von der Bibliothek und wollte Waschmittel und eine Spülbürste kaufen. Sie sah ihn nicht, und Sander fiel auf, dass sie keinen Ehering trug. Es musste nicht zwangsläufig etwas bedeuten, aber vielleicht doch.

Als er an jenem Abend zum Telefon griff, war er unsicher, ob sie überhaupt rangehen würde.

«Hallo?», hörte er eine helle Stimme an seinem Ohr.

«Hey. Hier ist Sander Eriksson.»

«Sander Eriksson», sagte Olivia. «Das ist lange her.»

«Ja, ich weiß.» Er lachte auf, unsicher, warum. «Ich habe dich heute gesehen. Im Supermarkt in Gamletull.»

«Ohne Hallo zu sagen?»

«Ich wusste nicht, ob ich ... Hätte ich das tun sollen?»

«Hast du es denn gewollt?»

Lange Sekunden verstrichen. Sein Herz schlug schneller.

«Ja», sagte er.

«Dann musst du wohl einen neuen Versuch machen», erwiderte sie. «Wenn du mich das nächste Mal siehst. Im Supermarkt in Gamletull.»

«Vielleicht am Samstag?»

Sie schwieg lange, als wartete sie darauf, dass er die Frage zurücknahm. Als er es nicht tat, sagte sie:

«Um sieben?»

«Im Supermarkt?»

Sander spürte, dass sie lächelte.

«Wir können irgendwo ein Glas trinken.»

Olivia war noch immer wütend auf ihn. In der beschämenden Zeit, als er noch versucht hatte, Felicia zum Bleiben zu bewegen, hatte die Schuld Olivias Gesicht getragen, und er hatte sich ihr gegenüber kalt und abweisend verhalten. Das war nicht gerecht. Aber hatte Gerechtigkeit in der Liebe Platz? Er zweifelte. Heute, fünf Jahre später, fühlte er sich verändert. Sie merkte es. Und, ahnte er, sie verstand, auch wenn sein Verhalten sie verletzt hatte.

Nicht alles, was einmal in die Brüche gegangen war, war irreparabel. Mit der Zeit fanden sie den Weg zurück zueinander.

Zwei Jahre nachdem er Olivia im Supermarkt in Gamletull wiedergesehen hatte, hielt er um ihre Hand an. Drei Jahre später kauften sie das Haus im Backavägen, und bald kamen Albin und Josefin. Auch das war etwas, was zwei Menschen aneinanderbinden konnte, dachte er, und war sehr glücklich. Vielleicht zum ersten Mal.

77

An einem Herbstmorgen im Jahr 2017 saß Sander auf der Terrasse, die sie nach Ansicht seiner Frau verglasen sollten, und las in der Zeitung von einem Vortrag, der am gleichen Abend in der Hochschule stattfinden würde. *Rechtswissenschaft für eine neue Zeit*, lautete der Titel. Olivia war im Badezimmer, die Kinder schliefen noch. Er saß dort in der kühlen Sonne, mit niemandem, an den er sich wenden konnte.

Zu diesem Zeitpunkt waren Probleme aufgetreten. Genauer gesagt: wiederauferstanden. Das war vielleicht die treffendere Umschreibung. Olivia und er machten eine Paartherapie, und die gestrige Sitzung wirkte in ihm nach.

In Gegenwart ihres Therapeuten, eines recht sympathischen Mannes in den Sechzigern, der stets in Holzpantinen herumlief, war ein frustrierter Wortschwall aus Olivia hervorgebrochen:

«Er verschließt sich, er teilt sich nicht mit. Er redet nicht. Ich glaube, dass es damit zusammenhängt, was in seiner Jugend geschehen ist. Das ist ein Trauma, das er nicht bearbeitet hat. Ich habe es versucht, aber er kann nicht.»

«Trauma», wiederholte der Therapeut, als sei das Wort ein Stein, den man ins Licht halten und drehen und wenden könne.

«Sein bester Freund ist gestorben. Es war ein Unfall, aber ...»

«Sander», unterbrach sie der Therapeut routiniert. «Wie denken Sie über das, was Olivia sagt?»

Er schwieg lange.

«Olivias Mutter, ich meine, deine Mutter, Olivia, ist Psychologin, dein Vater Rektor. Du kommst aus einer Familie, in der man über alles spricht. Ihr habt für alles, was ihr kennt, eine Sprache. Das ist etwas, das ich immer an dir geliebt habe, dass es so leicht für dich ist.»

«Es ist nicht leicht.»

«Aber du hast eine Sprache. Ich nicht.»

«Du bist Schwedischlehrer», erwiderte Olivia trocken.

«Es gibt», schob der Therapeut sanft ein, «unterschiedliche Formen von Sprache.»

«Und es ist für mich nicht leicht, mich zu öffnen. Mir ist klar, dass das von mir erwartet wird. Zu Hause und hier in der Therapie, vor euch, vor dir. So macht ihr es bei euch zu Hause, Olivia, so sollen wir es hier machen, in diesem Raum. Ich bin nicht dumm, ich weiß das.» Er holte Luft. «Aber ich kann es einfach nicht, auch wenn ich mir wünschen würde, ich könnte es, deinetwegen.»

«*Unseretwegen*», verdeutlichte Olivia. «Der *Kinder* wegen. Damit sie lernen, dass man über Dinge spricht. Manchmal denke ich, du begreifst gar nicht, dass du Vater bist, mit allem, was das bedeutet. Es ist, als wärst du noch immer ein Teenager. Da irgendwo bist du stecken geblieben.»

Doch das war er nicht. Sie irrte sich.

Er steckte nicht fest, schon lange nicht mehr, und genau das war es, was ihn vielleicht mehr als alles andere verwirrte. Dass es möglich gewesen war weiterzumachen. Man gewöhnt sich an alles oder hält es aus, so lange es nötig ist.

Die Worte saßen noch in seinem Kopf, als er die Zeitungsannonce las. Den Namen des Vortragenden, nunmehr Professor Emeritus, kannte er. Ardelius. Der Mann aus Stockholm.

Bis zum Abend blieb er in seinem Arbeitszimmer und korrigierte Aufsätze.

Dann setzte er sich ins Auto und fuhr zur Hochschule.

Der Vortrag fand in einem der Hörsäle statt, an die er sich von früher erinnerte. Hier hatte er sich oft aufgehalten, während jenes Zwischenspiels, als das ihm seine Studienzeit mittlerweile erschien. Sander fühlte sich extrem jung und zugleich erheblich älter, als er war, als er sich hinten in die letzte Reihe setzte. Aus Gewohnheit hatte er einen Collegeblock dabei, schlug eine leere Seite auf und zückte den Stift. Ardelius saß vorne in der ersten Reihe und blätterte in seinen Unterlagen. Sander fixierte den ergrauenden Nacken des alten Mannes, als wollte er, dass sein Blick zu spüren wäre.

«Na, dann schauen wir doch mal, was wir hier erfahren werden», sagte mit einem Mal eine bekannte Stimme neben ihm.

Sander wandte den Kopf zur Seite. Er war es. Älter und ergrauter, freilich, genau wie Sander selbst, als habe die Zeit sie einander nicht nur beruflich näher gebracht.

«Ich habe gehört, dass er ein fesselnder Redner sein soll», erwiderte Sander mit einem Lächeln.

Lundström lachte. Schweigen breitete sich zwischen ihnen aus. Zuletzt war es sein ehemaliger Lehrer, der das Wort ergriff:

«Du bist also geblieben.»

Da war es wieder. Diesmal formuliert als Fakt.

«Ja, es hat sich so ergeben.»

«Fühlt es sich richtig an?»

«Größtenteils.»

Lundström nickte, als ob sich seine Vorahnung bestätigt hätte.

Dann blickten sie beide auf den pensionierten Professor, der mit rüstigen Schritten ans Rednerpult trat und das Mikrofon justierte. Im Saal wurde es still.

«Stimmt es, dass du Lehrer geworden bist?», raunte Lundström leise.

«Ja. Für Schwedisch und Englisch.»

«Warum?»

«Ich weiß nicht. Es hat sich einfach so ergeben.»

Der Vortrag des Professors dauerte fünfundvierzig Minuten. Dann verstummte er abrupt, als habe er in Stockholm so lange nach der Universitätsuhr gelebt, dass sie ihm in Fleisch und Blut übergegangen war.

«Ja», schloss er. «Das war's. Danke.»

Von Zeit zu Zeit hatte Ardelius von seinem Manuskript aufgesehen und den Blick über die Reihen schweifen lassen. Er hatte in Richtung der Ecke geblinzelt, in der Lundström saß, und genickt. Ob der Professor auch ihn wiedererkannt hatte, konnte Sander nicht sagen.

Eine Fragerunde begann. Als sie zu Ende war, war es kurz vor halb neun, und die Zuhörer strömten eilig aus dem Saal. Sander hielt sich hinter Lundström, der die Treppe hinunterging und ans Rednerpult trat.

Ein wacher Schimmer in den kühlen, intelligenten Augen. «John», sagte Ardelius. «Guten Abend. Wie ich mich freue.»

Lundström gab ihm die Hand. Der alte Mann ergriff sie liebevoll.

«Es ist lange her.»

«Ja, das ist es. Die Zeit nimmt seltsame Formen an, wenn man alt ist.»

Während die beiden sich unterhielten, blieb Sander abwartend im Hintergrund. Nach einer Weile wandte der Professor den Kopf und sah ihn an. Sander trat einen Schritt vor.

«Ich wollte nur Hallo sagen. Ich weiß nicht, ob Sie sich an mich erinnern.»

Ardelius blinzelte hinter dicken Brillengläsern.

«Nein, das tue ich leider nicht. Verzeihen Sie.»

«Eriksson», sagte Sander zögerlich. «Sander Eriksson.»

Der alte Professor betrachtete ihn ausdruckslos. Sander wünschte, er könnte sich Ardelius' Blick entziehen, seine roten Wangen verbergen und aufhören, mit den Augen zu flackern.

«Waren Sie einer meiner Studenten?»

«So ist es leider nicht gekommen. Aber ich hatte es vor.»

«Jaha», sagte der Professor, schwebend. «Ja, richtig.» Er lächelte schwach. «Jetzt erinnere ich mich.» Ob er es nur so dahersagte oder ob er sich tatsächlich an Sander erinnerte, war unmöglich zu erkennen. Ardelius lächelte müde und schien sich mit einem Mal nach dem Bett in seinem Hotelzimmer zu sehnen.

«Einen schönen Abend. Ich danke euch, dass ihr gekommen seid.»

Sander fuhr zurück nach Snöstorp und in den Backavägen, zu Olivia und den Kindern, leichteren Herzens, als wäre er von einer Last befreit worden, der er sich nicht bewusst gewesen war. Niemand vermisste ihn in der großen Welt. Vielleicht war es gut, dass er geblieben war.

78

Die beiden toten Brüder Söderström und ihr toter Freund Killian Persson, mitten in einem unbarmherzigen Sommer, der kein Ende zu nehmen schien. Über zwanzig Jahre waren seither vergangen, ein immens langer Zeitraum, und trotzdem erforderte es nicht mehr als den Tod, um sie wieder aneinanderzubinden. So begriff Vidar es. Drei Münzen hinabgeworfen in die große Finsternis.

Er saß mit Lillemor Söderströms Fotoalbum vor sich in seinem Büro und blätterte durch die Meilensteine und Übergangsriten eines Lebens: Geburtstage, Schulabschlüsse, Feiertage, Familienessen. Alltagsmomente. Ein Junge, vermutlich Mikael, stolz lächelnd auf einem Cross-Motorrad.

Auf einem anderen Bild las er: *Inga-Lill 42!* Jakob Lindells Mutter feierte ihren Geburtstag. Es musste ein schöner Herbsttag gewesen sein. Die Sonne schien. Die Aufnahme zeigte eine lange Tafel mit weißer Tischdecke, Tellern und

Gläsern und noch ungeöffneten Flaschen. In der Mitte stand eine mit Plastikfolie abgedeckte Salatschüssel. Zwei Frauen brachten gerade eine Platte mit Fleisch aus dem Haus.

Vidar blätterte weiter und spürte, dass sein Handy in der Hosentasche vibrierte. Als er den Namen auf dem Display las, wurde ihm bewusst, dass er nicht damit gerechnet hatte, von ihr zu hören.

«Hallo.»

«Es geht um Ihren Ordner», sagte Siri Bengtsson kühl und ohne einleitende Höflichkeitsfloskeln. «Ich habe ein wenig darin geblättert. Es sollten auch noch Unterlagen zu dem Einbruch bei der Familie Lindell vorhanden sein, aber so weit sind Sie vielleicht noch nicht gekommen?»

Vidar ging zu den Kartons.

«Ich weiß es nicht. Ich habe keine Unterlagen dazu gesehen.»

«Kann sein, dass sie in einem separaten Ordner abgeheftet sind. Ich erinnere mich, dass Gerd und ich die Ermittlungen zusammengefügt haben, weil wir ahnten, dass der Mord und der Einbruch miteinander zusammenhingen. Mehr wollte ich nicht. Sie können den Ordner abholen, wann Sie möchten, ich ...»

«Warten Sie.»

Vidar stellte einen der Kartons auf den Schreibtisch und durchsuchte ihn. Nichts.

Irgendwo in Siri Bengtssons Nähe fuhr ein Lastwagen los. Sie musste sich im Freien aufhalten. Der Lkw beschleunigte ächzend und rumpelnd, dann entfernte sich das Geräusch.

«Meinen Sie, Sie können den Ordner schon heute holen? Oder soll ich ihn im Präsidium vorbeibringen?»

«Hier waren sie nicht.» Vidar wandte sich dem nächsten

Karton zu. «Haben Sie übrigens mit Isidor Enoksson gesprochen?»

«Warum fragen Sie?»

«Es ist mir nur so durch den Kopf gegangen.»

«Ich habe ihn seit vielen Jahren nicht mehr gesehen.»

Vidar war überrascht.

«Er hat Sie also nicht besucht?»

«Nein», wiederholte sie. Es klang aufrichtig. «Was ist mit ihm?»

Die Zahnräder hinter Vidars Stirn setzten sich langsam in Bewegung. Er hatte mitten in der Bewegung innegehalten und starrte auf den Ordner zum Einbruch bei den Lindells.

«Hier sind sie.»

Der Ordner trug die Bezeichnung *Sonstige Ermittlungsunterlagen* und enthielt ergänzende Vernehmungsprotokolle, Zeugenaussagen und vereinzelte Hinweise, die in den Tagen nach dem Mord eingegangen waren. Angaben, die ins Leere geführt hatten. Einige der Namen erkannte er wieder, andere sagten ihm nicht das Geringste.

«Ja», wiederholte er. «Ich habe die Unterlagen gefunden.»

Das Material zum Einbruch lag in einer separaten Mappe ganz hinten im Ordner.

«Blättern Sie zu den Fotografien, die Gerd und ich nach dem Einbruch gemacht haben.»

Da. Vidar betrachtete das Haus der Lindells im Winter 1999, in einem Winkel von Skavböke gelegen, die Fassade, die einen neuen Anstrich gebrauchen konnte, die Schneeflecken auf dem Rasen, die kahlen Bäume. Er sah ein Leben, das dem ähnelte, das er zur gleichen Zeit zu Hause in Marbäck geführt hatte.

«An der Hauswand hängt nicht etwa ein Spaten, oder?», fragte Siri Bengtsson. «Sie wissen schon, zwischen zwei Nägeln?»

«Ich sehe jedenfalls keinen.»

Vidar blätterte um. Weitere Bilder. Eine Nahaufnahme der eingeschlagenen Hintertür, ein verschmierter Schuhabdruck auf dem Fußboden. «Nein. Ich sehe die Nägel an der Hauswand, aber keinen Spaten.»

Wieder ein langes Schweigen.

«Ich kann nicht», sagte Siri Bengtsson schließlich.

«Es ist okay. Ich hole den Ordner später ab. Aber Sie müssen mir erklären, wonach genau ich suchen soll.»

«Gerd meinte damals, an der Hauswand der Lindells habe ein paar Wochen vorher noch ein Spaten gehangen. Sie war sich sicher, auch wenn ich nicht genau weiß, weshalb.»

Vidar schwieg. Er schwitzte. Draußen vor dem Fenster demonstrierte der Sommer weiter seine Macht.

«Hat Gerd Lillemor Söderström irgendwann einmal aufgesucht?»

«Ja. Ich glaube, Gerd hatte Mitleid mit ihr. In den Jahren, als sein Leben kompliziert verlief, hat Filip sie nur sehr selten besucht. Wenn überhaupt.»

Vidar kehrte zu Lillemor Söderströms Fotoalbum zurück. Zu den Fotos von Inga-Lill Lindells Geburtstagsfeier und der gedeckten Tafel, der Platte, die zum Tisch getragen wurde. Und dort, im Hintergrund, hing er, der Spaten, den er in Filip Söderströms Garage gesehen hatte; jedenfalls war davon auszugehen, dass es derselbe war, soweit ein Spaten sich denn wiedererkennen lässt. Er hing an der Hauswand, ganz so, als werde er oft bei alltäglichen Arbeiten rund um Hof und Garten genutzt. Vidar zog die Einbruchsanzeige heran und suchte nach Inga-Lills Personenkennziffer. Geboren im Oktober 1957. Ihr zweiundvierzigster Geburtstag war also 1999 gefeiert worden, was hieß: Weniger als zwei Monate vor dem Mord an Mikael Söderström hatte der Spaten bei den Lindells an der Hauswand gehangen.

Es klopfte. Im Türrahmen stand Adrian al-Hadid in Uniform, in der einen Hand sein Schiffchen, in der anderen ein Blatt Papier. Seine Augen leuchteten.

«Was gibt's?»

«Der Spaten.» Adrian hielt ihm das Blatt hin, und Vidar las es mit dem Handy am Ohr.

«Siri, können Sie noch einen Moment warten?»

«Ungern.»

«Nur eine Sekunde.»

Das Analyseergebnis war vor weniger als einer Viertelstunde gekommen. Das frische Blut am Spaten stammte von Filip Söderström. Das andere, das ältere, von seinem Bruder, Mikael.

«Sie wurden mit demselben Spaten erschlagen», erklärte Adrian.

Siri Bengtsson sagte etwas in Vidars Ohr, aber er hörte nicht, was. Adrian räusperte sich. «Was denken Sie?»

«Dass wir uns beeilen müssen.»

Adrian faltete das Blatt in der Mitte. «Warum?»

Die Müdigkeit kroch in Vidars Kopf, machte seine Gedanken träge.

«In den Ermittlungsakten steht, dass Filip Söderström im Rasmusgården eine Therapie gemacht hat. Ruf da an und frag, ob du Unterlagen aus der Zeit bekommen kannst; wann genau er da gewesen ist, für wie lange, was er gemacht hat, die Aufzeichnungen der behandelnden Ärzte, alles.»

Er wandte sich wieder seinem Handy zu. «Siri?»
Aber sie hatte aufgelegt.

Szenario: Jakob erschlägt Mikael mit dem Spaten, möglicherweise hat es mit der Auseinandersetzung auf der Party zu tun, oder es hängt mit dem Einbruch zusammen, der sich später in derselben Nacht ereignet. Vielleicht mit beidem. Filip weiß davon und stellt Jakob nach Sten Perssons Beerdigung zur Rede. Jakob ermordet Filip, um das Geheimnis zu wahren. Oder? Aufgefunden wird der Spaten bei Filip. Seit wann hat er ihn?

Oder: Filip tötet seinen Bruder. Nach Sten Perssons Beerdigung viele Jahre später wird *er* von Jakob zur Rede gestellt, nicht umgekehrt. Filip reagiert wie damals mit Gewalt, und Jakob verteidigt sich. Er tötet Filip in Notwehr und glaubt, deswegen lügen zu müssen.

Ja, so könnte es gewesen sein.

Aber nur widerstrebend.

Und dann war da noch Isidor Enoksson. Warum verschwieg Siri Bengtsson, dass der Pfarrer sie besucht hatte? Denn er, Vidar, hatte sich doch nicht getäuscht? Nein, es war der Pfarrer gewesen. Oder?

Er wusste nach wie vor zu wenig.

Und über dem Ganzen hing eine Sturmwolke: Killian Persson war unter diesen Umständen vollkommen unschuldig.

79

Es hieß, der Herr habe ihnen einen Spaten gezeigt. Isidor Enoksson zweifelte nicht daran, dass es sich so zugetragen hatte. Wundersame Gegenstände, Spaten, weiß Gott. Sosehr der Mensch auch gräbt, Gottes Werke sind stets größer; so hatte Isidor einmal während eines Gottesdienstes gepredigt, erinnerte sich jedoch nicht mehr an den Zusammenhang. Er war ihm entglitten, wie so vieles andere.

Das Wunder in den Menschen erblicken.

Manches Mal kann es sehr einfach sein, andere Male so unendlich schwer.

Was einst dort draußen in Skavböke geschehen war – war es sichtbar? Möglicherweise an den Menschen, nicht aber am Land. Das Land war verheilt. Junge Baumgruppen wuchsen in den Himmel, und die Felder und Äcker konnten wieder bestellt werden. Wo die alten Höfe und Häuser gestanden hatten, waren neue errichtet worden.

Trotzdem war es, als wollte das Dorf, zumindest ein Teil von ihm, dass die Wahrheit sich zeigte. Und der Spaten war wohl das deutlichste Zeichen.

Die Dinge schienen aus der Erde ans Licht zu drängen. Zunächst verstand man nicht, was man da vor sich sah. Man hielt es irrtümlich für Unrat oder Gegenstände, die Leute zurückgelassen hatten. Dann begriff man: Gehörte der nicht ...? Hing der nicht immer zu Hause bei ...?

Werkzeuge, Baumaterial, altes Gerümpel, Gegenstände, die in ländlichen Gegenden gang und gäbe waren, aber auch ein buntes Alltagssammelsurium: eine Spülbürste, unbenutzte Kaffeefilter, ein Hockeyschläger, eine Haarspange. Artefakte oder Hinweise. Es konnte viele Jahre später geschehen: Man lief an einem Wäldchen vorbei oder über einen Acker, und plötzlich lagen sie da. Als wollte die Erde wieder von sich geben, was sie einst verschluckt hatte.

Manche Dinge erkannte man wieder.

Nicht alle, aber manche.

Eines dieser Fundstücke war also ein Spaten, und derjenige, der ihn fand, war Frans Ljunggren. Er erkannte ihn nicht wieder. Frans zufolge hatte der Spaten eines Morgens einer gesprenkelten Metallzunge gleich aus Kjell Östholms ehemaligem Acker hervorgeguckt. Er habe ihn herausgezogen und sich umgeschaut, unsicher, ob ihn jemand beobachtet hatte.

Dann habe er den Spaten mit nach Hause genommen, zufrieden über ein neues Gartengerät, das er zu seinen übrigen stellte, und den Leuten von seinem Fund erzählt; so auch Filip Söderström, der Haus und Werkstatt besichtigte, bevor er sich zum Kauf entschloss.

«Den hier, den habe ich draußen auf dem Acker gefunden, für lau. Den vermisst niemand, hab ich mir gesagt, und ihn mitgenommen.»

Als Filip die Geschichte Isidor erzählte, kam dem alten Pfarrer ebendieser Gedanke, wie seltsam sie sind, Spaten.

«Wem, glaubst du, hat er ursprünglich gehört?»

«Ich glaube, ich erkenne ihn wieder», antwortete Filip. «Ich glaube, es ist der Spaten, der immer bei Jakob Lindell gehangen hat.»

80

«Ich möchte», begann Vidar in ruhigem Ton, «dass Sie mir so ausführlich wie möglich schildern, was Sie nach der Beerdigung gemacht haben.»

Der Vernehmungsraum war klein und kühl. Sie waren allein, nur ein Computer leistete ihnen Gesellschaft, doch Vidar schenkte ihm keine Beachtung, sondern hatte Block und Stift vor sich liegen.

Ihm gegenüber, die Hände im Schoß, saß Jakob Lindell und sah ihn beunruhigt an.

«Was haben Sie gesagt?»

«Die Beerdigung», wiederholte Vidar geduldig. «Was haben Sie anschließend gemacht? So ausführlich wie möglich.»

Jakob Lindell begann zu erzählen, zuerst zögerlich, doch dann gewann er an Fahrt, als ob in ihm ein Schalter umgelegt worden sei und die Worte nicht schnell genug aus ihm heraussprudeln könnten.

«Danke.» Vidar hob diskret die Hand, wie um Jakob zu bitten, noch etwas zu warten, bis er eine Notiz beendet hatte. «Wie ging es nach dem Kaffee im Gemeindehaus weiter?»

«Dann war die Beerdigung zu Ende.»

«Und was haben Sie danach gemacht?»

«Wir sind nach Hause gefahren. Alice und ich.»

«Gut, aber so ausführlich, wie Sie können, Jakob. Wie spät war es, als Sie nach Hause gefahren sind?»

«Oh.» Jakob schnitt eine Grimasse. «Ungefähr halb drei, drei? Ich habe Alice zu Hause abgesetzt und bin dann weitergefahren, um ein paar Besorgungen zu machen.»

«Warum haben Sie Ihre Frau vorher nach Hause gebracht?»

«Tora, unsere Babysitterin, hat auf unsere Jüngste aufgepasst, solange wir auf der Beerdigung waren, aber danach musste sie nach Hause.»

«Wie alt sind Ihre Kinder?»

«Acht und vierzehn. Lisa, unsere Älteste, ist einundzwanzig. Sie wohnt in der Stadt. Wir», sagte Jakob, als sei ihm bewusst geworden, dass er das erklären musste, «also Alice und ich sind später noch zusammen einkaufen gefahren, aber da war unsere Vierzehnjährige wieder zu Hause und hat auf ihre kleine Schwester aufgepasst.»

«Also waren Sie allein?»

«Wann?»

«Als Sie Ihre Besorgungen gemacht haben, nachdem Sie Ihre Frau zu Hause abgesetzt hatten. Haben Sie diese Besorgungen allein gemacht?»

«Ja.»

«Wusste Ihre Frau schon vor der Beerdigung, dass Sie diese Besorgungen machen mussten?»

«Ja, das hatte ich ihr gesagt. Sie wusste, dass ich hinterher noch ein paar Dinge erledigen wollte, wenn ich die Kraft dazu hätte. Je nachdem, wie aufwühlend die Beerdigung werden würde.»

«Was wollten Sie noch erledigen?»

«Das ...» begann Jakob, doch dann schwieg er lange.

So wie der dasaß, zusammengesunken und mit hängenden Schultern, machte er einen schuldigen Eindruck, doch was genau er sich hatte zuschulden kommen lassen, wusste Vidar nicht mit Bestimmtheit zu sagen. Er legte den Stift aus der Hand und schob den Block beiseite, ein bewährtes Manöver.

«Was ist, Jakob? Irgendetwas belastet Sie, das sehe ich doch.»

«Nein, aber ich ... Wissen Sie, das ist ... Ich habe eigentlich nur eine Sache erledigt. Ich habe den Ölstand des Wagens überprüft. In einer Werkstatt in Oskarström. Das hätte ich genauso gut zu Hause machen können. Aber ich wollte nach der Beerdigung ein bisschen für mich sein. Ich brauchte das. Sie wissen schon. Ich brauchte meine Ruhe. Von Frau und Kindern und Einkaufslisten und Wäsche und ...»

«Vom Leben, schlicht und einfach», sagte Vidar.

Jakob Lindell lachte verlegen, als würde er ein Versagen eingestehen.

«Ja, so in etwa.»

«Entschuldigung.» Vidar griff wieder zum Stift. «Aber haben Sie das erzählt, als Sie gestern Abend mit meinen Kollegen gesprochen haben?»

«Nein. Alice saß ja mit im Auto. Ich konnte es in ihrer Gegenwart nicht sagen. Und ich hielt es auch nicht für besonders wichtig. Ich war ja in der Zeit unterwegs, in der ich angegeben habe, unterwegs zu sein.»

«Und wann war das?»

«Zwischen halb vier und sieben ungefähr.»

«Sind Sie währenddessen jemandem begegnet? Oder haben Sie mit jemandem telefoniert?»

«Nein, ich wollte für mich sein.»

Vidar musterte Jakob Lindell lange.

«Was haben Sie zwischen halb vier und sieben Uhr genau gemacht?»

Jakob räusperte sich.

«Ich habe den Ölstand überprüft, das habe ich ja schon gesagt. Das habe ich als Erstes gemacht. In der Werkstatt hinter der Preem-Tankstelle in Oskarström. Dann bin ich zum Friedhof gefahren. Das mache ich manchmal, wenn ich nachdenken muss. Ich bin einfach im Auto sitzen geblieben und ... ja, habe nachgedacht. Darüber, dass bald noch jemand von uns dort liegen wird. Sten Persson, meine ich», fügte Jakob rasch hinzu. «Dann bin ich nach Skavböke zurückgefahren. Es gab nichts, wohin ich sonst hätte fahren können. Ich war so gegen sechs zurück und habe noch an einer Stelle gehalten, wo wir früher immer gegrillt haben.»

«Und mit *wir* meinen Sie ...»

«Mich und meine Freunde. Sander, Killian, Alice, Felicia, alle, die damals dabei waren.»

«Richtig. Und Mikael Söderström.»

«Und Mikael, ja, natürlich.»

«Wie lange sind Sie da geblieben?»

«Bis ich nach Hause gefahren bin. Eine Stunde vielleicht. Wir wollten ja noch einkaufen.»

«Und was haben Sie gemacht? Während Sie dagesessen und nachgedacht haben, meine ich.»

«Das habe ich doch gesagt. Ich saß einfach im Auto, hing meinen Gedanken nach und habe geraucht. Alles kam zurück. Nicht nur wegen Stens Beerdigung, sondern auch, weil alle da waren. Alle, die noch übrig sind.»

«Sind Sie zwischendurch ausgestiegen? Haben Sie einen Spaziergang gemacht?»

«Nein, ich habe nur dagesessen. Das mache ich immer.»

«Und Sie haben auch niemanden angerufen?»

Jakob Lindell wirkte mit einem Mal sonderbar ertappt.

«Ich hatte mein Handy gar nicht dabei.»

«Wie kam das? Ich meine, es ist doch ganz normal, dass man sein Handy bei sich hat?»

Jakob Lindell fuhr sich mit der Hand durch die Haare. Vidar sah, dass sie zitterte. Als er antwortete, klang er beinahe ängstlich: «Ich wollte einfach nicht gestört werden. Das habe ich doch gesagt, ich wollte für mich sein.»

«Lassen Sie Ihr Handy öfter zu Hause?»

«Es kommt vor. Nicht oft, aber hin und wieder schon.»

«Wusste Ihre Frau, dass Sie Ihr Handy nicht dabeihatten?»

Jakob Lindell schwieg. Dann schüttelte er den Kopf.

«Ich habe es in der Garage gelassen.»

«Hätte Ihre Frau Sie bei Ihrer Rückkehr also gefragt», sagte Vidar, «hätte sie Sie zwischendurch angerufen und Sie wären nicht rangegangen, hätten Sie sagen können, Sie hätten es einfach vergessen.»

«Ja», gab Jakob Lindell zu, womöglich erleichtert, dass Vidar es für ihn ausgesprochen hatte. «So in etwa.»

Vidar wartete, wirkte lustlos, als wollte er diese Befragung so schnell wie möglich abschließen, damit sein Arbeitstag ein Ende hätte und er nach Hause fahren könnte. Er musterte Jakob Lindells Hände. Hände verrieten fast immer mehr als das Gesicht. Hatte er es in sich?

Ja, es sah ganz danach aus. Aber weshalb?

«Ich würde Sie gerne auch nach dem Abend fragen. Was haben Sie gemacht, nachdem Filip Söderströms Leiche gefunden wurde und Sie mit uns gesprochen hatten?»

Sag es nicht, dachte Vidar. Lüg mich an.

Lüg mich an, damit ich dich habe.

81

«Nichts», sagte Jakob Lindell. «Wir waren zu Hause, haben versucht zu begreifen, was geschehen ist. Die Kinder haben auch Fragen gestellt. Sie haben gespürt, dass irgendetwas nicht stimmt.»

«Haben Sie mit ihnen darüber gesprochen?»

«Nicht im Detail. Aber unsere Vierzehnjährige hat es natürlich trotzdem begriffen, genau wie man selbst in dem Alter.»

«Sie haben also mit niemandem telefoniert?»

«Wir haben Alice' Eltern angerufen. Oder ja, Alice hat sie angerufen.»

«Und Sie sind den ganzen Abend und die ganze Nacht in Skavböke geblieben?»

«Ja.»

Vidar klickte mit dem Stift und schrieb etwas auf, ehe er ihn wieder aus der Hand legte.

«Danke, Jakob. Vielen Dank.»

Jakob Lindell lehnte sich aufatmend zurück. Vidar griff nach einem Aktenordner, der auf dem Fußboden neben seinem Stuhl stand, legte ihn vor sich auf den Tisch, blätterte zu einer bestimmten Klarsichtfolie und drehte sie zu Jakob hin.

«Das erkennen Sie doch wieder», sagte er. «Oder nicht?»

Es war der Stofffetzen, dunkelgrün, mit hellen Streifen, den Siri Bengtsson damals mit Gerd Pettersson aus dem Maul des toten Hundes gezogen hatte.

«Soviel ich verstanden habe», fuhr Vidar fort, als Jakob Lindell schwieg, «wissen Sie, wo der dazugehörige Rest ist. Ist das richtig?»

Jakob Lindell starrte ihn an. Er öffnete den Mund, doch es kam kein Laut heraus. Stattdessen redete Vidar.

«Wie kommt es, dass Sie uns nicht von Anfang an von diesem Hemd erzählt haben?»

«Ich ... wusste nicht, wie ich es zur Sprache bringen sollte.»

«Aber Sie haben mit jemandem über das Hemd gesprochen.»

Jakob nickte, doch seine Miene verdüsterte sich, als offenbare Vidars Frage, dass ein Verrat stattgefunden hatte.

«Mit wem?»

«Sander Eriksson.»

«Und wozu hat er Ihnen geraten?»

«Mit dem Hemd zu Ihnen zu gehen. Zur Polizei.»

«Aber das haben Sie nicht getan.»

Vidars Fragen hatten sich in Aussagen verwandelt.

«Nein.» Jakob Lindells Stimme war nicht mehr als ein Flüstern. «Das habe ich nicht getan.»

«Wieso nicht?»

«Ich wusste nicht, was ich hätte sagen sollen.»

«Was haben Sie am ersten Weihnachtstag 1999 gemacht? Abends?»

«Ich war zu Hause.»

«Aber Sie waren eine ganze Weile draußen auf dem Hof, oder nicht? Haben sich um Holz und andere Dinge gekümmert.»

«Ja, das stimmt.»

«Und auch da waren Sie allein, trifft das zu?»

«Ich glaube schon. Aber die anderen waren im Haus.»

«Aber draußen waren Sie allein. Niemand hat Sie gesehen.»

«Nein. Außer mir war niemand da.»

Jakob Lindell hatte leicht zu schwitzen begonnen.

«Ich weiß, wie das mit Holz ist. Das dauert eine Weile. Sie waren eine halbe Stunde draußen, mindestens?»

Jakob Lindell rutschte auf seinem Stuhl hin und her.

«Ich erinnere mich nicht. Aber so etwas um den Dreh war es bestimmt.»

«Sie verstehen, wie das aussieht, Jakob, und weshalb ich nicht lockerlasse. Sie sagen uns nicht die volle Wahrheit, als wir das erste Mal nach dem Mord an Filip Söderström mit Ihnen sprechen. Auch Ihrer Frau sagen Sie nicht die Wahrheit, wo Sie während des Nachmittags gewesen sind oder was Sie machen. Ihren Angaben zufolge sind Sie weder jemandem begegnet noch haben Sie mit jemandem gesprochen. Mit anderen Worten: Sie haben kein Alibi. Sie haben auch Ihr Handy nicht dabei, was als ein gewisses Maß an Planung von Ihrer Seite gedeutet werden kann. Sie wollen nicht, dass jemand sehen kann, wo Sie sich in der Zeit befinden oder befunden haben. Und jetzt stellt sich obendrein heraus, dass Sie mich im Verlauf unseres Gesprächs angelogen haben.»

Ehe er fortfuhr, versuchte er, in Jakob Lindells Gesicht eine Reaktion abzulesen, doch dessen Blick war leer.

«Ganz zu schweigen von den Ungereimtheiten hinsichtlich Ihres Verhaltens rund um den Einbruch in Ihr Elternhaus und den Gelddiebstahl nach der Party im Dezember 1999. Sie haben seit sehr, sehr langer Zeit Dinge vor uns verheimlicht, Dinge, die in direktem Zusammenhang mit den Ereignissen in Skavböke an Weihnachten 1999 stehen. Sie können nicht plausibel darlegen, wo Sie zum Zeitpunkt des Erdrutschs gewesen sind, und darüber hinaus gibt es noch ein Motiv, weshalb ausgerechnet Sie einen Groll gegen die

Familie Söderström hegen: der Streit mit Mikael und das Geld.»

Vidar legte den Zeigefinger auf den Stofffetzen in der Klarsichtfolie.

«Es könnte der Eindruck entstehen, dass Sie erst mit weiteren Angaben herausrücken, wenn Sie mit Beweisen konfrontiert werden, die Ihre bisherige Geschichte unmöglich machen. Dann korrigieren Sie Ihre Aussage entsprechend. Das ist eine Strategie, bewusst oder nicht, die uns zigmal in Vernehmungen begegnet ist, und sie ist für uns nie ein gutes Zeichen.»

Jakob Lindell saß unbeweglich da. Unter den Achseln seines T-Shirts bildeten sich dunkle Flecken.

«Außerdem», Vidar schlug die nächste Seite des Ordners auf, «haben wir das hier.» Er deutete auf eine Aufnahme des Spatens, den sie in Filip Söderströms Garage gefunden hatten. «Ich glaube, den erkennen Sie wieder.»

Jakob Lindell starrte das Foto an, ohne etwas zu sagen.

«Erkennen Sie den Spaten wieder, Jakob?»

Er schüttelte den Kopf. Vidar blätterte zur nächsten Seite. Ein weiteres Foto, diesmal aus Lillemor Söderströms Fotoalbum.

«Hier hängt er, nur zwei Monate vor dem Mord an Mikael. Am Haus Ihrer Eltern. Es ist derselbe Spaten, nicht wahr? Er kam nicht nur bei einem, sondern bei zwei Morden zum Einsatz. Also muss ich Sie das fragen, Jakob: Haben Sie Filip Söderström ermordet?»

«Nein.»

«Haben Sie seinen Bruder, Mikael Söderström, ermordet?»

«Nein.»

«Haben Sie den Erdrutsch am ersten Weihnachtstag 1999 ausgelöst?»

«Nein, verflucht!» Jakob Lindell keuchte heftig. «Nein», wiederholte er, kraftloser.

«Wer war es dann? Wenn Sie», fügte Vidar mehr aus sachlichen denn aus strategischen Gründen hinzu, «nach diesem Gespräch nach Hause fahren möchten, müssen Sie mir zuerst helfen.»

Jakob Lindell wirkte hilflos.

«Aber ich war es nicht. Nichts davon. Ich habe diesen Spaten seit wer weiß wie vielen Jahren nicht mehr gesehen. Ich habe ihn im ersten Moment nicht mal wiedererkannt. Und das Hemd», fuhr er fort. «Ich wusste einfach nicht, was ich damit machen sollte.»

«Warum haben Sie es nicht zur Polizei gebracht?»

«Weil ich nicht wusste, was ich sagen sollte. Dass ich es damals gefunden habe? Und was wäre passiert, wenn ihr mir nicht geglaubt hättet? Alle wissen, dass Killian Mikael ermordet hat. Und der Erdrutsch? Das war Sten. Ich dachte, dass stünde zweifelsfrei fest, trotz allem. Was spielte das Hemd da noch für eine Rolle? Die Zeit nach dem Erdrutsch war ein einziges Durcheinander. Es hat lange gedauert, bis ich überhaupt wieder daran gedacht habe.»

«Woran?»

Jakob Lindell blickte ihn verwirrt an.

«Wie bitte?»

«Es hat lange gedauert, bis Sie woran wieder gedacht haben?»

«An das Hemd. Es wurde von all dem anderen in den Hintergrund gedrängt.»

«Aber Sie haben es trotzdem aufgehoben?»

«Ich habe es im Keller wiedergefunden. Also ja, ich habe es aufgehoben.»

«Soviel ich weiß, hat Filip Söderström nur sehr selten Hemden getragen», sagte Vidar langsam. «War es nicht so?»

«Daran erinnere ich mich nicht.»

«Aber wenn es so war, ist es dann nicht seltsam, dass das Hemd ihm gehört haben soll?»

Jakob Lindell zuckte mit den Schultern.

«Das weiß ich nicht. Vielleicht hatte er es sich von jemandem ausgeliehen.»

«Aber Sie haben Hemden getragen, nicht wahr?»

Jakob Lindell richtete sich auf.

«Manchmal», sagte er und dann, mit zunehmender Betonung auf jedem Wort, als wollte er ihnen mehr Bedeutung verleihen, als ihnen zukam: «Genau wie viele andere auch.»

«Aber dieses Stück Stoff stammt nicht von einem Ihrer Hemden?»

Jakob Lindell starrte ihn an.

«Nein. Es ist nicht meins.»

Vidar musterte ihn lange.

«Ich werde einen Kollegen bitten, Sie nach Hause zu begleiten und das Hemd zu holen.»

Zum ersten Mal klang Vidar vollkommen kühl.

82

Nach dem Spaziergang mit Felicia besuchte Sander seine Eltern. Sie waren mittlerweile alt geworden, über siebzig, seit einigen Jahren im Ruhestand, und wohnten nach wie vor in seinem ehemaligen Elternhaus.

«Du bist also doch im alten Skavböke geblieben», begrüßte sein Vater ihn, als Sander ins Haus kam.

«Es hat sich so ergeben.»

«Wegen dieser furchtbaren Sache mit Filip?»

«Ja.» Sander schloss die Haustür hinter sich, um die Hitze auszusperren. «Vor allem deshalb.»

Sein Vater nickte und klopfte mit seinem Gehstock auf den Fußboden.

«Es ist schrecklich.» Seine Mutter schüttelte den Kopf.

«Ja, fast wie damals», sagte sein Vater. «Lasst uns von etwas anderem reden.»

Sie redeten von etwas anderem. Doch zuletzt wurde es trotzdem still zwischen ihnen.

«Du hast immer gesagt, dass es deine Schuld war», sagte seine Mutter. «Das mit Killian. Aber das war es nicht, niemand außer dir hat das gedacht. Weshalb fühlst du dich schuldig?»

Da war es, ein weiteres Mal. Wie ein Schemen hinter ihm im Wald, eine Gestalt, die ihm folgte, von Baum zu Baum huschte. Hände, die sich darauf vorbereiteten, zuzupacken oder anzugreifen.

«Ich lebe, Killian nicht. Ich durfte heiraten, arbeiten, habe Kinder bekommen, ein Haus, alles. Ich habe das komplette Leben bekommen. Killian hat nichts bekommen.»

«Aber das ist doch nicht deine Schuld.»

Alte Worte gerieten in ihm in Aufruhr, hallten und schlugen und drängten an die Oberfläche, von einem finsteren Ort tief in seinem Innern.

Vielleicht ist es wirklich das Beste, ich haue ab, jetzt gleich.

Er hatte Killians Weihnachtsgeschenk gegen die Wand geschleudert. Er hörte den Aufprall noch immer.

Was solltest du auch sonst tun, Killian? Was tust du, wenn ich dir nicht den Arsch rette? Ja, hau ab. Mach es. Du kriegst nie etwas alleine auf die Reihe. Steh nicht einfach nur da wie ein verfluchter Idiot. Hau ab, zum Teufel!

Seine Worte hatten Killian in die Flucht getrieben und dessen Tod verschuldet. Und Sander konnte für das, was er getan hatte, noch nicht einmal bestraft werden. In gewisser Weise wäre es leichter gewesen, hätte ein Urteil über ihn gefällt werden können; zuerst ein Schuldspruch und dann dessen Vollstreckung, im Anschluss daran ein von außen auferlegtes Leiden. Und dann, möglicherweise, Buße. Darauf hätte ein neues Stadium folgen können. Gnade?

Seine Mutter erkundigte sich nach Olivia und den Kindern. Vielleicht waren sie die Gnade in all dem: die Kinder.

«Welch ein Glück, dass du geblieben bist», pflegte sie zu sagen. «Sonst hätten wir nie eine so tolle Beziehung zu unseren Enkelkindern.»

Sie hatte recht. Und auch das war nicht ohne jede Bedeutung.

Dass du geblieben bist. Ja, auf eine Art war er das tatsächlich, auf eine andere nicht. Halmstad lag eine halbe Autostunde von Skavböke entfernt, die Entfernung zwischen Skavböke und Snöstorp war noch ein wenig größer. Sander war fortgegangen und doch geblieben; ein ambivalenter Zustand, der ihn vielleicht mehr geprägt hatte, als er zugeben wollte. Seine

Eltern trafen die Kinder immer bei ihnen, in Snöstorp, nie hier in Skavböke. Albin und Josefin fragten natürlich, warum sie nie zu Oma und Opa nach Skavböke fuhren. Olivias Eltern besuchten sie fast jede Woche. Sander hatte stets Ausflüchte parat, Erklärungen: *Der Weg ist so weit, bei uns zu Hause ist es lustiger, Oma und Opa machen gerne Ausflüge.* Er konnte diverse Ausreden erfinden, aber nicht unbegrenzt, und die Kinder wurden älter. Lange würde er sie nicht mehr damit hinhalten können.

Als er Skavböke an diesem Nachmittag verließ, leuchteten die Felder, und die Sonne wärmte das Land.

Das späte Nachmittagslicht war sanft, eine große, gütige Hand verströmte ihre Wärme überall dort, wo sie hinreichte, und da es hieß, es sei die Hand des Herrn, reichte sie überallhin, brachte die Welt zum Strahlen.

Sander parkte in Oskarström am Friedhof und blieb hinter dem Steuer sitzen, bis er schließlich ausstieg, sich an den Rand des Parkplatzes stellte und auf den Ort hinabblickte, an dem sein Freund begraben lag.

Es hatte den Anschein, als bereite er sich vor. Als würde er jeden Moment einen Schritt nach vorne machen und den Abstieg beginnen. Doch er blieb stehen.

Hier oben ging ein leichter Wind. Das war schön. Er redete sich ein, das sei der Grund, warum er stehen blieb.

Er dachte an Sten Perssons Beerdigung, an den Traum von Killian, der stärker war als Sander und ihn hierhergeführt hatte. Vielleicht ist es so: Alles Leben strebt zum Tod, und Sander strebte nach Skavböke, zu Killian.

Er blickte auf die Grabsteine und fragte sich, welcher davon seinem Freund gehörte. In seiner Brust regte sich etwas.

Sein Blick wanderte über die Bäume, die Wege, die Felder. Hier war fast alles gleich geblieben. Die Landkarte der Kindheit.

Ein Rasensprenger schwenkte rhythmisch vor und zurück. Die Wasserstrahlen wogten wie ein Fächer über das grüne Gras. Sander kehrte zum Wagen zurück. Hinter ihm versuchten die Toten, die Grenze zu überschreiten, so war es immer, sie wollten herüberwechseln, doch niemand bemerkte es.

83

Vidar verbrachte den Tag allein mit dem Lesen und Sichten der alten Ermittlungsunterlagen. Diesmal las er sie von Anfang an, komplett, alle Berichte, Protokolle und Vernehmungen, studierte die Fotos vom Tatort und von der Party, die Dokumentation des Erdrutschs, den Autounfall, bei dem Killian Persson ums Leben gekommen war, die wenigen Ermittlungsfortschritte, die auf der anderen Seite der Jahrtausendmarke erzielt worden waren. Zuletzt trat er an das Whiteboard und zog die Kappe von einem Stift.

Skavböke, Dezember 1999.

Ein Auto in der Morgendämmerung, ein offen stehender Kofferraum. Ein groß gewachsener blonder Achtzehnjähriger mit Geheimnissen im Herzen. Eine dritte Fußspur; ein Zeuge, der sich nicht zu erkennen gegeben hatte. Weshalb nicht? Ein Abgrund. Mehr als zwanzig Jahre später ein ermordeter kleiner Bruder. Kleiner Bruder bleibt man sein Leben lang, auch dann, wenn man der Einzige ist, der noch am Leben ist. Siri

Bengtssons Notizen nach den ersten, entscheidenden Befragungen: *lügt*, über Sander Eriksson. *Verheimlicht etwas*, über Killian Persson.

Vidar zeichnete. Haus für Haus entstand das Dorf auf dem Whiteboard. Die Häuser der Söderströms, Ljunggrens und Östholms, Lindells, Grenbergs, Erikssons und Perssons.

Die Stelle, an der Mikael Söderström in Madeleine Grenbergs Volvo aufgefunden worden war, markierte er mit einem roten X, ebenso wie den Ausgangspunkt des Erdrutschs, das Entzünden des Dynamits in Söderströms Keller. Er zögerte einen Moment, ehe er die Stelle, an der Filip Söderström ermordet worden war, mit einem dritten X kennzeichnete.

Es gab Dinge in der Ermittlung, die er nicht begriff. Der Ordner *Sonstige Ermittlungsunterlagen* enthielt Marginalien: Sackgassen und Randnotizen, die letzten Maßnahmen in dem Fall, bevor er für immer eingeschlafen zu sein schien. Vidar war sich darüber im Klaren, dass Gerd Pettersson und Siri Bengtsson andere Ermittlungen hatten vorantreiben müssen. Doch irgendetwas daran war störend. In dem Material tauchten neue Details auf, Namen, die in keiner Verbindung zu allem anderen standen. Woran hatte Siri Bengtsson in der Zeit, bevor sie den Dienst quittiert hatte, eigentlich gearbeitet?

Er machte weiter, wie wenn man ein Puzzle vor sich hat, von dem man sich nicht lösen kann. Von Zeit zu Zeit kam ein Kollege zu ihm ins Büro und legte ihm einen Bericht oder ein ausgedrucktes Vernehmungsprotokoll auf den Schreibtisch. Sie alle schilderten Vidar als abwesend und mitgenommen. Er sollte nach Hause fahren und schlafen. Bei der Polizeiarbeit kam es heutzutage auf Ausdauer an. Wussten das die alten Füchse nicht?

Nach einer Weile erschien Adrian al-Hadid mit einer Tüte in der Hand.

«Bitte schön, das Hemd», sagte er. «Jakob Lindell hat es mir mit Freuden überlassen.»

Vidar warf einen flüchtigen Blick darauf.

«Hat er?»

«Nicht direkt.»

«Gib das Hemd ins Labor, bitte. Wie läuft's mit dem Rasmusgården?»

«Sie wollen mich wieder anrufen.»

«Wenn sie sich heute nicht melden, fährst du hin.»

Adrian nickte.

«Ach ja», sagte er dann. «Eins noch. Jakob Lindell will, dass Sie ihn anrufen.»

«Warum?»

«Das hat er nicht gesagt.»

Vidar kehrte zurück ans Whiteboard, stemmte die Hände in die Seiten und betrachtete das Schaubild. Adrian tat es ihm gleich.

«Was glauben Sie?», fragte er.

Vidar wandte müde den Kopf.

«Dass ich ungestört besser denken kann.»

Adrian trottete mit hochroten Wangen davon. Nach einer Weile kam er zurück, wenn auch zögernden Schrittes.

«Ja?», sagte Vidar kühl, bevor Adrian den Mund aufmachen konnte. «Was ist jetzt wieder?»

«Entschuldigen Sie, dass ich störe, aber, äh, unten an der Rezeption wartet jemand, der mit Ihnen sprechen möchte.»

«Mit mir?» Vidar griff nach seinem Kaffee. «Wer ist es?»

Er ging mit Adrian nach unten. Die Raumtemperatur sank spürbar.

«Wie zum Henker kann es hier unten kühler sein als oben bei uns?»

«Ich glaube, die Klimaanlage auf Ihrem Stockwerk funktioniert nicht einwandfrei.» Sie betraten die Rezeption, und Adrians Blick ging unsicher von Vidar zu der Besucherin. «Ist das in Ordnung?»

84

«Ist er ein guter Polizist?» Siri Bengtsson sah dem jungen Beamten hinterher, als er davonging.

«Ja, nur ein klein wenig aufdringlich.» Vidar streckte die Hand nach dem Ordner aus. «Es tut mir leid. Ich wollte vorbeikommen, bin aber aufgehalten worden.»

Siri Bengtsson wirkte erleichtert, die Last loszuwerden.

Vidars Handy klingelte. Er meldete sich und vernahm die Stimme der Kriminaltechnikerin, abgehackt und immer wieder von Rauschen unterbrochen. Er musste sich anstrengen, um zu verstehen, was sie sagte, hatte aber trotzdem den Eindruck, dass sie eigenartig klang.

«Moment», sagte er. «Wie war das?»

«Wir haben das Ergebnis», wiederholte sie lauter.

Das kriminaltechnische Labor hatte soeben die Auswertung der Fingerabdrücke auf dem Spaten abgeschlossen, mit dem die Brüder Söderström erschlagen worden waren. Sie waren mehrfach durch die behördlichen Fingerabdruck-Datenbanken und Personenregister gelaufen.

«Wir haben eine sehr wahrscheinliche Übereinstimmung mit einem alten Fingerabdruck», sagte sie. «Er stammt vom

Schaltknüppel in Madeleine Grenbergs Volvo und wurde am Morgen des 18. Dezember 1999 im Zusammenhang mit der Ermittlung im Mordfall Mikael Söderström sichergestellt.»

Vidar atmete in die plötzliche Stille hinein.

«Und der Fingerabdruck vom Spaten ist kein alter Abdruck?»

«Nein. Er ist neu. Deshalb hat die Antwort auf sich warten lassen. Die Kollegen wollten ganz sicher sein.»

«Das kann ich verstehen.» Vidar hielt den Atem an.

«Ja, ich auch. Aber das ist im Grunde das Einzige, was ich verstehe.»

«Ich muss einen Anruf machen. Vielen Dank.»

Zum ersten Mal, seit die Ermittlung auf seinem Tisch gelandet war, klang seine Stimme angestrengt.

«Was ist?», fragte Siri Bengtsson.

Vidar sah sie an, als habe er vergessen, dass sie vor ihm stand.

«Können Sie einen Moment warten, bitte?»

Es klingelte etliche Male, bevor Jakob Lindell abnahm, fast flüsternd, als würde er den Anruf vor jemandem verbergen.

«Gut, dass Sie anrufen», sagte er leise. «Ein Polizist war hier und hat das Hemd abgeholt.»

«Ich weiß, wir haben es bekommen. Vielen Dank.»

Jakob Lindell holte tief Luft.

«Ich glaube nicht, dass es Filip war, den ich damals gesehen habe.»

«Wie bitte?»

«Am Abend des Erdrutschs. Es war nicht Filip.»

Diese Wendung überraschte Vidar.

«Nicht?»

«Nein, das war ein Irrtum, alles, ich ...»

«Aber Sie haben jemanden gesehen?»

«Ja, hundertprozentig.»

«Wen glauben Sie, stattdessen gesehen zu haben?»

In der Leitung blieb es still. Am anderen Ende der Rezeption hatte Siri Bengtsson die Arme vor der Brust verschränkt.

«Jakob», sagte Vidar. «Wen glauben Sie, gesehen zu haben?»

Das Schweigen hielt an. Jakob räusperte sich.

«Wen», sagte Vidar, jedes Wort betonend, «haben Sie gesehen?»

85

Etwas lag in der Luft, als Sander in den Backavägen zurückkehrte. Die Straße war ausgestorben, nicht bloß sommerlich verwaist, sondern als hätten unsichtbare Kräfte angesichts einer herannahenden Katastrophe jegliches Leben aus ihr entfernt. Doch vielleicht war es auch sein Besuch bei den Toten auf dem Friedhof, der in ihm nachwirkte.

Er stand mit den Autoschlüsseln in der Hand in der Einfahrt. Hineingehen, seine Sachen holen, ein Glas Wasser trinken, denn seine Kehle war staubtrocken, abschließen, die Alarmanlage einschalten – und fort. Er sah auf seine Armbanduhr und wünschte, er hätte eine Zigarette.

Dann stand er in der Küche. Er war ins Haus gegangen und hielt ein Glas Wasser in der Hand. Es war leer. Hatte er es nicht gefüllt? Oder schon ausgetrunken? Woher kamen diese Gedächtnislücken?

Ein leichtes Vibrieren durchlief ihn, die Elektrizität stieg und sank in langsamen Wellen.

Er stand wieder draußen in der Einfahrt, im lauen Abend. Kein Glas mehr in der Hand. Oder war er in Wirklichkeit gar nicht im Haus gewesen? Doch, die Eingangstür hinter ihm stand offen. Er musste hineingegangen sein.

Die Desorientiertheit verursachte ihm Übelkeit, die Ränder seines Blickfelds trübten sich schwarz ein.

Da kam jemand, weit hinten auf dem Backavägen. Sander taumelte rückwärts, kurz davor zu stürzen. Im letzten Moment gewann er das Gleichgewicht zurück, stolperte ins Haus, warf die Tür hinter sich zu und schloss sie ab.

Die Haustür hatten sie erneuern lassen. Vor drei Jahren musste das gewesen sein, mindestens. Sie hatten sich für eine Tür mit Milchglasscheibe entschieden, für mehr Lichteinfall. Albin und Josefin liebten es, hinter der Tür zu stehen und ihren Eltern Fratzen zu schneiden, weil das Trübglas ihre Grimassen verbarg.

Er starrte auf die Tür und wartete. Schritte, direkt davor, schwer und behäbig.

Eine hünenhafte Gestalt zeichnete sich hinter der Scheibe ab.

Zähne. Zähne in einem gesichtslosen Mund. Sie kamen in der sommerlichen Stille, bleckten sich nach ihm. Ein Mann.

Die Türklinke senkte sich und glitt wieder nach oben. Verschlossen. Sander wartete, doch nichts geschah. Der Besucher blieb einfach stehen.

Sander begriff, dass er öffnen musste.

Gefahren unter der Erde. Alte Pforten standen offen. Als

die Tür aufging, starrte der Mann auf der Schwelle Sander an, als habe er nicht erwartet, willkommen geheißen zu werden. Vor seinen Füßen stand ein verschlissener Rucksack.

«Hallo», sagte er schließlich. «Lange nicht gesehen.»

86

Schwer zu sagen, wo Sander sich befand, wenn nicht im Hier und Jetzt. Alles um ihn herum, die vertrauten Alltagsgegenstände, die Jacken und Schuhe der Kinder, die Hutablage, Olivias Mäntel, der Regenschirm, der Teppich, alles erschien ihm eigenartig fremd.

«Könnte ich ...», begann der Mann. «Es ist so heiß, könnte ich reinkommen und ein Glas Wasser haben?»

Er hob seinen Rucksack auf. Sander hielt den Atem an und trat zur Seite, ließ ihn herein, was oder wer auch immer er sein mochte. Der Mann sah sich neugierig im Flur um, betrachtete die Garderobenhaken für Kinder und Erwachsene.

Mit einem Ruck streckte Sander die Hand aus und fasste ihn am Unterarm. Der Mann lachte auf, unsicher.

Falten in den Augenwinkeln, Krähenfüße. Sonnengebräunte Haut. Sander hielt den Mann weiter fest, doch dann strich ein eiskalter Windhauch zwischen ihnen hindurch, und er ließ ihn so abrupt los, als jage ihm die Bewegung der Luft Angst ein.

Der Mann blickte über Sanders Schulter hinweg in Richtung Küche.

«Kann ich ein Glas Wasser haben, nur ein Glas? Ich hab einen höllischen Durst.»

Sander wandte sich um, zum ersten Mal ließ er den Besucher aus den Augen. Langsam ging er zur Spüle und füllte das Glas, aus dem er selbst getrunken hatte, drehte den Kopf. Da stand er, unverändert. Sander streckte das Glas vor und sah, wie es von einer Hand, gröber als seine, geäderter, gebräunter, entgegengenommen wurde. Die Haut fester.

«Danke, Sander.»

Er trank in großen Schlucken, während er das Armband an Sanders Handgelenk betrachtete. Durch die großen Wohnzimmerfenster wärmten Sonnenstrahlen das aschgraue Fischgrätparkett.

Der Mann setzte sich auf die Küchenbank und atmete aus. Eines der Kissen verrutschte, und er rückte es wieder zurecht, eine so alltägliche Bewegung, dass sie Sander umso unwirklicher erschien. Er zog einen Stuhl unter dem Tisch hervor und setzte sich.

«Killian?»

«Es ist lange her, dass ich das jemanden habe sagen hören. Es fühlt sich ein bisschen seltsam an.»

Er blickte aus dem Fenster, in die Einfahrt, auf Sanders Wagen, der in der Sonne glänzte.

«Schön, ein Auto zu haben. Es schlaucht, zu Fuß überall hingehen zu müssen. Vor allem bei dieser Hitze. Aber hier gibt es immerhin Bürgersteige. Das ist gut.»

Etwas stieg Sanders Kehle auf, etwas, das heraus wollte. Er fürchtete, dass es ein Schrei sein könnte, doch so fühlte es sich nicht an. Erst als er den Mund öffnete, begriff er, was es war.

Er begann zu lachen. Killian sah ihn ungerührt an.

«Bist du okay?»

«Okay», wiederholte Sander. «*Okay.*»

Er lachte weiter. Lauter. Verzog das Gesicht. Der Mann an seinem Küchentisch begann ebenfalls zu lachen, erst kurz und abgehackt, als wolle er es verhindern, dann polternd und warm, seinen ganzen Körper durchlaufend. Welle für Welle spülte durch sie hindurch. Ihr Lachen stieß miteinander zusammen, hallte durch das leere Haus. Sie saßen da wie zwei Freunde, denen ein großartiges Gaunerstück gelungen war.

«Du warst es, den ich gesehen habe», fragte Sander. «Oder?»

Killian erstarrte, als seien die Worte brisanter, als Sander geglaubt hatte. Als Killian sich wieder entspannte, war es, als ob er sich selbst dazu zwingen würde.

«Wann?»

«Vor der Kapelle. Nach der Beerdigung. Auf dem Feld, bei den Büschen, wo früher Söderströms Haus gestanden hat.»

«Ja.» Killians Schultern sackten ein wenig herab. «Das war ich wohl. Ich konnte sie einfach nicht verpassen. Immerhin war er mein Vater.» Killian war ernst geworden. Bei den letzten Worten klang seine Stimme sonderbar belegt. «Deine Eltern leben noch, oder? Ich glaube, ich habe sie gesehen. Wie geht es ihnen?»

Fragen, wie man sie einem alten Freund stellt, dem man zufällig im Supermarkt begegnet. Als sei alles, was einmal geschehen war, plötzlich bedeutungslos.

«Sie sind alt geworden. Mein Vater geht am Stock. Aber es ist okay.»

Killian, wenn er es wirklich war, erwiderte nichts. Vielleicht dachte er an seine eigenen Eltern. Die Hand, in der er das Glas hielt, zitterte leicht.

«Was geht hier vor?», fragte Sander, doch an wen sich seine Frage richtete, war nicht ganz klar.

«Können wir einfach nur ...», begann Killian und zögerte, als würde auch ihm allmählich bewusst, wie seltsam die Situation war. «Können wir einfach nur für eine Weile zusammen sein? So wie früher? Ist das okay?»

Als Killian sich bewegte, ging ein Geruch von ihm aus, vielleicht seine Kleidung. Sander sog den Geruch ein. Alle anderen Sinne können einen täuschen, nicht aber der Geruchssinn.

Er war es wirklich.

«Was willst du machen?», war alles, was er herausbrachte.

«Hast du Bier da?»

«Nein.»

Killian blickte auf seinen Rucksack.

«Aber ich.»

Seine Augen funkelten. Dann dachte er nach und lächelte leicht.

«Soviel ich weiß, habe ich ein Grab. Ich würde es gerne sehen.»

87

Siri Bengtsson war nicht vorbereitet, das blieb Vidar nicht verborgen. Als sie neben ihm durch die belaubten, sanften Schatten des Norre-Katts-Park lief, schwieg sie lange, als müsste sie erst Ordnung in ihre Erinnerungen bringen, bevor sie sie in Worte fasste. Sie hatte den Spaziergang vorgeschlagen, gemeint, in Bewegung könne sie besser denken.

«Es fängt eigentlich nicht mit Hampus Olsson an», sagte sie jetzt. «Hampus Olsson war im Grunde von vornherein vollkommen bedeutungslos, jedenfalls was diese Sache angeht. Oder ich weiß es nicht. Was ich weiß, ist, dass es mit einem Zugriff im August 2002 beginnt. Mein letzter großer Einsatz, bevor ich aufgehört habe.»

«Ein Zugriff auf ein Zeltcamp», sagte Vidar.

«Ja, in der Nähe von Fegen. Als wir eintrafen, ist mir ein junger Mann aufgefallen. Er stand am äußersten Rand des Camps und wirkte irgendwie deplatziert. Oder vielleicht war er auch gerade erst dazugestoßen. Aber er kam mir bekannt vor. Ich hatte das Gefühl, es könnte Hampus Olsson sein, der Weihnachten 1999 von zu Hause abgehauen war. Ich fing an, nach ihm zu suchen, und irgendwann fiel mir durch einen glücklichen Zufall die Baseballkappe in die Hand, die er vermutlich damals getragen hatte. Danach haben wir einen Suchtrupp gestartet.» Sie erzählte zurückhaltend, als sei jedes Wort schmerzhaft. «Irgendwann kamen wir zu einem Bauern in Mjäla.»

«Davon habe ich gelesen, aber nicht, was danach weiter unternommen wurde. Danach gibt es kein Material mehr, das dieser Spur nachgeht.»

«Nein», erwiderte Siri Bengtsson knapp. «Danach wurde nichts mehr unternommen.»

Was die volle Wahrheit war, und auch nicht.

88

Als sie durch Halmstad fuhren, fühlte es sich an, als sei alles auf den Kopf gestellt. Killian saß auf dem Beifahrersitz, eine Bierdose in der Hand, und betrachtete die Umgebung. Er lehnte den Kopf an die Nackenstütze und sagte mehr zu sich selbst als zu Sander:

«So sieht es also inzwischen hier aus. Alles ist so anders.» Er runzelte die Augenbrauen, als sei die Erkenntnis wichtig. «So kommt es mir jedenfalls vor. Ehrlich gesagt, erinnere ich mich nicht, wie es ausgesehen hat. Es fühlt sich seltsam an, nach Hause zu kommen.»

Er wandte den Kopf ab, als würde der Anblick ihn traurig stimmen. Sander wechselte vom Wrangelsleden auf die Bundesstraße 26 in Richtung Oskarström.

«Es hat sich einiges verändert», bestätigte er, vor allem, um etwas zu sagen.

«Zuhause», fuhr Killian zögernd fort. «Als wir achtzehn waren, war es ein so einfaches Wort. Oder nicht? Für dich vielleicht nicht. Du wolltest ja nur weg.»

Er sagte es ohne Vorwurf, nur als Feststellung.

«Aber ich bin geblieben», sagte Sander.

«Ja, bist du.» Killian trank einen Schluck Bier. «Es ist jedenfalls schön. Dich zu sehen, meine ich.»

«Gleichfalls.»

Sander hatte keine Ahnung, ob er es wirklich meinte.

«Hast du Kinder?»

«Die Jacken, die du im Flur gesehen hast, sind mir ein bisschen zu klein», erwiderte er. Als Killian nicht zu verstehen schien, verdeutlichte er: «Ich habe zwei.»

«Wow.»

«Überrascht es dich?»

«Ich weiß nicht. Vielleicht. Ich habe mir dich nie mit Kindern vorgestellt.»

«Ich mich mir auch nicht. Aber dann bin ich erwachsen geworden.»

Sie näherten sich Oskarström. Ganz allmählich ging die Sonne unter, doch die Dämmerung war noch Stunden entfernt. Die Zufahrt zum Friedhofsparkplatz war eng, Sander drosselte die Geschwindigkeit. Noch standen dort keine anderen Autos. Killian richtete sich auf, als würde er sich wappnen.

«Hast du ihn gesehen?», fragte Killian, als sie aus dem Wagen stiegen. «Den Grabstein?»

«Viele Male.»

«Also findest du den Weg?»

Sander zögerte.

«Offen gestanden bin ich nie am Grab gewesen.»

«Also hast du den Grabstein nicht gesehen?»

«Nicht im eigentlichen Sinn, nein.»

Sander blinzelte in die Sonne und trank einen Schluck von seinem Bier. Es war mittlerweile lauwarm. Er hatte getrunken und sich anschließend hinters Steuer gesetzt, jetzt trank er wieder. So etwas hätte er normalerweise nie getan, doch es war, als sei er von Wasser oder dichtem Nebel umgeben. Alles war wie im Traum und leicht verschwommen von Wellen und weißen Schwaden. Vielleicht hatte er deshalb keine Angst, erwischt zu werden, und hielt weder Ausschau nach Streifenwagen noch nach anderen Zeugen, die sie sehen, sie wiedererkennen, sie wieder voneinander trennen könnten.

Sie stiegen die Treppe zum Friedhofsgelände hinunter und liefen zwischen den Grabsteinen entlang. Sander las: *Ruhe in Frieden. Du fehlst uns. Geliebte Großmutter, Mutter, Schwester. Geliebter Sohn, Vater, Großvater. Geliebte Großmutter und Mutter. Geliebte Ehefrau. Geliebter Ehemann und Vater. Geliebter Sohn. Geliebter Vater und Bruder. Geliebter Vater und Großvater. Geliebte Mutter und Freundin.* Kein geliebter Mensch ging lebend von hier fort.

Als sie eine Weile gesucht hatten, hob Killian den Blick und sagte:

«Hier ist er. Mein Grabstein.»

«Killian, bist du sicher, dass ... Du musst nicht ...»

«Doch.» Er sah Sander an, und wie um ihm Sicherheit zu geben, streckte er die Hand aus und berührte ihn am Arm. «Es ist okay. Ich glaube, ich brauche das.»

Hier ruhte er allein, ein Stück von seiner Mutter entfernt. *Killian Persson 1981–1999*, ein langer Pfad durch die Zeit.

«Seltsam», sagte er nur. «Bald wird auch Papa hier irgendwo liegen.»

Sander hatte sich diesen Moment so oft vorgestellt, vor dem Grab zu stehen und den Namen seines Freundes zu lesen. Er hatte sich immer dagegen gewehrt, als sei er noch nicht bereit dazu, es aber eines Tages werden. Jetzt stand er hier und gleichzeitig auch nicht. Unter Umständen, die keiner Wirklichkeit angehörten, die ihm vertraut war.

Es war ein schöner Grabstein, dessen war er sich bewusst, konnte es aber nicht so sehen. Heißer Zorn stieg in ihm auf. Die Inschrift auf dem Grabstein war ein Irrtum, und er begriff nicht, wie das hatte geschehen können, wer die Schuld daran trug. Er drehte an seinem Lederarmband, als würde es scheuern.

Killian hockte sich vor dem Grabstein im Schneidersitz ins Gras, die langen, klobigen Beine erstaunlich gelenkig.

«Ich muss mich kurz setzen. Wie wär's mit einem zweiten Bier?»

Er hatte ein paar Dosen in einer Tüte dabei. Sander ließ sich neben seinem Freund nieder und nahm eine Dose. Sie tranken und betrachteten das Grab, ohne etwas zu sagen.

In Gedanken kehrte Sander zurück zu dem kurzen Stück

Landstraße, das sich durch Esmared schlängelte. Er hatte oft an dieses Wegstück gedacht, wie es dort gelegen hatte, glitzernd und glatt in der Weihnachtsnacht. An die emporschlagenden Flammen und das Autowrack, das in der Einöde geächzt hatte. Mehrere Male, viel später, war er kurz davor gewesen, sich ins Auto zu setzen und dorthin zu fahren, nur um dort gewesen zu sein, an dem Ort, wo sein Freund dem Tod begegnet war. Aber was hätte er dort ausrichten sollen?

«Ich kapier nicht, wie zum Teufel du hier sitzen kannst», sagte Sander schließlich. «Wir haben dich beerdigt. Du bist gestorben.»

Killian lachte auf, ein freudloser Laut.

«Ja, das bin ich wohl.»

89

Bauer Jansson war fit und vital, als Siri ihn im Zuge der Suchaktion nach Hampus Olsson 2002 befragte, weit über die sechzig hinaus, aber immer noch aktiv, arbeitsfähig, mit wachem Blick und einem von Herzen kommenden, lauten Lachen. Siri sprach mit ihm in einer hellen, altmodischen Diele, deren Wände handgefertigte Stickereien schmückten.

Er habe es gewusst, sagte er. Er habe das Schild *Hilfe gesucht* Monate zuvor ohne große Hoffnungen aufgestellt. Ende 1999 fand niemand den Gedanken an Landarbeit noch sonderlich verlockend. Als Ende Dezember ein junger Mann die Zufahrtsstraße zum Hof herunterkam, schwante ihm, dass etwas nicht ganz koscher war. Als der Bursche dann auch noch sagte, er heiße Johan und suche Arbeit im Austausch für Kost und Logis, wurde er noch argwöhnischer.

«Er wird wohl von zu Hause getürmt sein, dachte ich mir. Ausweisen konnte er sich auch nicht. Ich fragte ihn, was er gut könnte, und er meinte, er verstünde sich auf die meisten Arbeiten. Wir werden sehen, sagte ich. Wann kannst du anfangen? Ja, meinte er. Jetzt gleich? Oder morgen? Genau an dem Tag hatte unsere elektrische Säge den Geist aufgegeben, und wir brauchten sie am nächsten Morgen für das Holz. Also sagte ich zu ihm, okay, die Säge ist kaputt. Wenn du die wieder zum Laufen bringst, kannst du bleiben und morgen einen Tag zur Probe arbeiten.» Der Bauer lachte auf, verblüfft. «Und ob Sie's glauben oder nicht, der Bursche hatte die Säge in einer Stunde repariert. Kann ich noch etwas tun?, fragte er draußen vor der Türschwelle. Also fing Johan am nächsten Tag bei mir an, auch wenn mir klar war, dass das nicht sein richtiger Name war. Ich habe ihn in einem der Nebengebäude wohnen lassen.»

Obwohl der Bauer nicht gewusst hatte, wer seine neue Hilfe war. Oder genauer: Obwohl er gewusst hatte, dass der junge Mann nicht der war, der zu sein er vorgab.

«Er blieb fast zwei Jahre bei uns. Er machte nie Ärger, war nie krank, immer fleißig. Ich hatte keine Ahnung, wovor er floh, aber mir war klar, dass er es nicht leicht gehabt hatte. Also habe ich dafür gesorgt, dass er sich bei uns wohlfühlte. Hier auf dem Hof hat er es wohl besser als da, von wo er ausgerissen ist, dachte ich. Er war nicht von der gesprächigen Sorte, der Junge, aber wenn man so arbeitet, wie er es getan hat, muss man das auch nicht sein. Ich hab ihm gesagt, was er tun soll, und er hat es gemacht.»

«Er hat also nichts darüber gesagt, wer er war oder wo er herkam?»

«Hier draußen bleibt nicht viel Zeit zum Plaudern. Nein, er hat nichts erzählt, und ich habe auch nicht gefragt. Was danach geschehen ist, hatte auch nichts mit ihm zu tun.»

Der Hof machte harte Zeiten durch. Ein neuer Aufschwung blieb aus, und das Unterhautfett des Hofs, wie Bauer Jansson es ausdrückte, war schon seit einigen Jahren dünn gewesen.

«Johan war uns eine große Hilfe, das war er wirklich, aber ich musste seine Unterkunft vermieten, und dadurch hatte er keine Bleibe mehr. Es gab keine andere Möglichkeit auf dem Hof, wo er hätte wohnen können. Und Lohn hatte ich ihm in der ganzen Zeit auch nicht zahlen können, außer hier und da mal ein paar Kronen, sodass er keine Ersparnisse hatte, um selbst Miete zu zahlen.» Der Bauer machte ein betrübtes Gesicht. «Ich habe ihm gesagt, dass er gerne weiter für mich arbeiten könnte, sich aber eine eigene Bleibe suchen müsste, und ich vollstes Verständnis dafür hätte, wenn er etwas anderes machen wollte. Aber ich wusste von einem Bauern in der Nähe von Djuparp, ein paar Meilen östlich von hier, der Leute brauchte, und Johan ist noch am gleichen Tag aufgebrochen. Ich habe angeboten, ihn zu fahren, aber er sagte, nein, nein, zu irgendwas müssten seine Füße ja gut sein. Typisch Johan. Das war das Letzte, was ich von ihm gesehen habe.»

Denn er kam nie in Djuparp an.

«Nein», fuhr Bauer Jansson fort, «das ist inzwischen ja eine ganze Weile her, über ein Jahr. Aber ich hab den Bauern in Djuparp angerufen und ihm gesagt, dass ein patenter Bursche auf dem Weg zu ihm wäre. Als niemand kam, rief er mich zurück und fragte, ob ich ihn für dumm verkauft hätte.»

Man durfte nicht anfangen, sich Hoffnungen zu machen,

das wusste Siri besser als viele andere. Jemand, der hofft, denkt nicht mehr klar, kann Fakten nicht von Wunschdenken unterscheiden, sieht das, was er sehen will. Nichtsdestotrotz flackerte es in ihrer Brust, eine unvermutete Wärme breitete sich in ihr aus und stieg hinauf in die Schultern. Sie holte ein Bild von Hampus Olsson hervor, sein letztes Schulfoto, aufgenommen im Herbst 1999. Mittlerweile war es durch so viele Hände gegangen, dass die Ränder schon arg abgegriffen waren.

«Haben Sie diesen Jungen schon einmal gesehen?»

Der Mjäla-Bauer hob zwei buschige Augenbrauen, nahm das Foto zwischen Daumen und Zeigefinger und betrachtete es eingehend.

«Nein.»

«Sind Sie sicher? Das ist nicht der Junge, der bei Ihnen war? Johan?»

«Johan war auch blond, aber gedrungener und deutlich größer.»

Siri trat hinaus auf die Treppe, spürte, wie die Kälte in ihre Wangen biss, und lief mit schweren Schritten zurück zu den anderen. Da erklang die Stimme des Bauern in ihrem Rücken.

«Hallo. Sie.»

Sie drehte sich um. Jansson stand auf der Treppe und hielt etwas in den Händen.

«Ja?»

«Ich weiß nicht, ob es hilfreich ist, aber das hier ist Johan, während der Ernte 2000. Am letzten Tag machen wir immer ein Foto, bevor wir ein kleines Fest feiern. Ich dachte, Sie wüssten vielleicht oder könnten herausfinden, was aus ihm geworden ist. Der beste Knecht, den ich je hatte. Ich hoffe, dass sich die Dinge für den Jungen gefügt haben.»

Ein eingerahmtes Gruppenbild, draußen vor der Scheune aufgenommen. Sie standen da wie eine ungleiche Fußballmannschaft, allesamt; Jansson und seine Frau, die Kinder, die Erntehelfer. Siri zählte vierzehn Personen. Der Bauer deutete mit dem Zeigefinger auf einen jungen Mann, der in der Hocke saß, den Blick auf etwas außerhalb des Bilds gerichtet, ganz so, als sei er nicht darauf vorbereitet gewesen, dass ein Foto gemacht werden sollte, und habe keine Ausrede gefunden, nicht mit aufs Bild zu kommen.

Siri starrte die Aufnahme an.

«Sind Sie sicher, dass das im Jahr 2000 war?»

«Und ob. Die erste Ernte im neuen Jahrtausend. Auch wenn sie schlecht ausgefallen war, wollten wir uns daran erinnern.»

«Könnten Sie das Bild bitte aus dem Rahmen nehmen?»

Der Bauer holte das dünne Fotopapier mit verblüffend geschickten Fingern heraus.

«Sie können es sich ausleihen. Erkennen Sie den Jungen wieder?»

«Nein, aber ich werde das Bild und Ihre Angaben an meine Kollegen weiterleiten. Vielleicht können sie Johan ausfindig machen.»

Siri Bengtsson war in sich zusammengesunken, während sie neben Vidar durch den Norre-Katts-Park lief.

«Ich schäme mich», murmelte sie. «Ich weiß nicht, was ich sagen soll, vor allem jetzt, mit Filip Söderström. Es fühlt sich an, als sei es meine Schuld. Hätte ich etwas gesagt, wenn ich den Mut aufgebracht hätte, dann wäre er vielleicht ...»

«Dann wäre er was?», fragte Vidar. «Noch am Leben? Wahrscheinlich nicht.»

«Aber vielleicht.»

Siri Bengtsson blieb stehen und zog ein gefaltetes Foto aus ihrer Hosentasche.

90

«Ich musste schon bei Esmared anhalten, um zu pinkeln. Wird schon nichts passieren, dachte ich, immerhin war es Heiligabend. Weit und breit war kein Mensch zu sehen. Aber als ich drei, vier Meter vom Wagen entfernt stehe, den Schwanz in der Hand, höre ich, wie die Autotür zuschlägt und der Motor angelassen wird. Der Wagen rast davon. Hinter dem Steuer sitzt irgendein Typ, keine Ahnung, wer. Ich hab's auch nie herausgefunden. Er sah jung aus. Ein Junkie, vielleicht. Oder, wie sagt man, jemand, der nicht zwischen Mein und Dein unterscheiden kann. Was weiß ich.»

Es war eine kalte Nacht, und Killian hatte nicht viel bei sich gehabt. Seine wenigen Habseligkeiten lagen im Auto.

Da hörte er den Knall. Doch erst, als er den orangen Schein sah, der ein Stück entfernt zwischen den Bäumen aufschimmerte und immer kräftiger wurde, begriff er, was geschehen war.

«Als ich die Stelle erreichte, hat das Auto schon gebrannt. Ich hab den Typen hinterm Steuer gesehen, er klemmte fest und kam nicht raus.» Killian verzog qualvoll das Gesicht. «Das war das Schlimmste, was ich je gesehen habe. Scheiße. Dieses Bild, wie er da drin sitzt und brennt, ich habe noch immer diesen Geruch in der Nase. Ich wollte helfen, aber in dem Moment gab es eine neue Explosion, und ich wurde zurückgeschleudert. Gut möglich, dass ich eine Weile bewusstlos gewesen bin, ich weiß es nicht. Als ich wieder auf die Beine kam, brannte das Auto lichterloh, und mir war klar, dass es zu spät war, dass er tot war. Ich dachte an meine Sachen, die im Auto lagen, und da kam mir die Idee.»

Ein junger Mann im Wagen. Killians Ausweis und Kleider auf dem Beifahrersitz.

«Ich hab sie gelassen, wo sie waren, und bin weggerannt.»

Eine Impulstat mit Konsequenzen, die sich über ein halbes Leben erstrecken sollten.

«Wohin bist du gerannt?»

«In den Wald. Zuerst hab ich ein paar Nächte in verlassenen Hütten gepennt. Dann bin ich irgendwann zu einem Hof etwas weiter im Norden gekommen. Da stand ein Schild, *Hilfe gesucht,* und ich hab's drauf ankommen lassen.»

«Und du bist nicht zurückgekommen?»

«Ich hatte eine Scheißangst, dass die Bullen mich einbuchten würden. Und das hätten sie wahrscheinlich auch getan. Sie glaubten ja, ich wäre es gewesen. Alle haben das geglaubt.»

«Ich nicht.»

Killian lächelte wehmütig, und kurz schien es, als wollte er Sander berühren.

«Aber alle anderen. Bis auf Felicia, vielleicht.»

«Was hast du jetzt vor?»

Killian atmete tief durch.

«Ich weiß es nicht. Ich wollte dich sehen. Du bist der Einzige, den ich noch habe, oder wie man es nennen soll.» Er senkte den Blick und schaute nachdenklich auf die Hand, in der er die Bierdose hielt, trommelte mit der Fingerspitze dagegen. «Im Grunde ist es seltsam. Der Gedanke ist mir auf dem Weg hierher gekommen. Der ganze Verkehr, die vollen Parkplätze draußen vor den Geschäften, die Leute, die vor dem Mack Inn Eis gegessen haben. Die vielen Menschen, die zur Arbeit gehen und da irgendeinen Scheiß ertragen müssen; die Autoschlangen auf dem Heimweg, und dann kommen sie zu Hause durch die Tür und müssen sich um all das kümmern, was da auf sie wartet. Kinder, Ehepartner, Rechnungen, was auch immer. Ich versteh das alles nicht. Und trotzdem denke ich ständig darüber nach, wie es gewesen wäre, so zu leben. Ich sehne mich danach, obwohl ich es nicht verstehe. Und sich nach etwas zu sehnen, das man nicht versteht, ist vielleicht das Kränkste von allem.»

Sander beugte sich vor.

«Aber du hast nichts Falsches getan. Ich weiß das. Vielleicht hast du recht, vielleicht hätte der Versuch, alles richtigzustellen, damals keinen Sinn ergeben, aber heute? Das muss zu lösen sein. Ich bin auf dem Weg nach Kivik. Du kannst solange in unserem Haus bleiben, wenn du willst.»

«Nein, es ist okay.» Killian lächelte, trank einen Schluck Bier und stand vom Rasen auf. «Ich weiß noch nicht genau, wohin ich gehe, aber ich komme klar. Das tue ich seit zwanzig Jahren. Und was ist mit dir?»

«Was meinst du? Ich habe doch gesagt, ich fahre nach ...»

Killian unterbrach ihn, ungeduldig.

«Hast *du* damals etwas Falsches getan? Bereust du irgendwas?»

Sander betrachtete die Jahreszahl auf dem Grabstein. 1999.

«Ich bereue so einiges.»

«Ich hab mich das nur gefragt. Weißt du, Sander, ich könnte Geschichten darüber erzählen, darüber, wie ich gelebt habe.»

«Willst du sie mir erzählen? Damit ich es verstehen kann.»

Killian senkte den Blick.

«Ich bin nicht sicher, ob es einen Unterschied machen würde.»

Killian war der Gleiche geblieben, und auch nicht. In ihnen beiden hatten sich Veränderungen vollzogen und Dinge verdunkelt, es würde viel Zeit erfordern, sie zu durchschauen.

Wem es gelingt, sich von seiner Vergangenheit zu befreien, der erhält ein zweites Leben.

91

Siri war selbst an der Unfallstelle gewesen und hatte das Wrack mit eigenen Augen gesehen, Killian Perssons verkohlte Leiche hinter dem Lenkrad. Aber nach dem Gespräch mit dem Bauern in Mjäla und dem Erntefoto kamen ihr Zweifel. Sie sagte niemandem etwas davon. Was hätte sie auch sagen sollen? Dass Killian aus dem Grab gestiegen und seines Wegs gegangen war? Man hätte sie angesehen, als habe sie den Verstand verloren.

«Was», fügte sie in Vidars Gegenwart hinzu, «vielleicht auch zutraf. Mir ging es nicht gut.»

Ihre innere Stabilität war ins Wanken geraten.

«Aber Sie sind der Sache nachgegangen?»

«Egal, um wen es sich handelte, ich hatte Kenntnis von einem unbekannten Mann, der einen Hof verlassen hatte und nicht an seinem Bestimmungsort angekommen war. Das bedeutete einen weiteren möglichen Vermisstenfall. Und außerdem», fügte sie mit tiefer Reue in der Stimme hinzu, «habe ich mir unsere Ermittlung zu Killian Perssons Autounfall angesehen; wenn man es überhaupt eine Ermittlung nennen kann. Ich nehme an, Sie haben alles gelesen.»

Vidar verstand, was Siri Bengtsson meinte. Es stach nicht sofort ins Auge, alles war an seinem Platz, Maßnahmen und Schritte waren in der korrekten Reihenfolge erfolgt. Aber was man unternommen hatte, war dünn. Was unter den Umständen verständlich war: Weihnachtswochenende, sämtliche Polizeireviere des Landkreises unterbesetzt, die Beamten im Feiertagsurlaub. Und aus rein polizeilicher Sicht war auch nichts Außergewöhnliches geschehen. Ein tödlicher Autounfall auf einer verlassenen Straße. So etwas kam regelmäßig vor. Es gab keinen Grund, anderen Szenarien nachzugehen als dem Offensichtlichen. Obendrein hatte sich weniger als vierundzwanzig Stunden später der Erdrutsch ereignet, woraufhin sämtliche Ressourcen umverteilt worden waren, um der Folgen der Katastrophe Herr zu werden.

Vidar gestand sich ein, dass er wohl genauso gehandelt und dieselben Prioritäten getroffen hätte.

Von der Leiche im Wagen waren fast nur Knochen und Sehnen übrig, den Rest hatte das Feuer vernichtet. Die DNA-Technik war damals noch nicht so weit fortgeschritten wie heute. Und selbst wenn man von den Knochenresten eine Probe hätte nehmen können, wäre – bis auf die winzige Menge Blut, die man in Madeleine Grenbergs Volvo sichergestellt hatte und von der man annahm, sie stamme von Killian Persson – kein Vergleichsmaterial vorhanden gewesen. Ein Abgleich mit zahnärztlichen Unterlagen, eine gängige Methode zur Identifikation Verstorbener, war in diesem Fall ebenfalls erheblich erschwert worden durch den Umstand, dass der Fahrer nicht angeschnallt gewesen war. Er hatte bei dem Unfall Frakturen im Mund- und Kieferbereich davongetragen und etliche Zähne verloren, von denen viele nicht aufzufinden waren. Das Analyseergebnis war demnach eine Frage der Wahrscheinlichkeit. Auch das verstand Vidar.

Als er Siri Bengtsson all dies sagte, machte sie ein verbissenes Gesicht. Sie waren an einer Bank stehen geblieben, unter einem der großen Bäume. Es roch intensiv und frisch und uralt.

«Ja», sagte sie. «Aber das ändert nichts an der Sache an sich.»

«Und Sie haben niemandem etwas davon gesagt. Nicht einmal Gerd?»

«Was hätte ich sagen sollen?» Sie sank auf die Bank und sackte in sich zusammen. «Dass sie den falschen Menschen beerdigt hatten?» Sie schüttelte den Kopf. «Ja, das hätte ich sagen müssen. Aber ich konnte es nicht. Ich wusste nicht, mit wem ich hätte reden können.»

Vidar wartete. Unter dem Baum war es kühl. Hier konnte er gerne eine Weile bleiben, nur um zu atmen.

«Aber», fuhr Siri Bengtsson fort, «je mehr Hinweise ich fand, desto überzeugter wurde ich, dass der Junge, den der Bauer bei sich aufgenommen hatte, tatsächlich Killian gewesen sein könnte. Und dass er der junge Mann war, den ich in diesem Camp gesehen hatte und der davongerannt war. Ich glaube, ich akzeptierte allmählich, mir selbst gegenüber, dass es so gewesen sein könnte. Dass die Leiche aus dem Wrack jemand anderer war.»

Und wen auch immer sie von nun an suchte, er verbarg sich zwischen den Schatten. Möglicherweise lebend. Doch im Verlauf ihrer Suche hatte sie sich irgendwann immer wieder die Frage gestellt, was das eigentlich bedeutete. *Lebend*. Ein so schönes Wort, womöglich das allerschönste. Wenn man den Gedanken ausklammerte, was es mit sich bringen konnte.

«Angesichts der Umstände hätten wir den Unfall vielleicht mit Hampus Olsson in Verbindung bringen müssen. Aber im Grunde genommen gab es dafür keinen Anlass, jedenfalls so, wie es sich für uns darstellte. Das waren zwei getrennte Vorkommnisse. Und als sie hätten zusammengefügt werden können, war es zu spät.»

«Bis Sie sie zusammengefügt haben», sagte Vidar.

«Aber da war es, wie gesagt, zu spät.»

So konnte man es wohl sehen, oder es sich, nötigenfalls, zumindest einreden.

«Das war der Grund», sagte Vidar, als sei es ihm jetzt erst klar geworden, «warum Sie aufgehört haben. Wegen Hampus Olsson und Killian Persson. Habe ich recht?»

Siri Bengtsson sah ihn an. Ihr Blick war fest und aufrichtig, aber voller Reue. Sie beugte sich vor, stützte die Ellbogen auf die Oberschenkel und verbarg das Gesicht in den Händen.

«Alles, was ich einmal wollte», sagte sie, «war, die Zusammenhänge zu verstehen. Und dann, als ich sie am Ende verstand, konnte ich damit nicht umgehen. Und jetzt ist Filip Söderström tot. Ich weiß nicht, was ich tun soll. Ich schäme mich.»

Vielleicht nicht verwunderlich.

An der Grenze zur Scham zu leben, ist ein Teil des Menschseins.

Vidar betrachtete Siri Bengtssons gebeugte Gestalt und

hätte ihr gerne eine Hand auf den Rücken gelegt. Sie schien es gebrauchen zu können. Stattdessen sagte er:

«Ich habe einen Vorschlag.»

92

Als Siri verstummte, wanderte Adrian al-Hadids Blick zwischen Vidar und ihr hin und her. Mit großen Augen nahm er das alte Erntefoto aus Mjäla in die Hand und betrachtete es.

Vidar beugte sich zur Computertastatur und beendete die Aufnahme.

«Wie speichere ich das ab?»

«Die Datei wird automatisch gespeichert», antwortete Adrian mit dem Foto in der Hand. «Sie müssen nur einen Moment warten.»

Vidar murmelte etwas Unverständliches.

Sie saßen in seinem Büro. An der Wand hinter ihnen stand das Whiteboard mit dem Schaubild von Skavböke, inzwischen mit dicht gedrängten Anmerkungen versehen.

«Also ...» Adrian legte das Foto auf den Tisch. «Killian Persson lebt. Ist das die Schlussfolgerung?»

«Das ist eine Hypothese», antwortete Siri widerwillig.

«Wir müssen davon ausgehen, dass es sich so verhält», fügte Vidar hinzu. «Und dass er Filip Söderström ermordet hat.»

«Möglicherweise», warf Siri ein.

«Es deutet einiges darauf hin.» Vidar wieder. «Aber das ist schließlich eine große ... Sache.»

Adrian schnaubte.

«Was bedeutet dieser Laut?», fragte Siri kühl.

«Nichts, nur dass *eine große Sache* eine ziemlich freundliche Umschreibung ist. Entschuldigung, ich möchte niemandem zu nahe treten, aber es ist einfach so krank.»

Das sei alles, was sie wisse, hatte Siri Bengtsson ihm im Park gesagt, als habe sie damit eine Schuld beglichen, die sie lange mit sich herumgetragen hatte. So war es vielleicht auch. Trotzdem hatte Vidar darauf bestanden, dass sie mit in sein Büro kam, als die Zeugin, die sie nunmehr war, damit er ihre Aussage aufnehmen konnte.

«Er lebt *möglicherweise*», sagte Siri jetzt. «Mehr wissen wir nicht.»

«In diesem Moment», erwiderte Vidar leise, «sind wir drei die Einzigen, die wissen, dass es sich so verhalten könnte. Und das muss vorläufig so bleiben. Markus ist ein guter Chef, aber diese Sache könnte ihn immens beunruhigen. Außerdem gibt es Angehörige, auf die wir Rücksicht nehmen müssen. Zum Beispiel Hampus Olssons Mutter.»

Siri nahm ein aktuelles Foto der Tatwaffe in die Hand und las den kriminaltechnischen Bericht. Vidar fragte sich, was sie dachte. So nah war sie der Lösung des Rätsels seit Langem nicht gewesen, möglicherweise noch nie.

Zum wer weiß wievielten Mal in den vergangenen Tagen betrachtete Vidar die Kopien der Seiten aus Filip Söderströms Kalender, die auf dem Tisch lagen. *Beerdigung SK 12:00; Arbeit 13:30*. Die Eins im Juni. Was hatte Adrian gesagt? Der erste trockene Tag. Hatte Filip Söderström einen Rückfall gehabt? Vielleicht. Aber hätte das nicht jemandem auffallen müssen?

Adrian richtete sich auf.

«Wie gehen wir vor? Wir können einen Totgeglaubten ja

nicht zur Fahndung ausschreiben. Dann würde die Hölle losbrechen.»

Vidar stand auf und trat ans Whiteboard.

«Ja ...», sagte er nachdenklich. «Wie gehen wir vor?»

«Es könnte sein, dass wir nicht mehr viel Zeit haben. Wenn Persson für die Beerdigung seines Vaters aus der Versenkung gekommen ist, taucht er möglicherweise bald wieder unter.»

Vidar betrachtete das Schaubild.

«Aber warum ermordet er Filip Söderström?»

«Um einen Zeugen loszuwerden», sagte Adrian.

«Inwiefern?»

«Filip Söderström entdeckt Killian Persson auf der Beerdigung. Er weiß jetzt, dass Persson am Leben ist, dass er zurück ist. Also bleibt Persson kein anderer Ausweg, als Söderström zum Schweigen zu bringen.»

«Mmh.» Vidar blinzelte. «Vielleicht. Noch nichts vom Rasmusgården?»

«Die Unterlagen sind auf dem Weg. Ich habe eine Aushilfe dazu verdonnert, sie herzubringen.»

«Ausgezeichnet.» Vidar fuhr sich mit der Hand über sein unrasiertes Kinn. Mehr zu sich selbst als zu Adrian und Siri sagte er: «Aber wo ist Persson?» Er setzte einen Zeigefinger auf das Schaubild. «Hier, ungefähr hier ermordet er Filip Söderström.»

«Nur eine Hypothese», bemerkte Siri, doch Vidar nahm von ihrem Einwand keine Notiz.

«Anschließend, wenn wir davon ausgehen, dass er den Spaten eigenhändig zurückstellt, ist er hier, zu Hause bei Filip Söderström. Ein Stück vom Tatort entfernt. Aber dann?»

«Inzwischen könnte er überall sein», sagte Adrian. «In

achtundvierzig Stunden kann man bis nach Jönköping laufen. Wenn er sich irgendwo ein Fahrrad besorgt hat, könnte er in Gävle sein.»

«Ich glaube nicht, dass er sich so weit aus der Gegend entfernt», meinte Vidar. «Aber wir brauchen mehr Hinweise.»

«Aber mit wem sollen wir reden?»

Vidar betrachtete abermals das Schaubild, die Namen.

«Ich habe einen Vorschlag.»

«Siri?», zischte Adrian. Er hatte Vidar am Arm gepackt und hielt ihn im Büro zurück. «Wollen Sie sie etwa mitnehmen? Sie ist keine Polizistin.»

Vidar blickte verwundert auf Adrians Klammergriff um seinen Arm.

«Ich sehe keine wirkliche Alternative. Du wartest solange auf die Unterlagen vom Rasmusgården.»

Adrians Augen weiteten sich. Er ließ Vidar los.

«Haben Sie nicht gemerkt, wie schlecht es ihr geht? Das ist doch deutlich zu erkennen. Sie glauben, das sei eine Chance für sie, Frieden mit Dingen aus ihrer beruflichen Vergangenheit zu schließen. Das ist lobenswert, aber es ist nicht okay. Das ist nicht unsere Aufgabe.»

Vidar sah ihn verblüfft an.

«Wir wissen nicht, was als Nächstes geschieht. Ob noch mehr Menschen sterben, in einer Stunde, morgen? Wir müssen mehr herausfinden. Siri hat Felicia Grenberg einmal das Leben gerettet. Sie hat selbst vorgeschlagen mitzukommen. Hast du eine bessere Idee?»

«Es geht Ihnen also einzig und allein um die Ermittlung?»

«Ja», sagte Vidar.

«Und Sie sind bereit, dafür Siris Sicherheit aufs Spiel zu setzen? Das ist ebenfalls nicht okay.»

Dieses Mal antwortete Vidar nicht.

93

Es war ein lauer Abend, doch vom Meer her zogen schwere, dunkle Wolken landeinwärts. Im Autoradio warnte der Nachrichtensprecher vor wolkenbruchartigem Starkregen. Noch war davon nichts zu spüren. Das Dorf hatte sich zur Ruhe begeben. Die Tiere dösten auf den Weiden, in der Luft surrten die Insekten laut und behaglich.

Fast hätten sie ihn übersehen, einen SUV, halb verborgen in einer kleinen Waldschneise. Vidar hielt am Straßenrand und betrachtete den überdimensionierten Wagen, als sei er ein Tatort.

«Warten Sie hier», wies er Siri Bengtsson an und stieg hinaus in die schwüle Wärme.

Vorsichtig ging er auf das Auto zu. Das Nummernschild war ihm bekannt. Er legte eine Hand auf die Motorhaube. Noch warm. Er spähte ins Wageninnere. Im Fußraum des Beifahrersitzes lagen leere schwarze Bierdosen.

Von außen machte der Wagen trotz der von der Sommerhitze staubigen Straßen einen sauberen Eindruck. Vidar nahm den Türgriff auf der Fahrerseite in Augenschein, dann umrundete er den SUV und tat dasselbe auf der Beifahrerseite.

Er machte mit seiner Handykamera ein Bild und kehrte zurück zu seinem Wagen.

«Sie wissen, wem das Auto gehört, habe ich recht?», sagte Siri Bengtsson.

«Ja. Abgesehen von ein paar Dosen Spendrups Premium Gold im Fußraum ist der Wagen leer. Fingerabdrücke an beiden Türgriffen. Schwer zu sagen, ob sie frisch sind, aber es sieht ganz danach aus.»

Langsam fuhren sie weiter. Siri Bengtsson sah schweigend aus dem Fenster.

«Zuerst wollten Sie nicht einmal meinen Ordner annehmen», sagte Vidar. «Jetzt haben Sie selbst vorgeschlagen, mich zu begleiten. Im Fußball fallen die Tore schnell.»

«Hockey», sagte Siri Bengtsson.

«Was?»

«Man sagt, im Hockey fallen die Tore schnell.» Sie wandte langsam den Kopf. «Ihrem Kollegen hat das nicht gefallen, oder?»

«Nein, aber er ist jung und voller Ideale – noch.»

«Wohl eher ein Paragraphenreiter.»

Vidar warf ihr einen Seitenblick zu.

«Ich verstehe, dass das hier wichtig ist für Sie, und ich glaube, dass es gut ist, wenn Sie sie dazu bewegen können, zu reden. Aber Sie müssen tun, was ich sage.» Er bog von der Straße ab, fuhr zwischen die Bäume und hielt in einem kleinen Wäldchen, mit Blick auf das Haus.

«Ich denke, wir gehen besser zu Fuß.»

Sie blickten sich um, als sie auf das Haus zuliefen. In den Fenstern schimmerte Licht, ein trüber Schein und Bewegungen. Sie war zu Hause.

Die Klingel hallte hell und klar auf der anderen Seite der weißen Holztür. Sie traten einen Schritt zurück und verharrten reglos, horchten auf Geräusche.

Sie öffnete, ein unsicheres Lächeln im Gesicht.

«Aber ...», sagte Felicia Grenberg, als sie Siri erkannte. «Das ist lange her.»

Siri lächelte als Antwort.

«Es ist schön, Sie zu sehen, Felicia.»

Sie traten in den Flur.

«Wenn Sie finden, dass es hier zu still ist, sind wir zu dritt. Es ist nicht dasselbe, wenn die Kinder nicht zu Hause sind. Es kommt mir jedes Mal aufs Neue merkwürdig vor.»

«Wann kommen sie zurück?», erkundigte sich Siri.

«Morgen. Dann geht der Krieg wieder los.»

«Teenager?»

«Wie sie im Buche stehen. Haben Sie Kinder?»

«Zwei.»

«Teenager?»

«Noch nicht, aber mir graut davor, wenn es so weit ist.»

«Ihr werdet sie vermissen, sobald sie ausziehen», sagte Vidar. «Glaubt mir, ich weiß es.»

Felicia Grenberg fragte, ob sie eine Tasse Tee trinken wollten. Sie kramte in den Schränken, setzte einen Topf mit Wasser auf, wartete, bis Dampf zur Dunstabzugshaube aufstieg, und stellte dann Tassen, Teebeutel und ein geöffnetes Glas Halland-Honig hin.

«Mir ist klar, dass etwas passiert ist», sagte sie, als sie das Wasser aus dem Topf in die Tassen gegossen hatte und sich zu ihnen an den Küchentisch setzte. «Sie sind wohl kaum hergekommen, um eine Tasse Tee mit mir zu trinken.»

«Nein, da haben Sie leider recht», erwiderte Siri.

Felicia Grenberg hängte einen Teebeutel in das kochend heiße Wasser und vermied es, sie anzusehen.

«Man weiß nicht, was man sagen soll. Das holt alles wieder

hervor. Für einen Moment lang ist man wieder achtzehn, und nicht im positiven Sinne.»

«Das kann ich verstehen, und ich möchte, dass Sie wissen, dass ich nicht mehr als Polizistin arbeite. Aber wenn es Ihnen recht ist, würde ich gerne bei dieser Unterhaltung dabei sein.»

Felicia Grenberg nickte. Vidar sah zu, wie dunkle Schlieren wie Rauch aus dem Teebeutel in seiner Tasse sickerten und das Wasser goldbraun färbten. Felicia musterte ihn, unsicher.

«Wir versuchen zu verstehen, was passiert ist», sagte er langsam. «Aus diesem Grund habe ich ein paar Fragen an Sie, die vielleicht etwas eigenartig klingen. Aber alles, was Sie tun müssen, ist, sie so geradeheraus und ausführlich zu beantworten, wie Sie können.»

Felicia schlug die Beine übereinander und beugte sich vor, hielt ihre Teetasse mit beiden Händen fest, wie um sie zu wärmen.

«Wann sind Sie Killian Persson zum letzten Mal begegnet?», fragte Vidar.

«Ich dachte, Sie sind wegen Filip hier?»

«Wir kommen noch zu ihm. Wann sind Sie Killian zum letzten Mal begegnet?»

«Oh. Ja, Heiligabend 1999. Abends.»

«Und wann haben Sie das letzte Mal etwas von ihm gehört?»

«Am selben Tag.» Sie blinzelte. «Killian ist tot. Das wissen Sie doch?»

Vidars Tee hatte genug gezogen. Er nahm den Beutel heraus, wickelte ihn vorsichtig um den Löffel, drückte die letzten Tropfen heraus und legte ihn beiseite.

«Wir haben allen Grund zu der Annahme», sagte er, als

spreche er sein Bedauern aus, «dass Killian Persson möglicherweise noch am Leben ist.»

«Was haben Sie gesagt?»

«Wir glauben, dass Killian Persson möglicherweise lebt.»

Felicia Grenberg starrte sie an.

«Killian ...», begann Vidar erneut, aber Felicia kam ihm zuvor:

«Was soll das heißen, Sie haben *allen Grund zu der Annahme*? Was soll das für ein Grund sein? Sind Sie vollkommen ...»

Sie lehnte sich auf ihrem Stuhl zurück. Ihre abrupte Wut verrauchte.

«Ich weiß, dass Sie beide sich als Teenager gekannt haben», fuhr Vidar fort. «Dass Sie sich nahestanden. Wenn Killian tatsächlich lebt, könnte es sein, dass er Kontakt zu Ihnen aufgenommen hat oder es noch tun wird. Deswegen bin ich hier. Ich möchte versuchen, ihm zu helfen.»

«Ihm helfen.» Felicia Grenberg atmete heftig, als bekäme sie keine Luft. «Ich kann euch seinen Grabstein zeigen.»

«Felicia.» Jetzt war es Siri, die das Wort ergriff. «Wir würden nicht hier sitzen, wenn es nicht wichtig wäre.»

Vidar betrachtete Felicias reglos um die Tasse gelegte Hände.

«Was ist das für ein Grund, von dem Sie reden?», fragte sie erneut, diesmal gefasst.

«Es gibt Hinweise, die darauf hindeuten, dass er in Filip Söderströms Tod verstrickt ist.»

94

In einer kleinen Kammer in Sanders Kopf verlief ihr Wiedersehen, wie er es sich viele Male vorgestellt hatte, als er es sich verzweifelt herbeigeträumt hatte. Breites Grinsen, Lachen, eine Umarmung. Zwei Kaffeebecher auf dem Gartentisch bei ihm zu Hause im Backavägen oder in einem Café in der Stadt; all die vielen Fragen, die endlich eine Antwort bekamen.

Er versuchte dasselbe bei Killian zu sehen. Dass Killian das Gleiche empfand. Doch er konnte es nicht. Stattdessen hallten Killians Worte wie Geisterklänge in ihm wider.

Ich könnte Geschichten darüber erzählen, darüber, wie ich gelebt habe. Über zwanzig Jahre waren vergangen. Wie erklärt man, was im Lauf von zwanzig Jahren geschieht, sodass die Zeit fassbar wird? Es ist unmöglich. Die unzähligen winzigen Augenblicke, Begebenheiten, Gefühle, die hohe Auflösung in den Myriaden an Erfahrungen, die jeden Menschen prägen.

Killian saß ihm einfach nur gegenüber auf dem Kellerboden, seinen Rucksack neben sich, und lauschte dem Gespräch zwischen Felicia und den Polizisten, das über ihren Köpfen stattfand.

Sein Blick war unergründlich.

Sie waren lange am Grab geblieben. Sander bemerkte die aufziehende Wolkenbank und bat um ein weiteres Bier. Killian gab es ihm.

«Felicia und ich», begann Sander, wusste aber nicht, wie er weitermachen sollte. Es war, als würde er einen fundamentalen Verrat gestehen.

«Ich weiß», erwiderte Killian knapp.

«Du weißt es?»

«Sie hat es mir gesagt.»

Ein kalter Hauch im Magen, eine alte Anspannung, die zurückkehrte.

«Du hast sie also getroffen?»

«Nach der Beerdigung.»

Die Wolken wurden dichter. Eine plötzliche Kälte ließ Sander frösteln. Er dachte an die Kinder und Olivia.

«Wir sollten vielleicht gehen», sagte er. «Ich muss mich auf den Weg nach Kivik machen.»

Killian sah ihn an, so etwas wie Misstrauen im Blick.

«Du willst also fahren?»

«Ich kann dich vorher zu ihr bringen.»

Er hatte, auf Killians Bitte hin, in einer Waldschneise in der Nähe geparkt und war mit ihm das letzte Stück zu Fuß zu Felicia gegangen. Sie schien erleichtert zu sein, Killian zu sehen, der sie flüchtig umarmte, ihrem Blick aber auswich.

Sander fand sich in einem Haus wieder, in dem etwas vorging, von dem er nichts gewusst hatte. Er war außen vor und zugleich kompromittierend in etwas verstrickt, von dem er keine Ahnung hatte, was es war. Er betrachtete Killian und Felicia, die am Küchentisch standen, als sei für sie alles wieder wie damals; sie waren jung, die Zukunft lag in ihren Händen, und alles war eitel Sonnenschein.

Der Bann brach, als Felicia aus dem Fenster sah und zusammenschrak.

«Was ist los?», fragte Killian.

«Sie kommen. Die Polizei kommt.»

95

Felicia saß regungslos da, während Vidar redete. Er vermied Einzelheiten, ging selten ins Detail, nannte weder Jakob Lindell noch sonst jemanden beim Namen. Als er fertig war, fing sie an, Fragen zu stellen: Wer wusste davon, und seit wann? Warum hatte niemand etwas gesagt? Und wie hatten sie sich damals, nach dem Unfall, irren können? Wie war das überhaupt möglich?

Auf diese Frage kam sie mehrmals zurück. Vidar bemühte sich, so wahrheitsgemäß zu antworten, wie er konnte.

«Aus diesem Grund müssen wir Sie noch einmal fragen», sagte er. «Waren Sie mit Killian in Kontakt? Hat er versucht, Kontakt zu Ihnen aufzunehmen?»

«Nein. Nicht dass ich wüsste.»

Felicia Grenbergs Stimme war vollkommen tonlos. Vielleicht war es der Schock, der erst jetzt von ihr Besitz ergriff.

«Falls er versuchen sollte, mit Ihnen in Kontakt zu treten, würde ich Sie bitten, sich bei uns zu melden.» Vidar nahm einen Notizblock aus der Hosentasche, riss eine Seite heraus und schrieb seine Telefonnummer darauf. «Würden Sie das tun?»

Sie nahm ihm abwesend den Zettel aus der Hand.

«Selbstverständlich. Natürlich.»

Währenddessen sammelte Siri die Teebeutel ein und ging zur Spüle, um sie in den Mülleimer zu werfen. Vidar versuchte, ihr diskret zu signalisieren, an den Tisch zurückzukommen, doch sie ignorierte seine Zeichen.

Stattdessen schloss sie die Tür des Unterschranks so geräuschlos, als könnte der kleinste Laut das Gespräch am

Küchentisch zum Scheitern verurteilen, und machte, mit behutsamen, leichten Schritten, einen Rundgang durch das Haus. Vor der Kellertür blieb sie stehen, als sei dort etwas geschehen, das niemand außer ihr wahrnahm. Vidar blieb mit eiserner Miene am Küchentisch sitzen, während Siri die Hand auf die Türklinke legte und sie langsam nach unten drückte.

96

Felicias Keller roch nach Erde, Malerfarbe und Waschmittel. Die Stimmen aus dem Erdgeschoss waren deutlich zu vernehmen, das Haus war hellhörig. Die Schritte waren laut und energisch, Stuhlbeine rückten quietschend über den Fußboden, als sie sich setzten.

Killian hatte sich in einer Ecke zusammengekauert, als wolle er sich schützen.

Felicia hatte sie gewarnt, dass jedes kleinste Geräusch in die Küche hinaufdrang. Sander sackte zusammen und schloss die Augen, spürte, wie die Müdigkeit ihn übermannte und sich mit einem leichten Gefühl von Trunkenheit vermengte, das ihm langsam zu Kopf stieg.

Als er die Augen wieder öffnete, sah er Killian als eine Silhouette aus Schatten und streifigem Licht. Er hatte den Kopf zwischen den Knien vergraben, und es klang, als schluchzte er. Seine Schultern bebten.

«Killian. Killian», flüsterte Sander leise. Er rutschte vorsichtig zu ihm hinüber und setzte sich lautlos neben ihn. «Alles ist gut. Es wird sich alles aufklären.»

Killian schien ihn nicht zu hören. Das Schluchzen hielt an. Sander legte ihm einen Arm um die Schultern.

Killian war heiß, als hätte er Fieber. Sander beteuerte wieder, alles sei gut, obwohl ihm allmählich aufging, dass dem nicht so war, versprach, alles würde in Ordnung kommen, während ihm im selben Moment klar wurde, dass es nicht so sein würde. Er zog Killian an sich, und er kam ihm eigenartig gefügig vor, als habe der massige Körper seinen Willen verloren. Killians Kopf sackte auf seine Brust und blieb dort liegen.

Genauso saß er manchmal mit Albin und Josefin. Als er an die beiden dachte, krampfte sich sein Herz zusammen. Er wünschte ihnen nur das Beste, dass sie um jeden Preis geschützt wären; dass falsche Entscheidungen, die sie vielleicht als Achtzehnjährige zu treffen gezwungen sein würden, sich nicht auf den Rest ihres Lebens auswirkten.

Killian streckte seine Hand aus, als suche er nach etwas, das ihm Halt gab, und kam auf Sanders Arm zur Ruhe. Langsam sanken sie immer tiefer auf den Fußboden, bis sie schließlich fast auf dem Rücken lagen. Da geschah es: Killians Kopf auf Sanders Brust wurde einen winzigen Moment lang vollkommen schwerelos, als sei er nichts als Dunst oder ein kühler Windhauch, als würde ein Fenster geöffnet. Vielleicht war er doch tot. Dann war das Gewicht von jetzt auf gleich wieder da, fast unnatürlich schwer und solide, als habe sich all das, was Killian durchlebt hatte und noch immer mit sich herumtrug, in seinem Körper niedergelassen. Es hinkte nur ein wenig hinterher.

Killians Schluchzen ebbte allmählich ab, und kurz darauf waren nur noch seine Atemzüge zu hören. Über ihnen ging das Gespräch der Polizisten mit Felicia weiter.

Sander hatte im Lauf der Jahre so viel an den Tod gedacht, an Killians Tod und an seinen eigenen, daran, wer er sein würde, wenn das Ende kam. Der Tod war das größte aller Rätsel, hatte er gedacht, und es würde die Auflösung im selben Augenblick erhalten, in dem es zu spät war. Doch nun begriff er, dass er sich geirrt hatte. Das Leben war ein größeres Rätsel, als es der Tod je sein konnte.

Er spürte den Geruch von Killians Haar. Es roch wie der Wald, erdig und frisch. Vertraut und auch nicht.

«Ich frage mich, wie meine echte Beerdigung ablaufen wird», flüsterte Killian nach einer Weile.

«Wie stellst du sie dir vor?»

«Ich weiß es nicht genau. Aber wenn es keinen Alkohol gibt, habe ich nicht vor hinzugehen.»

«Du willst bei deiner eigenen Beerdigung nicht dabei sein?»

«Nein, und es wäre ja auch nicht das erste Mal.»

Ein absurdes Lachen stieg in Sander auf, aber er zwang es zurück.

«Und», fuhr Killian fort, «ich will, dass meine Playlist gespielt wird.»

«Du hast eine Playlist?»

«Ich habe Songs, die mir gefallen.»

Sander ging auf, dass er keine Ahnung hatte, welche Songs das waren. Killian musste sie ihm schicken, aber wie? Besaß Killian ein Handy, hatte er Profile in den sozialen Netzwerken, abonnierte er Streaming-Dienste?

«Und», fügte Killian hinzu, «wer kein Foto vorzeigen kann, auf dem er mit mir zu sehen ist, bekommt keinen Zutritt.»

«Wie viele bleiben dann noch? Drei Personen?»

Jetzt war es an Killian, ein Lachen zu unterdrücken.

«Jede Menge Alkohol für mich, jedenfalls.»

Killian ergab keinen Sinn. Es war, als habe er sich in zwei Hälften gespalten, einerseits spürbar gealtert, andererseits noch immer achtzehn Jahre alt. Er redete über den Tod, wie sie damals darüber geredet hätten, 1999; oberflächlich und nichtssagend, losgelöst von der Wirklichkeit. Der Tod als bloße Phantasie, als etwas, das man leicht auf Abstand hielt. Aber vielleicht entwickelte man diese Haltung, wenn man den Tod so lange hinters Licht geführt hatte.

«Du hast immer das Beste in mir zum Vorschein gebracht», sagte Killian jetzt. «Weißt du das?»

«Habe ich das?»

«Ja, so habe ich es jedenfalls immer empfunden. Oder fast immer. Bis ... bis zu diesem letzten Abend. Aber», fuhr er fort, als Sander den Mund öffnete, «das spielt jetzt keine Rolle mehr. Ich wollte nur, dass du es weißt. Dass du mich gesehen hast wie niemand sonst.»

«Ich habe nie geglaubt, dass du es warst.»

Killian schwieg, ein paar Sekunden zu lang.

«Was meinst du?»

«Mikael.»

Als Killian schließlich etwas sagte, klang er verändert, als sei er in eine Ritze in seinem Inneren hineingekrochen.

«Der Abend ...»

Sie verstummten beide, als sie Vidar Jörgensson über ihren Köpfen sagen hörten:

Es gibt Hinweise, die darauf hindeuten, dass er in Filip Söderströms Tod verstrickt ist.

Vidars Stimme war tiefer und kräftiger, deutlicher zu verstehen als die Frauenstimmen. Killian saß unbeweglich da.

Sander hörte weiter zu, aufmerksamer jetzt, versuchte jedoch, es sich nicht anmerken zu lassen.

Leichte Schritte erklangen. Jemand war aufgestanden und lief durchs Haus. Sie hörten, wie die Schritte sich der Kellertür näherten. Killian erhob sich langsam und sah sich in der Dunkelheit um, als suche er etwas.

Die Schritte verharrten vor der Kellertür. Sander hielt den Atem an.

«Killian», flüsterte er. «Nicht.»

Die Türklinke senkte sich nach unten. Sie quietschte. Killian schob die Hand in seinen Rucksack, und als er sie wieder hervorzog, umklammerten seine Finger ein Mora-Messer.

«Was zum Teufel tust du?», zischte Sander.

Aber es war, als stünde ein anderer Killian vor ihm, fremd und unbekannt.

Jetzt wurde an der Klinke gerüttelt. Jemand versuchte, die Tür zu öffnen. Killian bewegte sich mit erhobenem Messer auf den Fuß der Treppe zu. Sander folgte ihm mit einem mulmigen Gefühl und wollte gerade nach Killians Arm fassen, als die Luft im Raum dahinschwand.

Über ihnen wurde das Rütteln an der Klinke energischer.

«Kein Wort.»

Plötzlich schnellte Killians freier Arm vor, und seine Hand legte sich wie eine Schraubzwinge um Sanders Hals, hart und mechanisch. Der Würgegriff kam so unerwartet, dass der Schock erst nachließ, als es in Sanders Kopf zu pochen begann. Geräusche drangen aus seinem Mund und seiner Kehle, aber keine Worte. Killian starrte ihn mit leerem Blick an.

Sander versuchte, um Hilfe zu rufen, doch das ließ Killians Würgegriff nur noch unerbittlicher werden. Sander packte ihn am Arm, aber es nützte nichts. Sein Freund war so viel größer, so viel stärker als er. Killian wandte den Blick wieder zur Kellertreppe.

Das Gerüttel an der Klinke erstarb. Abermals erklangen Schritte, Schritte, die sich entfernten.

Sander wurde schwarz vor Augen. Als Killian ihn schließlich freigab und das Messer sinken ließ, krümmte Sander sich zusammen, um den Hustenreflex zu unterdrücken. Er rang nach Luft. Seine Fingerspitzen kribbelten und brannten. Mit zunehmendem Schwindel richtete er sich langsam auf.

«Ich hatte keine andere Wahl», zischte Killian hohl, bebend von etwas, das Sander nicht kannte.

In der Dunkelheit starrten sie einander an.

97

Als Vidar und Siri nach dem Gespräch mit Felicia Grenberg auf den Hof hinaustraten, hatten sich Wolken aufgetürmt. Die Wärme des Tages war einer blassen Abendkühle gewichen.

«Ich hatte Ihnen gesagt», sagte Vidar zurück am Wagen, «dass Sie machen müssen, was ich Ihnen sage.»

«Das habe ich doch.»

«Waren Sie unten im Keller?»

«Nein, er war abgeschlossen.»

«Gut.»

«Da unten war jemand. Alle Türen im Haus standen offen oder waren unverschlossen, nur die Kellertür war verriegelt. Ich bin ziemlich sicher, dass ich etwas gehört habe. Flüstern. Was waren das für Bierdosen im SUV, sagten Sie?»

«Spendrups Premium Gold.»

«Die gleichen Bierdosen lagen ganz oben im Mülleimer in der Küche.»

«Der SUV gehört Sander Eriksson.» Vidar legte eine Hand aufs Lenkrad und sah zum Haus. Von hier aus hatten sie es gut im Blick. «Ich glaube ihr nicht. Sie spielt gut, aber nicht gut genug.»

Die Dunkelheit zog herauf, der Wind frischte spürbar auf und ließ die Bäume rascheln.

Vidar griff nach seinem Handy. Markus meldete sich nach dem zweiten Klingeln: «Wie läuft es?»

«Es geht vorwärts», sagte Vidar. «Ich glaube, dass es heute Abend ein Ende findet.»

«Ein Ende?»

«Ich glaube, wir lösen den Fall. Ich stehe vor Felicia Grenbergs Haus. Sie ist dort drin, zusammen mit, nehme ich an, Sander Eriksson und Killian Persson.»

«Killian Persson? Ist er nicht tot?»

«Sieht nicht so aus.»

Markus stellte sich immer genau dann blitzschnell auf neue Sachverhalte ein, wenn es am dringendsten erforderlich war. So war es, seit sie sich vor einer Ewigkeit von Jahren kennengelernt hatten.

«Hast du ihn gesehen und konntest ihn identifizieren?»

«Noch nicht.»

Kurzes Schweigen.

«Was brauchst du von mir?»

«Mehr Leute. Deutlich mehr. Für den Fall, dass die Situation eskaliert.»

Markus war bereits aufgestanden. Vidar hörte, dass er in Bewegung war.

«Sofort?»

«Am liebsten.»

«Verstärkung kommt. Warte solange ab. Killian Persson, glaubst du wirklich, dass er es ist?»

«Ja.»

«Mein Gott.»

Als sie das Gespräch beendet hatten, behielt Vidar das Handy in der Hand.

«Ich kenne Markus seit der Ausbildung. Er ist ein guter Mann. Wenn Leute verfügbar sind, schickt er sie her. Ich hoffe nur, dass sie bald eintreffen.»

«Und wenn nicht?»

«Wenn nicht», sagte Vidar, «muss ich allein klarkommen.»

98

Als sie die Kellertreppe hinaufstiegen, hatte Sander das Gefühl, aus einer anderen Welt zurückzukehren. Felicia stand mit vor der Brust verschränkten Armen am Küchenfenster und blickte mit besorgter Miene hinaus. Der Wind frischte auf.

«Ich glaube, es ist gut gegangen», sagte sie, als wolle sie sich selbst überzeugen.

Es war seltsam, Felicia und Killian wieder zusammen zu sehen; alle Konturen umgab ein mattes Flimmern, die beiden schienen sich jeden Moment auflösen zu können; der merkwürdige Schmerz und das Brennen in seiner Kehle, die Würgemale. Killian hatte ihm ohne zu zögern die Luft abgeschnürt, und Sander erlebte den einsamsten Augenblick seines Lebens.

«Stimmt es?»

Seine Stimme war heiser, brüchig. Er griff sich an den Hals. In dem stillen Haus klang die Frage härter, fordernder, als er es beabsichtigt hatte.

Killian wandte den Kopf in seine Richtung.

«Was?»

«Was sie gesagt haben. Über Filip.»

«Warum?»

Es fällt leicht, die Toten in der Erinnerung zu lieben. Deutlich schwieriger ist es, wenn sie vor einem stehen, verändert von der langen Zeit, die sie unter der Erde geruht haben.

«Du solltest mit der Polizei reden, Killian.»

Ein Schatten legte sich auf Killians Gesicht. Sander hatte versucht, es so rational wie möglich klingen zu lassen, als gäbe er seinem Freund einen Rat, doch seine Stimme war forciert.

«Und was sollte ich ihnen deiner Meinung nach sagen?»

«Die Wahrheit, ganz einfach. Sie werden es verstehen.»

«Ich kann nicht. Es geht nicht, sie werden mich einsperren.»

Sander stand in der Stille und atmete.

«Warum sollten sie?»

«Du kapierst es nicht. Diese Dinge hast du nie kapiert.»

«Killian. Warum glaubt die Polizei, du hättest etwas mit Filips Tod zu tun?»

Killian schielte zum Küchentisch und zu den Stühlen, auf denen die beiden Polizisten gesessen hatten. Er stellte seinen Rucksack ab, setzte sich mühsam, stützte die Unterarme auf den Tisch und sah Sander an. Felicia blieb am Fenster stehen, den Blick auf die Straße gerichtet.

«Er hat mich gesehen. Nach der Beerdigung. Ich wusste nicht, was ich tun sollte. Ich konnte nicht zulassen, dass er ...»

Sander durchlief ein Beben.

«Was konntest du nicht zulassen? Was ist passiert?»

«Ich habe dir nicht die ganze Wahrheit gesagt. Ich war nicht nur bei der Beerdigung.»

99

«Ich musste ...», sagte Killian zögernd, als sei er so lange verstummt gewesen, dass die Worte sich nicht mehr von selbst einstellten, sondern erst aktiv von ihm gesucht und getestet werden mussten, bevor sie laut ausgesprochen werden konnten. «Ich dachte, ich könnte hingehen, zur Kapelle. Ich habe lange überlegt, ob es das Risiko wert ist, aber es war ... Ich bin nicht da gewesen, als meine Mutter gestorben ist, obwohl ich wusste, wann die Beerdigung stattfinden würde. Ich habe mir nie verziehen, dass ich nicht hingegangen bin, dass ich mich nicht verabschiedet habe, aber es war ... Ich habe mich nicht getraut. Und hinterher war es zu spät. Dieses Mal, bei meinem Vater, musste ich einfach kommen. Und ich dachte, ich mache es kurz und schmerzlos. Aber als ich da war, war es, als würde etwas nach mir greifen.»

Killian runzelte die Stirn, als sei seine Erzählung bereits verkehrt.

«Ich weiß nicht, wie ich es beschreiben soll.»

Er war durch den Wald gelaufen, hatte sich von Straßen und Wegen ferngehalten und Mühe gehabt, sich zurechtzufinden. Von dem Erdrutsch hatte er gehört, jedoch keine Vorstellung davon gehabt, wie viel zerstört worden war. Oder hatte es schon immer so ausgesehen? Er konnte nicht auseinanderhalten, was verändert war und was er vergessen hatte.

Zwischen den Bäumen konnte man einen Garten ausmachen, eine Frau lief in der milden Morgensonne an den Beeten entlang. Sie trug Jeans und T-Shirt und hielt eine Gießkanne in der Hand. Killian blieb am Waldrand stehen und betrachtete sie. Er stand so dicht bei ihr, dass er das Wasser aus der Gießkanne gluckern hörte, das sanfte Plätschern, mit dem es auf Blüten und Blätter traf.

Sie war es. In der Sekunde, ehe sie den Kopf drehte und ihm direkt ins Gesicht blickte, wusste er es.

Er konnte nicht einfach vorbeigehen, nicht ausweichen. Und als sie seine Wange berührte, als wolle sie sich vergewissern, dass er wirklich und wahrhaftig existierte, geschah etwas Sonderbares: Sie begann zu lachen, genau wie Sander es später tun würde.

Felicia hatte ihn dazu überredet, nach der Beerdigung zu ihr zu kommen. Sie musste sich beim anschließenden Kaffeetrinken im Gemeindehaus sehen lassen. Sie hatte gesagt, sie würde hingehen, täte sie es nicht, würden die Leute anfangen, sich zu wundern. Danach musste sie für eine Weile zur Arbeit. Doch sie bat ihn zu bleiben.

«Damit wir reden können», sagte sie. «Damit ich es verstehen kann. Das ist alles. Nur für ein paar Stunden.»

Also kehrte er nach der Beerdigung in ihr Haus zurück. Sie hatte die Eingangstür unverschlossen gelassen.

Er setzte sich an den Küchentisch und hoffte, dass Felicia bald kommen würde.

Er konnte nicht denken.

Er war bei der Beerdigung gesehen worden, redete sich aber ein, dass es der Schock darüber war, zurück zu sein, der ihm einen Streich spielte, und die Trauer um seinen Vater. Es war gespenstisch, dachte er, dass er sich so lange verborgen gehalten hatte, um nicht nur sich selbst, sondern auch andere zu schützen. Jetzt war er vollkommen schutzlos und verwundbar.

Die Zeit verstrich. Eine Stunde, zwei? Zögernd lief er durchs Haus, als enthielte es Hinweise darüber, zu wem Felicia geworden war. Er zog Fotoalben aus den Regalen und betrachtete Gesichter von fremden Menschen, Männer und Kinder, Szenen eines Lebens, das er verpasst hatte.

Jemand kam. Hastige Schritte eilten über den Hof, und er begriff, dass es nicht Felicia war. Wie um das Zittern seiner Hände bestätigt zu sehen, ging er zur Tür und öffnete, und da stand er. Er hatte sich umgezogen, trug einen Blaumann, als mache er bloß einen kurzen Zwischenstopp. Und so war es vielleicht auch.

Ein kurzer Moment absoluter Stille, während sie einander gegenüberstanden und erfassten, was aus dem jeweils anderen geworden war. Killian war überrascht. Er sah ein Leben in Filips Gesicht, das an sein eigenes erinnerte.

«Ich habe geahnt, dass du hier sein würdest», sagte Filip. «Mein Beileid. Ich muss zur Arbeit, aber ich dachte, wir sollten reden.» Er hielt etwas Großes und Dunkles in der Hand. «Ich glaube, den hier erkennst du wieder.»

Der Spaten. Rings um Killian fiel alles in sich zusammen.

100

Filip schien nicht einmal erstaunt zu sein, ihn zu sehen. Killian hätte gerne gewusst, weshalb, brachte es aber nicht fertig zu fragen. Wenn es einer wusste, wussten es mehrere. Wer? Würde einer von ihnen die Polizei informieren? Er hatte nicht die Kraft dazu, nicht jetzt. Er hatte sich so lange angestrengt, ungesehen zu bleiben, auf so vieles verzichtet. Hatte er trotz allem versagt?

Er dachte an einige der wenigen Situationen, in denen es knapp gewesen war: in einem lang zurückliegenden Sommer, in dem Camp, wo man ihn aufgenommen hatte, nachdem er eine Zeit lang bei dem Bauern in Mjäla untergetaucht war. Da hätte ihn die Polizei um ein Haar geschnappt, aber er war durch den Wald davongerannt.

Erkannt hatten sie ihn nicht. Davon war er überzeugt gewesen. Hatte er sich geirrt?

Er hätte nie zurückkommen dürfen. Ob Filip sich bewusst war, welche Macht er besaß, und wie klein er, Killian, sich fühlte, als er da vor ihm stand. Wie verwundbar. Alles, was nötig war, war ein Anruf, bei wem auch immer.

Killian blickte auf die Straße, die am Grundstück vorbeiführte, registrierte Filips Lieferwagen. Falls jemand hier entlangkäme, würde er Filip sehen, ihn wiedererkennen und sich ganz bestimmt fragen, was er bei Felicia Grenberg wollte. Die Ungewissheit hämmerte wie ein zweiter Puls in seiner Brust.

«Mir wäre es lieber», sagte er zu Filip, «wir würden nicht vor aller Augen hier draußen rumstehen. Kannst du reinkommen?»

Filip zögerte, als sei auch er unsicher, was als Nächstes geschehen würde.

«Wir können reden, während wir ein bisschen durch die Gegend fahren. Ich denke, du hast schon lange nicht mehr gesehen, wie es hier aussieht.»

Killian war nicht sicher, ob er das überhaupt wissen wollte, konnte aber schlecht Nein sagen. Er öffnete die Tür zu einem Wageninneren, das nach Zigarettenrauch und altem Schweiß roch, rutschte auf den Beifahrersitz und atmete nur.

Filip setzte sich hinters Steuer, stellte den Spaten in die Mitte zwischen sie und fuhr los. Die Gegend sah verändert aus. Killian konnte den jüngeren Baumbestand erkennen, lichter und weniger hochgewachsen als der ältere Wald, gesünder. Er kauerte sich tiefer in den Sitz. Falls ihnen jemand entgegenkam, wäre er leicht zu erkennen. Aus dem Augenwinkel blickte er auf den Spaten. Er hatte ihn lange nicht mehr gesehen, erkannte ihn aber wieder.

«Ich weiß, dass du es warst», sagte Filip, nachdem sie mehrere Minuten schweigend gefahren waren.

Sein Blick flackerte zu Killian herüber, oder zum Spaten, bevor er sich wieder auf die Straße konzentrierte.

«Mein Bruder, meine ich. Dass du seinetwegen abgehauen bist.»

Killian sagte nichts. Er wollte etwas sagen, konnte es aber nicht.

«Okay.»

Das war alles, was er herausbrachte.

«Aber ich habe den Grund nie verstanden», fuhr Filip fort. «Ich glaube, dass es das ist, was ich wissen will. Und», fügte er hinzu, «was mit dir passiert ist. Ich kann sehen, dass es dir nicht gut ergangen ist. Dafür hat man einen Blick, wenn es einem selbst genauso geht.»

Killian sagte noch immer nichts. Filip schien keine Einwände zu haben zu warten, doch kurz darauf hielt er abrupt am Straßenrand. Killian hatte keine Ahnung, wo sie waren. Filip stellte den Motor aus, zog die Handbremse an und lehnte sich zurück.

«Es vergeht kein Tag, an dem ich nicht an ihn denke», sagte er. «Ich gehe nicht oft zum Grab, das ist nicht mein Ding. Damit komme ich nicht klar.»

«Wo sind wir?»

«Hier haben wir gewohnt. Genau hier. Da drüben war der Eingang. Krank, oder nicht? Als hätte es das Haus nie gegeben. Ich komme manchmal hierher, um nachzudenken. Hab damit angefangen, als ich vor Jahren eine Therapie gemacht habe. Das war ... zum Schluss war ich ziemlich oft hier, mehrmals in der Woche. Ich habe Isidor Enoksson davon erzählt, wir haben uns damals ab und zu unterhalten. Ich hab ihn gefragt, was das wäre, was ich hier tun würde, und er hat gesagt: ‹Was glaubst du selbst?› Typisch Pfaffe.»

Filip lachte müde.

«Was er mir am Ende als eine Art Erklärung anbot, war, dass hier vor langer Zeit einmal etwas schiefgelaufen wäre, etwas, das ich nicht verstehen würde, und der Grund, warum ich immer wieder hierher zurückkäme, sei der, dass ich versuchen würde zu verstehen, was es ist. Als wäre ich darauf nicht längst selbst gekommen.»

Er wirkte jetzt ernst, als seien die Worte doch von Bedeutung für ihn.

«Ich hab keine Ahnung, ob es stimmt, aber vielleicht. Ich habe nie jemand anderen hier gesehen. Es ist, als ob die Leute diesen Ort meiden. Ich will nur wissen, warum Mikael gestorben ist. Und was passiert ist.» Filip deutete mit dem Kopf auf den Spaten. «Ich weiß, dass es damit war. Sonst nichts.»

Killian schwieg.

«Ich weiß nicht, was ich sagen soll, Filip.»

«Sag einfach, wie es war. Wie es ist. Nur erzähl mir keine Lügen.»

Filip griff nach dem Spaten, stieg aus dem Wagen und bedeutete Killian, ihm zu folgen. Er kletterte die Böschung hinunter und lief auf den Wald zu.

«Warst du es?», fragte Killian. «Hast du den Erdrutsch ausgelöst?»

Filip antwortete nicht. Mit einem kräftigem Druck seiner Schuhsohle stieß er den Spaten in die Erde.

101

Killian saß mit gequältem Gesichtsausdruck vor Sander und Felicia am Küchentisch.

«Ich wusste nicht, was ich machen sollte», sagte er. «Zuerst habe ich mich nicht gewehrt, aber dann fing er an, mich zu würgen. Ich bekam keine Luft mehr. Irgendwie habe ich den Spaten zu fassen gekriegt ... Ich wollte nur, dass er loslässt, dass er aufhört. Ich hatte Panik. Das war alles. Ich habe mich nicht getraut, den Spaten in Filips Wagen zurückzulegen. Stattdessen habe ich ihn abgewischt und in Filips Garage gestellt, zu seinen anderen Geräten. Keine Ahnung, was ich mir dabei gedacht habe. Wie gesagt, ich hatte Panik. Irgendwo musste er ja stehen, und ich dachte, es wäre schlimmer, wenn er im Wald gefunden würde, und ... ich habe keine Ahnung.»

Sander stand vor ihm, unfähig, sich zu rühren. Er wusste nicht länger, was er glauben sollte. Es klang wie die Wahrheit. Aber, rief Sander sich ins Bewusstsein, nichts in Killians Erzählung bewies, dass es sich tatsächlich so abgespielt hatte, einzig Killians Behauptung, dass es so gewesen war. Dasselbe galt für seine Schilderung des Autounfalls in Esmared. Vielleicht war es gar kein Unfall gewesen, sondern Killian hatte Hampus Olsson eiskalt ermordet. So wie er auch Filip ermordet haben könnte, kaltblütig und berechnend.

Er konnte Killians Würgegriff um seinen Hals noch immer spüren. All die Taten, die Killian zur Last gelegt worden waren, könnten der Wahrheit entsprechen. Trotzdem hatte er ihn all die Jahre verteidigt, wie ein Idiot.

Das Messer, dachte Sander. Was hat er mit dem Messer gemacht, das er unten im Keller hatte. Wo war es jetzt?

«Ich verstehe nicht, woher er wissen konnte, dass ich am Leben bin», fuhr Killian fort. «Er wusste es schon, bevor er mich an der Kapelle gesehen hat, da bin ich mir sicher. Er wusste es. Aber ich begreife nicht, woher.»

Sander starrte Killian an. Felicia stand unverändert am Fenster, schweigend.

«Ist es *das*, worüber du dir den Kopf zerbrichst?»

«Warum? Was ist dein Problem?»

Killian sah ihn an, aufrichtig verblüfft.

«Er ist tot.» Sanders Stimme zitterte. «Filip ist tot.»

«Ich weiß.»

«Und du hast ihn getötet. Verstehst du, was das bedeutet? Verstehst du diesen Unterschied überhaupt? Zwischen Leben und Tod?»

Etwas loderte in Sander auf, etwas Altes, Dunkles und Namenloses. Doch das hatte keine Bedeutung mehr. Leben und Tod schienen für Killian nichts als Worthülsen zu sein. Es war, als hätten sie für ihn keine Entsprechungen in der wirklichen Welt, im Leben, im Herzen.

Sanders Handy begann zu klingeln. Sie alle drei schraken zusammen, als wäre ein Alarm losgegangen.

«Geh nicht ran.»

Es klang wie eine Drohung.

Sander stand mit dem Telefon in der Hand da und blickte in die leeren, hellen Augen. Erinnerungen stiegen in ihm auf. Die Stimme war vertraut, gealtert, aber trotzdem Killians, der massige Körper, das Gesicht. Sander erkannte all das wieder, was sich während einer lang zurückliegenden Kindheit und Jugend in seine Zellen eingebrannt hatte, und auch nicht.

«Ist es die Polizei?»

Die Frage kam von Felicia.

«Es sind Olivia und die Kinder. Sie wundern sich, wo ich bleibe. Ich muss rangehen.»

«Geh nicht ran», wiederholte Killian.

«Killian», sagte Felicia leise. «Es ist besser, wenn er den Anruf annimmt.»

Hinter Killians Augen blitzte es auf. Er fuhr mit der Hand in seine Hosentasche und zog sie wieder hervor.

«Ich werde nichts tun. Nur sag nichts von mir. Alles, was ich will, ist von hier wegzukommen.»

Killian hielt das Messer in der Hand, undramatisch, wie ein Handwerker, der seinen Meißel vorzeigt. Was hatte er, Sander, eigentlich erwartet? Dass über zwanzig Jahre einfach so verstreichen würden, ohne Spuren oder Narben? Er wusste es besser. Die Toten kehren nicht ohne Anliegen zurück, und wenn sie zurückkehren, sind sie nicht mehr, was sie einmal im Leben waren.

Das Problem war nur, Killian war nicht tot. Sander betrachtete den Körper seines Freundes, registrierte mit Verwunderung, wie physisch er war, Fleisch und Blut und Knochen, Organe, die irgendwo im Innern unermüdlich arbeiteten. Killian lebte, doch Sander kannte ihn nicht, hatte ihn vielleicht nie gekannt. Ein Prasseln setzte ein, im Gegentakt zum hartnäckigen Handyklingelton.

Münzgroße Regentropfen schlugen gegen das Küchenfenster. Zuerst drei, vier, dann immer mehr, und bald waren sie zu zahlreich, um sie zählen zu können.

Der Wolkenbruch war da.

102

«Ja. Nein, es ist alles in Ordnung.»

Sander hatte das Telefon auf den Tisch gelegt. Olivias Stimme drang aus dem Lautsprecher, geradewegs in die Küche zu Killian und Felicia, und sie hatte keine Ahnung.

«Wirklich?», fragte sie. «Du wolltest eigentlich gestern kommen, und jetzt kommst du heute auch nicht. Ist wirklich alles in Ordnung? Gibt es etwas, das ich wissen sollte?»

«Mir geht es gut», sagte Sander. «Es ist nur wegen der Sache mit Filip. Nichts anderes, ich verspreche es dir. Ich muss noch einmal mit der Polizei sprechen.»

«Worüber?»

Killian starrte ihn an.

«Wir können morgen darüber reden, wenn ich zurück bin. Morgen komme ich. Ehrenwort.»

«Okay.» Olivia klang traurig. «Die Kinder schlafen schon. Hast du Lust, eine Weile zu reden? Ich vermisse dich.»

Seine Stimme zitterte.

«Ich wollte versuchen, die Polizei zu erreichen. Morgen bin ich ja wieder da. Ich vermisse dich auch. Ihr fehlt mir.»

«Dann gute Nacht.»

Sie klang erschöpft, enttäuscht. Es klickte in der Leitung.

«Nein», sagte Killian mit Eiseskälte in der Stimme. «Lass es auf dem Tisch liegen.»

«Warum?»

«Tu es einfach.»

Sander ließ das Telefon liegen, Killian zog es zu sich heran und legte sein Messer daneben.

«Ich habe nicht vor, zur Polizei zu gehen, Killian. Ich musste nur Olivia etwas sagen.»

«Soll ich glauben, dass du deiner Frau die Wahrheit sagst, oder mir?»

Killians Stimme war schneidend.

«Ich habe sie angelogen, verflucht noch mal, deinetwegen!», brüllte Sander unvermittelt. «Oder habe ich etwa gesagt, was los ist? Habe ich deinen Namen genannt?»

«Sorry», murmelte Killian, als wäre der Achtzehnjährige in ihm zurückgekehrt. «Nein, du hast recht.» Er streckte eine Hand aus und berührte Felicias Hüfte. Eine liebevolle und zärtliche Geste. «Kannst du rausgehen und nachsehen, ob draußen jemand ist?»

Einen Moment lang schien Felicia protestieren zu wollen, doch dann nickte sie langsam, ging in den Flur hinaus und griff nach einem Regenschirm.

Sie blieben allein zurück. Mit immer noch schmerzender Kehle betrachtete Sander seinen Freund, als blicke er in eine undurchdringliche Nebelwand.

«Du hast mich gewürgt.»

«Ich hatte keine andere Wahl.»

«Keine andere Wahl?» Die Worte waren ein Schock. «Warum nicht?»

«Ich ...», begann Killian, verstummte jedoch.

«Und jetzt willst du wieder abhauen.»

«Es gibt keinen anderen Ausweg.»

«Und wohin willst du?»

«Mir fällt schon was ein.»

«Killian, du hast in Notwehr gehandelt. Bleib dieses Mal hier.»

Killian stand auf und machte einen Schritt auf Sander zu.

«Glaubst du, ich will für zwei Morde in den Knast? Darauf wird es hinauslaufen. Das weißt du.»

Alles um Sander herum begann zu beben, als sei die Wirklichkeit im Begriff, aus den Fugen zu geraten.

Killian blickte auf Sanders Handgelenk.

«Ich dachte, du hättest es weggeworfen.»

«Das habe ich.»

«Dann musst du zurückgekommen sein und es geholt haben, nachdem ich weg war, stimmt's?»

Sander hatte keine Ahnung, was er sagen sollte. Killian kam ihm mit einem Mal wieder vollkommen wahnsinnig vor. Er war unberechenbar, wie ein unvorhersehbares Multipendel.

Hinter der Schwelle lag der Flur. Er könnte gehen, einfach so, die Haustür öffnen, zu seinem Wagen laufen, nach Kivik fahren, aus dem Traum hinaus und hinein ins wirkliche Leben, zu Olivia und den Kindern, in seine Welt. Er musste nicht warten, nicht bleiben. Alles kein Problem.

Trotzdem war ihm klar, dass es so einfach nicht war. Killian stand im Weg. Das hätte er sich niemals träumen lassen, nicht bis zu diesem Moment, als es ihm glasklar vor Augen stand.

«Hast du», sagte Sander langsam, «eine Ahnung, wie viel du mir bedeutet hast? Du hast mich glauben lassen, du wärst tot. Ich hätte dir helfen können.»

Die Worte kamen weit, weit aus der Vergangenheit. Als beschwöre er das Bild eines alten, mittlerweile eingestürzten Monuments herauf.

Killian betrachtete ihn ausdruckslos.

«Ich wollte deine Hilfe nicht», sagte er. «Damals genauso wenig wie heute. Ich wollte dich nie wiedersehen. Ich habe dich gehasst. Kapierst du das nicht?»

Sander sah ihn fassungslos an.

«Warum?»

Killians Blick wanderte zum Fenster. Der Regen schlug hart gegen die Scheibe.

«Wo bleibt sie, verdammt?»

«Was zum Teufel ist mit dir passiert, Killian?»

«Das glaubst du wirklich, oder? Dass etwas mit mir *passiert* ist. So siehst du mich. Weißt du was? Alles, was mir passiert ist, ist hier passiert. Hier zu Hause. Und du hast nichts geschnallt.»

Mit einem Mal konnte Sander sich an nichts mehr erinnern. Nicht mehr. Hatte Killian nicht eben erst gesagt, er, Sander, hätte immer das Beste in ihm gesehen? Vielleicht war es gar nicht so gewesen. Vielleicht hatte er sich die ganze Zeit getäuscht. Er, Sander, war der Habgierige gewesen. Er hatte die ganze Welt haben wollen. Das musste ihn verblendet haben.

«Ich konnte nicht einmal zur Beerdigung meiner Mutter gehen! Kapierst du, was das mit einem macht?»

«Du hättest zurückkommen können.»

«Zu wem?» Killian klang jetzt fast traurig. «Zu wem hätte ich zurückkommen sollen?»

«Zu mir. Zu Felicia, zu deiner Familie. Deinen Eltern. Mikael, das Geld, selbst, wenn du es getan hast, du warst damals erst achtzehn, hättest Hilfe kriegen können. Du hättest», sagte Sander, als würde er einen finalen Schnitt machen, «dein Leben nicht wegwerfen müssen. Das musst du auch jetzt nicht. Man kann nicht bis in alle Ewigkeit fliehen. Alles ...»

«Du wirst zur Polizei gehen. Du hast es eben selbst gesagt, zu deiner Frau.»

Sander starrte ihn an. Killian redete, dachte wieder wie ein Achtzehnjähriger. Als sei er stecken geblieben. Vielleicht war er das auch.

«Ja, ich werde zur Polizei gehen. Aber es wird sich alles aufklären. Wenn du hierbleibst.»

«Und *du*!» Als hätte Killian ihn nicht gehört, als hätte seine Wut einen neuen Schub erhalten, brachen die Vorwürfe über Sander herein, und Killian packte das Messer. «Ich habe mein Leben weggeworfen, sagst du? Was zum Teufel weißt du davon? Du durftest leben, ich nicht. Du hast alles bekommen, du hattest alle Möglichkeiten und bist das hier geworden? Was hast du aus deinem Leben gemacht? Du hast ja noch nicht mal die Stadt verlassen.»

«Ich bin geblieben, weil ich es wollte.»

«Warum?»

«Weil ich mich schuldig gefühlt habe, das kapierst du doch wohl.»

«Schuldig, weshalb?»

«Ich ...», begann Sander, doch die Worte blieben ihm im Hals stecken.

«Sag es einfach.»

Das Wort kam wie ein Flüstern aus ihm heraus: «Was?»

«Ich weiß, warum du dich schuldig fühlst.» Killian machte einen weiteren Schritt auf ihn zu. «Glaubst du, sie hat es mir nicht erzählt?»

«Felicia? Was hat sie dir erzählt?»

«Sag einfach die Wahrheit.»

«Ich weiß nicht, was du meinst. Das ist die Wahrheit. Das hier ist krank, Killian.»

«Ist das alles, was du zu sagen hast? Was ist, fällt dir keine Antwort ein?»

«Es gibt nichts mehr zu sagen, Killian.»

Killian senkte den Blick auf seine Hand, umfasste das Messer mit festem Griff, betrachtete es, als sei es erst in diesem Augenblick aufgetaucht, von jemand anderem dort platziert.

«Dann rede mit der Polizei», sagte er. «Mach es.»

Sanders Kopf stand still.

Gewalt lag in der Luft.

103

Der Regen rauschte herunter. Im Auto verfolgten Vidar und Siri das unermüdliche Hin und Her der Scheibenwischer; an den Rändern der Windschutzscheibe strömte das Wasser in schmalen Sturzbächen hinab.

Jemand kam durch den Regen. Es war Felicia Grenberg. Unter ihrem Regenschirm blickte sie sich unruhig nach allen

Seiten um, als suche sie etwas, lief zur Straße und ließ den Blick über die Umgebung schweifen.

Sie hatten etwas tiefer im Wald geparkt. Die knorrigen alten Bäume gaben Schutz, und hinzu kamen der Regen und die abendliche Dunkelheit. Vidar legte die Hand auf den Türgriff und machte sich bereit.

Als Felicia eben im Begriff zu sein schien, ins Haus zurückzukehren, entdeckte sie die beiden und erstarrte. Als Vidar ausstieg, wich sie zurück.

«Felicia», sagte er leise.

Sie zögerte. Vidar befürchtete, sie könnte weglaufen, doch als er eine der Hintertüren öffnete, kam sie zu ihnen herüber, klappte ihren Regenschirm zu und setzte sich wortlos auf die Rückbank. Vidar nahm wieder auf dem Fahrersitz Platz und wandte sich zu ihr um.

Wasser tropfte vom Regenschirm und sammelte sich auf der Rückbank in kleinen Pfützen.

«Felicia», sagte er in ruhigem Ton. «Wir werden Sander und Killian helfen, allen beiden. Deshalb sind wir hier. Aber ist außer ihnen noch jemand im Haus?»

Sie schüttelte den Kopf.

«Gut. Gibt es dort drin eine Waffe?»

Sie sagte etwas. Vidar beugte sich näher zu ihr hin.

«Entschuldigung, wie war das? Ich habe es nicht verstanden, der Regen.»

«Er hat ein Messer», sagte sie.

«Sehr gut. Danke, Felicia. Bleiben Sie hier.»

Vidar öffnete die Tür und stieg abermals hinaus in den Regen. Siri legte eine Hand auf Felicias Unterarm. Ihre Haut war lilagrau, der Abend hatte der Welt die Farben genommen.

Er sah sie durch das Küchenfenster. Die Deckenlampe brannte und erleuchtete den Raum. Da war er, Killian Persson, älter freilich, aber genauso groß und genauso blond, und da war Sander Eriksson, der neben seinem Jugendfreund seltsam klein wirkte. Ein sonderbarer Schimmer, wie kalter Nebel, umgab sie, alles war leicht verschwommen, in Schlieren gehüllt durch Wellen und weiße Schwaden. Vielleicht war es nur der Regen, doch das, was Vidar sah, was es auch sein mochte, geschah eigentlich nicht hier, sondern an einem völlig anderen Ort, in einer anderen Zeit. Wenn er die Augen zusammenkniff, war es, als würden sie klarere Formen annehmen. Die Nebel- und Regenschwaden lichteten sich, und die beiden sahen jünger aus, vielleicht so wie früher.

Sie redeten miteinander, ihre Lippen bewegten sich. Dann geschah es. Sander schüttelte unwillig den Kopf. Killian machte einen Schritt auf ihn zu, drohend. Sander rührte sich nicht. Stattdessen blickte er aus dem Fenster, geradewegs zu Vidar hinüber.

Killian spürte, dass sich etwas verändert hatte, und wandte den Kopf, abgelenkt für einen kurzen Moment von Sander Eriksson.

Vidar starrte Killian an, Killian wiederum Vidar. Er schien überrascht, verunsichert. Da sah Vidar das Messer in Killians Hand.

Killian verlor keine Zeit. Er drängte sich an Sander vorbei, der nach ihm griff und sein Oberteil zu fassen bekam.

Vidar rannte zum Haus. Aber der Morast, in den der Regen den Boden verwandelt hatte, brachte ihn zu Fall. Er würde es nicht rechtzeitig schaffen.

Durch den niederprasselnden Regen hörte er Killians Stimme:

«Lass mich los, verdammt. Lass mich einfach gehen.» Dann ein Schrei, so laut, dass die Worte zersprangen: «Lass mich gehen! Lass mich los!»

Killian versuchte, sich loszureißen, aber Sander hielt ihn beharrlich fest, und vielleicht war es dieser unerbittliche Griff, der Killian das Messer heben ließ.

Bei dem Versuch, es ihm zu entwinden, schnitt Sander sich in die Hand. Killian packte das Messer fester und versetzte Sander einen Fausthieb in den Magen. Sander krümmte sich vornüber, doch sein Griff lockerte sich nicht. Killian zog und zerrte an seinem Shirt, wollte es auszuziehen, doch trotz seiner überlegenen Körpermaße gelang es ihm nicht. Er riss Sander hoch, sagte etwas zu ihm, was, konnte Vidar nicht hören, und hielt ihm das Messer dicht vors Gesicht.

Vidar hatte das Haus jetzt fast erreicht und vernahm einen gellenden Schrei:

«Lass mich los, verflucht noch mal!»

Sander weigerte sich. Er hob die freie Hand und schlug Killian hart ins Gesicht. Er schien ihm etwas gebrochen zu haben. Killian taumelte mit schmerzverzerrtem Gesicht einen Schritt zurück. Sander griff nach dem Messer, sie rangen darum, Sander mit zwei Händen, Killian mit einer. Es sah fast komisch aus, als kämpften sie um etwas Unsichtbares.

Killian rammte Sander sein Knie zwischen die Beine. Sander stöhnte auf, lief rot an und kippte so heftig gegen Killian, dass dieser abermals aus dem Tritt kam. Er taumelte zurück, Sander prallte gegen ihn. Als Killian das Gleichgewicht zurückgewann, ging ein Ruck durch sie hindurch, und sie ließen voneinander ab.

VIERTER TEIL

ZEICHEN UND REGEN

104

Blaulicht flackerte durch die Dunkelheit und zog die Zeit zusammen.

Isidor Enoksson saß an seinem Küchentisch und sah die Streifenwagen im Regen vorüberfahren. Ein schrecklicher Mahr schlug seine Schwingen um ihn.

Er betrachtete die Bierflasche. Ein letzter Schluck war noch darin.

Er trank die Flasche aus und betrachtete das Etikett, enttäuscht, als habe es mehr versprochen, als es gehalten hatte.

Isidor befürchtete das Schlimmste.

Er musste dorthin, obwohl er getrunken hatte.

Er torkelte hinaus in die Garage, am Auto vorbei, zu seinem Fahrrad. Als er es im strömenden Regen in die Einfahrt hinausschob und sich daraufsetzte, knarrte es besorgniserregend. Wackelig. Sehr wackelig, aber es musste gehen. Einmal, so erzählten sich die Leute, habe Isidors Vorgänger Hugo Edman den weiten Weg bis Harplinge einzig mittels seines Drahtesels und zweier Flaschen Rum bewältigt.

Isidor setzte den linken Fuß auf das Pedal, trat es nach unten, geriet ins Schlingern und drohte mitsamt dem Rad umzukippen, bekam jedoch den rechten Fuß auf den Boden und fing den Sturz ab. Würde er hier und jetzt das Zeitliche segnen, wäre es recht und billig, dachte er, doch es war nicht diese Art von Prüfung.

Isidor stieg vom Rad und versuchte zu verstehen, wo das Problem lag.

Schließlich dämmerte es ihm: auf dem hinteren Reifen war keine Luft.

Himmelherr...

Er stieß das Rad beiseite, als habe es sich eine Verfehlung zuschulden kommen lassen.

Für meine Sünden, dachte der alte Pfarrer mit Blick auf den dunklen Wald.

Dann machte er sich zu Fuß auf den Weg nach Skavböke.

105

Alles war vorbei, doch so fühlte es sich nicht an.

Killian war rücklings nach hinten gekippt und am Boden liegen geblieben. Das Messer saß mitten in seiner Brust, der Griff wies in die Höhe, wie eine in die Luft ragende Fahnenstange.

Vidar saß reglos draußen in seinem Wagen. Er hatte Blut an den Händen und drei verpasste Anrufe von Adrian al-Hadid. Er ignorierte sie, lehnte den Kopf an die Nackenstütze und schloss die Augen.

Fast sein halbes Leben im Schatten eines einzigen Ereignisses zu verbringen, ohne zu verstehen, was eigentlich passiert oder wie es dazu gekommen war. So war es Sander Eriksson ergangen. Unbegreiflich, wenn man es näher bedachte. Doch manche Dinge begreift man erst sehr viel später. Killian Persson hatte Mikael Söderström ermordet. Er hatte Filip Söderström ermordet, und zum Schluss hatte er auch versucht, Sander Eriksson zu ermorden, seinen besten Freund.

Wo hatte das Ganze angefangen?

Auf einer Party, vor vielen Jahren.

Sein Telefon klingelte erneut. Vidar öffnete die Augen und las den Namen seines Chefs auf dem Display. Er hielt das Telefon ans Ohr und schloss die Augen wieder.

«Was ist passiert, verflucht noch eins?»

«Deine Leute waren nicht rechtzeitig hier», sagte Vidar.

«Ja, danke, so viel weiß ich bereits. Gewalttätige Auseinandersetzung mit Todesfolge, und eine Zivilperson mittendrin.»

Markus war schon immer schlecht darin gewesen, seine Wut zu zügeln, und Vidar hatte im Lauf der Jahre gelernt, diesen Wesenszug an ihm zu schätzen. Gewalttätige Auseinandersetzung mit Todesfolge. Ja, darauf war es letzten Endes hinausgelaufen. Aber er hatte nicht geglaubt, dass die Sache böse ausgehen könnte, trotz Adrians Bedenken.

«Ich habe Verstärkung angefordert», sagte er.

«Die war unterwegs.»

«Und sie ist im Wagen geblieben», fuhr Vidar fort. «Ich konnte sie nicht wegzaubern. Was hätte ich tun sollen?»

Markus schnaubte frustriert in Vidars Ohr.

«Es ist, wie es ist», erwiderte er schließlich. «Ich werde es schon irgendwie hinbiegen. Was ist passiert?»

Vidar schwieg lange.

«Ich weiß es nicht genau. Ich kann nur sagen, was ich glaube.»

«Ausgezeichnet.» Vidar hörte, wie Markus sich auf einen

Stuhl setzte, der ein unangebracht gemütliches Knarren von sich gab. Er musste zu Hause in Laholm sein. «Bitte, fang an.»

«Ich glaube, Sander Eriksson hat versucht, Killian Persson an der Flucht zu hindern. So sah es jedenfalls aus.»

«Fang bitte ganz von vorne an», sagte Markus.

Ganz von vorne, dachte Vidar. Ja, wo fing man da an?

Bei der Party? Möglicherweise, aber im Grunde nicht.

«Ich glaube, wir können nur schwer nachvollziehen, in was für einer Lage Madeleine und Felicia Grenberg damals waren. Sie waren abhängig von Karl-Henrik Söderström. Bist du ihm mal begegnet? Ihm gehörte das große Gut in Skavböke.»

«Nein, ich glaube nicht.»

«Ich auch nicht, jedenfalls nicht in der Blüte seiner Tage, und darüber bin ich ziemlich froh. Fest steht: Im Dezember 1999 findet in der Nähe von Oskarström eine Teenagerparty statt. Felicia Grenberg geht nicht hin, weil ihre Mutter sich an diesem Tag das Bein gebrochen hat. Sie bleibt zu Hause und hilft ihr. Gegen dreiundzwanzig Uhr klingelt bei ihnen das Telefon, Felicia nimmt ab. Es ist Killian Persson, zu diesem Zeitpunkt sind die beiden seit mehreren Monaten heimlich ein Paar. Killian hat auf der Party erfahren, dass Jakob Lindells Vater die Ersparnisse der Familie von der Bank geholt hat und sie zu Hause aufbewahrt. Er sagt, dass er vorhat, das Geld auf dem Rückweg von der Party zu stehlen.»

«Sind das diese fünfzigtausend Kronen?»

«Ganz genau. Er sagt, Felicia und ihre Mutter könnten das Geld gut gebrauchen. Eine so große Summe würde sie von Karl-Henrik Söderström befreien. Felicia versucht wohl, ihm diese Idee auszureden, sagt, nein, das geht nicht, nicht so, aber das Telefonat bricht ab.»

Als hätte Killian Persson im Liebesrausch beschlossen, eine Grenze zu überschreiten. So stellte Vidar es sich vor.

«Es wird ein Uhr. Eine halbe Stunde bis zum Mord an Mikael Söderström. Killian Persson verlässt die Party zusammen mit Sander Eriksson. Nach einer Weile trennen sich ihre Wege. Killian geht weiter zum Haus der Lindells und überlegt, wie er sich Zutritt verschaffen kann. Als er ankommt, sieht er den Spaten, der an der Hauswand lehnt. Dann ...», Vidar zögerte, «wird es undurchsichtig.»

Markus hörte am anderen Ende zu, ohne ihn zu unterbrechen. Vidar hörte seine Atemzüge.

«Mikael Söderström kommt auf dem Heimweg am Haus der Lindells vorbei. Vermutlich hört er, wie die Scheibe der Hintertür eingeschlagen wird, geht nachsehen und versucht, den Einbruch zu verhindern. Killian, vielleicht angetrunken und beduselt von Bier, Adrenalin oder Gott weiß wovon, gerät in Panik und schlägt mit dem Spaten zu, einmal, zweimal. Und ein paar Augenblicke später ist es vorbei.»

So schnell wendet sich das Schicksal.

«Dann steht er da in der Dunkelheit. Es gibt kein Zurück. Er braucht Hilfe. Was soll er tun? Er flieht durch die Nacht, zu Felicia. Er nimmt sich Madeleine Grenbergs Volvo, verfrachtet Mikael Söderström in den Kofferraum und fährt los, um ihn irgendwo abzulegen. Er kommt ein Stück weit, aber nicht weit genug. Als er die Kontrolle über den Wagen verliert und gegen den Baum prallt, ist der Weg zu Felicia zu lang. Stattdessen läuft er zu Sander Eriksson.» Vidar öffnete die Augen. «Ungefähr so?»

«Ungefähr so», wiederholte Markus langsam. «Und das konnte man damals nicht lösen, als es sich zugetragen hat?»

Ja, hätte man das gekonnt? Das war die Frage.

«Vielleicht. Ich weiß es nicht. Ich glaube es nicht, wenn man bedenkt, dass Killian Persson dem Anschein nach tödlich verunglückte und sich kurz darauf der Erdrutsch ereignete. Man hielt Killian für tot, und mit seinem Tod ging der Ermittlung wohl die Luft aus.»

«Aber er war nicht tot.»

«Nein», bestätigte Vidar, «war er nicht.»

Markus gab einen Laut von sich, der einem Schnauben glich.

«Ja», sagte Vidar, «ich weiß. Aber so sah es damals aus. Meiner Meinung nach haben die Kollegen getan, was sie konnten.»

Jetzt hörte er es: Markus machte sich Notizen.

«Und Filip Söderström?»

«Eine Sache führt zur nächsten. Leider hat sich Killians Weg nach der Beerdigung von Sten Persson mit dem von Filip gekreuzt. Möglicherweise hat Filip damit gedroht, sein Geheimnis auffliegen zu lassen? Ich weiß es nicht. Vielleicht werden wir dieses Detail nie erfahren.»

«Und der Erdrutsch?»

Ja, dachte Vidar. Der Erdrutsch.

Das Blut an seinen Händen war geronnen. Wenn er die Fingerspitzen aneinander rieb, fiel es in kleinen Klümpchen ab. Es war schon zu Ende gewesen, als er neben Killian Persson auf die Knie gesunken war, aber er hatte es trotzdem versucht.

Er schrak zusammen, als jemand laut und fordernd an das Seitenfenster klopfte.

«Du», sagte er zu Markus, «ich muss auflegen.»

Er blickte in Adrian al-Hadids regenüberströmtes Gesicht.

106

Sander hatte Killians Blut an den Händen. Es vermischte sich mit seinem eigenen, das langsam aus der Schnittwunde an seiner Hand quoll. Schon bald konnte er nicht länger auseinanderhalten, was von ihm und was von Killian stammte. Mehrere Male wandte er sich um und blickte auf Killians Leiche, überzeugt, dass sie verschwunden sein würde, als sei sein Freund nie etwas anderes gewesen als ein Trugbild.

Kamerablitze flammten um ihn herum auf, wieder und wieder, wie eiskalte Herzschläge. Die Polizei hatte das Blut an seinen Händen und die Würgemale an seinem Hals dokumentiert.

Sander hockte auf dem Küchenboden und blickte sich suchend nach Felicia um, konnte sie aber nirgendwo entdecken.

Sein Blick fiel auf Killians Rucksack. Niemand hatte sich darum gekümmert. Er öffnete ihn behutsam.

Gegenstände, bloß Gegenstände. Und dennoch: Sie waren das Schlimmste, wie gemacht, um zu quälen. Sofern man Erinnerungen wie Vorstellungskraft besaß. Gab es noch andere Dinge, die Killian gehörten, irgendwo? Es musste sie geben, der Rucksack war klein und bot nicht viel Platz. Trotzdem hatte Sander seine Zweifel.

Dies waren Killians gesamte Habseligkeiten gewesen.

Eine Jeans, schwarz. Lee. Ein Loch im linken Knie.

Ein T-Shirt, dunkelgrau. Nein, ursprünglich war es schwarz gewesen, aber vom vielen Waschen grau geworden. Vorne ein verblasster Spruch: *I just came for the food*. Killians Humor.

Zwei Boxershorts. Björn Borg, verschlissen. Löcher im Schritt.

Socken.

Ein altes Nokia-Handy mit Tasten. Ausgeschaltet, der Akku entladen. Die Kanten waren abgestoßen, auf der Rückseite klebte ein verblichener Sticker: eine Maiblume, vielleicht vom Vorbesitzer dorthin geklebt. Oder kaufte Killian Maiblumen? Vielleicht hatte er das gemacht.

Ein Ladegerät.

Ein Stück Seife, beige, von der Größe einer Zigarettenschachtel, eingewickelt in eine Plastiktüte. Zitronenduft.

Eine Flasche ohne Etikett. Sander schraubte den Deckel ab. Aceton.

Ein brauner Kamm mit dichten dünnen Zähnen, dazwischen blonde Haarbüschel, sie rochen noch. Killians Haare. Vorsichtig zog Sander eine Strähne heraus und legte sie auf seine Handfläche. Sie war kaum zu sehen, so fein und hell war sie.

Eine stark abgenutzte Holzzahnbürste. Eine Tube Zahnpasta von Colgate, halb voll. Wie waren Killians Zähne gewesen? Er hatte nicht darauf geachtet.

Ein Nassrasierer, Gillette. Ziemlich stumpf. Kleine Sandkörner zwischen den Klingen. Nein, Bartstoppeln. Killians. Winzig kleine Stoppeln. Er musste sich das letzte Mal vor der Beerdigung rasiert haben.

Eine Plastiktüte mit einer letzten Bierdose, Spendrups Premium Gold. Woher kam die Dose? Jedenfalls nicht aus Schweden.

Eine zerknautschte, angebrochene Kondompackung, Beyond Thin von RFSU, sechzehn von insgesamt dreißig Kondomen waren noch da. Ob Killian irgendwo Kinder hatte?

Ein helles Lederarmband, verschlissen. Weich vom Tragen auf Killians Haut. Wie mein Armband, dachte Sander, nur heller. Der gleiche Verschluss. Er muss sie zur gleichen Zeit gemacht haben. Im Winter 1999 hat er für jeden von uns ein Armband gemacht.

Kein Ausweis. Keine Bankkarten. Kein Tagebuch. Nichts. Aber neunhundertfünfzig Kronen in bar, zusammengehalten mit einem lila Gummiband. Hunderter und kleinere Scheine.

Ein Buch, *Wer die Nachtigall stört*, von Harper Lee, als Hardcover-Ausgabe, in der Neuübersetzung aus dem vorigen Jahr, Eselsohren bis zur Seite 218. Sander konnte sich nicht daran erinnern, Killian jemals mit einem Buch in der Hand gesehen zu haben, geschweige denn mit einem gebundenen. Ein Geschenk? Zwischen den Seiten ein Umschlag mit Papieren und Fotos.

Darunter:

Ein Blatt, säuberlich herausgetrennt aus einem karierten Collegeblock, stark abgegriffen, mit der Skizze eines Häuschens; die Maße sorgfältig notiert. Sanders Handschrift. Im Fußboden eine Falltür, mit dazugehörigem Pfeil und Erläuterung: *Bierversteck*. Killians Handschrift. Hatten sie eine Skizze angefertigt? Ja, vielleicht. Weit entfernt, schwach: ihre Köpfe, dicht beieinander über eine Tischplatte gebeugt, Killian mit einem Stift in der Hand. Ja. Jetzt erinnerte er sich.

Ausgeschnittene Todesanzeigen, darunter die von Linda und Sten Persson. Auch andere, mit unbekannten Namen. Sie sagten ihm nichts. Gestorben 2007, 2009, 2015.

Foto: Ein hoher Himmel. Tannenwipfel. Es sieht warm aus. Da sind sie, sie alle. Unten am See, wo sie immer gegrillt haben. Mikael, Pierre, Jakob, Killian. Und er selbst. Von der Feuerstelle steigt Rauch auf. Killian trägt keinen Pullover und hat einen Arm um Sanders Schultern gelegt. Sie grinsen, beide. Wer hat das Bild gemacht? Er erinnert sich nicht.

Foto: Felicia. Ein Porträtbild, es muss im Herbst aufgenommen worden sein. Sie trägt ein T-Shirt und eine offene schwarze Daunenjacke. Er erinnert sich an diese Jacke, sie hat sie in jenem Winter ständig getragen. Das Foto scheint irgendwo im Wald entstanden zu sein. Vielleicht machen die beiden einen Spaziergang. Killian ist der Fotograf. Felicia strahlt.

Foto: Killians Eltern, vor der Scheidung. Das Bild hat ein professioneller Fotograf in der Stadt gemacht, vielleicht Göte Karlsson selbst. Killians Eltern knien auf dem Boden, zwischen ihnen, auf einem Stuhl, sitzt Killian, ein rosiger, pummeliger Junge in pastellfarbener Latzhose. Alle drei lachen. Linda und Sten haben jeder eine Hand auf Killian gelegt. Behüteter kann niemand sein.

Foto: Frau, um die dreißig, blond, unbekannt. Sie steht im Freien, in irgendeiner Stadt. Die Aufnahme scheint jüngeren Datums zu sein; das ist alles, was er dazu sagen kann.

Foto: Killian und Sander. Elf, vielleicht zwölf Jahre alt. Sie stehen draußen auf dem Pausenhof, es muss der Tag gewesen sein, an dem der Schulfotograf da war. Killian trägt eine Fliege, Sanders Haare sind nass zurückgekämmt. Seine Mutter hat das Bild gemacht, erinnert sich Sander. Killian ist einen halben Kopf größer als er. Es ist hell, sie blinzeln in die Sonne.

Foto: Noch eins von ihnen beiden, aber sie sind älter. Wahrscheinlich sogar schon achtzehn. Sie laufen durch Skavböke, mitten auf der Straße; Killian in schwarzer Jeans und weißem T-Shirt, Sander in heller Bluejeans und Hemd. Der eine blond, der andere dunkelhaarig. Sie gehen Seite an Seite, lachen über irgendwas. Worüber? Keine Ahnung. Er erinnert sich nicht an diese Situation. Ob Felicia die Kamera hält? Sie sehen unzertrennlich aus.

107

Er konnte kaum etwas sehen, als er aufstand und den Rucksack auf dem Fußboden zurückließ. Seine Augen tränten. Das letzte Foto schob er in die Hosentasche.

Gegenstände. Vielleicht sagen sie gar nicht so viel über einen Menschen aus, nicht viel und nicht das Wesentliche. Zumindest kann man sich einreden, sie täten es nicht, wenn man es braucht.

Und Sander brauchte es. Er erinnerte sich wieder

Er ist zurück am Nullpunkt. Es ist Dezember 1999. Eine Party wie so viele andere. Er ist Augenzeuge des Moments, ehe sich alles zu verzerren beginnt; die Richtung der Kompassnadel ist noch unberührt. Es ist ein Uhr, als Killian und er die Party verlassen.

Ist Killian anzusehen, was er bald tun wird? Vielleicht. Seltsam ist die Liebe und launenhaft das Herz.

Sie trennen sich in der Dunkelheit. Nichts schmerzt.

Als säße jemand auf dem hohen Baum und würde einen Sack Reis auf das Dach plumpsen lassen. So klingt es.

Man muss den dicht am Haus stehenden Baum ein gutes Stück hinaufklettern, so weit wie möglich auf einem der Äste nach vorne rutschen, sich mit ausgestreckten Armen daran herunterbaumeln lassen und aufs Garagendach springen. Von dort kriecht man zum Giebel und zieht sich, das ist fast das Schwierigste, über die Kante des Dachvorsprungs hoch zu seinem Fenster.

Als Kind hatte Killian diesen Weg nahezu lautlos bewältigt. So gelangte er nach dem Dunkelwerden unbemerkt in Sanders Zimmer, und sie hatten heimlich Comics gelesen und Computerspiele gezockt, lange nachdem im Schlafzimmer von Sanders Eltern das Licht gelöscht worden war. Doch das ist lange her, Killian hat diesen Weg schon seit vielen Jahren nicht mehr genommen.

Wahrscheinlich wird er ihn nie wieder nehmen, dachte Sander, das gehört zu den Dingen, die sich auflösen und zu bloßen Erinnerungen verblassen: die Geräusche seines Freundes, im Lauf der Zeit viel zu groß und schwer, der den Ast losließ und mit einem Poltern aufs Garagendach herabfiel; er selbst, der ans Fenster lief und den Haken löste, es für Killian öffnete, damit er ins Zimmer klettern konnte.

Doch nun geschieht es plötzlich doch. Es ist Nacht – die Nacht der Party, nachdem er nach Hause gekommen ist und sich ins Bett gelegt hat –, als ihn ein Geräusch vor seinem Zimmerfenster aus einem tiefen, traumlosen Schlaf weckt.

Draußen in der Dunkelheit sieht er seinen Freund wie einen Schemen über das Garagendach huschen.

Vor dem Fenster steht Killian, der Schrecken ist ihm ins Gesicht geschrieben. Er keucht, als sei jemand hinter ihm her. Er hat Blut im Gesicht, in der Dunkelheit sieht es fast schwarz aus.

Der Adventsleuchter wackelt, als Sander das Fenster öffnet.

«Was ...»

«Komm. Du musst mir helfen.»

«Aber ...»

«Du musst mir helfen, Sander.»

Er folgt seinem Freund durch den Wald. Die Kälte brennt ihm in den Lungen. Er schürft sich die Arme an Ästen und Sträuchern auf, eiskalt und scharf. Inmitten der Schwärze kommen sie an eine Lichtung, wo der Wald sich öffnet.

Sie stehen auf einer kleinen Anhöhe. Unter ihnen schlängelt sich ein schmaler Schotterweg entlang. Auf der anderen Seite erstreckt sich einer von Skavbökes vielen Äckern. Sie sind in der Nähe von Kjell Östholms Hof.

«Da unten.» Killian ringt nach Luft. «Siehst du?»

Ein paar Meter weiter erahnt Sander die Umrisse eines Autos.

Es ist ein alter Volvo 240 mit Rostflecken auf den Kotflügeln. Die Front hat etwas geküsst, etwas Hartes, Böswilliges, der Kofferraum steht offen. Zischender Rauch oder Dampf quillt aus dem eingedellten Motorraum.

«Aber ...», hört Sander sich sagen. «Das ist doch ...»

«Ich weiß.»

Killian schnieft. Er blutet kräftig aus der Nase, als sie zu dem Volvo hinunterklettern. Die Worte gleiten hinaus in die Stille und weiter in die Nacht.

«Das ist ... Sander, ich ...»

Er sei auf dem Heimweg gewesen, erzählt er, müde und blau, als er am Straßenrand ein Auto stehen gesehen habe, nicht abgeschlossen, der Zündschlüssel steckte. Er habe nicht darüber nachgedacht, wem es gehörte, im Dunkeln sähen alle Autos schließlich gleich aus. Und wie gesagt, er sei müde und betrunken gewesen. Also habe er sich hinters Steuer gesetzt, um nach Hause zu fahren, bis er bei der Glätte die Kontrolle über den Wagen verloren habe und gegen einen Baum am

Wegrand geprallt sei. Danach habe er nicht mehr weiterfahren können. Zum einen sei er mit dem Gesicht aufs Lenkrad geschlagen und glaubte, sich die Nase gebrochen zu haben. Seine Augen tränten unentwegt. Zum anderen sei der Wagen abgesoffen, als er ihn nach dem Crash wieder habe starten wollen.

«Als ich ausgestiegen bin, stand die Kofferraumklappe offen. Sie muss beim Zusammenstoß aufgeflogen sein. Als ich den Wagen gesehen habe, war der Kofferraum zu.» Killian blinzelt. «Glaube ich. Ich bin mir nicht sicher, aber ... doch, er muss zu gewesen sein. Jedenfalls bin ich hingegangen und ...»

«Wo hat das Auto gestanden, als du es gefunden hast?»

Ein Geräusch in der Nähe. Ein Vogel. Er steigt geradewegs in den Nachthimmel auf, ganz so, als habe er etwas Wichtiges erfahren und müsse es höheren Mächten weitersagen.

«Ich weiß es nicht mehr. Nicht bei ihnen zu Hause. So weit bin ich nicht gekommen. Es stand irgendwo am Weg.»

Sander geht um das Auto herum, stellt sich neben Killian und beugt sich in der Dunkelheit nach vorn, um nachzusehen, was im Kofferraum liegt. Er nimmt einen seltsamen Geruch wahr. Dann sieht er es.

Etwas wächst in seiner Brust. Er weiß nicht, was es ist, kennt es nicht. Eine Wolke aus Rauch und Wärme. Es muss aus ihm heraus. Jetzt kommt es, wie eine Welle. Sander schreit.

Eine einzige Nacht, fast ein halbes Leben.

Er hatte Killian vertraut, sein Leben danach ausgerichtet. Wer hatte Mikael ermordet? Sander wusste es nicht. Er wusste nur, dass es nicht sein bester Freund gewesen war.

All die Jahre hatte er sich geirrt.

Der Regen, der auf ihn herabfiel, als er Felicias Haus verließ, fühlte sich seltsam frisch an, als reinigte er ihn von tieferen Dingen als Blut.

108

Adrian al-Hadid hatte den Alarm in Halmstad gehört und war, so schnell er konnte, in die Tiefgarage des Polizeipräsidiums hinuntergeeilt, in der einen Hand die Mappe aus dem Rasmusgården, in der anderen die Tüte mit Jakob Lindells Hemd.

Als er durch Oskarström fuhr, hörte er über Funk die Meldungen der Kollegen, die bereits vor Ort eingetroffen waren: Es war vorbei. Eine Person tot aufgefunden, niemand sonst ernsthaft verletzt. Der Rettungswagen, der gut einen Kilometer vor Adrian fuhr, musste sich nicht beeilen.

Adrian für seinen Teil bremste ab, als er eine einsame Gestalt durch den Regen stolpern sah. Der Mann taumelte die Straße in Richtung Skavböke entlang. Ein Betrunkener?

Adrian hielt an und stieg aus dem Wagen.

«Hallo», sagte er ernst. «Alles in Ordnung hier?»

«Das ist mein Text», blaffte der alte Mann und schwankte bedenklich. «Ich bin der Pfarrer dieser Gemeinde, zum Teufel noch eins.»

Eine starke Alkoholfahne ging von ihm aus.

«Aber warum laufen Sie hier draußen durch den Regen?»

«Das Rad war kaputt, was hätte ich sonst tun sollen?»

Adrian hob eine Augenbraue.

«Wohin wollen Sie denn?»

Der alte Mann deutete kummervoll mit dem Kopf in die Dunkelheit.

«Zum Blaulicht.»

109

«Ist das alles?»

Vidar wog die Mappe in der Hand.

«Alles, bis auf die Medikamentenliste», sagte Adrian, der neben Vidar auf dem Beifahrersitz saß. «Aber ich glaube, die ist jetzt nicht von Belang. Das Hemd ist in der Tüte. Sie hatten recht.» Adrian wies mit dem Kopf auf Felicia Grenbergs Haus, das von konzentrierter Aktivität rund um Killian Perssons Leichnam brodelte. «Es ist von ihm.»

Vidar blätterte in der Mappe. Aufnahmeformulare, Anlagen vom Jugendamt, Therapieverlauf, Besucherlisten, so etwas wie Journalaufzeichnungen über Filips Gemütsverfassung, ein Kalender mit Freizeitaktivitäten.

«Gut, Adrian. Danke. Und nein, die Medikamentenliste ist jetzt nicht wichtig.»

Das Blaulicht hatte eine kleine Schar Schaulustiger aus dem Dorf angelockt, Leute, die in der Nähe wohnten und im Regen herbeigeeilt waren, um nachzusehen, was geschehen war. Vidar entdeckte Jakob Lindell unter den Zaungästen.

«Interessant, dass er hier ist», kommentierte Adrian.

«In der Tat», murmelte Vidar, die Aufmerksamkeit weiter auf die Mappe gerichtet.

Die Journalaufzeichnungen waren nicht wirklich ergiebig, lediglich einige undatierte Seiten aus einem herkömmlichen

Collegeblock, bedeckt mit Filip Söderströms schiefer, krakeliger Handschrift. Sie betrafen die Pflegerinnen und Pfleger im Rasmusgården, seine Medikamenteneinnahme, seinen mentalen Zustand. Vidar blätterte weiter und hielt kurz darauf bei der Besucherliste inne.

Freunde von Filip, nahm er an, doch ihre Anzahl lichtete sich mit der Zeit. Sein Vater hatte ihn einmal besucht, seine Mutter ebenso, begleitet von zwei Hilfspflegern. Einige Sozialarbeiter, ein einzelner Polizeibeamter. Und dann ein Name, der sich wiederholte, regelmäßig, Woche für Woche.

«Was hast du noch mal über Filips Kalender gesagt?», fragte Vidar.

«Keine Ahnung, was meinen Sie?»

«Sagtest du nicht irgendwas von einer Eins?»

«Ach ja, richtig. Er scheint einen Rückfall gehabt und seinen ersten trockenen Tag mit einer Eins markiert zu haben. Das machen Alkoholiker oft.»

«Erinnerst du dich daran, wie diese Eins aussah?»

«Ich denke schon.»

Vidar klopfte mit dem Fingerknöchel auf die Seite.

Die Person, die immer wieder in Filip Söderströms Besucherliste auftauchte, war dieselbe Person, die am Tag nach dem Mord an Filip bei Siri Bengtsson gewesen war.

«Könnte es statt einer Eins auch ein großes I gewesen sein?»

Adrian warf einen Blick auf die aufgeschlagene Seite. I wie in Isidor.

Ich wusste nicht, mit wem ich hätte reden können.

Das hatte Siri Bengtsson gesagt.

In Vidars Kopf klickte es.

«Er muss es gewusst haben», sagte er langsam, während

die Puzzleteile eines nach dem anderen an ihren Platz rückten.

«Was muss er gewusst haben?»

«Siri hat mit Isidor Enoksson gesprochen, der es wiederum Filip erzählt hat. Dass Killian Persson lebt.»

«Isidor sitzt drüben in meinem Wagen», sagte Adrian.

«Wie bitte?»

«Er ist im Regen auf der Straße herumgeirrt, voll wie eine Strandhaubitze, also habe ich ihn auf den Rücksitz verfrachtet.» Adrian blickte verunsichert drein. «War das dumm?»

Zum ersten Mal seit einer gefühlten Ewigkeit lächelte Vidar.

110

Es war im Advent, angelegentlich eines Gottesdienstes. Siri Bengtsson hatte hinterher am Ausgang auf Isidor gewartet. Es gehe, sagte sie, um einen Vermisstenfall. Um einen verschwundenen Teenager. Sein Name sei Hampus Olsson.

Isidor kannte den Namen, alle kannten ihn. Hampus' Gesicht war eine ganze Weile auf den Zeitungsplakaten zu sehen gewesen. Doch das war mehrere Jahre her.

Siri zeigte Fotos und stellte Fragen. Hatte Isidor ihn gesehen oder etwas über einen Jugendlichen gehört, der Hampus ähnlich sah? Ob er vielleicht die Fotos mitnehmen und sie seinen Kollegen und den mit der kirchlichen Öffentlichkeitsarbeit befassten Stellen zeigen würde? Möglicherweise konnte jemand einen Hinweis geben, hatte etwas gesehen oder von einem jugendlichen Ausreißer gehört.

Die Akustik in der Kirche verlieh ihrer Stimme einen neuen Klang.

Am folgenden Tag rief sie im Pfarramt an und bat um eine weitere Unterredung. Als sie Isidor im Gemeinderaum für Beichte und Seelsorge gegenübersaß, schien sie nicht zu wissen, was sie tun sollte. Sie sagte, sie brauche jemandem, dem sie sich anvertrauen könne, wisse aber nicht, wem. Und dann waren die Worte aus ihr herausgesprudelt, zuerst der Name und dann das in diesem Zusammenhang Sonderbare.

Ich glaube, dass Killian Persson am Leben ist.

Die Worte erfassten Isidor wie eine kalte Welle.

Als habe er ihr bei einer schweren Last geholfen, atmete Siri auf.

Dann entschlüpfte ihr ein verblüffend lautes Lachen. In dem hellen, stillen Raum hallte es zwischen den Wänden wider. Sie bat um Entschuldigung, unmittelbar, sagte, sie empfände Angst. Oder Verwirrung.

Isidor blieb eine Weile stumm. Dann beugte er sich behutsam vor.

«Wie trägt man ein solches Wissen so viele Jahre allein, ohne daran zu zerbrechen?», fragte er.

Genau das tat man eben nicht.

Vidar und Adrian hatten Isidor in Felicia Grenbergs Haus geführt. Zwei Kriminaltechniker gingen vorsichtig von Raum zu Raum. Es herrschte Stille.

Nur der Regen, der immer noch dicht wie ein Vorhang fiel, prasselte hart gegen die Fensterscheiben.

«Und Sie», sagte Vidar mit Nachdruck, «haben es Filip Söderström erzählt.»

Isidor setzte zu einer Erwiderung an, schüttelte dann aber ein letztes Mal den Kopf.

«Ich unterliege der Schweigepflicht, ich kann nicht.»

Als wäre das, was ihm widerfahren sei, unerklärlich.

«Sie besuchen ihn im Rasmusgården», fuhr Vidar fort, «einmal in der Woche, über Monate. Ich habe die Unterlagen gesehen, ich weiß Bescheid. Und Sie besuchen ihn nicht in der Eigenschaft eines Psychologen und auch nicht in Ihrer Funktion als Pfarrer, sondern einfach nur als jemand, mit dem er reden kann. Als jemand, der mit dem Ort vertraut ist, an dem er aufgewachsen ist, der die Menschen kennt, die damals sein Umfeld gebildet haben. Das half ihm. Und Sie sitzen vor ihm und haben allen Grund zu der Vermutung, dass der Mörder seines Bruders am Leben ist.»

«Aber ich habe nichts gesagt!», rief Isidor Enoksson heftig, als sei ein unsichtbarer Druck in ihm zu groß geworden.

Einer der Kriminaltechniker blieb hinter Vidar stehen.

«Ist alles in Ordnung hier?», fragte er.

Adrian hob beschwichtigend die Hand. Isidor rang nach Luft.

«Ich hatte ihn verflucht noch eins selbst beerdigt! Können Sie sich das vorstellen? Die Albträume. War der Sarg leer? Die Asche. Was war in der Urne, die beigesetzt wurde? Staub? Ich weiß, was ich sehe, wenn ich die Asche eines Menschenkindes vor mir habe. Ich habe einen Menschen zur Ruhe gebettet, so viel weiß ich. Aber wen?»

«Wann haben Sie es ihm gesagt?», wiederholte Vidar. «War es jetzt, zu Beginn des Sommers?»

«Filip war ... er war reifer geworden. Gefestigter. Er hatte sein Leben in den Griff bekommen, er arbeitete, hatte Frans Ljunggrens Haus gekauft. Er hatte mir wiederholt erzählt, dass seine Wut nachgelassen habe, dass er nicht ... Alles, was er sich wünschte, war, eine Antwort zu bekommen, damit er sich nicht mehr alles Erdenkliche ausmalen musste. Mehr nicht. Er brauchte das, als einen letzten Schritt, um sein restliches Leben leben zu können. Und da, bei der Gelegenheit, im Juni, als wir uns zu einem letzten Gespräch trafen, da habe ich wohl mehr gesagt, als ich es hätte tun sollen.» Langes, bedrückendes Schweigen. «Was hätte ich tun sollen?»

Niemand sagte etwas. Womöglich war die Frage auch gar nicht an sie gerichtet.

«Danke», sagte Vidar schließlich. «Dann wissen wir Bescheid.»

«Stimmt es», fuhr Isidor Enoksson fort, «dass Sie Unterlagen aus dem Rasmusgården haben?»

«Warum?»

Isidor deutete mit den Kopf auf Adrian.

«Er hat es gesagt.»

Vidar sah Adrian an, der errötete.

«Darunter müssten Aufzeichnungen von Filip sein», fuhr Isidor fort. «Über die Nacht, in der sein Bruder starb. Ich habe ihm dazu geraten, es aufzuschreiben, für sich selbst. Aber ich habe seine Schilderung nie gelesen. Niemand hat das.»

«Wann hat er sie aufgeschrieben?»

«Ich erinnere mich nicht. Irgendwann im Verlauf der Therapie. Das wissen Sie sicher besser als ich, wenn Sie seine Akte haben. Ich würde jetzt gerne nach Hause gehen.» Isidor Enoksson sah mit einem Mal schrecklich krank aus. «Darf ich?»

111

Siri Bengtsson stand draußen im Regen, als Vidar aus dem Haus trat. Sie war mit Felicia Grenberg im Wagen sitzen geblieben, bis hinter den Baumwipfeln Blaulicht aufgeflackert war. Nachdem sie Felicia der Obhut von zwei Polizeibeamten überlassen hatte, hatte sie nicht recht gewusst, was sie tun sollte, und war einfach draußen im Regen geblieben.

Irgendwann war sie über die Straße zum Rand des Ackers gegangen, der sich weit und bläulich-lila in der Dunkelheit erstreckte. Die Nacht spielte den Augen einen Streich, sie konnte kein Ende erkennen, als dehne er sich immer weiter aus, endlos.

Dort stand sie noch immer. Sie dachte an die Jahre, die vergangen waren, an die vielen Dinge, die sie vergessen, an das, was sie in Erinnerung behalten hatte. An die lange Zeit, die sie damit zugebracht hatte, ihre Ahnungen, nein, ihr Wissen über Killian Persson in Stille zu tragen. Sie sollte ihren Mann anrufen, ihre Kinder. Sie hatten mehrmals versucht, sie zu erreichen. Aber sie wusste nicht, was sie ihnen sagen sollte.

Vidar stellte sich neben sie und hielt einen Regenschirm über sie beide.

«Danke», sagte sie steif.

In der anderen Hand hielt er eine dicke Mappe. Siri registrierte sie, vermied es jedoch, Vidar anzusehen. Vielleicht hatte sich die Wahrheit letzten Endes gezeigt, wie sie war: nicht jeden Preis wert. Oder sie war einfach nur zu schmerzhaft. Siri vermochte es nicht länger zu sagen.

«Ich musste mit jemandem reden», sagte sie. «Aber an wen hätte ich mich wenden sollen?»

Schweigen. Der Regen prasselte so heftig auf die Erde, dass die Tropfen aufspritzten.

«Ich habe Sie mitgenommen, weil ich dachte, dass Sie es brauchten, und Sie haben mich angelogen.»

«Ich weiß. Was soll ich sagen? Es tut mir leid.»

«Ich verstehe, dass das nicht leicht für Sie gewesen ist», erwiderte Vidar zurückhaltend. «Aber wenn Sie mir die Wahrheit gesagt hätten, dass Isidor ...»

«Glauben Sie, das weiß ich nicht?» Siri hatte Mühe zu sprechen. Ihr Hals schmerzte, die Augen brannten. «Das ist das Einzige, woran ich denke.»

In diesem Augenblick hörte der Regen auf, so plötzlich, als habe jemand ein Schleusentor geschlossen. Vidar und Siri blickten verblüfft in den Himmel.

«Seltsam.» Vidar wandte sich zum Haus um, wo Adrian Isidor Enoksson soeben aus der Tür geleitete.

«Er hat mich besucht», sagte Siri.

«Ich weiß. Ich bin ihm begegnet.»

«Tatsächlich?»

«Der Kunde, der nichts kaufen wollte. War es so?»

«Er wollte wissen, ob ich gehört hätte, was geschehen war. Ob Filip Söderström bei mir gewesen sei. Nein, sagte ich, warum in aller Welt hätte er zu mir kommen sollen? Da wurde mir klar, dass Isidor Filip erzählt hatte, dass Killian Persson möglicherweise am Leben war. Dass er – das war wohl sein eigentliches Anliegen, denke ich – mir zu verstehen geben wollte, dass er gegen seine Schweigepflicht verstoßen hatte.»

Adrian begleitete den auf unsicheren Beinen schwankenden Pfarrer ein Stück die Straße hinunter, dann blieb er stehen. Isidor schien es nicht zu bemerken, er lief einfach weiter in die Dunkelheit hinein.

«Soll er allein zu Fuß nach Hause gehen?», wollte Siri wissen.

«Für seine Sünden, meinte er.»

«Ich sollte vielleicht dasselbe tun.»

Vidar schwieg lange, als überdenke er eine schwierige Entscheidung. Dann sagte er: «Wann haben Sander und Killian die Party verlassen?»

«Warum?»

«Um eins, war es nicht so?»

«Ich glaube schon. Doch, ja, sie sind um eins gegangen. Wir hatten sogar ein Foto von ihnen zum fraglichen Zeitpunkt, von einer der Einwegkameras.»

Vidar nickte langsam und richtete den Blick wieder zum Himmel, als fürchtete er, der Regen könnte zurückkehren. Dann schlug er die Mappe auf, die er in der Hand hielt.

112

Die Schilderung lag lange zurück.

Er hat mir gesagt, ich soll schreiben, um mich zu erinnern. Ich weiß nicht, ob ich das will. Gleichzeitig ist es das Einzige, was ich tue: mich erinnern. Etwas anderes ist mir nicht geblieben, und bald habe ich nicht einmal mehr das, wenn es so weitergeht.

So fing es an.

Filip beschrieb die Party, das letzte Mal, als er seinen Bruder sah, wie er die Party verließ. Seine Schilderung war knapp.

Ich weiß, dass es eins ist, als ich mit Elina gehe. Die Uhr im Hausflur zeigt Punkt ein Uhr. Elina ist betrunken und ahmt die Zeiger lachend mit ihren Armen nach. Wie beim Tanzen, sagt sie, die Arme über dem Kopf. Das ist eine Position, die man beim Ballett macht. Ich weiß nicht, ob das stimmt oder ob sie einfach nur witzig sein wollte, aber das ist jedenfalls der Grund, warum ich noch weiß, wie spät es war. Mein Bruder ist noch irgendwo auf der Party. Ich sage ihm nicht Tschüs, wir sehen uns ja zu Hause.

«Was denken Sie?»

Siri blinzelte. Sie konnte nicht denken und sagte das, was sie fühlte.

«Es ist zu präzise.» Sie sah Vidar an. In der Dunkelheit bestand sein Gesicht nur aus Schatten und geometrischen Linien, zwei schimmernden Augen. «Seine Erinnerung. Elinas Arme. Es ist zu präzise, um eine Verfälschung zu sein. Aber es muss falsch sein.»

«Ich denke nicht, dass es falsch ist.» Vidar tippte nachdenklich auf Filip Söderströms Worte. «Filip verlässt die Party gemeinsam mit Elina. Das wissen wir. Wie er schreibt, ist es zu diesem Zeitpunkt ein Uhr, und er erklärt sogar, warum er das so genau weiß. Oder genauer gesagt, ist es frühestens eins. Die Uhr ist früher am Abend heruntergefallen und stehen geblieben. Auch das wissen wir. Pierre hat sie noch nicht repariert, das macht er erst, als er allein ist. Also können Filip und Elina unmöglich vor ein Uhr gegangen sein. Und Sander und Killian verlassen die Party erst lange nach ihnen, darüber waren sich alle Zeugen einig. Wie lange braucht man zu Fuß von der Party bis zu der Stelle, wo ihr den Wagen gefunden habt?»

«Mindestens eine halbe Stunde», sagte Siri.

«Und Mikael Söderström wird um halb zwei ermordet.»

Uhrzeiten drehten sich vor Siris Augen.

«Aber», sagte sie, «wenn Filip und Elina frühestens um eins von der Party verschwinden, wenn wir annehmen, dass die Uhr kurz danach heruntergefallen ist und Sander und Killian noch da sind und erst eine ganze Weile später gehen, dann kann Killian nicht ...»

Die zeitliche Abfolge stimmte nicht. Sander und Killian hätten es nicht bis zum Tatort geschafft.

«Killian hat Mikael nicht ermordet», sagte Vidar. Er blickte abermals zum Haus hinüber, in Richtung der Leiche, die dort lag, das physische Vermächtnis eines Menschen. «Und damit bleibt nur noch eine mögliche Person.»

Vidars Blick verharrte auf dem Haus, in das Adrian soeben mit angespannten Schritten zurückkehrte. Wenig später kam er in Begleitung von Felicia Grenberg wieder heraus. Er hielt sie fest am Arm. Handschellen hatte er ihr wohl ersparen wollen.

Vidar musterte sie prüfend, als würde die Schuld an ihren Umrissen zutage treten.

«Die Zeugin», sagte er.

113

Vidar hatte Adrian gebeten, vorsichtig zu sein: Felicia Grenberg hatte die Wahrheit über Mikael Söderströms Tod seit über zwanzig Jahren gekannt und sorgsam verborgen gehalten. Sie hatte Killian Persson in ihrem eigenen Keller versteckt. Sie hatte während des Erdrutschs ein Kind verloren. Sie konnten nicht wissen, wozu sie sonst noch fähig war.

Adrian öffnete die Hintertür seines Wagens und versuchte, sie zum Einsteigen zu bewegen. Vidar und Siri beobachteten den Vorgang aus der Ferne.

Felicia sagte etwas, das Adrian innehalten ließ. Er zögerte, einen winzigen Augenblick.

Das genügte. Felicia Grenberg schlug ihm ins Gesicht, riss sich los und rannte in den Wald.

Im ersten Moment blickte Adrian verdutzt, dann eher resigniert drein.

Er lief ihr hinterher, Vidar war dicht hinter ihm.

Sie kam nicht weit. Nach einigen Metern übermannte Adrian sie und drückte sie in den schlammigen Morast.

«Sie hat gesagt, sie wollte ihre Kinder anrufen», keuchte er. «Was zum Teufel antwortet man darauf?»

Vidar blickte Felicia an.

Manchmal sagen Augen nichts, dann wieder so viel. Ist es nicht seltsam?

Sie war die ganze Zeit im Hintergrund präsent gewesen. Als Vidar versuchte, mit ihr zu reden und sie zu einem Geständnis zu bewegen, das würde einiges erleichtern, blieb sie ausgesprochen einsilbig. Was vielleicht kein Wunder war, sie wollte wohl ihre Familie schützen, sich selbst. Vidar hatte dieses Verhalten schon oft erlebt, viele Male. Und was hätte sie auch sagen sollen? Trotzdem ließ er nicht locker.

«Felicia», sagte er. «Erzählen Sie, wie es gewesen ist, mit Ihren eigenen Worten.»

«Wie was gewesen ist?»

«Die Nacht, in der Mikael starb.»

«Ich weiß es nicht. Ich war zu Hause.»

«Das weiß ich. Aber als Sie an diesem Abend zu Hause sind, ruft Killian Sie von der Party aus an. War es nicht so? Und erzählt Ihnen, dass die Familie Lindell ihre Ersparnisse von der Bank genommen hat.»

Vidar wartete. Dies war ein entscheidender Moment. Er hoffte auf einen inneren Zusammenbruch, darauf, dass sein Vorhaben vielleicht doch glücken würde. Denn auch das hatte er schon oft erlebt. Manchmal, wenn ihnen die Wahrheit als nackte Tatsache vorgelegt wurde, wie ein trivialer Abschlussbericht, löste sich etwas in den Menschen, die er vernahm, und sie gaben auf.

Doch Felicia Grenberg reagierte nicht. Sie saß einfach vor ihm und sah auf ihre Hände. Schmal wie eine Kerzenflamme. Als sie nichts sagte, fuhr er fort:

«Nicht Killian ist bei den Lindells eingebrochen, sondern Sie. Nicht Killian wird von Mikael dabei überrascht, sondern Sie. War es nicht so?»

«Nein.»

«Aber Killian kann es nicht gewesen sein», sagte Vidar. «Er verlässt die Party zu spät. Er kann nicht rechtzeitig dort sein. Und Sander ist bei ihm. Jakob ist nicht da, auch sonst niemand. Es bleiben also nur Sie. Und ich glaube nicht, dass Sie damit gerechnet haben, dass jemand zu Schaden kommt. Sie haben nur das Geld im Kopf, das ist alles, was Sie wollen, um sich und Ihrer Mutter zu helfen.»

Als Vidar ihre Mutter erwähnte, begann Felicia Grenberg zu zittern.

«Ich glaube, Sie haben Angst bekommen, als Mikael plötzlich aufgetaucht ist. Er will Sie aufhalten. Was ist passiert? Hat er versucht, Ihnen ins Gewissen zu reden?» Vidar beugte sich vor. «Hat er Sie festgehalten, Sie bedrängt?»

Er wartete wieder.

«Ich war zu Hause.»

«Man könnte Ihnen keinen Vorwurf machen», fuhr Vidar fort, als habe er sie nicht gehört, «wenn Sie darauf reagiert hätten. Ich meine, wenn man bedenkt, wie Mikael war. Wie er Sie bei anderen Gelegenheiten behandelt hat. Sie halten den Spaten in der Hand, mit dem Sie die Scheibe der Hintertür eingeschlagen haben, um ins Haus zu kommen. Sie holen kräftig damit aus und treffen ihn am Kopf, einmal, zweimal. Dann laufen Sie nach Hause, um das Auto zu holen, und da begegnen Sie Killian. Denn er kommt doch nach der Party zu Ihnen nach Hause, wie Sie es abgemacht hatten? Ist Ihre Mutter zu dem Zeitpunkt noch wach?»

Vidar glaubte es nicht, aber er wollte ihre Mutter noch einmal zur Sprache bringen. Und abermals lief ein Beben durch sie hindurch.

Sie öffnete den Mund.

«Killian ist tot», sagte sie.

«Das bedauere ich», sagte Vidar, denn das tat er.

Eine Fortsetzung lag in der Luft, Vidar spürte es. Felicia Grenberg war kurz davor einzuknicken.

«Aber im Dezember 1999 ist er am Leben», sagte er. «Und als Sie ihm in jener Nacht erzählen, was geschehen ist, versucht er, Ihnen zu helfen. Sie sind keine Augenzeugin des Unfalls. Sie sitzen mit im Auto, als Killian die Kontrolle über den Wagen verliert, aber Sie verschwinden, bevor jemand Sie sehen kann. Wir haben die Fußspuren. Killian läuft zu Sander, um ihn zu Hilfe zu holen, Sie laufen nach Hause.»

Das war im Grunde alles, was Vidar in der Hand hatte. Er hoffte, dass Felicia Grenberg es nicht durchschaute, sondern annahm, er würde mehr über die Vorkommnisse jener Nacht wissen, als es tatsächlich der Fall war.

Er empfand aufrichtiges Mitleid mit ihr, als er sie ansah.

Sie war damals erst achtzehn gewesen. Sie musste sich unendlich allein gefühlt haben. Wie auch Killian Persson.

«So in etwa.» Vidar lehnte sich zurück und schlug die Beine übereinander. «Klingt dieser Hergang vertraut?»

Felicias Blick flackerte, aber sie schwieg weiter.

Wenn es nach all diesen vielen Jahren noch Worte gab, behielt sie sie für sich.

«Ich frage mich, wohin sie wollte», sagte Vidar zu Siri, hinterher, als alles vorüber war. «Heute Abend, als sie versucht hat zu fliehen.»

Es gab wohl eine Antwort, die gab es immer, nur nicht immer die, die man erwartet hätte.

«Vielleicht wollte sie einfach nur fort», erwiderte Siri mit einer dunklen Schwere hinter den Worten.

114

Was auch geschieht, es kommt immer ein neuer Morgen. So hatten sie einmal gedacht, die Jungen aus Skavböke, wie eine Art Trost, wenn es am schlimmsten war.

Die Kühle der Nacht war behaglich, und der erste Streifen Licht schimmerte am unteren Rand des Horizonts, als Sander den Hof betrat. Jakob saß auf der Vordertreppe, als warte er schon eine ganze Weile.

«Ich habe dich bei Felicia gesehen», sagte Sander. «Ich dachte, ich komme kurz vorbei, bevor ich mich auf den Weg mache. Ich wollte mich entschuldigen.»

«Bei mir? Wofür?»

«Dafür, dass ich zur Polizei gegangen bin.»

«Ach so.» Jakob räusperte sich und scharrte mit einem Fuß über den Boden. «Das hat sich ja geklärt.»

«Ja», sagte Sander. «Das hat es.»

Jakob deutete mit dem Kopf auf den Wagen, der unter der ausladenden Hofeiche stand. Die Motorhaube war hochgeklappt, und vor dem Kotflügel lag, säuberlich aufgereiht auf einer Decke, Werkzeug auf dem Boden.

«Ich war draußen auf dem Hof und hab an dem Wagen geschraubt. Das mache ich oft, wenn die Kinder im Bett sind. Die Eiche ist ein guter Regenschutz. Da habe ich das Blaulicht gesehen und mich gefragt, was passiert ist, und bin hingelaufen. Als ich zurückkam, bin ich hier versackt.» Jakob hielt eine Bierflasche in der Hand. Er trank einen Schluck und rieb seine Finger aneinander, als wünschte er, er hätte eine Zigarette. «Alice schläft oben bei den Kindern. Sie weiß vermutlich nicht mal, dass ich weg war.»

Sander setzte sich neben ihn auf die Treppe. Jakob blickte auf seine bandagierte Hand, fragte aber nicht.

«War Killian wirklich am Leben? War es wirklich und wahrhaftig er?»

Sander schwieg lange.

«Ich glaube schon. Oder, er war es, und er war es nicht.»

Jakob hielt ihm fragend sein Bier hin. Sander schüttelte den Kopf. Sie schwiegen eine Weile.

«Wie geht's dir?», fragte Jakob schließlich. «Wegen Felicia, meine ich. Ich habe gesehen, dass die Polizei sie abgeführt hat, und da war mir natürlich alles klar.»

«Tja.» Sander blinzelte. «Ich weiß es nicht.»

«Du wusstest es nicht? Dass es Felicia war?»

Für einen Augenblick, trotz der langen Zeit, schämte er sich. Er hätte es wissen müssen, ihr so nahe sein müssen, dass sie sich ihm anvertraut hätte. Doch das war er vielleicht nie gewesen. Nur er hatte daran geglaubt, er allein; nur er hatte sich ihr anvertraut. Sie war die Einzige, die die Wahrheit über ihn kannte. Sander spürte, wie sein Herz gegen das Brustbein hämmerte.

«Sie hat nie etwas gesagt.»

«Ist vielleicht auch nicht ganz leicht, so etwas zu sagen.»

Eine kurze Stille.

«Schöner Wagen. Was für ein Modell?»

«Ein Chevrolet, Baujahr 1969. Ich habe ihn vor einem guten Jahr in einer Scheune gefunden, unten in Snapparp. 327er Motor, Fuelie-Zylinder und Hurst-Getriebe. Ich musste zehntausend dafür hinblättern.»

«Schön», wiederholte Sander, weil das im Großen und Ganzen das Einzige war, was er über Autos sagen konnte.

Jakob blickte über den Hof auf die angrenzenden Felder. Einen Augenblick lang betrachteten sie beide den schmalen Streifen Licht, der am Horizont allmählich breiter wurde.

Es war eine furchtbar lange Nacht gewesen.

«Weißt du», sagte Jakob, als lastete ihm etwas auf der Seele, «ich habe Schiss bekommen, als die Polizei bei mir aufgetaucht ist, und mich verraten gefühlt. Mir war klar, dass du mit ihnen über das Hemd geredet hast.»

«Wie gesagt, es tut mir leid. Ich habe keine andere Möglichkeit gesehen. Ich habe zu viel zu verlieren.»

«Ich etwa nicht? Hast du überhaupt an mich gedacht? An Alice? An unsere Kinder?»

Sander sagte nichts, blickte mit zusammengekniffenen Augen in die Dunkelheit.

Es kam jemand. Jemand lief die Straße herunter auf den Hof zu. Eine Gestalt zeichnete sich ab. Als Jakob fortfuhr, kamen seine Worte langsam und zögernd.

«Ich musste der Polizei die Wahrheit sagen. Ich hatte auch keine andere Wahl, das verstehst du doch?»

Eine Kälte aus der Vergangenheit drang durch die Jahre und strömte in Sanders Beine wie Wasser in ein sinkendes Schiff. Die Gestalt wurde größer, deutlicher. Es war Vidar Jörgensson.

«Guten Morgen», grüßte er gelassen und blickte in Richtung Sonnenaufgang, «oder was man eben zu dieser Stunde sagt.»

Der groß gewachsene Polizist hielt eine braune Papiertüte in der Hand. Er griff hinein und zog etwas heraus, das er Sander hinhielt.

«Ich glaube», sagte er langsam, als würde er es bedauern, «das hat einmal Ihnen gehört. Habe ich recht?»

Er hielt das Hemd in der Hand. Sander betrachtete es, dann sah er auf und begegnete Vidars Blick.

«Warum glauben Sie das? Das Hemd gehört mir nicht, ich habe es nie angehabt.»

Vidar tat nichts, blieb nur stehen, das Kleidungsstück in der ausgestreckten Hand.

Jakob saß stumm und wie erstarrt neben Sander, als hielte er die Luft an. Sander hatte so lange gelogen, so viele Menschen belogen. Das hatte einen hohen Preis erfordert. Er hatte nichts dagegen, weiterzumachen wie bisher. Das Problem war nur: Ihm waren die Lügen ausgegangen.

«Ein Hemd?», sagte er tonlos. «Das genügt nicht.»

Vidar lächelte traurig.

«Nein. Aber ich glaube, dass ein Teil von Ihnen, tief im Inneren, sich wünscht, ich hätte mehr. Damit das alles hier ein Ende nehmen kann.»

Es hätte ihm klar sein müssen. Sie war die Einzige, die es

gewusst hatte. Er hatte es ihr gestanden, als sie nach der Trennung ihre Habseligkeiten aufgeteilt hatten. Es war einfach aus ihm herausgesprudelt. Wer bekommt den kleinen Stuhl? Das Sofa gehört zur Wohnung, das bleibt hier. Wer hat das gute Geschirr bezahlt? Die Bilder, jeder zwei? Ich habe den Erdrutsch ausgelöst.

Er konnte nicht sagen, wie das zugegangen war, warum es ausgerechnet in diesem Moment aus ihm herausbrach, als es schon zu spät war. Vielleicht gerade deshalb. Er hatte sie einmal fast getötet. Er hatte das Kind getötet, das sie erwartet hatte. Jetzt würde sie ihn verlassen, und er hatte nichts mehr zu verlieren. Deshalb sagte er es wohl.

Als er weinte, tat er es lautlos, und sie saß neben ihm auf dem Sofa. Zuletzt nahm sie seine Hand.

Sie hatte Sander an Killian verraten. An Killian, den Unschuldigen. An Killian, den Flüchtigen. An Killian, der zu einem Schatten wurde, während Sander ohne einen Kratzer davonkam.

Vielleicht war es unausweichlich.

Die Toten kehren nicht zurück, und tun sie es doch, entsteht eine Störung in der Welt. Die Ordnung muss wiederhergestellt werden, um jeden Preis.

115

Als Vidar schließlich zu seinem Wagen zurückging, blickte Sander ihm nachdenklich hinterher. Es war vollkommen still, wie in den ersten Minuten nach einem Blitzschlag. Nach einer Weile stand er langsam auf und sah zum Wald hinüber, als würde er erwägen, hineinzulaufen und seinerseits zu verschwinden.

«Hatte er recht?», fragte Jakob.

«Womit?»

«Dass du für den Erdrutsch zur Rechenschaft gezogen werden willst.»

Sander schien es zu überdenken, sagte aber nichts.

«Du solltest es ihr vielleicht erzählen», sagte Jakob. «Olivia, meine ich.» Als Sander weiter schwieg, fuhr Jakob fort: «Du bist kein schlechter Mensch, Sander.»

«Ich bin ein Mensch, das genügt vielleicht. Aber warum hast du nichts gesagt, damals, obwohl du die ganze Zeit geglaubt hast, dass ich es war?»

Jakob stand ebenfalls auf und stellte sich neben Sander. Es schien eine komplizierte Frage zu sein, denn er schwieg lange.

«Ich wusste wohl nicht richtig, was das geändert hätte. Alles war doch ohnehin vorbei. Mikael war tot, Killian auch. Ich konnte dich gut leiden und war mir ziemlich sicher, dass du aus Versehen in das Ganze hineingeraten warst, oder dass du Killian helfen wolltest. Und irgendwie konnte ich dich auch verstehen, als herauskam, was Mikael mit Felicia gemacht hatte und wie Karl-Henrik mit Madeleine umgegangen ist. So habe ich es jedenfalls direkt danach gesehen, in dem ganzen Chaos, das auf den Erdrutsch gefolgt ist. Auch wenn das, was du getan hast, extrem war. Du konntest nicht wissen, dass das gesamte Gebiet einstürzen würde, aber du bist das Risiko eingegangen, dass es sehr viele Verletzte geben würde.»

Den Augenblick mitzuerleben, an dem das Bild, das ein

anderer Mensch von einem hatte, zusammenbrach. Sander hatte ihn mittlerweile viele Male erlebt, trotzdem schmerzte es.

«Du bist ein feiner Kerl, Jakob, das bist du immer gewesen.»

«Das sagen viele. Aber ich sehe mich auch selber. Alice sagt, dass ich viel zu selten Partei für mich ergreife. Bis jetzt hatte ich nie richtig verstanden, was sie damit meint.»

Die Augenblicke schoben sich ineinander und trennten sich wieder, nahmen Züge voneinander an, erhielten tief in Sander neue Gesichter.

Er schleuderte Killians Weihnachtsgeschenk gegen die Wand. Das kleine Paket fiel zu Boden.

Dann starb Killian, und Sander verlor eine Himmelsrichtung. So fühlte es sich an, als wäre das Grundgerüst seines Lebens eingestürzt. Im Schutz der Dunkelheit war er spät am ersten Weihnachtstag zurückgekehrt, um das Päckchen zu holen, um eine letzte Erinnerung an seinen Freund zu haben.

Das Päckchen lag noch an derselben Stelle, wo sie beide es zurückgelassen hatten, als habe es auf ihn gewartet.

Da hatte er das Geld in der Tüte mit dem Schriftzug der Sennan Tischlerei gefunden. Jakobs Geld. Es lag unter der Luke, die Killian und er im Fußboden eingebaut hatten. Im Bierversteck.

Allein in dem verlassenen Häuschen war etwas mit ihm geschehen. Alles war bereits zerstört, und er würde fortgehen. Das Schicksal lag offen vor ihm. Er würde das Blatt noch unbeschriebener machen, und fortgehen, ohne etwas hinter sich zurückzulassen.

Als müsse auch die moralische Ordnung wiederhergestellt werden.

Mit einem Mal sah er sich selbst in klarem Licht, als betrachte er einen Fremden. Die Erinnerung schafft ihre eigene Distanz, eine Art Aufspaltung der Seele. Die Erkenntnis ließ ihn kälter wirken, als er sich fühlte.

Söderströms Haus stand für alles, was er an Skavböke hasste. Für alles, wovon er fort wollte, für alles, was ihm und denen, die er liebte, geschadet hatte. Killian, Felicia, Jakob, allen. Nicht der Tod hatte in diesem lang zurückliegenden Winter wie eine finstere Sonne über Skavböke gestrahlt, sondern die Finsternis in der Familie Söderström.

Als er das Dynamit entzündet hatte, waren seine Hände fest und sicher gewesen, wie die Hände eines Schneiders, seine Gedanken still und leer.

Sander erinnerte sich an Hundegebell, das hinter ihm laut geworden war, an ein Maul, das nach ihm schnappte. Er hatte sich aus dem Hemd gewunden und war weitergelaufen. Das Hemd war irgendwo auf dem schlammigen Acker zu Boden gefallen.

Dann hatte der Erdrutsch begonnen.

Er hatte es getan, um sich zu befreien, von Skavböke, von dem, was einmal gewesen war. Stattdessen hatte er sich noch viel fester daran gebunden.

Das alles hätte er Jakob sagen können, und vielleicht wäre es die Wahrheit gewesen. Doch er tat es nicht. Stattdessen sagte er:

«Wir sehen uns, Jakob. Hoffe ich.»

Dann ging er zu seinem Wagen, den er ein Stück den Weg hinunter geparkt hatte, ging hinein in die Dunkelheit, wo die Morgendämmerung langsam heranwuchs.

116

Nur eine Erinnerung, das war Killian jetzt, wieder, eine von vielen.

In diesem Sommer durchlebte Sander jede Erinnerung, eine nach der anderen, als habe er etwas verloren, als wäre jede Erinnerung eine Kiste, die es zu durchsuchen galt. Jedes Mal, wie bei einem Rundgang, kam er zurück zu Isidor Enokssons Worten: Denn so hoch der Himmel über der Erde ist, so übermächtig ist Seine Gnade über denen, die Ihn fürchten.

Gnade. War das möglich?

Ein seltsam kurzes Wort, bloß fünf Buchstaben. Eine plötzliche Stille, wie die Stille nach einem Donnerschlag.

War auch das ein Zeichen?

Alles, was er, Sander, getan hatte, war, seinen Freund nach so vielen Jahren wiederzusehen, und wie ein Donnerschlag war die Grausamkeit zurückgekehrt.

An einem Freitagabend spät im August trat er zu Hause im Backavägen hinaus auf den Rasen. Im Haus war es still, die Kinder schliefen, und Olivia telefonierte mit einer Kollegin wegen einer Teambesprechung am nächsten Tag. Der Himmel war wolkenverhangen. Der Tag war schwül und stickig gewesen, und er hatte die letzten Unterrichtsstunden mit Kopfschmerzen und dünnem Geduldsfaden hinter sich gebracht. Seine Rückenschmerzen waren wieder da.

Sanders Gesichtszüge waren im Lauf der Jahre verhärtet, wie Siri Bengtsson es vor langer Zeit vorausgeahnt hatte. Wenn er sich im Spiegel betrachtete, hatte er manchmal das

Gefühl, ein Gesicht vor sich zu sehen, das nicht seines war, denn es wurde wieder weicher.

Oder möglicherweise sah er es zum ersten Mal so, wie es wirklich war.

Ein anderes Zeichen: Der Traum kehrte nicht mehr wieder.

Der Rasen hatte seine Farbe verloren. Südschweden litt unter Trockenheit, und im Backavägen respektierte man das Bewässerungsverbot. Die Nachrichten vermeldeten Waldbrände in Småland und Västergötland. Er dachte an die Feuermassen, stellte sich die Flammen vor, die Bäume verschlangen und über die Erde walzten, die alles Leben in die Flucht schlugen.

Alles Leben in die Flucht. Ja, vielleicht für eine Weile. Aber nicht für immer.

Früher oder später musste man umkehren.

Er ging zurück ins Haus, ging nach oben zu den Kindern und küsste sie auf die Stirn. Sie schliefen tief, in Decken und Träume verheddert. Er hoffte, dass sie dort bleiben durften, lange.

Er küsste Olivia auf die Wange und sagte, dass er eine Weile wegmüsse, aber bald zurückkäme.

«Ist alles in Ordnung?»

Er nickte lächelnd, obwohl er nicht vollkommen sicher war.

Die richtige Asche wurde im richtigen Grab beigesetzt. Ein vielschichtiges Unterfangen, das viele Wunden aufriss. Hampus Olssons Mutter war noch am Leben.

Die Medien berichteten ausufernd und weitschweifig, riefen nach Verantwortlichen und redeten mit der Allgemeinheit. Es war schmerzhaft.

Doch in einem Punkt war es sehr einfach. Auf Killians

Grabstein änderte man nur das Todesjahr. Sie alle waren da und bezeugten es.

Eine Jahreszahl wurde getilgt, eine andere hinzugefügt. Das war alles.

Korrektur: Alle bis auf Sander waren da. Doch als er nun im Dunkeln die Treppe zum Friedhof hinunterging, tat er es, ohne zu zögern. Er war aus dem Auto gestiegen und hatte einfach einen Fuß vor den anderen gesetzt. Mehr gehörte nicht dazu. Killian war gestorben, zurückgekommen und ein zweites Mal gestorben. Das war die Geschichte in groben Zügen, obgleich sie verwirrend war und viele Leerstellen enthielt.

Viele Leerstellen würden bleiben. Niemand wusste, was Killian in den Jahren durchgemacht hatte, in denen ihn niemand hatte sehen können. Es sollte ein Wort dafür geben, doch das gab es wohl nicht.

Sander erinnerte sich an den Weg zum Grab. Als er es erreichte, blieb er davor stehen und betrachtete den Grabstein, und wenn er in diesem Moment etwas Besonderes gedacht hatte, so konnte er im Nachhinein nicht wiedergeben, was es gewesen war; nur das eine Wort, das ihm über die Lippen kam:

«Entschuldige.»

Er erwartete keine Antwort.

Er zog ein Foto aus seiner Jackentasche. Das letzte, das er in Killians Rucksack gefunden hatte, von ihnen beiden, achtzehn Jahre alt. Unzertrennlich.

117

Kein Traum, dafür Regen. Der Gedanke war ihm in der letzten Zeit wiederholt gekommen: Regen war Vergebung. Ein kleines Stück Himmel, das auf die Erde herabfällt.

Er saß vor dem Grab und atmete, strich über das Foto von Killian in schwarzer Jeans und weißem T-Shirt und ihm, Sander, in heller Bluejeans und Flanellhemd, grün mit gelben und blauen Streifen.

Hier würde er eine Weile bleiben, das wusste er.

Er blickte in den Himmel. Wahrscheinlich würde bald der Regen einsetzen.

Noch nicht. Aber bald.

Und weit hinten in seinem Kopf, irgendwo in den dunklen Winkeln, die er selten besuchte, war es, als habe die Wahrheit ihn die ganze Zeit über begleitet, seit er seinen besten Freund an jenem Heiligabend vor mehr als zwanzig Jahren verloren hatte. Eine verschlissene Gestalt bewegte sich von Baum zu Baum und kam näher, verlockte ihn umzudrehen, mitzukommen, aufzubrechen, hinein in die Dunkelheit. Hinein ins Unbekannte, wo er nicht wusste, wie die Wege verliefen.

Christoffer Carlsson
Unter dem Sturm

DAS VERBRECHEN IST DIE
GESELLSCHAFT SELBST.

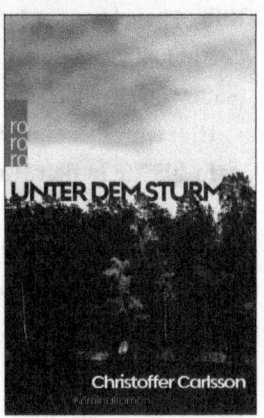

464 Seiten

In einer kalten Herbstnacht wird im südschwedischen Marbäck eine junge Frau ermordet aufgefunden. Ein Täter ist schnell ausgemacht: Edvard Christensson war ihr Freund und ist berüchtigt für seinen aufbrausenden Charakter. Edvard wird verurteilt, und der Frieden kehrt ins Dorf zurück. Nur nicht für den siebenjährigen Isak, der seinen Onkel vergöttert hat und sich nun fragt: Trägt auch er etwas Böses in sich?

Zehn Jahre später sitzt Isak nach einem Diebstahl vor Vidar, der als junger Polizist bei der Verhaftung von Edvard half.

Mit den Erinnerungen an den Fall kommen Vidar Zweifel an den Ermittlungen von damals. Und als Isak plötzlich verschwindet, begibt sich Vidar auf die Suche: nach dem Jungen und der Antwort auf die Frage, was in jener Novembernacht wirklich geschah.

Die Nummer 1 aus Schweden: «Einer der souveränsten Kriminalautoren unserer Zeit.» Dagens Nyheter

Weitere Informationen finden Sie unter **rowohlt.de**

Christoffer Carlsson
Was ans Licht kommt

EINE NACHT, ZWEI MORDE: DER
EINE ZERSTÖRT EINE FAMILIE.
DER ANDERE DIE GANZE NATION.

Als am Abend des 28. Februar 1986 in Stockholm Olof Palme ermordet wird, geht bei der Polizei im südschwedischen Halmstad der anonyme Anruf eines Mannes ein. Er habe eine Frau vergewaltigt. Und werde es wieder tun. Kurz darauf findet man das Opfer, es stirbt an seinen Verletzungen. Die Frau wird nicht die letzte sein.

496 Seiten

Mit zunehmender Besessenheit macht sich der erfahrene Polizist Sven Jörgensson auf die Suche nach dem Mörder. Bis zu seinem Tod. Erfolglos.

Jahrzehnte später nimmt Jörgenssons Sohn Vidar die Ermittlungen wieder auf. Im Zuge seiner Nachforschungen kommt die Wahrheit über ein Verbrechen ans Licht, das keine einfachen Antworten zulässt.

Platz 1 der Krimibestenliste: «Der beste schwedische Kriminalroman seit 20 Jahren.» Deutschlandfunk Kultur

Weitere Informationen finden Sie unter **rowohlt.de**

Weitere Titel

Die Halland-Krimis

Unter dem Sturm

Was ans Licht kommt

Wenn die Nacht endet